国家社科基金青年项目"中国城镇化进程中农民形象的文学叙述与想象研究（1978-2016）"（项目编号：16CZW040）结项成果

浙江省传媒学院"金鹰学科丛书"出版经费资助

浙江省一流学科A类"戏剧与影视学"（戏剧戏曲学、电影学、影视文化与批评）学科经费资助

城镇化进程中农民形象的叙述与想象研究

（1978—2016）

戴哲 ◎ 著

中国社会科学出版社

图书在版编目(CIP)数据

城镇化进程中农民形象的叙述与想象研究:1978－2016/戴哲著.—北京:中国社会科学出版社,2023.11
ISBN 978－7－5227－2423－2

Ⅰ.①城… Ⅱ.①戴… Ⅲ.①农民—人物形象—文学研究—中国—当代 Ⅳ.①I206.7

中国国家版本馆CIP数据核字(2023)第153016号

出 版 人	赵剑英
责任编辑	郭晓鸿
特约编辑	杜若佳
责任校对	师敏革
责任印制	戴 宽

出　　版	中国社会科学出版社
社　　址	北京鼓楼西大街甲158号
邮　　编	100720
网　　址	http://www.csspw.cn
发 行 部	010－84083685
门 市 部	010－84029450
经　　销	新华书店及其他书店
印　　刷	北京明恒达印务有限公司
装　　订	廊坊市广阳区广增装订厂
版　　次	2023年11月第1版
印　　次	2023年11月第1次印刷
开　　本	710×1000 1/16
印　　张	21.25
插　　页	2
字　　数	308千字
定　　价	119.00元

凡购买中国社会科学出版社图书,如有质量问题请与本社营销中心联系调换
电话:010－84083683
版权所有　侵权必究

序

蔡 翔

文学研究中,有些老方法,是可以常用常新的,比如人物形象的分析。人物总是小说重要的构成元素,不仅现实主义重人物塑造,即使现代主义,也会注意人物,哪怕人物只是一种象征。而把同一类人物排列在一起,就构成了人物谱系,这是人物形象分析进一步的深入和扩大。在中国现当代文学史的研究中,排列出这种人物谱系,是一件很有意思的工作。比如,小资产阶级的人物形象,这类人物有起源,有发展,也有变化,变化的后面,是整个20世纪。人物谱系的后面是时间,时间构成了历史。

戴哲的新书《城镇化进程中的农民形象的叙述与想象研究(1978—2016)》,选取的,是当代文学史中的农民形象,农民形象也是一个谱系。戴哲把这个农民形象的谱系置放在具体的历史语境中进行考察。这个语境就包括了政治、经济、文化等各个方面,包含了社会关系,也包含了生产关系。因此,她的关注重点就不仅仅在文学,更在于构成文学的诸种要素。这种叙事的野心是大的,当然也存在风险,这个风险就在于,稍不留神,就会"放弃"文学。不过,戴哲很好地把握了各方面的关系,并进行了有效的平衡。这种方法,特别适合现实主义的小说,现实主义总是特别强调人物的"来处",这个"来处"就是社会。所谓生活,指的也是社会生活。

第一章,先处理这一农民形象谱系的当代起源。这个起源,戴哲以《创业史》里的"梁三老汉"为代表。在20世纪50—70年代的农民塑造中,梁三老汉不是主流,而是被主流压抑的形象。而之所以被压抑,是因为梁三老汉的"发家"思想。梁三老汉的"私",衬托出50—70年代的主流农民形象的"公"。戴哲的选择,有她的考虑,这和她研究的80年代有关。80年代是一个历史的转折,也是断裂,断裂的地方,开始创造。但是这个创造不是无源之水,这个源,就在梁三老汉。历史,包括文学史,有些地方很吊诡,某个时代被压抑的东西,很可能成为另一个时代思想的来源。1980年代的思想来源,很重要的一个地方,的确和梁三老汉有关,这就是戴哲讨论的小生产者。1980年代的农村改革,很重要的一点,就是重新激活或者说征用了这种小生产者的思想资源,从而重新塑造了属于80年代的农民形象。这一点,戴哲在书里讨论得很详细。

  第二章到第四章,都在研究80年代,重点仍然在农民形象背后的农村。小生产者的"发家"思想,构成了80年代农村的改革动力,尤其是改革的情感动力,这个动力由文学提供。但是这种"发家"思想,也引起了农村的动荡,动荡里面,包含了利益的冲突,也有道德的困惑,同时,更有乡村共同体的解体威胁。在这个历史过程中,文学并不是无动于衷,相反,一直在追踪这种变化,各种各样的烦恼和思考,也同时影响着农民形象的构造。所以,戴哲在这些章节中,也在跟踪研究文学史里的这些变化。比如,她讨论小说里的"小生产者",也讨论"小生产者"如何向"现代农民"转化;讨论农民中的"理性经济人",也讨论这些"理性经济人"和乡村传统秩序解构的关系,等等。

  80年代充满着生活的急剧的变化。在这些变化中,有些因素很值得关注,比如商业活动在80年代中国农村的兴起。这方面,当代作家是很敏感的,比如《陈奂生上城》(高晓声)、《芙蓉镇》(古华),等等。在这些作品中,叙事者用前现代的市场来理解现代市场,这样的理解降低了80年代对未来的风险评估,从而顺利地进入90年代。应该说,这些问题,在戴哲的这部著作还没有得到充分的研究。当然,戴哲的这部著作只是刚刚开始，未来的学术道路还很漫长。

不过，戴哲抓住了 80 年代最为重要的一个问题，就是农民"进城"。这个问题，研究的人很多，但是戴哲把香雪（《哦，香雪》）和高加林（《人生》）描述成为这个问题的"起源"，这样的描述有戴哲自己的考虑。香雪和高加林，都可以看作是 80 年代的乡村知识青年。这个知识青年也有自己的谱系。在此之前，文学中的知识青年，主要是"留下来"，留在乡村，改变家乡。从香雪和高加林开始，则要求"离开"，离开农村，进入城市。这是两个时代的变化。《哦，香雪》比较浪漫，《人生》则很悲剧。但不管是悲剧，还是浪漫，都有一种强烈改变自身命运的要求。这种改变的背后，是现代，城市代表文明和体面，而进入城市，则需要知识和才华。这是 80 年代乡村对城市的憧憬，这一憧憬改变了农民形象的书写，和 80 年代前期的农民形象开始不一样了。更大的不一样还在后面，90 年代的"进城"，没有那么浪漫，进城是打工，迫于生计，养家糊口，不是什么体面。而农村也在逐渐地空洞化，第四章的后半部分，戴哲着重讨论的是农民在衰败的农村中的挣扎。

戴哲对 90 年代非常重视，这在她的导论部分可以看出。这是对的。90 年代是一个更重要的转折，它彻底改变了生活。即使对于戴哲所要讨论的农民形象，也是如此。90 年代的城市化，彻底终结了所谓的小生产者的梦想，它解决了农村的剩余人口，也成功地把农民转变成为农民工。

第五章和第六章，都在讨论 90 年代开始出现的"农民工"形象。这些讨论，涉及面很广，既讨论农民工和城市的关系，也讨论农民工的情感结构；既讨论农民工的困苦生活，也在研究在这样的生活和身份的转换中，是否有一种新的主体性生成的可能。可以看出，戴哲对这个阶层有一种深深的同情，同时更怀有一种未来的希望。如果要挑剔，那么我觉得戴哲对 90 年代应该有一种更深刻的描述，不过，我相信，假以时日，戴哲对 90 年代一定会有更深入的研究。毕竟，戴哲还很年轻。

戴哲在硕士期间，师从海南大学的刘复生教授，在刘复生教授的耳提面命之下，打下了很好的学术基础。后来，又到上海大学攻读博士学位。博士毕业后，则师从浙江大学的邵培仁教授，进行博士后研究。戴哲的求学之路很漫长，求学期间也很刻苦。戴哲很谦虚，总是认真地学习并向各位老师和同学请教。同时，戴哲身上又有一股不服输的精神，这种精神帮助她克服了各种困难。这本书就是她求学的成果。这是我读戴哲这本书的一些感想，并以此祝贺戴哲的新书出版。

2023 年 4 月

目 录

导论 …………………………………………………………（1）

第一章 作为"小生产者"的农民：一种对生活和世界的总体性想象 …………………………………………（34）
  第一节 梁三老汉梦想的破灭与实现：集体化合法性的确立 …………………………………………（37）
  第二节 "为生民立命"的李铜钟：吃饱肚子的合法性 …………（43）
  第三节 自己为自己造屋的李顺大：个人梦想的实现 …………（50）
  第四节 有尊严的冯幺爸：个人劳动合法性的获得 ……………（56）
  小结 ……………………………………………………………（67）

第二章 从"进城的小生产者"到"现代农民"：20世纪80年代农民叙事的转折 ……………………………………（69）
  第一节 "进城的小生产者"陈奂生：城乡冲突的症候式表达 …………………………………………（71）
  第二节 "现代农民"黑娃：西方现代框架下的生活想象以及主体性的确立 ………………………………（83）
  小结 ……………………………………………………………（103）

第三章 作为"理性经济人"的农民:改革逻辑的确立与乡村传统秩序结构的解体 ………………………………… (106)

第一节 不完美的"理性经济人":传统生产伦理与经济人伦理的冲突 ……………………………………………… (108)

第二节 具有"德性"的王才:冲突的消解与改革逻辑的完全确立 …………………………………………………… (125)

第三节 妥协的周炳南和作为"立法者"的周锡林:自足性的乡村日常生活空间的消失 ……………………………… (137)

小结 ……………………………………………………… (150)

第四章 "迷惘"的农民:抒情的消逝与农民主体性的解构 ……………………………………………………… (152)

第一节 "客随主便"到"主随客便":从"内当家"到"内当家之死" ………………………………………………… (155)

第二节 从农民到同性恋:新的权力结构的形成与性别乌托邦的失败 ……………………………………………… (173)

第三节 作为"无用之人"的"守护者":农民的困惑与迷茫 ………………………………………………………… (187)

小结 ……………………………………………………… (203)

第五章 城市空间中的"边缘人":自我意识的觉醒、实践与困境 …………………………………………………… (207)

第一节 从香雪到高加林:20世纪80年代早期的理想及其实践 ……………………………………………………… (210)

第二节 到城里去与作为"劳动力"的农民 …………………… (225)

第三节 成为"小姐"的农民:城市"秘密空间"的打开 ……… (244)

小结 ……………………………………………………… (264)

第六章 作为"新工人"的农民工及其叙事:一种新的
　　　　主体性想象 …………………………………………（266）
　第一节 "知识分子写作"的限度与原创性经验的凸显:
　　　　我手写我心 …………………………………………（268）
　第二节 不卑不亢的苦难者形象:一种想象新工人及其
　　　　自我意识的方法 ……………………………………（277）
　第三节 新工人的"文化人"内涵:青年农民工的情感结构及
　　　　主体感呈现 …………………………………………（288）
　第四节 机器、技术与疼痛:资本权力关系中的新工人及
　　　　一种新兴主体性生成的可能 ………………………（301）
　小结 ……………………………………………………………（313）

结语 ……………………………………………………………（317）

主要参考文献 …………………………………………………（322）

后记 ……………………………………………………………（329）

导　论

一　问题意识的缘起及意义

中国现当代文学史上关于农民的书写一直颇为丰富，塑造的农民形象也是类型繁多。可是从20世纪80年代中后期开始，尤其是90年代以来，文学作品中农民形象变得逐渐单一化，"苦难的农民"似乎逐渐成为大多数写作者笔下的农民形象，或者说"苦难"成为农民形象普遍的特征之一，而与之相关的文学表述也常常表现为一种"挽歌式"的风格。之所以如此，一方面显然与中国现代化尤其城镇化的快速建设和发展过程中，农民遭遇的现实困境有关；另一方面，一定程度上当然也与某些写作者自身缺乏想象力，倾向于选择易于操作的"苦难叙事"模式不无关系。但是无论写作者出于怎样的目的叙述农民及其"苦难"，都不可否认，通过文学形式来反映和思考农民所面临的现实困境，从而对农民及其未来展开想象，成为实现中华民族伟大复兴的中国梦所绕不开的话题之一。而文学与诸多其他学科一样，参与到了对这一话题的讨论中去，写作者们通过文学特有的方式，呈现了农民不同时期的性格特征和生活状况，同时也寄托了写作者自身对于生活和世界的理解，其中不乏许多优秀的、具有代表性的作品。而在此意义上，对关于现代化、城镇化过程中"农民形象"的文学考察，也同样具有了更为深远的意义，这不仅事关文学写作本身，比如故事情节、叙事策略、修辞方法，更关乎文学对城镇化进程中农民所遭遇的社会问题，比如处境、身份和主体性的讨论，甚至还能够介入对中国乡村问题的讨论中。事实上，在中国现代化、城镇化转型的历史语境之下，文学中的农民虽大多身处困境，但其形象也却并非一成不变，或者说并非一开始便是"苦难"的。比如在20世纪80年代早期关于农民的文学叙述中，就曾经塑造过一系列自给自足，仿佛不受任何外力侵袭的"小生产者"形象。而"苦难"也并不完全意味着一种消极的状态，尽管从90年代以来——尤其是进入21世纪以后——文学作品中塑造的大多为迷惘、边缘的农民形象，但是在这些与作为"边缘人"的农民相关的文学叙述中也蕴含着某种力量，从中可见的是农民自我意识的觉醒，甚至得见一种新兴主体性——"新工人"的生成，而这在打工作家对于"农民工"的文学书写中表现得尤为明显。所以，以1978年农村改革作为开端，至80年代中后期，再到90年代乃至当下关于农民的文学叙述中，农民形象在各个时期都存在着不同的变化。而比之"农民形象"本身，不同时期农民形象的变化及原因，似乎显得更为重要。换言之，80年代以来的文学如何对农民形象展开叙述与想象？这一叙述与想象在不同时期又发生了怎样的变化？是什么导致这些变化的发生？而它们又带出了怎样的社会问题？这应该是更值得被讨论的部分，这也正是本文的问题意识所在。因此，从80年代以来文学作品中农民形象的文学变迁中，可以隐约找到一条完整的叙事逻辑，而在这一叙事逻辑中，我们可以看到乡村的传统秩序在现代化、城市化的进程中如何遭遇解体，农民如何被迫从乡村共同体中脱离出来，被纳入城市的轨迹，成为边缘群体。这一叙事逻辑也呈现出农民曾经的地位和主体性不断遭遇危机，但与此同时被纳入城市的农民群体自身又逐渐生长出重建新的主体性的强烈愿望，甚至某种新的主体性的出现成为可能。

必须强调的是，现有的对80年代以来关于"农民形象"文学叙述的研究，大多侧重于从整体性上，系统地把握80年代以来的"农民形象"的写作状况和发展趋势——尤其是侧重于对农民形象的类型、特征及其内涵等"文学内部"层面的梳理和归纳。毫无疑问，这是对于农民书写乃至整个乡村书写主流的研究方式和路径，也能够使我们对于现代化转型过程中，农民形象的变迁有一个宏观的把握与了解。但本书的论述则在于，以既有的研究作为基础往前更进一步，建立文学文本与历史、社会、文化之间的关联，从而探究20世纪80年代以来的农民形象是经由怎样的历史、社会、文化而被生产出来的。正如罗岗所言："以一种更开阔也更复杂的眼光来看'文学'，不但需要关注社会历史文化是通过何种途径将'文学'建立起来的，更需要重视'文学'又是如何透过社会、历史和文化的'管道'生产出来的。在这个意义上，'文学'已由一个固定的本质化概念转化为一种变动的'话语实践'。"[①] 由此，有关"农民形象"的文学叙述被当成一个讨论农民问题的场域：不仅使文本中围绕农民而得以展开的人物设计、故事情节、叙述结构成为被讨论的对象，与生成文本相关的历史语境、意义结构、阐释制度也成为论述的重点。如此一来，80年代以来关于"农民形象"的文学叙述，其复杂性与丰富性得以被尽可能地展示和呈现，而本书以农民为对象而展开的研究，也是为了能够在一定程度上参与到对中国城镇化进程中农民问题乃至整个乡村问题的讨论中去，从而尝试打破当代文学书写与社会生产之间的区隔。

在某种意义上，文学叙述与社会、历史、文化乃至政治经济之间的关联，可表现为当处于某个时期的社会事件或政治事件转化为一个社会媒介，从而介入人们的生活和所处的社会之中时，它常常会提出对包括文化、文学、意识形态在内的整个社会结构的重新调整。这个社会结构包括了威廉斯意义上的"感觉结构"，我们也可以称其为"情感结构"。在整个社会结构重新调整的过程中，对于社会的重新想象得以展开，而文学承担了这一想象的功能，或者说文学以自身的方式也参与到了对社会事件以及社会的未来的讨论中去，从而以自身的形式反映社会和政治经济的各种变革。正因为如此，当我们讨论80年代以来有关农民形象的文学叙述和想象时，必然要对与这个话题所涉

[①] 罗岗：《"文学"：实践与反思——对一个论题的重新讨论》，《上海文学》2001年第7期。

及的几个关键时间段以及与之相关的社会历史文化等语境进行简单的勾勒和梳理。如此一来，本书便可以避免只是对文学中的农民形象以及与之相关的人物内涵、故事情节进行描述性的呈现。同时，以此为基础，重点讨论和分析在现代化进程中，不同阶段的农民形象出现的原因及其背后所隐含的时代和社会问题——包括具体的农民问题、乡村问题，甚至中国社会的思想和文化问题。在此意义上，本书所讨论的便不是只局限在作品本身的"小文学"，而是包含了生产出文学文本的历史政治语境、社会的阐释制度以及意义结构的"大文学"。

就本书而言，有两个时间段尤为关键。一个是80年代，本书将20世纪80年代的开端年份追溯到1978年，1978年12月党的十一届三中全会后，中国开始实行包括农村家庭联产承包责任制在内的对内改革，以及一系列对外开放的政策；另一个时间段为90年代，1992年邓小平南方谈话，开启改革开放的新阶段。所以，在导论中，围绕本书所论及的话题，本书将对这两个时间段进行简单的交代和解释。

二 作为符号的20世纪80年代及其矛盾

某种意义上，80年代已经不仅仅是一种对于自然时间的划分方式，而是成为一个包含着诸多意义的符号。对于本书而言，当然不可能完整而全面地将80年代描述清楚，因为不同的人对于同一个时代的理解，常常是复杂而多样的。所以本书试图在所涉及的话题范畴内——农民形象的文学叙述和想象——展开对"20世纪80年代"的讨论，从而使相关的文本细读与探究更加顺理成章和清晰易懂，为本书的具体论述的展开提供一定的基础。

当我们讨论80年代时，一定要回到过往的历史中去，才可能对那个时代看得更加清楚：即需要回答80年代的问题起源性来自哪里？也只有了解了它的问题起源性，才能更为深刻地认识80年代的乡村改革和现代化转型，才能对80年代所生产出来的问题和矛盾有更为深入的认知。由此，本书才得以探寻90年代面临的危机及其起源性所在，而当我们具体进入90年代直至当下的农民叙述时，也才会看得更加清楚。除去相关的外部因素，20世纪80年代作为一个符号的产生，与中国前三十年（即1949—1979年）的社会实践有关，或者更为直接地说，它在很大程度上与50年代的"大跃进"有千丝万缕的联系。在这一运动中，所有的群众都被动员起来，从而参与到国家的建设中去，甚至包括妇女也从家庭走向公共空间，劳动空间同时被转化为政治和文化的空间，工作和劳动常常与个人与尊严或集体荣誉等概念结合在一起。由此可见，这一自上而下的群众运动不仅仅是经济活动，同时还可以转化为政治实践和文化活动，而这也同样影响了80年代的现代化运动，使得80年代的群众参与表现为另一种形态，同时中国和西方的关系在80年代也发生了剧烈的变化。简而言之，80年代关于现代化想象的某些信息，其实早已隐含在"大跃进"中。

也正是在这个意义上，从80年代前（1978年）开始，我国实行了包产到户/联产责任承包制，每个农民都能分到土地，自己为自己负责，因此形成一种小生产者的幻觉。但是，在这样的一种小生产者的模式中也隐含着矛盾，即80年代的现代化，其实是以"前现代"的小农经济的方式在进行，这一矛盾必然会导致新问题的出现。所以如果说80年代早期作为"小生产者"的农民度过了一段黄金岁月的话，那么从80年代中后期开始，现代化进程便一定会改造中国农民原有的生活，从而改变人们的情感结构。1984年国家的重心开始转向城市，农村开始出现卖粮难的问题。所谓的靠自己种地满足自己生活的想象和幻觉逐渐破灭。除此之外，80年代幻觉的破灭，也同样经由农村的知识青年得以呈现。50年代很多农村知识青年主动回到农村去，试图通过这个方式实现自我价值，但实际上，他们中的很大一部分人其实极为苦闷，因为学到的现代知识在农村却无用武之地，那么个人的自我价值又如何实现？这也正是80年代关于"潘晓讨论"的一段前史。这里实际上已经涉及现代知识和传统乡村之间的矛盾，如果说人民公社时期，知识青年在一定程度上能够在集体中实现自我，那么到了80年代的包产到户之后，连这个可能也没有了。所以，集体解体后，自我意识（不仅是农村知识青年，也包括普通农民）该如何实现，而实现的形式又是什么呢？这也是80年代的矛盾和危机的根源之一。

那么，80年代如何面对由农民和农村知识青年所反映出来的问题？显然，80年代中后期的解决方式是进城，无论是农民还是农村知识青年都纷纷奔向城市。正如福柯所言，现代性是一个态度，所有的人都为了一个目的争先恐后到另一个地方去，这就是现代性。而争先恐后奔赴一个新的目标，一定是对原来生活世界的放弃和退出。而这样的一种退出和离开，必然又被包含在一种向往成功的意愿中。所以，80年代的现代化必然包含了一种成功的标准——以物质的成功作为衡量标准，这样的一种成功的标准在90年代被完全地确立和凸显。每个人都要成为成功人士，每个人都会把竞争视为一种天经地义的事情，每个人都把自己的退出和进入看成是退出故乡、并把异乡看作故乡的过程。这从象征的意义上而言，不仅是身体的移动，同时也是思想和情感的迁徙。这个过程同时还是一个转换自我身份的过程，从原来的身份转换为新的身份，同时也面临着自我的重新识别的过程。这样的一个过程也反映了中国完全被卷入现代化的进程，而且这个现代化进程是以西方作为标准的。

由此可见，当我们讨论80年代的时候，其实这个"年代"不是纯粹的自然时间，它总是会转化成一个政治和文化时间，这个政治和文化时间一方面包含着自身产生的问题，这些问题构成了这个年代的核心范畴，同时这个年代一定是会面对或者试图回应前一个年代产生的问题。正如"五四"回答辛亥革命的问题，30年代回答"五四"的问题，所以80年代也在有意无意地回应"大跃进"所带来的问题。与此同时，下一个年代——90年代将要面临的问题又内在包含在了80年代的历史进程中。当然，实际上如果我们往前追溯的话，80年代面临的问题其实更为复杂和多样化——中国传统自身生产出了问题，为了应对这些问题，引入了现代化运动，而现代化运动在遭遇中国社会内部自身生产出来的问题时，又带出了新的问题。于是，为了应对传统和现代化产生的问题，就有了社会主义实践。但是社会主义实践在处理传统和现代的两重问题时，又出现了新的危机和问题。当所有的问题缠绕在一起时，才有了20世纪80年代的问题和危机。但由于篇幅以及本书讨论范围的限制，对此不再详细展开。

正如历史的车轮总是环环相扣，比起当下深刻的分析，知识考古更为重要，因为只有回到历史的脉络中，才能将问题看得更加清楚。某种意义上，如果说80年代曾有过构想，也有过争论，那么从80年代中后期开始，早在"大跃进"就已经埋下的分裂和矛盾逐渐被重新整合，中国（尤其是中国乡村）的现代化逐渐被纳入西方的现代化理论——到90年代这种纳入和整合完全被凸显。换言之，80年代的矛盾和危机在90年代一定程度上已完全被消解，但与此同时，90年代自身又因此出现新的问题。

三 20世纪90年代的思想、文化与农民成为话题的历史过程

无论是对"大跃进"这一社会和政治实践所包含的矛盾的简单梳理，还是对80年代所需要面对的问题和危机的讨论，其实都需要回到一个极为根本性的问题——对于一个现代国家而言，意识形态应该处于什么位置？该如何重建我们最高的意义？这里所谓的"最高的意义"，某种程度上可将它理解为内在的德性传统。如果回到毛泽东的政治理念中，从某个层面"最高的意义"也可被理解为领导为人民服务，甚至敢于牺牲自己；而作为普通的人，也应当做到传统意义上的修身。如果用几个关键词来形容，也可以是对个人的尊严和平等，社会的公平和正义等方面的坚持和追求。也正是因为这样一种长久以来的德性传统，以及对这样的一种"最高的意义"的坚守，中国在过去的危难时刻、紧要关头总是能够做到举国动员，从而使国家转危为安。从这一层面出发，我们也就可以重新试着理解80年代初期的改革，不仅有着对经济的追求，同时又具有对所谓正义的理念的坚守，而且这二者之间不存在任何矛盾，反而是合二为一，互为一体。可是

正如之前所述，从20世纪80年代中后期开始，中国的现代化进程逐渐被纳入西方的现代化理论，为了更快地发展经济，必须将"最高的意义"先悬置起来，而紧接着到来的时代——90年代对此进行了充分展开。

毋庸置疑，90年代极为重要。自1992年邓小平南方谈话开启了改革开放的新阶段之后，90年代成为当代中国政治、经济转型的重要而关键的阶段。不可否认，此时的中国，经济出现了突飞猛进的发展，改革也为许多人提供了良好的机会。与此同时，90年代也成为一个文化与意识形态日益激化的时代——各种思潮与意识形态纷至沓来。这使得90年代拥有了多种标签和命名，比如后社会主义、后冷战时期、后革命时期等，但是即便如此，也仍然不能准确地将这个时代的文化地形图完整地描绘出来。王晓明在《在新意识形态的笼罩下：90年代的文化与文学分析》中也说道："几乎每一种对中国的整体判断：说它依旧是社会主义社会，说它差不多已经资本主义化了，说它完全是消费社会，甚至说它是'后现代'……都能搜集到许多例证，而那些与它针锋相对的判断，手里也同样握着一大把例证。"[①]"五六十年代建立起来的那种社会的整体性正在不断崩塌，再像过去那样笼统地谈论'中国如何如何'，其实已经非常困难了。"[②]

尽管并没有办法用一个明确的概念或者单一的理论来描绘或概括90年代的思想、文化或者是具体的生活实感，但是有一种声音却变得越发清晰和强烈，这就是对于发展的呼声。1978年12月的十一届三中全会上，决定停止使用"以阶级斗争为纲"的口号，做出了把工作重点转移到社会主义现代化建设上来的战略决策。这就意味着，一种新的现代性的历史运动已经开始。从80年代中期开始，对于现代化的呼声席卷了整个国家和社会。而且这样的一种现代化，逐渐被完全纳

[①] 王晓明：《在新意识形态的笼罩下：90年代的文化与文学分析》，江苏人民出版社2000年版，第23页。

[②] 王晓明：《在新意识形态的笼罩下：90年代的文化与文学分析》，江苏人民出版社2000年版，第23页。

入西方的现代化逻辑之中，经济发展、经济效益成为现代化发展的核心要义。当然，对于80年代自身内在包含的经济发展和社会主义理想及"最高的意义"之间的矛盾和冲突，其实一直存在着争论和担忧，相关的文学叙述对这一问题也曾有所反映，较有代表性的有高晓声的《陈奂生上城》、王润滋的《鲁班的子孙》等。80年代早期还曾围绕"雇工算不算剥削"展开过一场讨论。事实上，改革开放一定会组织"剥削"的概念出场，所以文学叙述多将其解释为"道德"问题，当时的经济学家林子力通过马克思的《资本论》找到一个理由——"七上八下"，马克思在讨论手工业作坊主的时候，马克思认为雇工七人就不算剥削，因为七人仍然意味着雇工的手工业作坊主自己也参与了劳动，而七人以上就是规模的工厂，就是榨取剩余价值。而对于雇工问题，邓小平1984年10月22日明确指出，"我的意见是放两年再看"。直到1987年4月16日，邓小平对于这个问题再次表达了自己的看法："重要的是，鼓励大家动脑筋想办法发展我们的经济，有开拓的精神，而不要去损害这种积极性，损害了对我们不利。"[1] 从此，"雇工"在政治上获得了充分的合法性，从而被命名为"私营经济"。因此，至90年代，过去的那种争论和纠缠都不再是问题，改革和经济的发展被赋予了最大的政治合法性。

当改革和经济的发展被赋予了最高的合法性，"效益"便成为"发展"的主要目标，甚至是第一要务。不可否认，这种对于效益的追求极大地提高了改革初期中国的经济水平。也使得90年代的现代化达到了一个巅峰状态。可是与此同时，一些经济发展之外的方面被逐渐忽略。而原本在80年代，所谓关于"总体性世界的构想"中，经济应当与政治乃至伦理世界镶嵌在一起的，也就是说改革既有着对经济发展的追求，同时又有着对正义的理念的坚守，它们之间是互为一体的。[2]

---

[1] 《邓小平文选》第三卷，人民出版社2001年版，第216—217页。
[2] 林凌：《文学中财富的书写——新时期文学写作演变的再考察》，博士学位论文，华东师范大学，2012年，第5页。

而90年代以来的日常生活，也同样被卷入这样的一种"发展的逻辑"之中。大量的农村人口为了一个目的争先恐后离开自己的原住地，奔赴另一个目的地。这种离开和奔赴之间，一定包含着一种对于成功的意愿和想象。如果从自我意识的角度来看，追求身份的转换和自我的实现以及追求成功并无可厚非，但是我们必须看到的是在所谓"发展的逻辑"之下，自我意识的实现走向的是个人的利己主义，新的成功的标准也被确立起来并变得单一化——物质的成功或经济的成功。而事实上成功并没有绝对的标准，它反而更多的时候是一种内心的感受。可是当它被具体化之后，一些人关心的不再是国家的强大，民族的复兴，而是个人的发达，这从市场上风行畅销的"成功学"便可见一斑。由此一来，社会逐渐被重新阶层化。如果说，90年代确实带给许多人机会，让他们较为顺利地获得了经济上的成功，那么之后随着现代化的推进，尤其在21世纪以来，阶层之间的流动却逐渐变得困难，阶层固化也开始显现。毋庸置疑，在这一奔赴另一个目的地，从边缘到中心的过程中，中国农民逐渐被边缘化；而在所谓成功的标准逐渐被确立起来时，农民在社会和日常生活中的地位也发生了变化。从80年代中期开始，当国家的重心开始转向城市时，农民利益逐渐受到一定的影响。"特别是在1997年以后，由于大宗农产品从卖方市场转变为买方市场，销售困难，价格显著下降，乡镇企业不景气，进城做工变得更加困难，以农业为惟一收入来源和以农业收入为主的农民的收入，实际上是减少的，而各种税费负担却没有减轻。"[①]

在此意义上，现代化、城市化在90年代成为一种更为强大的逻辑，随之而来的是乡村被纳入城市化的轨道，农民逐渐成为社会结构中的弱势群体。也正是因为如此，90年代不管是文学界还是知识界，都有个趋向，即重新引发对传统的士绅结构的留恋和怀念。比如陈忠实于1992年创作的《白鹿原》便是如此。也就是说，在90年代

---

① 陆学艺：《当代中国社会阶层研究报告》，社会科学文献出版社2002年版，第22页。

人们寻找的不是正统的社会主义的集体时代，而是回到民国时期，对士绅结构进行过度美化。这实际上是一种可供想象的资源匮乏的表现：当乡村被市场化破坏之后，如何建构一个新的乡村秩序？如何重新想象农民的生活？对此整个社会和时代找不到别的任何可供想象的资源，只能回到士绅传统的生活世界中去。所以，"士绅结构"成为一个符号，当我们征用这个符号，后面其实是试图重建新的乡村秩序，从90年代一直到今天，我们仍然面临这个任务：解决如何重新建构一种新的乡村秩序这一问题，从而重新想象农民的生活和未来。

当然，回到90年代，需要追问的是当农民变得边缘化、逐渐难以发出自己的声音时，从何时开始，农民问题获得关注，成为备受热议的话题？而作为边缘群体的农民及其处境又是如何被凸显的？经由对"三农"问题的被提出过程的梳理，我们似乎可以找到一些线索。"三农"作为一个概念被提出是在90年代中期，主要指农村问题、农业问题以及农民问题。使得"三农"问题广受关注，有几位社会学领域的相关研究者不得绕过：温铁军，曹锦清，李昌平，以及作家陈桂棣、春桃夫妇。他们的身份、所处的环境其实并不相同，他们以不同方式使得"三农"问题在政策、社会以及普通大众的层面同时受到了极大的关注。另外1996年《读书》刊登的一系列关于"三农"问题的专题性文章以及由此展开的讨论，对于"三农"问题被重视也具有重要的意义。

温铁军在《"三农"问题是怎样提出的》一文中，很清晰地梳理了"三农"问题作为一个概念被普遍关注的过程。1985年，在一系列宏观变化的影响下，农民收入的增长速度开始连续三年下降，这在改革后还是第一次。当时的农业部范小建司长，实地走访了二十多个县，了解了农民的负担问题，并向农业部上报了农民负担重的现实情况。90年代初期，政府对"三农"问题的具体内容已经基本清楚，只是还未引起社会上的足够重视；而随后的1993年，社会各界对"三农"问题又进行了深入的讨论，邓小平南方谈话后，1993年到1996年期间，中国经济飞速发展，农民收入也随之有所提高，但是关于"三农"问题的讨论仍在不断深化。尤其1995年2月的中央农村工作会议上，江泽民总书记指出三大差距在扩大，这其中就涉及了农村和城市的差距。到1997年粮食出现积压，农村再次遭遇1984年大规模增产后的卖粮难问题。此时，农民收入增长速度又连续下降，农业、农村的矛盾又逐渐凸显。而在这个阶段，温铁军意识到出现了一些"顾左右而言他"的讨论，于是又写了好几篇具有针对性的文章，同时综合以往政策实验的研究成果，提出了人地关系高度紧张的基本国情矛盾以及城乡二元结构的基本体制矛盾。他认为只有将这两个基本矛盾解决，"三农"问题才能得到合理解决。至此，"三农"问题作为一个概念正式在1996年见于报刊。[①] 温铁军可以算是第一个使"三农"问题见诸报刊和媒体的学者。

而曹锦清所写的《黄河边的中国》，正如该书的副标题"一个学者对乡村社会的观察与思考"，作者以一种实证考察的方式，通过实地访谈，从农民的日常生活入手，并以日记的形式，详细记载了处于现代化转型之中的中原乡村社会的各方面变化——转型时期的"三农"问题。包括了实行土地包产之后农民与土地、与市场之间关系的变化，农民之间人情网络的改变，以及农民和地方政府之间的关系现状，涉及农村生活的方方面面，比如农民收支、农民负担、计划生育等。通过对农村全方位的呈现和记录，用极为微观的写作，揭示了在中国发生巨大变革的过程中，农村所面临的诸多根本性、普遍性的问题，正如其细致具体的章节标题——"共同富裕与共同信仰""朱清寨村的联办企业和户办企业""是权钱交易还是礼尚往来"等。《黄河边的中国》被认为"直达村落、农舍、田间的现场，梳理了中国传统文化与当代社会中的政治、经济、文化等之间所存在的关系，是20世纪关于中国'三农'问题的一部里程式的著作，对当今的中国农村建设与治理具有借鉴意义"。[②]

---

① 温铁军：《"三农"问题是怎样提出的》，《学理论》2004年第9期。
② 墨白：《重读〈黄河边的中国〉》，《河南日报》2019年7月5日第13版。

当时作为湖北省监利县棋盘乡党委书记的李昌平，则以基层干部的身份，将当时农村的问题进行总结，以书信的方式反映给时任国务院总理朱镕基。在写信的同时，他还在监利县棋盘乡进行了一场"痛苦而又尖锐"的改革。但不久便因为各种压力不得不辞职，南下打工。正如杜润生所说："李昌平不是第一个提出'三农'问题的人，但以一个乡党委书记身份，系统提出、用数据说话、用切身经历讲话的，他是第一个。"[①] 李昌平对于农村问题的总结非常具体、真切甚至一针见血，可以直击每一个普通老百姓的内心，所以在社会上引起了很大反响。李昌平用具体的数据和事实让整个社会看到，"除了在走向繁荣文明的北京、上海、广州、深圳等地方看到中国，还有另一个中国是乡土中国"[②]，这个乡土中国仍然是贫穷和落后的。李昌平的行为无疑是需要勇气的，他成为首次公开在国内媒体呼吁，希望农民有同等国民待遇的人。正因为如此，他后来出版的专著《我向总理说实话》得到了许多普通老百姓甚至是可能都不识字的农民的认同[③]。由此，"三农"问题由政策层面进入了普通大众的层面，获得了更为广泛的关注。

值得一提的还有安徽作家陈桂棣、春桃夫妇的报告文学《中国农民调查》。几乎所有看过这本报告文学的人都会为之震撼，在农民的心中，陈桂棣、春桃夫妇成为农民的代言人。与此同时，《中国农民调查》也在全国范围内成为媒体关注的焦点，并引发了许多讨论。《中国农民调查》通过走访安徽省多个县村，毫无保留地、真实地记录了中国农村的现状——"想象不到的贫穷、想象不到的苦难、想象不到的无奈，想象不到的抗争，想象不到的沉默，想象不到的感动和想象不到的悲壮。"[④] 尤其是作者客观记录了农村的税费改革的现实背景以及艰难推行的过程，并且具体呈现了农民真实处境。毫无疑问，

[①] 杜润生：《我们欠农民太多》，《中国供销合作经济》2002年第2期。
[②] 杜润生：《我们欠农民太多》，《中国供销合作经济》2002年第2期。
[③] 据说一个生意人买下两卡车，连夜运往李昌平的老家湖北监利，以八元一本卖给乡亲们，并且被一抢而空。
[④] 陈桂棣、春桃：《中国农民调查》，人民文学出版社2004年版。

这本书对于后来中国农业税的废除具有重要和关键意义，2006年国家全面取消了农业税。

在90年代经济发展日新月异之时，《读书》杂志也对"三农"成为一个被高度关注并亟待解决的话题起到了巨大的推动作用。1996年，江晖、黄平接任《读书》杂志的执行主编，《读书》开始自觉介入思想和文化领域的论争，从而试图对急剧变动的中国社会及时地做出回应，尤其参与到对社会最尖锐的问题的讨论中去。也正是从这一年开始，《读书》杂志发表了一系列专题讨论，"三农危机"是其中之一。1996年第10期，《读书》发表《乡土中国图景》，1997年又开辟了《田野杂记》栏目，这为《读书》率先对三农问题展开讨论提供了平台。大约从1999年开始，《读书》发起有关"三农"问题的讨论，连续发表了几十篇有关"三农"问题的文章。比如1999年温铁军《"三农问题"：世纪末的反思》，2000年第4期杜润生《为了农业增产，农民增收》，2000年第5期陆学艺的《"城乡分治，一国两策"》，2002年第7、8期李昌平的《我的困惑——"三农"寻思录》之一、之二，2003年第7期开始《关于"农民工问题"的系列访谈》之一、之二、之三，2003年第10期吕新雨《"民工潮"的问题意识》及其在2004年第4期发表的《农民、乡村社会与民族国家的现代化之路》，2004年第6期李昌平《取消农业税将引发一系列深刻变革》，2005年第5期何慧丽《回归中国，回归农民》，2005年第7期严海蓉《虚空的农村和空虚的主体》，2006年第2、3期黄宗智《制度化了的"半工半耕"过密型农业》（上、下），及其在2006年第10期发表的《中国农业面临的历史性契机》，2006年第8期贺雪峰《新农村建设与中国道路》，等等。某种程度上，正因为在当时密集地刊发"三农"问题的文章，《读书》因此遭受了一些争议甚至是攻击，有人认为，《读书》由于刊登太多关于"三农"问题的文章，过多涉及尖锐问题，从而导致自身变得"不好读了""难懂了"。为此多位学者对此攻击进行了回击。蔡翔教授认为"《读书》最可贵的地方是，它更集中于知识层面的深入讨论，仅仅以读得懂好看为标准，那对《读书》的要求太低了"①。汪晖则在一次访谈中回应道,"真正的'人文性'并不是风花雪月,更不能将暴力和严峻社会问题排除出去,在一个修辞泛滥而缺乏真正的力量和感情的时代,就应该多一些如温铁军、李昌平等人所写的文章"。②并且,他还敏锐而深刻地认识到,《读书》之所以受到争议和攻击,一个根本的原因在于"很多学者的文章和想法触到了敏感的神经。通过公共讨论,这些想法对于国家的社会政策也产生了影响。让许多自居为主流的人感到不舒服"。③

经由以温铁军、曹锦江、李昌平、陈桂棣和春桃夫妇为代表的学者和知识分子的持续性研究以及提出的批判性思考,《读书》杂志提供的宝贵的"公共空间",使得"三农"问题能够连续十年内被集中地、不断地讨论,从而使这一问题获得广泛关注,并且逐渐成为被大多数人认为是应当被重视和亟待解决的问题。到2001年,"三农问题"这一表述正式被写入文件,成为一个被学术界、理论界以及官方决策层使用的专门术语;2003年中央则正式将"三农问题"写进了政府工作报告;而2004年"三农"问题进入中央一号文件——这是时隔十八年后中央再次将农业以及农村问题作为中央一号文件下发。实际上,从2004年起,直到本文划定的研究截止时间(2016年),中央一号文件持续十二年都在关注"三农"问题。2013年的中央一号文件题为《中共中央、国务院关于加快发展现代农业,进一步增强农村发展活力的若干意见》,显然,现代农业以及农村的发展活力成为当下农村问题的关键。2016年中央一号文件题为《关于落实发展新理念加快农业现代化实现全面小康目标的若干意见》,文件认为,"在经济发展新常态、资源环境约束趋紧的大背景下,如何促进农民收入稳定较快增长并确保如期实现全面小康,如何加快转变农业方式以确保粮食

---

① 《2016年中央一号文件公布,提出以发展新理念破解"三农"新难题》,新华社,http://www.moa.gov.cn/ztzl/2016zyyhwj/xcbd/201601/t20160129_5002252.htm,2020年12月20日。

② 《〈读书〉换帅后汪晖首次接受采访》,转自豆瓣,https://www.douban.com/group/topic/4119894/,2020年12月20日。

③ 《〈读书〉换帅后汪晖首次接受采访》,转自豆瓣,https://www.douban.com/group/topic/4119894/,2020年12月20日。

等重要农产品实现有效供给,如何提升我国农业竞争力赢得参与国际市场竞争的主动权,已成为我国农业农村发展必须完成和破解的历史任务和现实难题"。① 事实上,自2004年至当下的每一年,"三农"问题都会被写入中央一号文件。20世纪90年代以来,"三农"成为话题的历史过程,以及"三农"问题的日趋凸显,其受重视的程度可见一斑。

综上所述,本书尝试一方面通过对作为符号的"20世纪80年代"的描述与分析,对80年代的乡村改革和现代化转型的呈现,以及对80年代生产出来的问题和矛盾的认知,从而探寻90年代面临的危机与问题的起源性;另一方面,通过对90年代的思想、文化或具体生活实感的理解,和"三农"问题提出的历史进程的梳理,以及"三农"问题的日趋凸显,努力呈现中国农村改革、现代化转型以来关于"农民"的文学叙述的时代背景与历史语境。从而,为本书对于农民形象及其叙述的研究提供了必要的基础背景,以有助于回答与展开本书核心问题:80年代以来的文学如何对农民的形象展开叙述与想象?这一想象和叙述在不同的时代发生了怎样的变化?变化的背后存在的原因是什么?经由围绕核心问题展开论述,本书试图重新理解1978年以来关于农民形象的文学叙述与想象的复杂性,从而尝试参与对中国农民乃至乡村的讨论。

四 关键概念的界定和说明

(一)城镇化、城市化与现代化

本书书名用到了"城镇化"一词,这也是笔者课题立项时的初始表述,也关乎本书对于1978年以来文学中的农民形象及其叙述展开讨论的宏观历史背景,当然,"城镇化"这一概念的复杂性远非本书能穷尽的。在正文中论及与农民形象相关的外部历史变迁时,本书并不

---

① 中共中央、国务院:《中共中央国务院关于落实发展新理念加快农业现代化实现全面小康目标的若干意见》,人民出版社2016年版,第1页。

局限于使用"城镇化"这一表述，或者说本书会同时选择使用"现代化"和"城市化"这两个概念。具体原因主要有几个方面。首先，"城镇化"与"城市化"某种意义上语义可以互换，即城市化一般来说也可以被称为城镇化。它们都可以包含着多重意义指向，即人口的城市化、经济产业结构上的城市化，生活方式、思想文化层面的城市化，等等。当然，一定程度上，城镇化会更符合中国的国情和大众出于情感上的一种朴素理解，农村发展的下一步总是"乡镇"，然后才是"城市"。因为中国的城市化发展，除了大城市外，众多的小城镇也不能被忽视，而且小城镇同样可以容纳甚至更便于容纳大量的农业流动人口。但是在本书的论述框架中，主要涉及的是"大城市"中的农民工形象，且无论是"城镇化"还是"城市化"，都能够表现农民离开土地、脱离乡村共同体的这一层面的意思，对本书论述展开所产生的影响并无明显差别。其次，"现代化"与"城市化""城镇化"皆关系紧密。无论是城镇化还是城市化，它们更大的背景显然都是中国的现代化转型，现代化意味着中国从农业化向工业化和科技化、信息化、市场化、城市化的迈进。换言之，无论是城镇化还是城市化，都与现代化的追求息息相关，当然，城市化/城镇化其实更是现代化的必由之路。此外，从语言审美的角度上而言，"城镇化"相对而言在语感和文学性上更为狭窄，而"现代化"与"城市化"这两个概念某种程度上更加中性和具有普遍性。

总而言之，在本书的框架中，不对城镇化、城市化、现代化这三个概念进行严格的细分，因为它们对本书来说是作为一种宏观的历史背景而存在的。本书的研究划定了一个明确的时间段，即以1978年中国农村经济经济体制改革作为开端，到课题立项的2016年为止，也可以说是以中共十一届三中全会以来的新时期作为研究的时间范畴，中国明确了未来将以经济建设作为中心从而大力发展生产力，而农村的发展也应当适应社会主义市场经济和一系列相应的改革要求。而这些某种意义上正是中国的现代化、城市化或城镇化的要义和目标。

（二）叙述与想象

"叙述"与"想象"这两个概念出现在本书的书名和正文之中，

在此有必要对这两个概念在本书中的关系进行简单的交代和描述。从严格的意义上来说，"叙述"与"想象"并不能够完全等同。简单来说，"叙述"侧重于对已经存在和发生的事情的描绘和呈现，而"想象"则更倾向于对未知而美好的事物的期待与憧憬。文学创作需要叙述，但是文学作为一种虚构的艺术，又总是离不开"想象"，具体到农民形象的创作中，文学写作者一方面需要呈现农民的状况，另一方面更需要对农民及其未来具有想象的能力。但即便是叙述，也往往受到作者的个人经历、价值观念以及所处的生活世界等方面的影响，在这个意义上，叙述与想象并不能完全区分开来。正如，如果说小说中的一个个人物形象都是作者"想象"的产物，那么，通过这些人物所讲述的故事，则不可能仅仅只是虚构，而总是会反映作者对这个世界的认识，是一种"叙述"，即便是像卡夫卡式现代派的小说或《等待戈多》这样的荒诞派戏剧，也不外如是。而本书所关注的中国当代文学中的一系列农民形象与中国当代的历史更是有着某种近似于"文以载道"的天然联系，后者甚至就是产生前者的土壤。如果我们仅仅以纯文学的视角来谈这些小说或分析其中的人物形象，难免有一种隔靴搔痒的感觉。因此，本书除了从文本内部出发分析这些农民形象之外，更重要的是想要探究作者如何叙述和想象农民形象以及这些叙述与想象与相关的历史语境、思想文化等文学外部层面的因素具有怎样的关联。当然，本书在此无意对这两个概念做某种词源学和词义上的辨析，只是想说明，本书在行文的过程中，"文学想象"与"文学叙述"并不那么泾渭分明。

（三）农民形象

本书论述的主要对象为文学中的农民形象，因而梳理和归纳了大约六种农民形象的类型，一部分指的是仍处于乡村世界之中的传统农民形象，另外还包括了两种农民工类型（主要出现在20世纪90年代以后到21世纪的文学叙述中）。客观而言，农民工并不属于真正意义上的农民，因为他们离开了土地，也告别了农耕式的生活方式，并且在农民工所出现的年代，相关的文学作品中也不乏真正意义上的农民形象。但是本书之所以将农民工作为20世纪90年代以后直到21世纪的文学书写中的主要农民形象纳入研究范畴，其实是因为他们仍然可被视为农民形象的一种另类的变体，他们更能够揭示中国现代化、城镇化转型过程中，农民乃至整个乡村所遭遇的变化与困境。换言之，在本书的研究视野和理念中，文学中的农民形象是在更为宽泛和复杂的意义上而言的。

（四）农民的主体性

贯穿本书的最主要问题是：中国追求现代化转型的变革时期，文学中的农民形象发生了怎样的变化？这些变化是如何产生的？现代化变革对农民形象的想象与叙述产生了怎样的影响？通过变化的农民形象，可以看出原本自足（不仅生活上自足还包括精神上的自足）的农民，如何陷入迷茫和边缘的境地，甚至被完全纳入城市的轨道，丧失农民身份与主体性。但与此同时，关于农民形象的文学叙述，也逐渐让我们看到，农民在越发边缘的处境之下，又生长出对新的主体和身份进行建构与抗争的自我意识，而打工作家笔下的农民工/新工人成为一种表征。由此可见，在贯穿本书的最主要问题中，与农民形象的变化紧密关联在一起的是农民"主体性"的变化。而"主体性"是一个较为抽象的概念，所以本书在此试图对论述中所出现的农民主体性进行简单的界定与厘清。因为本书涉及的时间段为1978年至2016年，所以对于农民主体性的概念界定，以1978年农村改革作为开端。

1978年农村改革实行"家庭联产承包责任制"（即包产到户）的政策，农民拥有了土地，可以自己种地养活自己，与之对应的是80年代初期的文学中出现了自给自足的"小生产者"形象。毫无疑问，这一农民形象体现了农民的主体性——能够不离开土地，从而具备养活自己和家庭的能力，有尊严，被平等对待，生活的世界自足而圆满。这是本书对于80年代农民的主体性的朴素理解。这一朴素的"主体性"正源于80年代初期试图建构的"总体性的世界"——"80年代改革初期的原动力并不是纯粹经济层面的，即便这里存在着经济问题，它也仍然内在于、镶嵌于一个总体性的政治构想……总体性意味着存在一种正义的理念,这种理念又是能落实到经济发展层面的,而经济又不是脱嵌于政治和伦理世界的,人们的生活世界是经济的,也同时是伦理和审美的,二者中审美又保持着与正义理念相一致,总之,世界是可以作为身处其间的人们心灵的家园的。"① 生活在这样的"总体性"世界中的农民,有了获得主体感的满足。

但是在中国由前现代社会走向现代社会,由计划经济转向市场经济的变革中,农民自给自足的小生产者主体性必然遭遇挫折和冲击。在这场现代化转型的历史巨变中,农民逐渐不能够依靠传统农耕的方式养活自己,更何来尊严和平等可言?而农民所赖以生存的乡村世界逐渐空壳化,农民不再为"农民"身份感到自豪,而是陷入迷惘之中。尤其当农民彻底被纳入现代化、城市化的轨迹之后,农民化身为农民工(保姆、建筑工人、工厂女工、"小姐"等),陷入"乡不乡,城不城"的"边缘人"状态,农民原有的主体性便遭遇解构。于是我们可以看到,在中国全面现代化建设的巨大工程中,农民开始了一个漫长的"主体建构"的过程。而写作者们,也以文学的方式,参与到了对农民的主体建构的叙述与想象之中——当曾经在政治、经济和伦理上都自得圆满的农民遭遇了主体性的解构之后,写作者们该怎样对农民的自我和主体进行形塑。当农民脱离乡村共同体、脱离家庭,其自我形塑技术被引向了个体化,正如潘毅所言,"将主体孤立化和个体化当然是资本的计算"②,资本需要农民成为人力资源市场上被"原子化"的个人,从而可以使他们像商品一样被"明码标价"。但是,在城市中的农民会本能地抵抗市场和资本的力量,以此争取获得某种身份认同与主体感,虽然是暂时的、片面的、流动和易变的,甚至是极端的。正因为如此,20世纪80年代中后期开始,尤其是90年代以来关于农民形象的文学书写中,农民形象虽然看似悲惨,但是饱含着抗争性。他们无论以何种方式表示抗争,毫无疑问在影响着整个中国

---

① 林凌:《文学中财富的书写——新时期文学写作演变的再考察》,博士学位论文,华东师范大学,2012年,第5页。
② 潘毅:《中国女工——新兴打工者主体的形成》,九州出版社2011年版,第9页。

社会的现代化进程。尤其作为打工者的农民，也以"文学"（新工人文学）的方式参与到了对农民的尊严、平等、身份等方面的呼喊与想象之中，并由此让我们看到了一种新的关于农民主体性的形象成为可能，即新工人。"新工人"并非只是文学对于农民形象的表述，社会学界也用这一称谓来表述在城市的农民工。"新工人"这一概念包含着一种期待——期待农民在脱离土地，成为工人（如建筑工人、资本家工厂工人、家政市场的保姆等）之后，能够受到国家的保护和社会的尊重。从而，农民重新拥有传统农耕时代的农民的尊严，且能够从劳动的异化中解放出来，并在劳动过程中充分实现自我。

简而言之，在本书的框架中，农民的"主体性"指的是农民在中国现代化转型过程中，如何找寻自己合适的位置，并形成一种新的自我认同，拥有尊严、获得尊重、能够被平等对待。这将是一个艰难而漫长的过程，需要各种力量的参与和努力才能实现，文学便是其中之一。

五 全书主要的研究内容、思路和章节安排

基于相关的历史视野、时代的思想文化背景、以及农民问题的形成过程的简单勾勒，本书试图对中国城镇化进程中关于农民形象的文学叙述进行较为全面的考察。现对这一考察的特点与概况加以说明。

（一）主要研究内容

本书以中国现代化、城镇化/城市化以来（以1978年的农村改革为开端）有关农民的文学作品作为研究对象，探究文学写作者对于"农民形象"的叙述与想象。核心的思路在于：一方面试图梳理、对比和分析各个阶段文学对农民形象的叙述和想象；另一方面，也是更为重要的地方在于探究并试图回答写作者为什么要如此想象农民以及不同的农民形象及其叙述背后的原因是什么。因此，不仅是文本中围绕农民而展开的人物设计、故事情节、叙事结构等将被纳入讨论的范畴，与生成文本相关的历史语境、思想文化、意义结构等也是本书研究的重点。以核心思路和问题作为导向，本书将主要的研究内容放置

在四个部分的设计中。第一部分，20世纪80年代早期的文学写作对农民形象的想象及其存在的矛盾；第二部分，80年代中后期文学文本中的农民形象的变化及其与传统乡村秩序的冲突；第三部分，90年代以来的文学叙述中处于"新的乡村政治空间"中的农民及其主体性的丧失；第四部分，90年代，尤其是21世纪以来的农民工形象及其相关叙述，本书将文学中的农民工形象视为农民形象的另类呈现。第四部分不仅探究知识分子关于农民工形象的书写，还会讨论打工作家基于原创性经验对农民工形象所展开的叙述，由此在呈现农民形象逐渐边缘化时，也试图探寻某种新的农民主体性生成的可能性。在此意义上，本书不仅力图展开对文学应当如何想象农民及其故事的讨论，还努力参与到相关的社会议题如现代化、城市化进程中农民的处境与出路，尤其是农民的主体性重新建构，乃至中国乡村未来的讨论中去。

在文本时间范围的框定上，本书以1978年作为开端，这主要与1978年中国实行乡村经济体制改革有关，1978年12月十一届三中全会后中国开始实行对内改革——农村的家庭联产承包责任制——以及对外开放的政策。但在具体论述中，将1978年与1979年全部纳入"20世纪80年代"这一表述之中，这与1978—1979年与80年代初期的思想、文化以及农民的具体生活实感具有一致性与延续性有关。因此，本书对80年代以来有关农民形象的叙述与想象的重点文本进行细读，归纳出六类农民形象：小生产者形象、进城的小生产者、现代农民、迷惘的农民、作为边缘人的农民工、作为新工人的农民工。当然，这并非意味着1978年直至当下的文学书写中的农民形象仅限于这六类，但是不可否认这六类具有一定代表性，况且本书的研究目的也不在于面面俱到地归纳和论述所有的农民形象类型。通过对这六类农民形象及其叙述进行细致分析，得以窥见一条较为完整的针对农民形象的文学叙事逻辑，在这一叙事逻辑中，我们可以看到中国在现代转型的历史变革中，原本自足的农民，如何陷入迷茫和边缘的境地，甚至被完全纳入城市的轨道，丧失农民的身份与主体性。可与此同时，在这一叙事逻辑中，我们又能够看到农民如何在"边缘"与"苦难"的状态之下，生长出对新的主体和新的身份进行建构与抗争的自我意识，甚至一种新兴主体性——"新工人"成为可能。

（二）跨学科视野中的文学研究

正因为本书着重于考察20世纪80年代以来作家对于中国现代化变革中"农民形象"的叙述与想象，核心思路在于探究写作者如何想象不同阶段的农民，建构起怎样的农民形象，以及为何要这样叙述。所以，本书尝试在一种跨学科的视野中分析农民形象和与之相关的文学问题，这样可以更好地呈现"农民形象"的复杂性。正如蔡翔所言："尽量地在文学史和社会政治史之间建立某种互文的关系……在文学性的背后，总是存在着政治性，或者说，政治性本身就构成了文学性——只要我们愿意重新讨论这个世界，这一讨论本身就是政治的、政治的歧义化乃至多义化，也就此构成文学的复杂性。"[①] 也如贺桂梅在写作《书写"中国气派"：当代文学与民族形式建构》一书时所言："并不将文学问题仅仅视为文学的问题，而将文学问题与特定历史阶段中中国社会置身的全球结构、跨国性的国家关系体系结合起来进行考察。"[②] 因此，本书的论述并不将与农民形象相关的文学书写及其存在的问题仅仅当成文学本身的问题，而是将农民形象的形成及变化与特定的历史阶段中，农民和乡村所面对的城乡格局、现代化和城市化转型状况，以及不同阶段的社会、思想、文化特征结合起来进行考察。因为关于中国当代文学的研究，尤其是关于当代农民形象的文学书写的研究，必须将之置于相关的历史语境中考察，才能够得到足够深入的理解。特别是关于农民形象的变化——尤其是边缘化，以及由此显现的农民主体性问题，如果只是从文学本身的角度出发，而不将其纳入中国乡村改革和现代化转型的历史语境和结构中来考察的话，将很难获得足够的认识。实际上，不仅是文学研究，还包括农民的文学书

[①] 蔡翔：《革命/叙述：中国社会主义文学—文化想象》，北京大学出版社2010年版，第394页。

[②] 贺桂梅：《书写"中国气派"：当代文学与民族形式建构》，北京大学出版社2020年版，第62页。

写，也只有持续关注和理解与农民相关的历史语境的变化，才能更好地想象和思考农民的现在与未来。

本书对于中国城镇化进程中农民形象的文学书写的研究，较多地吸纳了社会人类学研究成果、批判性社会理论，以及文化研究理论，并尝试将它们与文学研究结合起来。也就是说，跳出文学这一单一学科门类的视野局限，从跨学科、多维度的研究视角，并运用多学科研究方法和理论进入文学文本，去考察其中的农民形象。正如贺桂梅所言，"较为宽广的研究视野，力图打破文学研究'内部'与'外部'的简单区分，也打破人文学与社会（科）学之间的分界，而将文学理解为一种社会性的文化政治实践行为"，[①] 所以，本书不只是像已有的那些对于"农民书写"的研究那样，仅仅侧重于对作品中的农民形象、相关的情节安排、人物内涵进行分析和阐述，而是将重点放在与生成农民形象相关的历史语境、思想文化、意义结构、社会关系等不同层面，以期获得一些新的发现。

（三）以经典文本、引发关注、少被谈论的文本作为中心

已有的对于农民形象的文学研究，大多会引入大量的文学文本，由此对农民形象进行较为完整的归纳与梳理，呈现不同类型的农民形象以及他们不同的特征。而本书力图揭示和呈现文学作品所建构的农民形象与历史、社会、文化、政治之间的关系，那么不仅需要对与相关的历史语境和理论思想有较为宏观的了解，更需要以此为基础对具体的文学文本进行深入细致的解读。所以，本书在文本选择上不追求对大量的文本进行细读，而是在每一章中选取三到五个核心文本展开研究与论述，选取思路主要有三个方面：第一，以不同时期的经典文本作为考察的中心；第二，并非经典但有一定影响力，或曾在当时引发讨论的文本作为重点，因为不可否认，并非每一个时期都存在经典文本，尤其是20世纪90年代以后，关于农民书写的经典文本变得匮乏；第三，那些较少被谈论却值得重新研究的作品。本书在对每一章

[①] 贺桂梅：《书写"中国气派"：当代文学与民族形式建构》，北京大学出版社2020年版，第62页。

涉及的文本进行细读时，尝试找出作品中反映的问题点，并将其与相关的历史语境和理论进行勾连，从而展开论述，借此呈现文学文本与社会政治文化之间的互文关系，展现文学文本书写实践的整体过程。需要强调的是，本书将打工作家对于农民的文学书写也纳入了讨论的范畴，包括某些特定的非虚构性写作。既然研究关于农民形象的文学叙述，那么打工作家的文学文本也是不可轻易忽视的，而且打工作家所建构的农民形象还能够与知识分子关于农民的叙述形成一种对照。但是不可否认，打工作家的写作相对而言处于较为边缘的地位（正如打工作家的身份），同时这种特定人群的写作也属于一种新兴的文学形态，所以到目前为止尚未被经典化，不存在所谓"经典的作品"。尽管打工文学中具有轰动效应的作品并不多见，但也不乏在打工作家群体内部乃至整个文学界引发关注的作品。

本书对文学文本的选择与阐释，源自对文本开放性的认同与理解。也就是说，此处言及的文学文本，并不是完全局限于文学本身的作品，反而成为一个具体而微的书写实践和一个讨论农民问题的场域。与此同时，文本所建构的农民形象，也并非静止的，而是经由多方面的力量甚至冲突得以形成的。所以在此意义上，文学文本中以及其塑造的农民形象身上，都留下了不同层面的印记：文学的叙事方式、社会实践、政治和文化观念、作家对于生活和世界的理解等。而在这几个层面中，作家某种程度上显得更加重要，但此处的"作家"并非仅仅是纯文学意义上的作家，而是成为"文学场域"中的"中心"，更准确而言，在促使文本以及农民形象生成的各种力量中，作家既是一个参与者，也充当了统筹者的角色。所以，不只是作家的文学作品，某些作家的创作论或者自传也同样值得被讨论。

总而言之，本书虽然是关于农民形象及其叙述的研究，但是并不会对大量文学文本中的农民形象进行面面俱到的分析，而是聚焦于经典文本、引发不少关注的文本以及虽少被谈论却具有被讨论价值的文本，从而展开论述。与此同时，因为着重于文学文本的开放性，特别考虑到"农民形象"与历史制度、思想文化变迁的相关性，本书以核心的文学文本作为起点,以知识考古的方式来对待文本及相关的农民形象,回到历史脉络中看待农民形象的文学建构,将一些作家的创作论、国家现代化转型的状况,以及社会思想文化融合于对文本和农民形象的研究中,借此希望能够使讨论更加深入。

(四)章节安排

在具体的章节安排上,除"导论"之外,本书围绕前述的四部分设计,按照不同的时间、不同的历史阶段和不同的农民形象,将正文分为六章。第一至第三章基本聚焦于20世纪80年代早期到中后期关于农民形象的文学叙述以及与之相关的农民形象的变化,从而展开深入讨论;第四至第六章则重点围绕90年代至21世纪关于农民形象的文学建构和农民形象的变化进行研究。主要的章节内容如下。

第一章是"作为'小生产者'的农民:一种对生活和世界的总体性想象"。本章以80年代早期三个具有代表性的作品(《犯人李铜钟的故事》《李顺大造屋》《乡场上》)作为核心文本,探寻80年代早期关于农民的文学叙述中,作家如何建构起一种作为"小生产者"的农民形象,以及这一农民形象包含着怎样的对生活和世界的总体性想象。在对"小生产者"农民形象及其叙述展开具体论述之前,本章将对柳青的《创业史》中的农民形象以及集体化叙事做一定的分析和讨论,从而呈现土地改革如何被集体化中断,集体劳动如何确立起自身的合法性,以此作为80年代早期"小生产者"农民形象的前史。由此得以发现,80年代的逻辑起点,重新回到了土地改革后被合作化打断的历史——具体而言,由1946年"土改"运动所带来的分田到户、自给自足的生活方式重新成为80年代早期文学对于此时期农民及其生活的想象。因此本书围绕《犯人李铜钟的故事》《李顺大造屋》《乡场上》这三个文本中"饥饿""财产""尊严"这三个符号,展开对"小生产者"农民形象的讨论,从而试图呈现集体化如何遭遇了文学叙述的解构,包产到户乃至整个乡村改革如何建立了自身的合法性,而个人劳动的正当性又是如何被确立起来的。写作者对于"小生产者"的想象,不只从经济层面出发,同时还指向了政治层面,其中包含着对"正义"的理念的期待和对生活及世界的总体性想象。在此意义上，20世纪80年代早期关于"小生产者"的叙述与想象饱含力量，经由"小生产者"所形成的乡村世界也同样极为完满，仿佛不受任何外力的干扰。但不可否认的是，"小生产者"农民形象及其叙述自身其实包含着某种矛盾：80年代虽有着对现代化的追求，但是这一对于现代化的追求却以非现代的方式——自己种田养活自己的小生产者生活方式进行实践。由此，对作为小生产者的农民形象及其矛盾的分析，成为思考80年代中后期乃至90年代以来的农民形象及其表征的问题的一种必要和有效前提。

第二章是"从'进城的小生产者'到'现代农民'：80年代农民叙事的转折"。正如"小生产者"及其叙述隐含着矛盾与危机，所以从80年代中后期开始，"小生产者"农民形象逐渐消失，取而代之的是具有经济理性的现代农民及其对乡村秩序的改造。但是，"小生产者"及其叙述所隐含的矛盾，在80年代早期的文学叙述中，其实早已有所显露，高晓声的《陈奂生上城》和张一弓的《黑娃照相》是反映这一问题的代表作。某种意义上，这两个80年代早期的文本共同预示着80年代早期农民形象或农民叙事的转折。《陈奂生上城》塑造了一位特殊的"小生产者"农民形象——"进城的小生产者"，高晓声通过进城的陈奂生与城市之间的冲突，触及了城市与资本的概念，甚至反映了农民与城市之间的紧张关系，征候式地表达了80年代早期农民叙述中存在的矛盾，并昭示了未来关于农民的文学叙述中即将出现的某种新的可能性——城市作为一个强大的召唤结构必然会对"小生产者"农民乃至整个乡村世界进行改造。《黑娃照相》则塑造了一位建立在小生产者形象基础之上却又完全不同于小生产者的现代农民黑娃。某种程度上，陈奂生式的农民和他所生活的乡村世界与一个崭新的城市及其现代性之间的冲突，在关于黑娃的叙事中貌似被试图弥合，农民黑娃以一个勤劳、自信、理性，有着明确的个人意识和主体性的现代农民形象出现在"现代城市"面前。但是这一个人意识和主体性与"小生产者"所拥有的主体性有着本质的区别：黑娃的主体性与以西方为想象的现代性完全关联在了一起，正如小说中作为现代农民的黑娃，他对于生活与未来的想象其实是以美国/西方作为原型的。如此一来，作为"现代农民"的黑娃实际上也预示着在文学和文化层面，逐渐被整合进西方现代化之中的中国现代化理论逐渐开始成为一种新的意识形态。也正是在这一点上，黑娃与陈奂生进城的方式虽不同，却殊途同归，两者共同指向了20世纪80年代开始的现代化进程中农民叙事即将发生的转变：80年代中后期的文学将不再讲述前现代的小生产者故事，作为理性经济人的农民形象逐渐成为相关文学的主要叙述对象。

第三章是"作为'理性经济人'的农民：改革逻辑的确立与乡村传统秩序结构的解体"。在80年代中后期关于"农民形象"的叙述与想象中，"小生产者"农民形象不复存在，"陈奂生"们所遭遇的冲突成为某种普遍现实，其尖锐性被逐渐消解，与此同时，"现代农民"黑娃其情感结构中对"土地"的感情被抽离出去，作为"理性经济人"的农民形象及其合法性得到确立。对此，本章以四个80年代中后期的作品作为重点文本展开论述：贾平凹的"农村改革三部曲"（《小月前本》《鸡窝洼的人家》《腊月·正月》）、高晓声的《送田》。在贾平凹的"农村改革三部曲"中，可以看到贾平凹对于改革与社会主义理想之间所存在的冲突在认识上的犹疑，以及这种犹疑的消失和改革逻辑的最终确立。正如在创作于1983年的《小月前本》中，贾平凹一定程度上呈现了改革的巨大能量及其遭遇的阻碍，表达了理性经济人与小生产者之间的冲突，从而得见贾平凹在经济人伦理与传统生产伦理之间的矛盾态度；写于《小月前本》之后的《鸡窝洼的人家》虽然在情节结构和人物设计上与《小月前本》极其相似，但是《鸡窝洼的人家》某种程度上又往前迈进了一步：经由小说中塑造的农民形象，我们不难发现，贾平凹试图通过叙述来消解改革逻辑或经济人伦理与传统乡村秩序之间的矛盾和冲突。虽如此，无论是在《小月前本》还是在《鸡窝洼的人家》中，"理性经济人"农民形象并没有完全确立起自身合法性，直到《腊月·正月》中才被完全确立。换言之，在《腊月·正月》中，一个"完美的理性经济人"被凸显，经济人伦理与传统生产伦理之间的冲突，改革逻辑与传统乡村秩序结构的矛盾都不再是问题，恰恰相反，改革逻辑，甚至是发展主义很自然地得到了无意识确立。毋庸置疑的是，改革逻辑和发展主义必将破坏传统的乡村秩序结构，给传统农民带来冲击，高晓声的《送田》对这一问题有所呈现和展开。《送田》发表时间晚于《腊月·正月》，经由其塑造的理性经济人形象，可见作为"理性经济人"的农民如何凭借"经济实力"成为乡村的"立法者"，从而如何将整个乡村共同体纳入其重新建构的话语体系。由此通过对《小月前本》《鸡窝洼的人家》《腊月·正月》《送田》这四个文本对作为"理性经济人"的农民形象的叙述及其变化，可看到经济人伦理或改革逻辑如何在乡村世界中确立了合法性，从而改造甚至终结了"小生产者"农民形象，而这也正是 90 年代的文学叙述中新的"农民形象"的起源性所在。

第四章是"'迷惘'的农民：抒情的消逝与农民主体性的解构"。从 80 年代早期文学所塑造的"小生产者"农民形象，到 80 年代中后期文学中的"理性经济人"的农民形象的转变中，其实可以看到农民以及整个中国乡村逐渐丧失其自身的主体性。这显然可归因于以"经济理性"或现代化改革为表征的"知识"，在对农民的情感结构乃至乡村传统秩序结构进行冲击甚至解构时，并没能够很好地重新建构一种新的农民乃至乡村主体性。因此在 90 年代以来关于农民的文学叙述中，并未出现类似 80 年代早期关于"小生产者"式的抒情，"迷惘"成为这一时期文学叙述的主调，而"迷惘的农民"也成为这一时期新的农民形象。本章以王润滋的《内当家》、卢万成的《内当家之死》、陈应松的《野猫湖》、迟子建的《花牤子的春天》与徐广慧的《寂寞的村庄》这几部作品作为重点文本，由此展开对"迷惘的农民"的讨论。需要说明的是，此处"迷惘"的农民形象，指的是 90 年代以来文学中出现的身处或留守乡村世界中的农民。"迷惘的农民"在文学叙述中可表现为多种样态，比如被资本左右的农民、变身为女同性恋的农民、作为"无用之人"却又是乡村守护者的农民等。从《内当家》到《内当家之死》，我们可以看到一位曾经翻身做主人的农民李秋兰，在被资本和发展逻辑控制之下的乡村世界中如何丧失了其主体性。陈应松的《野猫湖》则让我们看到传统的乡村留守女性香儿如何成为女同性恋，从中反映了农民的无助、空虚和迷惘，并进一步呈现了现代化逻辑之下，"新的乡村权力结构"的出现，及其如何使农民乃至整个乡村世界陷入一种新的压迫之中。《花牤子的春天》与《寂寞的村庄》中的农民则以一种特殊的形象出现：作为"无用之人"的乡村守护者。作品呈现了现代性对于乡村传统伦理的冲击，反映农民及其所身处的乡村世界的困惑。总之，写作者一方面通过这些农民形象，呈现了现代化进程中农民乃至乡村所陷入的"迷惘"状态，事实上，现实中的乡村确实存在诸如乡村女同性恋、恶霸、流氓的农民；另一方面，写作者同样将这些"迷惘"的农民形象当作一种符号，寄托了他们对中国现代化转型与乡村和农民之间冲突的理解，以及对在此语境之下农民困境的反映，尤其是对农民/乡村主体性丧失的想象与思考。

第五章是"城市空间中的'边缘人'：自我意识的觉醒、实践与困境"。如果说前一章论及的因丧失"主体性"从而变得"迷惘"的农民，主要指的是现代化、城市化进程中留守在村庄的农民的话，那么，在本章中则会讨论文学中的农民形象及其相关叙述。毫无疑问，从农民到农民工的转变，是中国城镇化进程中农民所呈现的一个重大变化，也正因为如此，90年代以来关于农民形象的文学叙述也发生了巨大转变，所以对于农民工形象的论述也得以被纳入本书的讨论范畴。具体而言，90年代以来的文学书写中，出现了作为"边缘人"的农民形象，即农民工。正如，当农民从乡村共同体中脱离出来并进入城市空间之时，他们原有的主体性遭到解构，但城市空间无法为他们重构新的主体性，所以只能沦为城市中的"边缘人"，即陷入一种"在而不属于"的状态中。但是，"边缘人"并非一个完全消极的概念，从对作为"边缘人"的农民的文学书写中，我们得以深刻体会人物内在迸发的强烈自我意识以及对于重构主体性的迫切愿望。因此比之留守村庄的"迷惘"的农民形象,作为"边缘人"的农民工形象内在包含着更大的张力与复杂性。但需要强调的是,90年代以来关于农民工形象的文学书写,容易流于苦难叙述,缺乏想象力和深度。不过仍然不乏优秀的作品,如《残桥》《放声歌唱》《小黄米的故事》《明惠的圣诞》《走夜的女人》等,这几篇小说将作为本章讨论的核心文本。但是,在对这几个文本展开论述之前,本章将先对另两篇有关80年代早期农民形象的文本稍作分析:铁凝的《哦,香雪》与路遥的《人生》,希望借此能够更为历史性地呈现现代化转型中农民的自我意识实践及其困境。《哦,香雪》与《人生》都是关于农村青年试图依靠文化知识进入城市,继而改变自身命运的故事,因此共同呈现了80年代早期的幻觉,即每个人都有可能依靠自己的努力从而改变自身的命运。但是这两篇小说又有所不同,《哦,香雪》塑造了一个近乎完美的农村青年形象,使其承载了整个80年代早期的幻觉,《人生》虽然同样建构了一个理想的农村青年形象,且由此论证了改革的合理性,但另一方面又通过这一形象昭示了80年代早期幻觉中存在的危机,只不过没有很好地展开。《残桥》《放声歌唱》《小黄米的故事》《明惠的圣诞》《走夜的女人》则进一步使我们看见80年代的理想与幻觉——农村青年通过知识改变命运的困局。相反,他们只能作为廉价劳动力甚至凭借"身体"这一资本进入城市,徘徊于城市的边缘。文学中的农民工形象及其自我意识的实践形式虽然表现得更为苦难甚至极端,但是在他们身上也显现出一种关于自我意识与主体性的力量——个人经过"苦难"的实践,逐渐生长出越发强烈的自我意识和主体性建构的愿望,其足以最大限度地介入整个社会的变动中,甚至对现实产生一定的影响。

第六章作为"新工人"的农民工及其叙事:一种新的主体性想象。从90年代开始,尤其是21世纪以来,一种崭新的关于农民形象的文学形态逐渐出现,即打工者对于农民工的叙述与想象。本章将对此类关于农民形象的文学叙述加以讨论。打工作家对于农民工的书写虽然与知识分子的相关叙述存在一定程度的重合,但是前者的突出之处在于，作为打工者的写作者基于自身的原创性经验，对与自己同样身份的农民工展开叙述，不仅对农民工这个群体的当代困境——尤其是"边缘人"处境——进行微观呈现，更为重要的是，农民工通过对自身和同胞困境的叙述，召唤出一种新的主体，象征着农民工对于自身在城市空间乃至整个中国社会中的位置与身份的呼喊。正是在这个意义上，在打工作家对于农民工的文学叙述中，一种新的农民工形象成为可能，即"新工人"。在对"新工人"形象及其叙述展开论述之前，本章讨论了90年代以来知识分子对于农民工叙述存在的问题，即只从"文学经验"出发，缺乏"原创性经验"，难以避免陷入苦难叙事、"奇观化"写作以及为求便利采取"安全叙事"策略的问题，以此为对照，凸显了打工作家基于"原创性经验"展开的农民工叙事的特殊性与重要性。在具体的论述中，本章通过三个层面，同时结合对应的代表性作品，对作为"新工人"的农民工形象展开讨论，或者说打工作家通常由三个层面对"新工人"形象及其表征的主体性想象进行呈现。第一，不卑不亢的苦难者形象，以范雨素的《我是范雨素》为代表性文本。指的是打工作家倾向于以"我"作为叙述视角，揭示农民工突出的自我意识，正是这种突出的"自我意识"使得作者笔下的农民工形象虽身处困境与苦难，却显得不卑不亢。换言之，不卑不亢的苦难者形象成为"新工人"形象及其内涵的表征之一。第二，作为"文化人"的"新工人"形象，以郑小琼、小海的诗歌及其作品所建构的青年农民工形象作为重点讨论对象。青年农民工与老年农民工有着显著区别，在叙述中表现出"文化人"的特质，而"文化人"的特质某种意义上也成为"新工人"形象的一个重要特征。第三，资本、机器所建构的权力关系中的新工人，以郑小琼、杨东、许立志、邬霞这四位诗人的代表性诗歌作为文本。一方面，这些打工作家在一定程度上回答了工人们的悲哀与伤痛的原因，即现代化转型、工业发展、技术升级与作为农民的工人之间的冲突，尤其是资本生产运作对个体的规训与挤压；另一方面，打工作家还通过对在"权力结构"中所遭遇的"身体疼痛"/"疼痛的身体"的叙述，使得打工者的集体经验得以深度赋形。这一"疼痛的身体"某种意义上具有了潘毅意义上的"抗争次文本"意味,即作为集体经验的"身体的疼痛",可被视为一种新的抗争愿望,存在一种巨大的抗争可能性,如此一来,一种新兴的主体性得以出现——新工人。但不可否认的是,打工作家对于农民工形象的叙述也会产生一些新的局限,比如仍可能陷入"自我风景化"或"被奇观化"的境地,以及出现按照强者的逻辑表达自我的问题,并没有形成一种"行动的主体性",因而难以落实到社会现实之中,缺乏真正意义上的改变农民现实处境的力量。然而即便如此,我们却仍然可以对打工作家及其对于农民工故事的讲述,以及他们对"新工人"这一形象与概念的参与充满期待,因为他们的写作至少已展现出广阔的空间与光亮。

第一章 作为"小生产者"的农民：一种对生活和世界的总体性想象

随着1947年中共颁布了《土地法大纲》，中国的乡村开展了规模巨大的土地改革运动。一方面，土地改革给农民的生活带来了一些变化——每个农民有了土地，有了对新生活的向往。但与此同时，一直到20世纪50年代，中国传统社会土地是可以自由流动的，而土地的自由流动，很可能造成新的土地兼并，当时的文学也对这一问题有所察觉，并将其以文学的形式呈现出来，比如李准《不能走那条路》就是其中的代表作品。另一方面，农民对于新生活的向往和想象来自对地主生活方式的模仿。如此一来，原来乡村共同体中相互扶助的风气开始减弱。那么，当土地改革使每个农民都分到自己的土地，谁才是土地改革最大的受益者？赵树理极具前瞻性地在当时的写作中分别对此进行了思考，比如《邪不压正》和《三里湾》。在他看来，土地改革最大的得益者应当是干部，因为干部可以相对多地分到好地，同时他们又掌握着权力，那么就有可能形成新的压迫性集团。无疑，这是非常有远见的叙述和思考，这在后来浩然的小说《艳阳天》，以及本章即将讨论的冯幺爸的《乡场上》中都得到了不同程度的反映。正是出于这样的现实情况，50年代便开始实行了合作化运动，于是就有了类似柳青《创业史》这样的作品。柳青在"题叙"中告诉我们，梁生宝母子逃荒、梁三老汉重组家庭、三代人创立家业不仅没有成功，还遭遇了破产，而"土改"使梁三老汉又有了创家立业的理想。而与此同时，

第一章 作为"小生产者"的农民：一种对生活和世界的总体性想象

梁生宝却热衷于集体事业。故事最后告诉我们，只有作为"社会主义新人"的互助组组长梁生宝，才能够成功创业，创的是集体的业，也只有集体化的生产模式，才能让梁三老汉，以及像梁三老汉这样的农民走出千百年贫穷的死循环。由此，这样的文学叙述为集体化确立了合法性，《创业史》也因此成为社会主义文化建构的经典作品。

这样的一种关于集体化的想象，在20世纪80年代遭遇了中断。然而有意思的是，80年代的逻辑起点，却重新回到了"土改"后被合作化打断的历史。具体而言，由1946年"土改"所带来的分田到户、自给自足的生活方式重新成为80年代对于农民及其生活的想象。历史就是如此吊诡地前进着。1978年，中国再次开始实行乡村土地改革——家庭联产承包责任制。每家每户都可以分到土地，每个农民自己种地养活自己。这实际上是一种重回土改的模式，曾经强烈存在却又被压抑和中断的小生产者的梦想再次复活。换言之，中国现代历史上两次现代化的转型——1949年和1980年——其动力都来自小生产者的梦想，都是回到土地单干，自给自足。正如薛暮桥在回忆录中说，"从根本上说，土地毕竟是广大农民祖祖辈辈辈梦寐以求的，在土地改革中分到了土地，他们愿意有一段时间发展小农经济是自然的。取消封建制度，发展小农经济，在一定历史阶段对于发展农业生产有利。说明农民早已普遍存在合作化的强烈需求，也是不符合历史情况的"。[①] 虽然经济学家薛暮桥这段话针对的是第一次土地改革以及合作化，但是一定程度上同样适用于解释80年代初期农民对于土地改革的热情。与此同时，某种意义上集体化叙事的中断，也进一步突出了合作化运动时期"集体劳动"的危机和问题，"集体劳动一方面在生产集体意识，另一方面，也在同时生产个人主义，最后，当集体劳动在现实中受挫，这一记忆以及记忆的叙述，就会对这一生产方式提出终结的要求"。[②] 这里所说的记忆，是指对土地的情感，更包括了个人发

[①] 薛暮桥：《薛暮桥回忆录》，天津人民出版社1996年版，第219页。
[②] 蔡翔：《〈创业史〉和"劳动"概念的变化——劳动或者劳动乌托邦的叙述（之三）》，《文艺理论与批评》2010年第1期。

家致富、光耀门楣的记忆，这样的记忆不仅存在于中国的历史和传统中，更存在于农民的血液之中，所以梁三老汉才一直抱有"创业"的美好梦想和对富裕中农生活的向往。

毫无疑问，文学也参与到了这一历史进程的变化中来，从而有力地介入到了改革之中，所以我们会看到，文学写作从伤痕文学（如刘心武《班主任》、蒋子龙《乔厂长上任记》）迅速转到对乡村和农民的书写，从对刚刚过去的历史的否定，开始转化为对未来生活的新的想象。显然，农村改革为这种新的想象提供了文学实践的空间。正如1949年和20世纪80年代中国历史上两次现代化转型的动力都来自小生产者的梦想，在80年代早期的文学叙述中，也同样塑造了一系列的"小生产者"的农民形象，围绕这些作为小生产者的农民，文学写作者展开了对乡村的未来的想象。当然，更为重要的是，正是对这些农民形象所展开的叙述，呈现了曾经被中断的历史如何成为80年代逻辑的起点。具体而言，本章将柳青的《创业史》作为文本，首先对集体化叙事以及相关的农民形象展开论述，从而呈现土地改革运动如何被集体化运动中断，集体劳动如何确立了自身的合法性，以此作为80年代关于"小生产者"叙述的前史，重点展开对80年代早期农民形象的探究。对于80年代"小生产者"及其叙述的讨论则针对《犯人李铜钟的故事》《李顺大造屋》《乡场上》这三个经典文本，围绕"饥饿""财产""尊严"这三个符号展开，力图呈现集体化如何遭遇了文学叙述的解构，以及乡村改革/包产到户如何建立了自身的合法性，个人劳动的正当性在这一过程中又如何被确立。实际上，这三个符号不仅在80年代关于农民的文学叙述中极为重要，甚至可以说，在整个中国现当代文学关于农民的文学叙述中都多次被征用，只是在不同时期、不同历史和政治语境之下，其被征用的方式和目的有所不同。需要强调的是，写作者对于"小生产者"的想象，不只是从经济层面出发，还指向了政治层面，其中包含着某种"正义"的理念，是一种对于生活、世界的总体性想象。因此，80年代初期关于"小生产者"的叙述与想象饱含力量，经由"小生产者"所形成的乡村世界也同样极为完满，仿佛不受任何外力的干扰。当然，这样的农民形象与乡村想象，其内在包含着自身的矛盾。可恰恰因为如此，重新审视"小生产者"形象成为后来反思20世纪80年代中后期乃至90年代以来的农民形象及其带来的问题的一种有效途径。

第一节 梁三老汉梦想的破灭与实现：集体化合法性的确立

柳青的《创业史》[①]一直被认为是反映中国农业集体化的典范之作。作为一部长篇小说，作者建构了不同类型，甚至是不同阶层的农民形象，并通过情节的设置，人物之间的矛盾冲突和化解，以及不同历史时期人物自身的成长和变化，将故事的主题凸显——只有通过走集体化的运动，才能够使所有的农民摆脱贫困，借此在文学意义上确立了集体化的合法性。正如柳青自己在创作谈中明确说的："我写这本书就是写这个制度的新生活，《创业史》就是写这个制度的诞生的……写社会主义思想如何战胜资本主义自发思想，集体所有制如何战胜个体所有制、农民的小私有制。"[②]众所周知，《创业史》最为突出的地方在于建构了一个典型的社会主义新人形象梁生宝，他是社会主义合作化运动的带头人，勤劳肯干、无私奉献，具有长远的眼光和大局意识，既继承传统农民的优良品质，又具有社会主义的新思想。即使如此，柳青并没有直接铺陈社会主义新人梁生宝自己的故事。梁生宝的重要性和围绕他展开的集体化叙事，是经由对梁三老汉的梦想实现的艰难过程的叙述而得以完成的。换言之，对本章而言，《创业史》中梁三老汉的人物的变化更为重要，而他的改变则是通过他个人梦想的实现来呈现的。正是因为他的个人梦想得到了实现，才使他转变了旧观念，认同了集体化思想，集体劳动和集体化运动在文化上的合法性经由梁三老汉这一农民形象得以建立。正如书的扉页上毛泽东

[①] 柳青：《创业史》，中国青年出版社2009年版。
[②] 柳青：《在陕西省出版局召开的业务作者创作座谈会上的讲话》，《延河》1979年6月号。

给柳青的《创业史》所写的按语:"社会主义这样一个新事物,它的出生,是要经过同旧事物的严重斗争才能实现的。社会上一部分人,在一个时期内,是那样顽固地要走他们的老路。在另一时期内,这些同样的人又可以改变态度表述赞成新事物……"①

小说在"题叙"中便首先告诉我们,梁三老汉一直以来有一个梦想——创立家业,过上富裕中农的生活。更具体地说,他的梦想就是:"未来的富裕中农梁生宝他爹要穿一件崭新棉衣上黄堡街上,暖和暖和,体面体面的!"② 这其实完全是一种小生产者式的梦想,农民能够靠种地,告别衣不遮体、食不果腹的日子,所以在这个意义上,梁三老汉其实就是一个小生产者的形象,他对未来生活的想象也是建立在小农思想之上的。③ 小说告诉我们他的梦想经历了两次失败,一次是1949年以前,他用了近二十年,尽管他非常勤劳和努力,却仍然没有创立起家业,甚至完全破产,让一家人仍然只能住在茅草棚里,衣不遮体,食不果腹;另一次失败是在"土改"时期,梁三老汉分得了十来亩田地,于是他又重新燃起了创立家业的梦想。正如小说所叙述的:"仿佛有一种莫名其妙的精力,注入了梁三老汉早已干瘪了的身体。他竟竭力地把弯了多年的腰杆,挺直了起来。……有一天,梁三老汉在睡梦中忽然恍恍惚惚觉得,他似乎不住在草棚院里,而住在瓦房里了。"④ 然后他告诉生宝妈:"告诉你吧!用不了多少年,我年轻时拆了的那三间房就新盖起来了。稍有办法,就不盖草房了。要盖瓦房!"⑤ 当然,梁三老汉的梦想还是没有实现,小说并没有直接讲述他的失败,而是通过对郭振山这个人物的细节描写,一定程度呈现出土地改革存在的问题,从而指明了梁三老汉的创家立业梦想的不可能。

---

① 柳青:《创业史》,中国青年出版社2009年版,扉页。
② 柳青:《创业史》,中国青年出版社2009年版,第482页。
③ 当然,也不能否认梁三老汉没有"地主"式的梦想。应当说,1949年前后是"土改"时期,每一个农民其实对未来生活的想象其实都是以地主的生活作为模版的。但当梁三老汉连基本的生存需求还无法满足时,他首先是想成为一个小生产者。
④ 柳青:《创业史》,中国青年出版社2009年版,第17页。
⑤ 柳青:《创业史》,中国青年出版社2009年版,第18页。

第一章 作为"小生产者"的农民：一种对生活和世界的总体性想象 ❖❖❖

小说中提及梁三老汉出门恰好遇见富裕中农郭世富盖房上梁："啊呀！多少人在这里帮忙，多少人在这里看热闹！"① 而梁三老汉"把自己穿旧棉衣的身体，无声无息地插进他们里头，没有引起任何人的注意，连他左右的人也没有扭头看看新来了什么人"，② 这时候的梁三老汉因为没有像样的房子和衣服，显然是不能被"发现"甚至不被"放在眼里的"，包括他自己也是如此看待自己，因此他是没有尊严的。实际上，当他刚听说自己即将分到十来亩地的消息时，"他竟竭力地把弯了多年的腰杆，挺直了起来"，③ 这象征着其尊严的获得重新具有了可能性。由此，"尊严"这个符号被柳青纳入进来，成为其征用的对象。实际上，梁三老汉为什么要创立家业？一方面当然是为了有遮蔽风雨的房子可住、有衣可遮体、有充足的食物可果腹，另一方面其实还有着对尊严的需求。正因为没有像样的衣服，所以他只能把身体悄无声息地插进人群中央，并且也正是因为他的不起眼，导致他瞬间被淹没在人群中。所以某种意义上，贫穷让他没有了尊严，虽然此时他已经因为土改分得了属于自己的土地。至此其实可以见出，在柳青的叙述中，土改并没有给所有农民带来一种好的生活，更没有带给他们尊严，而由于不同的人对生产资料和农业生产技能等各方面掌握能力的不同，反倒可能出现新的阶层分化，这也是 1949 年的土改出现的新问题，郭世富盖房子就是一种很好的说明。郭世富因为有着过往作为富裕中农的基础，所以在土改后越发富裕起来："现在人家是二十几口人的大家庭，几十亩稻地的庄稼主，在三合头瓦房院前面盖楼房了。前楼后厅，东西厢房，在汤盒上的庄稼院来说，四合头已经足了。"④ 事实上，郭世富此刻的生活图景某种意义上有了一些"地主"的意味。1949 年的土地改革运动，将土地分配给农民，实际上是将地主的生活分配给了农民，每一个农民都试图模仿地主的生活，郭

---

① 柳青：《创业史》，中国青年出版社 2009 年版，第 30 页。
② 柳青：《创业史》，中国青年出版社 2009 年版，第 31 页。
③ 柳青：《创业史》，中国青年出版社 2009 年版，第 17 页。
④ 柳青：《创业史》，中国青年出版社 2009 年版，第 30 页。

世富如此，梁三老汉对生活的终极想象莫不是如此。也正因为这样，农民分到了土地，向往的都是个人生活的富足，甚至是地主式的生活，这也会使得乡村的互助风气减弱。但是有意思的是，为什么郭世富盖房子的时候，那么多村里人在帮他？——"啊呀！多少人在这里帮忙！多少人在这里看热闹！新刨过的白晃晃的木料支起的房架了上，帮助架梁的人，一个两个地正在从梯子上下地。"① 显然，恰恰是因为郭世富有"房子"：这代表他富有、他有能力，村里人都将他当成了榜样，视其为崇拜的对象，他的生活成为所有人想象更好的生活的模版。

经由柳青的叙述，我们可以看到梁三老汉的贫穷，以及因贫穷导致的卑微并没有因为土改分到了土地而发生改变，他创立家业的梦想再次遭遇了失败，而村中其他一些少数的人不仅创立了家业，还因此在村中获得了地位和尊重。这部分少数人，不只有郭世富，姚士杰也是其中一个，只是虽然他和郭世富一样能干，却因为心狠手辣，在小说中以非正面形象出现，即一个极为卑鄙和阴险的人物。另外，郭振山也是因为在土改中积极斗争，工作认真，所以当上了村长，并一度享有较高的威望，正如小说对他的描写："那是郭振山！多大汉子高耸在人群中间，就像仙鹤站在小水鸟中间一样，洪亮的嗓音在和聚在他周围的人谈论着什么。他是村里的代表主任、四九年的老共产党员，在村里享有最高的威望。"② 但是柳青对他的描写和塑造显然并不完美，最后郭振山被叙述为因为土改获得了较多的实利，所以对互助组具有抵触情绪，对梁生宝心怀嫉妒。这其实在某种意义上涉及了赵树理早在20世纪40年代写作《邪不压正》和1955年写作《三里湾》时就极为担心的问题，有些农民因为干部的身份，分得了更多的好地，同时又掌握权力后，形成新的压迫性集团。正如在《创业史》中我们看到，作为党干部的郭振山和一直以来对共产党怀有仇恨的姚士杰竟然一起在郭世富家做客了。土改并没有让梁三老汉创立家业，他依然

---

① 柳青：《创业史》，中国青年出版社2009年版，第30页。
② 柳青：《创业史》，中国青年出版社2009年版，第34页。

贫穷，甚至因为贫穷显得卑微，以至于在人群中没有了尊严，连头都抬不起来。与之相反，土改让郭世富、姚士杰、郭振山等少数人越来越富有。经由如此表述，"土改"所带来的问题得以凸显，其合法性也遭遇动摇甚至质疑。而只有这样，真正的故事：即梁生宝所代表的集体化的故事才得以展开和凸显，梁三老汉的梦想才能够最终实现。

换言之，《创业史》用梁三老汉的两次失败呈现了一个事实：土地改革并不能实现梁三老汉的梦想，只有集体化才能够为其实现梦想。也就是说，梁三老汉"穿一套崭新棉衣上黄堡街上，暖和暖和，体面体面"的梦想，必须被纳入合作化运动中才有可能成为现实，只有走集体化的道路才能让这位可怜的老人得到尊重。所以我们在这一部厚重的小说最后，才能读到这样一段话："排队买东西的第十七个老汉，个子本来很高大，因为罗锅腰，显得低了，不被人注意。他穿着新棉袄新棉裤……大伙终于注意到了这个奇怪的老汉……所有的人都看见：这个老汉满面很深的皱纹，稀疏的八字胡子……终于，有人认出来了——这是梁生宝他爸嘛。"[①] 这是一段关于梁三老汉如何被注意和被发现的描写，而刚好与小说开头他去看郭世富盖房子时的描写形成了呼应："把自己穿旧棉衣的身体，无声无息地插进他们里头，没有引起任何人的注意，连他左右的人也没有扭头看看新来了什么人。"[②] 很明显，此时的梁三老汉已经不是昔日的梁三老汉，他穿着新的棉衣棉裤，十分体面地走在黄堡街上已然成为现实，并且他从一个卑微的、在人群中毫不起眼的老头，变成了一位在人群中可被瞬间辨识的重要人物，只不过被认同的身份是梁生宝他爹，或者更具体一点来说，是灯塔农业社社主任梁生宝他爹。也就是说，梁三老汉梦想的实现以及尊严的获得，是来自儿子梁生宝，更进一步说，是来自梁生宝所在的灯塔农业社。正如"土改后，未来的富裕中农梁生宝他爹要穿一套崭新棉衣上黄堡街上，暖和暖和，体面体面的！梦想的世界破碎了，现实的世界像终南山一般摆在眼前——灯塔农业社主任梁生宝

---

① 柳青：《创业史》，中国青年出版社2009年版，第481—482页。
② 柳青：《创业史》，中国青年出版社2009年版，第31页。

他爹，穿上一套崭新的棉衣，在黄堡街上暖和而又体面"①，与其说梁生宝给父亲圆了梦，倒不如说是灯塔合作社和集体化运动让老人圆了梦，更为重要的是，梁三老汉有了作为人的尊严，所以小说的最后一段写道："梁三老汉提了一斤豆油，庄严地走过庄稼人群。一辈子生活的奴隶，现在终于带着生活主人的神气了……"②

由此可见，梁三老汉的梦想只有当被纳入合作化的逻辑之中时，才有可能实现，这一方面质疑和否定了土地改革的合法性，另一方面也确立了集体化运动的正当性和必要性。不过有意思的是，当梁三老汉的梦想被纳入集体化的道路中时，必然要遭遇被改造甚至被压抑的过程。正如小说所讲述的那样，梁三老汉一直以来的梦想就是一个富裕中农的梦想——有自己的宅院而不是茅草屋，有新棉衣棉裤，有自己的地只管自己种，不用管他人，过好自己的生活。所以他听说梁生宝为了互助组去郭县买稻种的事情时，说了句："他为人民服务！谁为我服务？"这句话中其实包含着个体围绕个人劳动而展开的对于财富的一种想象。柳青征用了"尊严"这个符号，将这一由个人劳动展开的对于财富的想象进行了改造，暂时性地将他放入了集体化的逻辑之中。正如蔡翔所言："在1949—1966年期间，当代文学基本成为这一'集体劳动'的合法性的论证工具——我并不否认这一论证过程有着某种创造世界的合理想象，这也是我在叙述过程中极力张扬之处。但是，蕴含其中的一些深刻的危机也或多或少被有意无意地忽略乃至遮蔽。"③ 显然，蔡翔论及的"深刻的危机"，便是指那些为了论证集体劳动的合法性，而被压抑和遮蔽的由个体劳动所生发出来的对于财富的想象，比如梁三老汉作为一个传统的中国农民所固有的那种对于发家立业的向往，也包含着农民对土地的难以割舍的个人情感。但是，暂时性的压抑和遮蔽不代表消灭，所以，"集体劳动一方面在生产集

---

① 柳青：《创业史》，中国青年出版社2009年版，第482页。
② 柳青：《创业史》，中国青年出版社2009年版，第483页。
③ 蔡翔：《〈创业史〉和"劳动"概念的变化——劳动或者劳动乌托邦的叙述（之三）》，《文艺理论与批评》2010年第1期。

体意识,另一方面,也在同时生产个人主义,最后,当集体劳动在现实中受挫,这一记忆以及记忆的叙述,就会对这一生产方式提出终结的要求"。[1] 于是我们会看到,个人对于发家致富/财富的向往,以及个体劳动的正当性在20世纪80年代被重新提出。与此同时,因为集体化运动被中断的历史——1949年的土地改革,成为80年代(尤其是1978年农村改革)的逻辑起点。正因为如此,在80年代早期的文学叙述中,我们会看到类似梁三老汉抱有"小生产者梦想"的农民形象重新出现。但与之截然不同的是,在80年代早期的文学叙述中,这些农民的"小生产者梦想"并没有被改造和被压抑,写作者们纷纷呈现出一个田园牧歌式的乡村世界。

第二节 "为生民立命"的李铜钟:吃饱肚子的合法性

1978年安徽小岗村自发实行土地承包,分田到户,对上实行隐瞒,对下要求农民们保密。这在中国的乡村改革历史上成为一个著名而重要的事件。这样的一个由农村实际改革的要求所产生的历史事件,带动了80年代的改革开放。1980年5月31日,邓小平公开肯定了小岗村"大包干"的做法,继而家庭联产承包责任制也得到了不断的稳固和完善,也使得大量的农民摆脱了贫穷的处境。而文学也有力地介入其中——从对刚刚过去的历史的否定(伤痕文学),转向了对未来生活的重新想象。农村改革为这种新的想象提供了新的实践的空间,作家们塑造了一系列如梁三老汉一般怀揣着自己为自己劳动、做个人发家梦的农民形象,与梁三老汉所不同的是,他们的这一梦想得到了最大程度的释放和实现,所以我们可以将这些农民形象称为"小生产者"。但是,有一个形象非常与众不同,这就是张一弓1980年所发表的《犯人李铜钟的故事》中的李铜钟。从较为严格的意义上来说,李铜钟是一位60年代"困难时期"的村委党支部书记,并不能被纳入

---

[1] 蔡翔:《〈创业史〉和"劳动"概念的变化——劳动或者劳动乌托邦的叙述(之三)》,《文艺理论与批评》2010年第1期。

"小生产者"这一范畴。更进一步而言,这篇小说也不能被算作反映乡村改革的小说。但毋庸置疑的是,李铜钟这个人物形象以及围绕其展开的文学叙述,以其特有的方式,凸显了小生产者农民形象出现的历史必然性。与此同时,经由李铜钟这个人物的故事,可见《创业史》中所确认的集体化的合法性如何遭到了文学叙述上的解构,农民重新回到了"土改"模式。在这个意义上,李铜钟这一农民形象也参与到了80年代的乡村改革话语中。

《犯人李铜钟的故事》讲述的是"困难时期",李家寨书记李铜钟,违反"国法",私自动用国库粮食,挽救濒临饿死的村民们的故事。小说并没有将饥荒仅仅归因为天灾,而是将矛头直指人祸,即坏干部杨文秀,他为了对上邀功,欺瞒谎报粮食产量,导致了饥荒的发生。这样的一个故事和人物其实有原型可考。小说的背景源自河南信阳——60年代饥荒的重灾区。当时的河南信阳地委书记隐瞒了数据,导致了饥荒的严重蔓延。《犯人李铜钟的故事》选择了这样的一个历史背景来结构故事,使得这个故事具有了极强的震撼力,有人看完曾经表示,"灵魂受到震动……无法制止自己的泪水夺眶而出,痛苦不已"。[①] 这个故事,无疑对集体化的合法性进行了某种质疑和解构,而这又恰好与作者写作的年代——80年代乡村正在经历的乡村变革形成了呼应。但是,张一弓并没有直接从集体化存在的合理性与不合理性来展开讨论,而是从对农村干部李铜钟这一人物塑造上入手,经由国家、集体、个人之间的冲突,从而潜在地质疑甚至解构了集体化的合理性。事实上,这个人物身上其实有着河南的兰考县县委书记焦裕禄的影子。在那个困难的历史时期,焦裕禄顶住上面的压力,坚决放县里的灾民出去要饭。但是在当时的语境中,因为害怕影响地方形象,村民外出要饭是不被允许的。那么具体到文学中,张一弓如何塑造李铜钟这个人物形象,并使其参与到解构集体化的过程中去呢?

[①] 刘锡城曾在《在文坛边缘上——编辑手记》(河南大学出版社2004年版)中回忆说自己看了《犯人李铜钟的故事》后感到"灵魂受到震动",甚至"无法制止自己的泪水夺眶而出,痛苦不已"。

第一章 作为"小生产者"的农民:一种对生活和世界的总体性想象 ❖❖❖

张一弓征用了一个最具身体感觉的符号——饥饿,同时将"饥饿"放置在国家、集体与个人的冲突中展开叙述,而且此处所论及的个人,涉及个人生命。所以李铜钟某种意义上变成了"为生民立命"的李铜钟。有关国家、集体和个人的关系的文学叙述,在20世纪60年代便早已出现,比如《夺印》《艳阳天》等,在这些小说的叙述中,国家和集体的地位一定是排在个人之上的。但是李铜钟对于这个排序进行了质疑,而质疑的根本原因是什么?是饥饿,是为生民立命。所以,我们会看到小说中出现了很多关于"饥饿"的描述。比如小说第二部分"春荒"开头便写道:"自从立春那天把最后一瓦盆玉米面糊搅到那口装了五担水的大锅里以后,李家寨大口小口四百九十多口,已经吃了三天清水煮萝卜。晌午,'三堂总管'——三个小队食堂的总保管老杠叔,蹲在米光面净的库房里,偷偷哭起来:'老天爷啊!嗳嗳嗳嗳……你睁睁眼吧,……你不能叫俺再挎要饭篮,嗳嗳嗳……'"①李铜钟在老杠叔的屋外听到老杠叔大喊:"花她娘……人死如灯灭,还做那啥送老衣?……你要心疼我……就搂一把棉花套子,叫我啃啃……啃啃……"②而发生饥荒的原因是什么?是全国试图以"大跃进"的方式进入共产主义社会的号召,所以"带头干部"杨文秀向大家宣布他所在的公社将要两年内进入共产主义,李家寨也没能逃脱"带头书记"带来的一场灾难:"去年天旱,加上前年种麦时钢铁兵团还在山上没回来,麦种得晚,一晚三分薄……而带头书记又带头提出了'大旱之年三不变'的豪迈口号,产量不变、对国家贡献不变、社员口粮不变。结果,两头的不变落空,只是经过'反瞒产',才实现了中间那个'不变'。"③正因为"不变",李家寨遭遇了前所未有的饥荒。

在这样的一种境况之下,在国家和个人生命之间,难道还是国家优先吗?李铜钟毅然选择了后者,动用了国库粮,以保李家寨人性命的平安。在此意义上,"饥饿"已经不仅仅是一种生理体验,反而成

---

① 张一弓:《张一弓集》,海峡文艺出版社1986年版,第2页。
② 张一弓:《张一弓集》,海峡文艺出版社1986年版,第16页。
③ 张一弓:《张一弓集》,海峡文艺出版社1986年版,第4页。

为一个符号，表征着某种"以下犯上"的合法性。正是因为饥饿的存在，使得李铜钟毅然地自行宣布这个自然村庄进入了阿甘本所说的"例外状态"，阿甘本指出："法与人类生命/生活之间关系的建立正在于法与某种'无法'之间关系的建立。简单地说，法透过自身以悬置的方式设定为无法，而将生命纳入治理。而这个悬置的设定、排除的纳入，便是例外。"[①] 也就是说，当李铜钟宣布李家寨进入紧急状态，并将国法悬置，他又借用了另外一个法理用以支撑自己，即生命权高于一切。更具体而言，李铜钟的法理依据来自德性传统——民以食为天，干部要为生民立命。这样的一种德性传统，实际上既内在于中国的革命史传统中，又内在于中国历史的士大夫传统里。中国经历过很多生死攸关的时刻，最后都能够转危为安，实际上都与德性传统有关。所以在李铜钟身上，我们会看到，当他敢于宣布自己的村庄进入例外状态，并动用国库的粮食时，他依据的就是"民以食为天，干部要为生民立命"这一最根本的法理，只有这个法理才可以解释为何他敢于悬置国法而不顾。这样的一种法理和逻辑也宣布了每个人都有权决定自己能够采取哪种措施和行动。

也正是因为中国德性传统中的民以食为天、为生民立命作为最根本法理的存在，李铜钟的行为受到拥戴，即使大伙都知道这粮食是"违法粮"，"但是在大多数七天没吃一粒粮食子儿的庄稼人看来，对于他们必不可少的肠胃运动和衰弱到极限的身体来说，违法粮跟合法粮没有任何区别，或者可以说是同样的'老好'。营养学家可以作证，玉米，无论是违法的还是合法的，它所包含的蛋白、淀粉和含热量完全相同"。[②] 唯独老杠叔对吃国库粮/违法粮感到极为不安，所以他经历了剧烈的心理斗争："违法粮同时又是救命粮，这种精神和物质的分裂，使得老杠叔越想越糊涂了。"[③] 即使如此，最后他还是用民以食为天的德性传统说服了自己："毛主席，您老人家就原谅俺一回……咱

---

① ［意］阿甘本：《例外状态》，薛熙平译，台北：麦田出版公司2010年版，第19页。
② 张一弓：《张一弓集》，海峡文艺出版社1986年版，第32页。
③ 张一弓：《张一弓集》，海峡文艺出版社1986年版，第32页。

第一章 作为"小生产者"的农民:一种对生活和世界的总体性想象 ❖❖❖

李家寨的干部都是正经庄稼人,没偷过,没抢过……铜钟是俺从小看大的,去朝鲜国打过仗,是您教育多年的孩子。……俺吃这粮食,实在是没有法子……毛主席,……当个人老不容易呀!您就原谅……原谅吧!"① 张一弓关于老杠叔的这一叙述,具有了两层意义。第一层,老杠叔自我说服的过程,实际上再次凸显了在极端情境下"吃国库粮"的合理性;另一层更为重要的意义在于,借老杠叔之口说出了"正经庄稼人"却因为"饥饿"没有办法活下去,没有办法"当个人"。这显然把矛头指向了集体劳动,集体劳动没有办法让人摆脱饥饿带来的死亡威胁,当连"做一个人"这一最基本的生存需求都没有办法满足的时候,所谓的集体化的合理性就会瞬间崩塌。类似的表述在小说中其他地方也出现过,比如李铜钟在向粮库守护者朱老庆借粮食时说:"要是李家寨都是懒虫,把地种荒了,那我就领着这四百九十多口,坐到北山脊上,张大嘴喝西北风去,那活该!可俺李家寨,都是那号最能受苦受累的'受家',谁个手上没有铜钱厚的老茧,谁个没有起早贪黑的跃进?他们侍候庄稼,就跟当娘的打扮他们的小闺女一样。"② 李铜钟的这段陈述同样潜在地表征出集体劳动的问题:在集体劳动时代,饿肚子的问题并不能得到解决,甚至个体的生命也会受到威胁。

李铜钟的行为无疑是大胆的,甚至看起来有一些"反动",所以《犯人李铜钟的故事》"在1980年底至1981年初,曾经引发了一场极为复杂的政治纠纷,河南省来人,拿着盖红章的介绍信和材料,告张一弓是'文革'参与夺权的造反派头头,'震派'人物,指斥小说如何攻击了社会主义现实",③ 但事实并非如此。李铜钟虽然触犯了"国法",私自动用了国库的粮食,但是他却从来没有否定"国法",更不会否认国家和社会主义的正当性。在小说的叙述中,我们也未见李铜钟对党和国家的丝毫否定,反倒是字里行间透露出对国家和党的信任。正如他向朱老庆要粮食时所说:"老朱,我要的不是粮食,那是党疼

---

① 张一弓:《张一弓集》,海峡文艺出版社1986年版,第33页。
② 张一弓:《张一弓集》,海峡文艺出版社1986年版,第23页。
③ 刘锡诚:《在文坛边缘上——编辑手记》,河南大学出版社2004年版,第382页。

爱人民的心胸，是党跟咱鱼水难分的深情，是党老老实实、不吹不骗的传统。庄稼人想它、念它、等它、盼它，把眼都盼出血来了……"①这段话中充满了对党的深情，而李家寨出现的灾难，在小说的叙述逻辑中，党和国家并不知情，都源自干部的邀功和"反瞒产"。所以，小说除了塑造了李铜钟这样以敢于冒天下之大不韪，触法国法，甚至牺牲自己性命的农民干部之外，还塑造了另一个与之截然相反的"坏干部"杨文秀。杨文秀为了能够做出功绩，赢得领导赏识，在集体化政策的号召下，不断欺上瞒下。需要提及的是，对于杨文秀这类坏干部的描写，张一弓并没有将其放置在历史的脉络里做较为深刻的讨论，而实际对于如杨文秀般的干部的讨论应当涉及的是对中国政治实践中的对上问责制的讨论，而20世纪80年代以来的改革开放所取得的成果，恰恰也离不开对上问责制。对上问责制使得地方变得更为活跃，某种意义上成为改革开放的内动力。但是张一弓仅仅把杨文秀这一个遵循了对上问责制、极为活跃的干部，描绘成一个在道德层面上的"小人"形象，这种处理方式其实是缺乏复杂性和深刻性的，不只张一弓如此，这也是80年代写作存在的普遍问题。但不可否认，这样的一种塑造方式，更加凸显了李铜钟的"对下问责"，即为村民的利益敢于牺牲自己的大无畏精神。所以某种意义上，坏干部杨文秀以及经由其显现的集体化运动中存在的问题，是造成李家寨陷入饥荒的原因。而李铜钟不仅没有否认国法，同时还甘愿和敢于接受国法的制裁。

  由此可见，《犯人李铜钟的故事》通过征用"饥饿"这个极具身体感觉的符号，将李铜钟这一人物形象，放置在特殊的历史语境——"困难时期"，以及国家、集体、个人之间的矛盾冲突中展开叙述，从而潜在地解构了集体化的合理性和正当性——如果说民以食为天，反过来集体化不能满足人的基本生存需求的话，那么集体化的合理性又在何处？与此同时，李铜钟这位"为生民立命"、将中国的德性传统放在第一位的好干部，在当时不仅感动了很多人，也为改革者提供了

---

① 张一弓：《张一弓集》，海峡文艺出版社1986年版，第24页。

莫大的勇气。也正是在此意义上，这篇看似"伤痕文学"的小说，却可以被纳入"反映乡村变革"的小说之中，从而为20世纪80年代的乡村改革提供了文学上的支持。而"为生民立命"的农民干部李铜钟，于是也很自然地与80年代早期作为"小生产者"的农民形象一起为改革确立合法性。与《犯人李铜钟的故事》相似的关于"饥饿"的叙述在文学中并不少见，只是在其他文本中饥饿更多地是以"饥饿记忆"的方式出现。比如《我和五叔的六次相遇》中的"饥饿记忆"是通过姑父家过去的生活得以呈现的，"姑父家三口人，两个初中的庄稼人，加上姑姑的勤劳，这个家庭完全可以富裕而殷实。可是结果每年都几乎连肚子都吃不饱"，[①] 这句话其实暗含了"集体劳动"不能带来温饱的事实。而现在，"姑父家的生活好起来了"，这个"好起来的现在"显然源自小说一直强调的"单干"。在当下回忆过去经历的"饥饿"，是这一时期很多小说共同的叙事模式，如何士光的《喜悦》、矫健的《老茂的心病》《老茂发财记》《老霜的苦闷》等作品也是如此。有意思的是，这样的"饥饿"或者"饥饿记忆"在合作化时期的小说中，也曾被用来证明农业合作化、"大跃进"、人民公社运动的必要性，如在《创业史》《三里湾》《金光大道》等一系列作品中，作者常常是用"创业——生存"作为"饥饿——死亡"的转喻形式，显然，"饥饿——死亡"背后是历史理性的强大支撑，"创业——生存"为"合作化"等提供了有力支持。[②] 所以，当合作化变得不能解决"饥饿"问题，反而带给人生存威胁甚至导致死亡时，合作化的合法性便不攻自破。

最后还不得不提及的是，在关于李铜钟的故事里，实际上存在着多种写法或多重叙述的可能性。第一种叙述的可能性：之所以出现饥荒，陷入苦难，是因为国家和集体的关系没有叙述好，那么存在的一种叙述的选择是国家可不可以向集体让利，国家如何向集体让利。正

---

① 载路遥《一生中最高兴的一天》，北京十月文艺出版社2012年版，第367页。
② 参见刘稀元、徐刚《饥饿的力量及其升华——20世纪50—70年代中国文学的题材分类与饥饿书写》，《南方文坛》2009年第3期。

如小说中提及李家寨在饥荒时期还交了很多公粮;第二种叙述的可能性是,集体如何形成自己的力量,加强集体的建设,从而帮助村庄的村民形成对抗灾害的防御机制;第三种叙述的可能性则是集体彻底瓦解,只剩下本能——吃,从而围绕这种本能调动整个故事的叙述。很显然,张一弓选择了第三种叙述方式——集体瓦解,个人退出集体。这样的一种选择,实际上表征着20世纪80年代的改革开放不再是重新组织和整顿村社这类集体,而是对乡村的进一步瓦解,而整个现代化的过程就是对乡村和农民的盘剥。当然,在80年代早期的乡村叙事中,因为处在改革的初期,80年代的现代化改革对传统乡村秩序的破坏和对农民的盘剥几乎没有显现出来,而只是将集体化时代农民情感解构中被深埋和被压抑的记忆复活:包括对土地的情感,以及凭借自己的土地发家致富的记忆——这正是《创业史》中梁三老汉的记忆,这样的记忆全部可追溯至1949年的土地改革。高晓声的《李顺大造屋》也参与了对"土改记忆"的复活,重回土改模式,呈现出集体化、合作社的问题,进而展开对农民要求从集体中脱离出来的愿望的叙述。

第三节 自己为自己造屋的李顺大:个人梦想的实现

农民干部李铜钟,凭借民以食为天、为生民立命的最根本的法理,私自调用了国库粮食,从而拯救了众多村民的性命。张一弓对于这样一个极具震撼力的人物及其故事的讲述,无疑潜在地质疑甚至否定了集体化的合法性,由此也在一定程度上参与到了对改革的合法性的建构中。实际上,在80年代早期关于农民的文学叙述中,能够看到许多"小生产者"的农民形象逐渐出现,这些农民们都怀揣个人的梦想,而这种梦想被纳入80年代早期的乡村改革中,与改革达成了共识,因而也得以成为一种可见的现实。所以在80年代的文学叙述中,农民形象多是积极向上、充满激情的,而这一激情并非来自集体化合作,而是来自改革开放对个人劳动的肯定和对个人能动性极大的激发。因此

第一章 作为"小生产者"的农民:一种对生活和世界的总体性想象 ❖❖❖

作为小生产者的农民及其梦想的实现,论证了 80 年代包产到户的合法性。高晓声 1979 年创作的《李顺大造屋》中的李顺大,便是一个充满梦想的"小生产者"。《李顺大造屋》讲述的是农民李顺大想要盖三间瓦房的故事,这是他自"土改"以来一直的梦想,而这一梦想在分田单干后终于得以实现。如果说张一弓的《犯人李铜钟的故事》征用了"饥饿"这一代表着生存需求的符号,那么高晓声在《李顺大造屋》中,经由李顺大盖房子的梦想,将张一弓所涉及的生理的基本需求编织进"财产"这一话语体系中。于是我们看到,当基本的生存需求被满足之后,一种新的欲望或对未来生活的梦想被生产出来,李顺大需要解决的不再是吃饱肚子的问题,而是想要拥有三间大瓦房。因此,对于《李顺大造屋》而言,必须讨论的已经不再是《犯人李铜钟的故事》中亟待解决的"饥饿"问题,而是要解决通过土地改革带来的欲望问题,这个欲望经由"三间瓦房"被经典地表现出来。换言之,高晓声通过"财产"/三间瓦房这个符号,体现了乡村生长出来的欲望,这个欲望挑战了传统的集体化制度,因为传统的集体化制度并不能满足此欲望,正如《创业史》中,梁三老汉想要重建自己的房子,却终是没有实现,所以这为分田单干,包产到户提供了合理的依据。如此一来,通过"李顺大"们的故事,我们可以看到的是中国的现代化想象,如何落实到了小生产者的身上。

那么,高晓声如何讲述"小生产者"李顺大的故事?相较于故事的结局——李顺大最终实现了盖三间瓦房的梦想,故事的过程——李顺大经过怎样的艰难历程而盖起了三间瓦房其实更为重要。显然,文学不只是为了陈述事实,或者图解政治,文学最重要的力量在于"叙述"。叙述中既照顾到实际层面即农村的政策变化,同时也把叙述的对象当作一个符号,寄托了写作者自身对生活和世界的理解。所以,经由高晓声对于李顺大艰难的圆梦过程的讲述,其实可以看到他对集体化的理解和认识,以及对重新分配土地的合理性以及合法性的强调。由此,讨论在高晓声的叙事逻辑中,李顺大盖三间瓦房的欲望是如何被生产出来的,又经历了怎样的挫折并最终得以实现,就变得十分必要,即考察个人的遭遇和命运如何与历史的变动紧密结合起来。无疑,这样的一种讨论,使《李顺大造屋》乃至高晓声其他20世纪80年代初的作品从"国民性"问题的思考这一已然模式化的论述框架中脱离出来——正如已有的研究认为:"他(高晓声)的作品以表现当代农民的命运著称,短篇《李顺大造屋》《"漏斗户"主》《陈奂生上城》等,是当时有影响的作品。和大多数'反思小说'一样,人物的坎坷经历与当代各个时期的政治事件、农村政策之间的关联,是作品的基本结构方式……因为在探索农民悲剧命运的根源上,提出了农民自身责任的问题,因此这些小说被批评家看作是继续了鲁迅有关'国民性'问题的思考。"① 当高晓声的小说被纳入80年代以来现代化、城市化视域下的农民和乡村叙事的脉络中来,具有了被重新阐释的可能性。

《李顺大造屋》开头便告诉我们:"老一辈的种田人总说,吃三年薄粥,买一头黄牛。说来似乎容易,做到就不简单了。试想,三年中连饭都舍不得吃,别的开支还能不紧缩到极点吗……"② 可是李顺大"土地改革后,却立了志愿,要吃三年薄粥,买一头黄牛的精神,造三间屋"③,可见,李顺大在土地改革后,因为分得了六亩八分好田,不仅解决了吃饱肚子的问题,还产生了造三间屋的梦想。不仅如此,他希望的是凭借自己的辛勤劳动,造好三间瓦房。正如小说接下来对李顺大健硕的身体以及坚定的决心的描写:"那时候,李顺大二十八岁,粗黑的短发,黑红的脸膛,中长身材,背阔胸宽,俨然一座铁塔……分到六亩八分好田。他觉得浑身的劲倒比天还大,一铁耙把地球锄一个对穿洞也容易,何愁造不成三间屋!"④ 这一描写,无疑建立了个人劳动和个人梦想的实现之间的必然关系,从而肯定了个人劳动的重要性和合法性。与此同时,小说还经由对李顺大过去的苦难的叙

---

① 洪子诚:《中国当代文学史》,北京大学出版社2010年版,第334—335页。
② 高晓声:《李顺大造屋》,江苏人民出版社1979年版,第9页。
③ 高晓声:《李顺大造屋》,江苏人民出版社1979年版,第9页。
④ 高晓声:《李顺大造屋》,江苏人民出版社1979年版,第10页。

述，从情感和伦理上交代了李顺大产生造屋梦想的原因——"李顺大的爹、娘，还有一个周岁的弟弟，都是死在没有房子上的。"① 所以在此意义上，李顺大造三间房的愿望首先同样是一种源自生存性的需要，和吃饱肚子并没有太大的区别，只是这一愿望必定是在吃饱肚子被满足之后才得以产生，房屋的作用是作为一种使用价值而存在的。它也正是费孝通意义上的"欲望"，费孝通认为，欲望是乡土社会中农民行事的动力，欲望的存在意味着"匮乏"，也正是因为"匮乏"的存在，才会有"行动"的产生，所以它是一种自觉的、非理性的行为，只有这一种欲望被满足后，行为就会结束。

换言之，当李顺大有了遮风挡雨的房子之后，便不会再一味地追求"房子"。虽然，农民也赋予了房子其他的意义，比如房子和家族的血脉根基联系在一起，但是李顺大意义上的"房子"与今天我们作为身份的象征，甚至成为衡量个人成功与否的唯一标准的"房子"，显然有着根本的区别。也因为如此，我们才看到李顺大在对比楼房和平房时，考虑的完全是实用性，"一间楼房不及二间平房合用，他宁可不要楼上要楼下"②，即使后来他意识到楼房比平房优越，也仍然是从"使用价值"出发来考虑的："因为粮食存放在楼上不会霉烂，人住在楼上不会患湿疹。"③ 当然，作为"使用价值"而非符号而存在的三间瓦房，是属于李顺大的个人财产，这也正是他愿意为之付出辛劳的根本动力："从此，李顺大一家，开始了一场艰苦卓绝的战斗，它以最简单的工具进行拼命的劳动去挣得每一颗粮，用最原始的经营方式去积累每一分钱。他们每天的劳动所得是非常微小的，但他们完全懂得任何庞大都是无数微小的积累，表现出惊人的乐天而持续的勤俭精神。"④

但就算是这样一种作为"使用价值"而存在的欲望，也依然要遭

---

① 高晓声：《李顺大造屋》，江苏人民出版社1979年版，第10页。
② 高晓声：《李顺大造屋》，江苏人民出版社1979年版，第13页。
③ 高晓声：《李顺大造屋》，江苏人民出版社1979年版，第20页。
④ 高晓声：《李顺大造屋》，江苏人民出版社1979年版，第15页。

遇失败或压抑。当李顺大通过自己的劳动换回了三间青砖瓦屋的全部建筑材料时，却遇到了公社化运动——土地归公，包括他准备的建筑材料也统统归公。他原本以为个人的造屋梦想可以在公社化之中更加顺利地实现，但事实却并非如此，六年的心血和汗水变成了"倒塌的炼丹炉和丢弃在荒滩上的推土车"。颇有意味的是，正如在《犯人李铜钟的故事》中，李铜钟并没有将"饥饿"的原因归于国家，而是集体化所导致的"反瞒产"。在高晓声的叙述中，李顺大造屋梦想的破败也并非因国家所致，而是集体的行为，这个集体显然指向的是集体化、公社化语境下的集体，正如"把李顺大的建筑材料拿去用光的不是国家，而是集体"，[①]由此，对于集体的质疑显而易见。在此之后的李顺大，改变了策略，不存建筑材料，只存钱，始终在为造屋做着准备。可是"文化大革命"时期，他又遭遇了挫败，准备好的钱被没收了，与此同时还被关进了监牢，出来时他的儿子已经十九岁，虽曾有过放弃造屋的念头，但最终坚持了下来。直到1977年冬天，李顺大再次集齐了造屋的材料，这一次他预感到自己的造屋梦想定会实现。那么，是什么让他的"造屋"梦想重新有了得以实现的可能性，虽然小说中并没有明确提出，但是经由对时间脉络的梳理可知，显然是因为农村的改革开放，使得土地重新分配到户，让李顺大造屋成功。

不可否认，《李顺大造屋》与《创业史》具有某种相似性——围绕造屋这一梦想，两者都跨越了漫长的历史时期：中华人民共和国成立前、土地改革、集体化。《创业史》是一部乡村改革的史诗级著作，而《李顺大造屋》虽然只是短篇的容量，却被认为"以史诗性的笔墨描述了主人公悲壮的造屋历程，以此反映了中国当代农民坎坷不平、起落无常的生活史，高度概括了中国当代农村的苦难，尤其显示了中国当代历史的荒诞性和悲剧性"[②]。但是，某种意义上，梁三老汉要造"三合头瓦房院"的个人梦想最终并没有实现，而是被纳入集体化的逻辑中，被"穿上新棉衣棉裤走在黄堡街上的作为灯塔合作社梁生宝

[①] 高晓声：《李顺大造屋》，江苏人民出版社1979年版，第14页。
[②] 旷新年：《写在当代文学边上》，上海教育出版社2005年版，第38页。

第一章 作为"小生产者"的农民：一种对生活和世界的总体性想象

他爹"的自豪感所暂时性地替代和压抑了。与之不同的是，李顺大造三间瓦房的梦想虽然经历了各种历史的挫折和阻碍，却最终通过自己的劳动，得以实现，他拥有了属于自己的个人财产，创立了家业。也因为如此，高晓声在《李顺大造屋》的叙述中，将时间的脉络和历史的触角延伸至了1977年冬天，即指向了20世纪80年代的乡村改革。所以某种意义上，《李顺大造屋》实际上改写了《创业史》的叙述：为了强调重新分配土地的合理性，高晓声建构了李顺大造房子的梦想，这个梦想来源于1949年土地改革，但是合作化使这个梦想破灭，而改革开放让这个梦想得以成功。经由对这一过程的叙述，高晓声通过三间屋——"财产"这个符号，论证了家庭联产承包责任制的必要性和正当性。于是，《犯人李铜钟的故事》中的"饥饿"被组织进"财产"这个话语体系，由此涉及的便是对农民对未来生活的想象，是乡村生长出来的个人欲望，这一欲望必然会挑战过去的集体化制度，或者说这样的个人欲望或个人梦想某种意义上早就存在于农民内心世界和情感结构中，只是被集体化制度压抑和深埋，这便为"包产到户，自己为自己劳动"提供了必要的动力。如此一来，高晓声对于李顺大的文学叙述与整个80年代主导性的意识形态具有了统一性。正如高晓声将李顺大经过艰辛的"个人劳动"却没有实现梦想的原因归结为："党的路线出了毛病。这毛病害苦了李顺大，害苦了大家，害苦了整个国家和民族。它何止阻碍了李顺大造成房子，更严重的是阻碍了社会主义大厦的建成。"[①] 此处所言的"党的路线出了毛病"显然指向的是集体化制度。与此同时，通过李顺大个人梦想的实现过程，可见80年代的改革与现代化转型是建立在1949年土地改革的基础之上的，如果没有1949年的土地改革，就不存在80年代"包产到户"这一概念。也就是说，80年代早期的改革及其动力实际上源自"重回土改模式"，即"小生产者"的梦想。

虽然高晓声的《李顺大造屋》与80年代早期关于农民的文学叙

---

① 高晓声：《〈李顺大造屋〉始末》，载彭华生、钱光培编《新时期作家谈创作》，人民文学出版社1983年版，第41页。

述一起，讲述了小生产者的故事，从而与改革达成了某种共识。但是，高晓声似乎也意识到了关于小生产者的想象所存在的问题和矛盾。在小说的结尾处，我们得知李顺大之所以能够买齐所有造屋的材料，与老书记刘清"在那位'文革'主任出身的砖瓦厂厂长身上做了点工作，让他把李顺大的一万块砖头退赔了"[①] 有关。而在运回一万块砖头时，也遭遇了一些波折——大船停在砖瓦厂，人家拒绝发货，只有在送了两条最好的香烟给水泥厂的负责人，才得以皆大欢喜。而在此之后，当李顺大再去水泥制品厂运桁条，他已经学会自动散发一条香烟。这显然是现代社会的"走后门"，与关于小生产者的想象似乎并不一致，甚至还隐含着对"个人劳动"的质疑，但是因为80年代早期改革的历史语境，高晓声并没有对此展开，实际上也无法展开。可是这在高晓声80年代中期后的文学写作中却得到了更多呈现，《送田》便是如此。在《送田》中，我们会清楚地看到，农民的愿望不仅无法通过集体劳动满足，甚至通过个体的劳动也未必能够实现（当然，这是第二章和第三章需要展开的部分，在此不赘述）。而接下来要讨论的另一篇80年代早期关于小生产者农民形象的作品——冯幺爸的《乡场上》，则将《李顺大造屋》中"财产"这一概念，组织进了另一个形而上的符号"尊严"中去，从而以"小生产者形象"再次论证了集体化的不合理，并确认了乡村改革在文化上的合法性。

第四节 有尊严的冯幺爸：个人劳动合法性的获得

1978年12月党的十一届三中全会后，中国开始实行对内改革即农村的家庭联产承包责任制和对外开放的政策。因此，在80年代早期的文学叙述中，出现了一系列围绕这一改革展开的文学叙述和想象。如果说《犯人李铜钟的故事》呈现给我们"吃饱肚子"的最大合法性，所以"民以食为天、为生民立命"这一德性传统也成为可以将国

---

① 高晓声：《李顺大造屋》，江苏人民出版社1979年版，第45页。

第一章 作为"小生产者"的农民:一种对生活和世界的总体性想象

法悬置的最高法理,因而潜在地指明了集体化存在的问题,某种意义上为改革的开展提供了必要的依据;那么在《李顺大造屋》中,吃饱肚子被置换为造三间瓦房,"饥饿"被组织进"财产"这个话语体系,由此农民生长出小生产者的梦想——自己为自己劳动,从而发家致富,这显然是乡村改革所带来的梦想,不仅如此,也只有改革才能让小生产者的梦想得以实现。换言之,80年代早期关于农民的文学叙述与想象,与80年代早期的乡村改革达成了某种共识,所以,在这一时期的文学作品中,仿佛建构了一个可以抵挡任何外力侵袭的、自足性的乡村日常生活空间。农民生活于其中,不仅不再担心"吃饱肚子"的问题,还可以拥有个人的财产,与此同时,生活中的其他方面也因为改革显得那么美好,比如婚姻、家庭等。张石山的《镢柄韩宝山》中,作者通过讲述农民韩宝山的故事和遭遇,呈现了一个事实:乡村改革使得韩宝山的生活越发好起来,尤其得以拥有了一段圆满的婚姻和一个幸福的家庭。[1] 在何士光的《喜悦》[2] 中,故事讲述了年轻的媳妇惠的喜悦,这种喜悦不仅来自即将回娘家,更来自婆婆对待她的态度变得好起来。婆婆不仅为她回娘家准备了很多见面礼,还主动提出让惠的丈夫随同她一起回她娘家。小说将婆婆之前对儿媳妇态度不好的原因归结为日子太苦,而不是通常我们所说的因观念不和或婆婆太过专制导致的婆媳关系不好。所以,当包产到户之后,生活变好了,婆婆也就变得温柔体贴起来。"今年分组做活路了,抓得紧,忙不过来的时候,婆婆也高高兴兴地来帮她煮饭呢;今天呢,却是要帮她早一点把饭煮好,让她早一点上路,来犒劳她一年的辛苦。"[3] 事实上,乡村改革不仅让农民生活的各个具体方面发生了改变,更为重要的是,当作为小生产者的农民可以自己为自己劳动,从而改变自己的生活时,于是精神上也发生了改变——从此有了"尊严",或者说有了敢于追求"尊严"的勇气,而这一"尊严"又恰恰是建立在吃饱肚子、拥有

---

[1] 张石山:《镢柄韩宝山》,北岳文艺出版社2016年版。
[2] 载何士光《何士光小说散文选》,贵州人民出版社2000年版。
[3] 何士光:《何士光小说散文选》,贵州人民出版社2000年版,第105页。

了个人财产等具体内容之上的。何士光在《乡场上》塑造的小生产者农民形象——冯幺爸，便是如此。

何士光发表于1980年的《乡场上》①讲述了梨花屯乡里小街上的某一天发生的一个再寻常不过的故事。梨花屯的专横跋扈、喜欢仗势欺人的"贵妇人"罗二娘和老实巴交的"任老大女人"因为孩子发生了纠纷。罗二娘的孩子欺负了任老大的孩子，却还一定要倒打一耙，想拉梨花屯乡场上"一个出了名的醉鬼、一个破产了的、顶没有价值的庄稼人"②冯幺爸做假证冤枉任老大的孩子欺负了自家的娃。可是这个顶没骨气甚至曾经常常有求于罗二娘的冯幺爸，这一次却出其不意地帮了弱势的"任老大女人"，说出了事情的真相，客观公正地结束了这场纠纷。也因为如此，冯幺爸被乡场上村民们刮目相看。于是我们看到《乡场上》塑造了一个有骨气、有尊严，关键时刻能够挺身而出匡扶正义的农民冯幺爸。但是更为重要的是，经由对小说主要情节的复述，我们得以看出冯幺爸经历了一个"蜕变"的过程：他曾经是一个破产了的、顶没有用的、在乡场上不值一提的庄稼人，而如今变成了一个可以昂首挺胸公然与梨花屯最有势力的罗二娘对抗的人。而冯幺爸之所以有了对抗强权的勇气，是因为有了责任田，能够靠自己种地养活自己和家人，不需要再仰仗他人，正如冯幺爸在准备说出真相，反驳罗二娘时，先陈述了自己"经济状况"的改变："……谷子和包谷合在一起，我多分了几百斤，算来一家人吃得到端阳……这责任落实到人，打田栽秧算来也容易！……只要秧子栽得下去，往后有谷子拢，有包谷扳……"③于是我们看到，当饥饿（吃饱肚子）、财产（造三间瓦房）已不再成其为问题时，何士光将饥饿、财产这两个概念组织进一个精神层面的符号"尊严"中去，从而讲述了关于小生产者冯幺爸的尊严故事，由此呈现了改革给农民带来的身份和地位的改变。

---

① 载何士光《何士光小说散文选》，贵州人民出版社2000年版。
② 何士光：《何士光小说散文选》，贵州人民出版社2000年版，第81页。
③ 何士光：《何士光小说散文选》，贵州人民出版社2000年版，第88页。

第一章 作为"小生产者"的农民：一种对生活和世界的总体性想象

那么，何士光是如何叙述和想象有尊严的农民冯幺爸及其故事的呢？在一个短篇小说中，讲述一个人物因为国家政策的改变，而获得了被认可的身份和地位，实际上是有一些难度的，因为极为容易陷入图解政治话语的泥淖。虽然何士光在创作谈中提及他是"原原本本地，把生产关系的变革怎样促进了生产力的发展，怎样促进了人的面貌的改变，据实写下来"，[①] 以及"我结构故事的能力确实很低，因此，我就只是选了一个纽带，只要这个纽带能把我的一组人物串拢来，让我能从中陈述他们之间的本质的联系，我就不胜高兴了"。[②] 但读者在阅读时仍然能察觉他在讲述冯幺爸如何变得有尊严时，有着高超的叙事技巧——这种技巧的精妙之处在于，既不会让人觉得作者只是直白地呈现冯幺爸尊严的获得与包产到户之间的关联，也不会因为叙事技巧的使用使得小说缺乏了情感和真实性。

何士光在对于冯幺爸的人物塑造及其故事的叙述上，同时运用了两种截然不同的讲述方式：平铺直叙和演说式。两种方式之间看似并没有任何过渡，反倒是形成了强烈的反差，进而突出了人物的转变及形象的构建。所谓平铺直叙式，指的是小说仿佛在讲述一个家长里短的故事，营造了一种极为日常化的叙事氛围，正如何士光将故事的地点设定为"乡场上"，将故事的主要情节设定为妇女之间为了孩子而产生的纠纷。不仅如此，虽然故事中涉及了罗二娘长期仗势欺人、冯幺爸常年抬不起头等并不轻松的内容，但叙述的语言却不乏幽默诙谐。比如小说开头对冯幺爸的描述："在我们梨花屯乡场，这条乌蒙山乡里的小街上，冯幺爸，这个四十多岁的、高高大大的汉子，是一个出了名的醉鬼……这些年来，只有鬼才知道，一年三百六十五天，他是怎样过来的……现在呢，却不知道被人把他从哪儿找来的，咧着嘴笑着……一时间变得象一个宝贝似的，这就引人好笑不行！"[③] 由此叙

[①] 何士光：《同父老乡亲们共呼吸——写〈乡场上〉的一点体会》，彭华生、钱光培编：《新时期作家谈创作》，人民文学出版社1983年版，第67页。

[②] 何士光：《感受·理解·表达——关于〈乡场上〉的写作》，《山花》1981年第1期。

[③] 何士光：《何士光小说散文选》，贵州人民出版社2000年版，第81页。

述，冯幺爸令人可怜却又令人忍俊不禁的形象跃然纸上，乡场上的快活气氛也得到烘托，正如"他又伸手摸他的头，自己也不由得好笑起来，咧着那大嘴，好像他害羞，这就又引起一阵笑声"。①

但是不可否认，《乡场上》确实是一个关于农村中的弱势群体，比如冯幺爸、任老大女人受欺负的故事，作者为何却能如此轻松地展开并不轻松的故事？这显然与何士光在小说的叙述中，大多数时候使用了第三人称全知视角有关②。一般来说，"第三人称全知视角"往往容易给人高高在上、俯视一切的感觉，从而带给人压迫感。但是，《乡场上》的全知叙事者，却更多是作为旁观者存在的，他仿佛只是梨花屯乡场上这条乌蒙乡里小街上观看这场纠纷的人之中的一个，他的身份和冯幺爸相差不大，因而不会像罗二娘一样瞧不起冯幺爸，但是他又与冯幺爸保持了一些距离。所以《乡场上》的叙事者采用的是"平视"和"远观"的观看方式，这才使得叙事者对于故事的讲述不乏娓娓道来的轻松，但又不至于落至冷眼旁观的地步。而作为全知视角的叙事者，之所以能够如此轻松地旁观，最根本的原因与叙事者的"自信"有关，毋庸置疑，全知视角的叙事者显然是有能力洞察一切的，正如洞察到这场乡场上的纠纷一定会以弱势一方的任老大女人取得胜利作为结束，而冯幺爸的"力挽狂澜"则是任老大女人取得胜利的根本力量。在这个意义上，作为旁观者的叙事者，实际上也隐含着某种情感倾向和价值判断，即仗势欺人的罗二娘必定不能在乡场上长久地"霸道"下去。正如在叙事者的眼中，罗二娘这个梨花屯的"贵妇人"却是丑陋的，"你看她那妇人家的样子，又邋遢又好笑是不是？三十多岁，头发和脸好像从来也没有洗过，两件灯芯绒衣裳叠着穿在一起，上面有好些油迹，换一个场合肯定要贻笑大方"③，而受罗二娘欺负的任老大女人则显得极其柔弱而可怜："苦命的女人嫁给一个教

---

① 何士光：《何士光小说散文选》，贵州人民出版社2000年版，第82页。
② 当然，小说中也偶有第二人称视角："你以为得罪了罗二娘，就只是得罪她一家是不是……既如此，在这小小的乡场上，我们也难渴求他冯幺爸说他没骨气。"
③ 何士光：《何士光小说散文选》，贵州人民出版社2000年版，第82页。

第一章 作为"小生产者"的农民：一种对生活和世界的总体性想象 ❖❖❖

书的，在乡场上从来都做不起人。一身衣裳，就和她那间愁苦地立在场口的房子一样，总是补缀不尽；一张脸也憔悴得只见一个尖尖的下巴，和着一双黯淡无光的大眼睛。"① 即使是带有情感倾向的叙述语言，却并没有表现出明显的恨或爱，而是显得轻松和随意，又恰恰是这种轻松和随意再次凸显了叙事者的"自信"。

平铺直叙和娓娓道来，在叙事策略上还能起到降低叙述速度的作用，这让冯幺爸的出场和转变不那么突兀，让故事的主题不那么快速地到达，这也一定程度上防止了图解政治、刻意迎合改革主题的问题出现。正如何士光自己在创作谈中所说的："乡亲们这些年来是怎样的身心交瘁，早就渴望着诗以言志、文以载道，把心里的感受，把对过往的日子的恨和对现今的改革的爱喊叫出来。"② 所以，他觉得虽然"我的嗓子实在无力得很，这我自己也很清楚，但人世间有乔木也有叶草，我就倾其所有好了"。③ 可是，他却又很清楚"喊叫，当然最好不是直着脖子喊叫……爱和恨追逼着人，这就迫使人想喊得更准确"，④ "直着脖子"喊言下之意直截了当将那些对过往的日子的不满和对现今所进行的改革即包产到户的爱说出来，这恰恰是何士光所不乐意的，因为这样很有可能变成对现有改革的附和，反而失去了说服力，尤其缺少了情感，便会导致主题表达得不够真切和深刻。

经由平铺直叙和娓娓道来之后，有尊严的小生产者冯幺爸才得以在真正意义上"出场"，换言之，叙事者随意而轻松地以"旁观者"的视角"看"的那个没有骨气、耷拉着脑袋、时而咧嘴笑、时而局促不安的冯幺爸，并不是何士光真正要讲述的"冯幺爸"。而正如《乡场上》全知叙事者对于"冯幺爸"的自信，所有的平铺直叙和娓娓道来都是为了凸显有尊严的小生产者冯幺爸而来——小生产者冯幺爸因为

---

① 何士光：《何士光小说散文选》，贵州人民出版社2000年版，第83页。
② 何士光：《感受·理解·表达——关于〈乡场上〉的写作》，《山花》1981年第1期。
③ 何士光：《感受·理解·表达——关于〈乡场上〉的写作》，《山花》1981年第1期。
④ 何士光：《感受·理解·表达——关于〈乡场上〉的写作》，《山花》1981年第1期。

·61·

分到了责任田,能够自己种田养活自己和家人,再也不需要仰仗他人。所以小说的叙述方式紧接着变成主要以"第一人称视角"展开——冯幺爸成为主要的叙述者,小说中出现了大段大段冯幺爸用"我"的方式展开的叙述。成为主要叙事者的冯幺爸,忽然变得一点都不惧怕曹支书和罗二娘:"我冯幺爸要吃二两肉不?……要吃!——这又怎样?买!等卖了菜籽,就买几斤给娃娃们吃一顿,保证不找你姓罗的就是!……跟你说清楚,比不得前几年啰,哪个再要这也不卖,那也不卖,这也藏在门后头,那也藏在门后头,我看他营业任务还完不成呢!老子今年……"① 继而,冯幺爸将罗二娘儿子欺负任老大孩子的事实在乡场上公开陈述出来:"你什么!——你不是要我当见证?我就是一直在场!莫非罗家的娃儿才算得是人养的?捡了任老大娃儿的东西,不但说不还,别人问他一句,他还一凶二恶的,来不来就开口骂!哪个打他啦?任家的娃儿不仅没有动手,连骂也没有还一句!——这回你听清楚了没有?!"② 语气坚定,气势也绝不输于罗二娘,于是在乡场上,与其说冯幺爸变成了一个有骨气的农民,更不如说是一个演说家。"演说"式的叙述方式显然与之前随意而轻松、自信而缓慢的旁观者叙事形成了鲜明的反差。这一"演说"貌似显得有些不够真实,与现实逻辑似乎也不太相符——向来懦弱、胆小的农民为何会公然违抗村里的掌权者?但小说经由冯幺爸"演说"的开头便告诉读者,冯幺爸能够义正词严、毫不畏惧地在罗二娘和曹支书面前"演说",是因为分到了责任田,粮食充足了,不再需要仰仗任何人:"去年呢,……谷子和包谷合在一起,我多分了几百斤,算来一家人吃得到端阳。有几十斤糯谷,我女人说今年给娃娃们包几个粽子粑……国家要奖售大米,自留地还有一些麦子要收……去年没有硬喊我们把烂田放了水来种小季,田里的水是满荡荡,这责任落实到人,打田栽秧算来也容易!……只要秧子栽得下去,往后有谷子挞,有包谷扳。"③ 但是这段演说对于一

---

① 何士光:《何士光小说散文选》,贵州人民出版社2000年版,第88页。
② 何士光:《何士光小说散文选》,贵州人民出版社2000年版,第89页。
③ 何士光:《何士光小说散文选》,贵州人民出版社2000年版,第88页。

第一章 作为"小生产者"的农民：一种对生活和世界的总体性想象

个曾经顶没出息的庄稼人来说仍未免显得太过理性和严谨。因为"演说"以及由此呈现出的冯幺爸的转变，导致批评界在当时出现了一系列关于"冯幺爸"这个人物是否真实的讨论。1980年《作品与争鸣》刊登的一篇文章，曾给予了"冯幺爸"极为犀利的评价："《乡场上》的冯幺爸，并不是一个头脑简单、糊里糊涂的汉子，而是一个颇有心计的角色。以前，他'无心做活路'——因为他认为'做，不做，还不是差不多'，所以在种田上他并不卖力气；他也不愿干'伤天害理'的事——因为他'没别的收益'，又'没有本钱'，所以他不犯'法'、本分；他从不得罪上层人物——因为他要求告老支书施舍的回销粮和罗二娘恩赐的残肴冷羹；作为这样一个颇有心计的人，出于自身利益的需要，可以低三下四地'像一条狗'似的活着，为什么会在事不关己的事情上一反常态，竟会那样威风凛凛地怒斥老支书、罗二娘呢？从他'确实是不敢说'到'吼得那么响'，他为什么在那么短短的时间内转了一百八十度的大弯子呢？这真实可信吗？……灵魂也觉醒了，人的尊严也恢复了。然而，人是一切社会关系的总和。人们会问，颇有心计的冯幺爸考虑了这，考虑了那，为什么没有盘算上：他若是得罪了老支书、罗二娘，他们不会用手中的权力、借其他的办法整治他冯幺爸，把暗苦给他吃么？很显然，这并不是冯幺爸的失算，而是作者有意回避的。"[1]

通过何士光的创作谈，得知他对乡间恶势力的洞察和批评："不消说，乡场上的干部凭着'专政'的名义加强了他们对农民的权威，为人民服务的豪言壮志荡然无存。"[2] 那么，他怎么可能会想不到当冯幺爸公然对抗了罗二娘之后可能会被暗中报复。实际某种意义上，在作者的叙事逻辑中，乡村改革不仅让冯幺爸从此有了做人的尊严和地位，也同样应当能够解决或尽力克服早已存在于乡村的新的压迫性的权力结构。而另一方面，当评论者认为冯幺爸实际精于盘算、颇具心

---

[1] 转引自林凌《重返"八十年代"的另一种可能——〈乡场上〉与"按劳分配"原则的生机与危机》，《杭州师范大学学报》（社会科学版）2012年第5期。

[2] 何士光：《感受·理解·表达——关于〈乡场上〉的写作》，《山花》1981年第1期。

· 63 ·

机时,另有评论者反驳:"在《乡场上》,冯幺爸固然为自己打算良多,但他对于财产权的盘算更应当被解释为对于公正、正义的关注,而不是对权力的关注。"① 与此同时,对于冯幺爸这个人物的真实性与否的讨论一定程度上被甘肃农民作为读者的来信终结,或者说读者的来信是否能够证明冯幺爸这个形象的真实性并不是最重要的,重要的是经由这个人物及其演说方式,得以使何士光成为本雅明意义上的"讲故事的人"。换言之,"'讲故事的人'有能力讲述自己的生活,这是他的天赋,然而真正使'讲故事的人'卓尔不群的,是他能够讲出他的全部的'生活'。这当然不是说他要穷尽生活的所有细枝末节,而是说他能够把个人的生活经验与其他人的生活经验融为一体,使自己的叙述深深地嵌入到自然的或是社会的历史进程当中,并给人以忠告"。② 正如信的内容所反映的那样:"我一口气读完您的《乡场上》,清晰地感到:梨花屯就是我们的村庄,从某些方面来说,那胆怯、憨厚、勤劳、善良的任老大一家,就是我的家,那阴险、狡诈、奸诈的曹支书,仿佛就是我家门旁之户,那依仗权势、任性所为的罗二娘,好像就是我家门旁之妻……,感谢您锋利无情的笔彻底揭示了曹支书那卑鄙的伎俩和阴险的用心;感谢您替罗二娘式的农村之宝画出了她形象逼真的狼狈象;感谢您'替农民说话'……当我把您的这篇作品介绍给我们全家时,他们欣赏地读着、笑着、还特意要我给您写信说我们'梨花屯'的所有'任老大之家'还有冯幺爸向您感谢、祝愿、祝愿您勇敢地、更多地写出我们'梨花屯'的真实情况。"③

冯幺爸被赋予"演说"的能力,当然是何士光有意为之。当一种修辞符号被征用时,实际上涉及的便是对政治性的诉求,因此在演说乃至辩论的背后,涉及的是政治的说服,也正因为如此,古罗马人才会极为重视演说和辩论。20世纪80年代为了强调单干和分田的合法

---

① 林凌:《文学中的财富书写——新时期文学写作演变的再考察》,博士学位论文,华东师范大学,2012年,第58页。
② 倪伟:《并无传奇的尴尬》,《读书》2006年第11期。
③ 何士光:《感受·理解·表达——关于〈乡场上〉的写作》,《山花》1981年第1期。

性,一定会通过辩论和演说的方式来对这一理念进行宣传,因此我们看到在80年代早期,借用辩论和演说的方式展开叙述的文本并不少见。比如在谭先义的《木匠说印》中,木匠关于圆印、方印分别代表何种意义的陈述也是一种演说①,以表明"方印时代"/改革又将到来;《犯人李铜钟的故事》中,李铜钟关于李家寨的人尽管勤劳却仍然忍饥挨饿甚至处于性命不保的危险中的诉说,也可以被当成一种演说,这些似乎都是作者在论证集体劳动的负面性——它非但连温饱都不能保证,甚至危及个体生命。所以一个农民是否有能力开展长篇大论并不重要,尽管小说中由冯幺爸滔滔不绝地独自讲述自己过去的遭遇,以及现在生活和心态的改变,再到对罗二娘儿子欺负任老大家的孩子这一事实的控诉,确实占据了小说的较大篇幅,也成为小说的高潮。更为重要的是,何士光征用了集体化时代被边缘化的人物——冯幺爸,通过赋予其"演说"的能力,通过"尊严"这个符号,并借助冯幺爸的反抗,不仅呈现了冯幺爸尊严和身份的重新获得,更进一步强调了集体化本身存在的不合理。

　　这种不合理还通过由罗二娘为核心,曹支书、宋书记等建立起来的利益集团得以呈现。正如小说中所反映的那样:"比方说,要是你没有从街上那片唯一的店子里买好半瓶煤油、一块肥皂,那你就不用指望再到哪儿去弄到了!……但是,如果你得罪了罗二娘的话,你就会发觉商店的老陈也会对你冷冷的,于是你夜里会没有光亮,也不知道……在二月里,曹支书还会一笔勾掉该发给你的回销粮,使你难度春荒;你慌慌张张地,想在第二天去找一找乡场上那位姓宋的书记,但就在当晚,你无意间听人说起,宋书记刚用麻袋不知从罗二娘

---

　　① 当大家在猜测政策会不会再变回去时,木匠以自己的"圆印、方印哲学"表示政策可能要变了,小说对此有一大段的描写:"这就完了,你还说什么政策不会变得那么快?我今年七十一岁了,当了一世的木匠,你看,我做木器时,为么子要把接榫子的孔凿成方的?只有方孔才上得紧榫子,才不会走移;要是圆孔,就滑了,就是个活动家伙,做不成器。大印也是这样,方的才靠得住,圆的就信不得,这是我亲眼见过的了。刚解放那几年,乡政府、区政府、县政府的大印都是四四方方的,那印就好,盖在纸上没有走移,你就放一百二十个心吧。……可自从这印改成圆的以后,变化就多了……这道理连黑皮的娘都懂,那些坐小汽车、拿百多块一个月的'大肚子'就不懂?这到底是为么子哟……"

家里装走了什么东西……"① 小说中的这段描述极为生动和完整地呈现了乡村中的利益集团，掌管资本的罗二娘与掌管权力的曹支书和宋书记紧密地勾结在一起，这显然是一种新的权力模式。这种权力模式使得冯幺爸被边缘化，被剥夺了尊严。这种权力模式可以追溯至赵树理在20世纪40年代曾经担心和反复讨论的问题，当革命成功、中国的地主被打倒，传统的士绅结构被破坏后，基层干部破坏了原来的宗法结构，有没有可能产生一种新的压迫性集团，这就是革命所带来的新的干部集团。赵树理的《邪不压正》《三里湾》都参与到了这个问题的讨论中去。何士光在《乡场上》中经由冯幺爸这个人物形象，也证实了赵树理的担心。

但在原初意义上，中国革命的承诺是革命可以使下层老百姓获得尊严，同时承认普通劳动者的尊严。也正因为如此，80年代的改革开放，才恰恰从重新找回劳动者尊严开始——当集体化并没有给冯幺爸带来尊严，那么集体劳动的方式必然遭到质疑，集体劳动的合法性也被解构。如果说通过《创业史》中梁三老汉的尊严，要确立的是集体劳动的合法性，共同富裕的可能性，那么三十年以后，经由《乡场上》自己为自己劳动的小生产者冯幺爸及其尊严的获得，恰恰质疑了集体劳动的合法性。而由此在何士光的叙事逻辑中，因为冯幺爸这一人物形象的出现，以罗二娘为代表的恶势力及其带来的问题就不再成其为问题。由此可见，经由"尊严"这个符号，《乡场上》与《李顺大造屋》《犯人李铜钟的故事》共同呈现了80年代早期的农民形象——小生产者，并建构了一个田园般的乡村世界，从而确认了80年代早期乡村改革的合法性，也寄托了写作者们对于生活和世界的重新理解。但不可否认的是，这一农民形象及其叙述实则包含着某种矛盾：小生产者形象及其对生活的想象无疑是前现代的——遵循了一种重回土改的模式，换言之，80年代现代化转型的动力来自对前现代的想象。这一矛盾在80年代中后期开始的农民叙述中得以完全呈现。

---

① 何士光：《何士光小说散文选》，贵州人民出版社2000年版，第85页。

当然，在80年代早期的文学叙述中，小生产者农民形象所包含的问题也早已有所症候。

小　结

柳青的《创业史》及其塑造的两位农民形象——梁三老汉与梁生宝，让我们清晰地看到1946年开始的土地改革如何被集体化中断，从而为集体劳动确立了自身的合法性。但有意思的是，被《创业史》中断的历史——农民通过为自己种地，从而养活自己——却重新成为80年代逻辑的起点。更为具体而言，在《创业史》中梁三老汉被"集体化"带来的满足感暂时压抑和深埋的个人致富的梦想，在80年代早期被重新激活。因此，在80年代早期关于农民的文学叙述中，自给自足的"小生产者"形象渐渐出现，《犯人李铜钟的故事》《李顺大造屋》《乡场上》等小说中的人物是反映这一形象的代表作。这三个作品分别通过将"饥饿""财产""尊严"这三个符号纳入自身的话语体系，从而对作为小生产者的农民形象展开叙述，借此呈现集体化如何遭遇文学叙述的解构，乡村改革如何建立了自身的合法性，个人劳动的正当性怎样被确立起来。毋庸置疑，80年代早期文学建构的小生产者形象及与之相关的田园般的"自足性的日常生活空间"饱含着巨大的能量，指向一种对于生活乃至世界的"总体性"构想，正如林凌所认为的那样："80年代改革初期的原初动力并不是纯粹经济层面的，即便这里存在着经济问题，它也仍然内在于、镶嵌于一个总体性的政治构想……总体性意味着存在一种正义的理念，这种理念又是能落实到经济发展层面的，而经济又不是脱嵌于政治和伦理世界的……"[①] 但又不可否认的是，这一关于小生产者及其梦想的叙述，其实包含着某种矛盾：80年代现代化转型的动力来自对前现代的想象。换言之，"重回土改模式"并不能满足80年代的现代化转型需求。因此，如80年

[①] 林凌：《文学中财富的书写——新时期文学写作演变的再考察》，博士学位论文，华东师范大学，2012年，第5页。

代早期文学所建构的小生产者农民形象及其叙述必然会在后来的发展中遭遇中断和否定。毋庸置疑，中国现代化的改革一定是经由农民的诉求开始——比如对自己为自己劳动、个人尊严的诉求，只有这样作为底层的农民才可能介入到实践中，但是现代化转型成功后现代化本身必然又会反过来改造农民。所以，从80年代中后期开始，小生产者农民形象开始逐渐消失，取而代之的是具有现代经济理性的农民，曾经在80年代早期文学叙述中被暂时克服的官商勾结的权力模式（比如《乡场上》中罗二娘与曹支书、宋书记的勾结）再次出现。而需要强调的是，"小生产者"及其叙述所隐含的矛盾，在80年代早期关于农民的文学叙述中，也早已有所症候，高晓声的《陈奂生上城》和张一弓的《黑娃照相》就是其中的代表。

第二章 从"进城的小生产者"到"现代农民":20世纪80年代农民叙事的转折

正如《创业史》结尾处所叙述的,"土改后,梁三老汉曾经梦想过,未来的富裕中农梁生宝他爹要穿一套崭新棉衣上黄堡街上,暖和暖和,体面体面的!梦想的世界破碎了,现实的世界像终南山一般摆在眼前——灯塔农业社主任梁生宝他爹,穿上一套崭新的棉衣,在黄堡街上暖和而又体面",① 梁三老汉穿上一套崭新棉衣走在黄堡街上的梦想之所以能够实现,是源自集体化运动。集体化让梁三老汉不仅实现了梦想,还重新获得了尊严,小说以此论证了集体化的合法性。但是也正如这段话所描述的,他曾经的梦想是作为富裕中农梁生宝他爹,而不是作为合作社主任梁生宝他爹,穿上崭新的棉衣体面地走在黄堡街上,这其实是一种土改带来的"个人的梦想"甚至是个人发家致富的梦想,但是这一梦想最终被纳入了集体化的道路,因此必然被压抑或被改造。而梁三老汉式的个人梦想,某种意义上在20世纪80年代早期的文学叙述中又被重新激活。在80年代早期的文学叙述中,作家建构起来一种"小生产者"农民形象,围绕其展开的对生活世界的想象,勾勒出一幅自给自足的自然经济风光——每个人都可以通过自己的劳动,实现个人的梦想。在此意义上,关于农民的文学叙述,与乡村的改革紧密结合在了一起。正如莫里斯·迈斯纳在《毛泽东

---

① 柳青:《创业史》,中国青年出版社2009年版,第482页。

的中国及其后：中华人民共和国史》中，分析到改革开放到1984年间的中国农村的状况时所指出的那样：1978年到1984年，农业总产值以每年平均9%的速度增长……农业经济发展的高潮在一定程度上是由于实行了家庭联产承包责任制和农业经济的市场化，从而调动了农民的生产积极性；另一个原因（可能是更主要的原因）是1979年国家大幅度提高了粮食收购价格、放宽了此前对农业经济施加的压力。①

但是正如这样的一种"小生产者"的农民形象及其梦想是对梁三老汉在"土改"时期的梦想的复活，所以20世纪80年代早期的"小生产者"及其生活想象实则回到了"土改"时期，遵循的是前现代的自然经济的生产模式。换言之，80年代的现代化改革虽有着对现代化的强烈追求，一开始却是以非现代的方式展开——这正是小生产者的农民形象包含着的内在矛盾。在此意义上，这一类农民形象以及与之相关的生活想象，在80年代中后期必然遭遇中断——以冯幺爸和李顺大为代表的"小生产者"农民形象被另一类农民形象"理性经济人"取代。在现实语境中，1984年之后，当国家的改革重心开始由农村转向城市时，中国农民遭遇了卖粮难的问题，生活又陷入了困境。直到今天，中国的乡村以及农民的生活，也并没有回到80年代早期关于农民的想象中去，以冯幺爸和李顺大为代表的农民形象在今天的乡村不复存在。而从80年代中后期开始，农民所面临的处境变化，以及文学所建构的农民形象的改变，实际上在80年代早期的文学叙述中已早有症候，这一症候在80年代中后期的农民叙述中被确认和展开。因此，在对80年代中后期文学叙述中的"农民形象"展开讨论之前，本章将先对80年代早期与"小生产者"形象有所区别的农民形象进行考察，选取的代表性文本是高晓声的《陈奂生上城》和张一弓的《黑娃照相》。《陈奂生上城》在某种意义上也塑造了一位"小生产者"形象，即自己为自己种地的农民陈奂生。但是陈奂生与李顺大、冯幺爸又有所不同，他是一位"进城的小生产者"。作者通过对陈奂

---

① ［美］莫里斯·迈斯纳：《毛泽东的中国及其后：中华人民共和国史》，杜蒲译，香港中文大学出版社2005年版，第43页。

第二章 从"进城的小生产者"到"现代农民":20世纪80年代农民叙事的转折

生与城市之间的冲突,触及了城市与资本的概念,症候式地表达了小生产者与城市现代化之间的矛盾;张一弓的《黑娃照相》同样创作于80年代早期,作品塑造了一个建立在"小生产者"基础之上,但又完全不同于小生产者的现代农民黑娃。某种程度上,陈奂生所遭遇的个人与城市/现代之间的冲突,在关于黑娃的叙事中被试图弥合,黑娃以生活的主人的姿态出现在"现代城市"面前。与传统小生产者所拥有的主体性有所区别的是,黑娃的主体性与现代化(尤其是西方现代性)完全关联在了一起。更为重要的是,作为"现代农民"的黑娃实际上也预示着在文学和文化层面,被整合进西方现代化之中的中国现代化理论逐渐开始成为一种新的意识形态。也正是在这一点上,黑娃与陈奂生进城的方式最终殊途同归——共同指向了80年代开始的现代化进程中农民叙事即将发生的转变:80年代中后期文学将不再讲述前现代的小生产者的故事,作为理性经济人的农民形象逐渐成为相关文学的主要叙述对象。

第一节 "进城的小生产者"陈奂生:城乡冲突的症候式表达

高晓声在1980年的《陈奂生上城》中塑造了一个典型的农民形象陈奂生,虽然陈奂生早在1979年的《漏斗户主》中已经出现,但是直到《陈奂生上城》中才开始被读者和评论界记住,甚至被广泛讨论。某种意义上,也正因为这一人物的典型性,高晓声在之后的写作中围绕"陈奂生"创造了一个小说系列,那么,陈奂生的典型性何在?在以往的研究中,他多被视为一个有着落后小农思想的农民的代表而存在,反映了中国农民在精神上的不足——尤其是精神上的保守和狭隘。这确实在小说中表现得极为深刻,《陈奂生上城》讲述了吃饱肚子后的陈奂生到城里去卖油绳,想在满足温饱之外,再赚一些钱为自己买顶挡风的帽子的故事。但故事的重点在于陈奂生却没曾想到因为发烧,自己被吴书记送入城里的招待所住了一晚。更没有想到的是，住一晚花掉了可以买两顶帽子的钱，陈奂生无比肉疼和懊恼。有意思的是，原本还生怕弄脏了招待所房间的陈奂生，当知道住一晚要花五元钱时，心理和行为瞬间发生了改变："刚才出了汗，吃了东西，脸上嘴上，都不惬意，想找块毛巾洗脸，却没有。心一横，便把提花枕巾捞起来擦了一阵，然后衣服也不脱，就盖上被头困了，这一次再也不怕弄脏了什么，他出了五元钱呢。——即使房间弄成了猪圈，也不值！"① 作者对农民陈奂生的报复性心理的描写极为形象生动，一定程度上也确实真实地呈现了中国农民狭隘和保守的小农意识。与此同时，高晓声也在小说中勾勒出了陈奂生的乐观和善于自我安慰的精神，所以陈奂生常常被称为新时期的阿Q。也正因为如此，由《陈奂生上城》开始，高晓声的写作被评论界普遍认定为是一种"国民性批判"。事实上高晓声也在创作谈中确实提到过："农民的根本弱点在于没有足够的文化科学知识和足够的现代办事能力，没有当国家主人公的充分觉悟和本领。"②

不可否认的是，国民性批判其实突出表明了陈奂生的人物特征：保守、狭隘甚至有些短视，但是又不乏乐观和自我慰藉的精神，而后者某种意义上也正是因为前者所形成——我们一定程度上也可以将其称之为因为无知所以无畏，这也正是自然经济之下的小生产者的典型特征。在此意义上，他和冯幺爸、李顺大并无太大区别，或者说后两位农民身上同样存在陈奂生的问题。有所不同的是，高晓声将"陈奂生"放置在了"城市"——一个现代化的空间来展开叙述，其身上根深蒂固的小农意识得以更加凸显。由此，陈奂生的故事逐渐溢出"国民性批判"框架的部分，他所不同于李顺大和冯幺爸的复杂性也自然地呈现出来。《陈奂生上城》应当算是20世纪80年代关于"农民"的文学叙述中，最早涉及农民和城市之间"冲突"的小说之一。虽然陈奂生只是与城市发生了短暂性的接触，但是城市使他在精神上受到了极大的冲击。这种"冲击"某种程度上可被视为现代化对农民乃至

---

① 张春波编：《陈奂生上城》，甘肃人民出版社1981年版，第235页。
② 高晓声：《中国农村里的事情——在密西根大学的讲演》，《当代作家评论》2006年第2期。

第二章 从"进城的小生产者"到"现代农民":20世纪80年代农民叙事的转折

乡村必然进行的改造,只是最后经由小说的叙述,被所谓陈奂生"眼界的开阔、精神的满足以及身份的提升"暂时化解。因此,"进城的小生产者"陈奂生及其叙述,症候式地对即将到来的"城乡冲突"进行了表达。而这也是本节所要着力讨论的部分——作者经由对陈奂生的叙述与想象,有意或无意地预告了农民叙事的转折,以及未来农民乃至乡村的变化。

同为小生产者的陈奂生,与李顺大和冯幺爸一样,依靠"自己为自己种地"实现了"肚里吃得饱,身上穿得新",从而告别了"漏斗户主"的身份。在此意义上,陈奂生和李顺大、冯幺爸一样,是改革中的受益者,见证了改革给乡村生活所带来的变化。正如小说的开头便告诉我们:"'漏斗户主'陈奂生,今日悠悠上城来。"① 而去城市的目的为何?"他到城里去做买卖。稻子收好了,麦垄种完了,公粮余粮卖掉了,口粮柴草分到了,乘这个空当,出门活动活动,赚几个活钱买零碎。自由市场开放了,他又不投机倒把,卖一点农副产品,冠冕堂皇。"随后,小说又告诉我们:"陈奂生真是无忧无虑,他的精神面貌和去年大不相同了,他是过惯苦日子的,现在开始好起来,又相信会越来越好……有时候半夜里醒来,想到囤里有米,橱里有衣,总算像家人家了,就兴致勃勃睡不着,禁不住要把老婆推醒了陪他聊天讲闲话。"② 小说叙述到这里,讲述的皆是关于包产到户如何改变了陈奂生的生活。但是随着叙述的进一步推进,《陈奂生上城》所涉及的便不再是由小生产者所建构的自给自足的田园风光,而是讲述了一个区别于李顺大和冯幺爸的"进城小生产者"的故事。

那么,陈奂生是如何进入城市的呢?我们看到陈奂生进城时先用随身带的干粮填饱了肚子,然后去百货商店侦察有没有自己想要的帽子以及帽子的价格,此时高晓声并未对城市有任何细节的描写,也就是说陈奂生并未从真正意义上发现城市。直到第二天他在招待所的床上醒来,城市才真正出现在了陈奂生面前——"他懒得睁眼,翻了一

---

① 张春波编:《陈奂生上城》,甘肃人民出版社1981年版,第224页。
② 张春波编:《陈奂生上城》,甘肃人民出版社1981年版,第225页。

个身便又想睡，谁知此身一翻，竟浑身颤了几顿，一颗心像被线穿着吊了几吊，牵肚挂肠。他用手一摸，身下贼软；连忙一翻身，低头望去，证实自己猜得一点不错，是睡在一张棕绷大床上。"① 陈奂生对软床的身体感觉显然是他认识城市的开始，换言之，农民陈奂生通过对现代物质的感觉进入城市，这显然是一种第三世界进入城市的路径，这样的一种"进城方式"，早在晚清以后便已经开始。可追溯至茅盾的《子夜》中的"吴老太爷"进城。从未到过城市的吴老太爷一进入城市空间，发现"汽车发疯似的向前跑……几百个亮着灯光的窗洞像几百只怪眼睛，高耸碧霄的摩天建筑，排山倒海地扑到吴老太爷眼前……"② 不仅如此，还有"粉红色的吴少奶奶，苹果绿色的一位女郎，淡黄色的又一女郎都在那里疯狂地跳，跳！她们身上的轻纱掩不住全身肌肉的轮廓，高耸的乳峰……"③ 无论是疯跑的汽车、高耸入云的摩天建筑，还是穿着艳丽、香气扑鼻的女郎，都是对现代物质的表征。由此可见，吴老太爷对于城市的进入和认识是非常直观的，同时，这些现代性物质带给他的全部是"生理性的冲击"，这冲击过于强烈，以至于吴老太爷大喊了一声"邪魔呀！"后竟然没了知觉，被城市及其物质表征的现代性吓死了。毋庸置疑，吴老太爷这一人物及其表现，较早地呈现了古老的乡村社会和现代大都市之间的冲突，但某种意义上，这种冲突并非预示着僵死的乡村必将死亡。虽然在吴老太爷时期的乡村确实存在着封建僵化的问题，但如果将《子夜》与茅盾其他几部小说诸如《林家铺子》和"农村三部曲"放在一起比较，会发现茅盾"揭示的是资本主义现代性的危机，在所谓中国资本主义黄金时代中，乡村如何被纳入到了城市的体系中而破产而发生革命。因此，乡村并不在和现代隔绝的所谓传统的一方"。④ 在此意义上，茅盾所塑造的"吴老太爷"甚至可以被看作《陈奂生上城》中的陈奂生及其经历的"前史"。

---

① 张春波编：《陈奂生上城》，甘肃人民出版社1981年版，第230页。
② 茅盾：《子夜》，人民出版社1998年版，第10页。
③ 茅盾：《子夜》，人民出版社1998年版，第15页。
④ 薛毅：《城市与乡村：从文化政治的角度看》，《天涯》2005年第7期。

第二章 从"进城的小生产者"到"现代农民":20世纪80年代农民叙事的转折

于是我们会看到,陈奂生真正进入城市空间后,发现了城市的现代物质之后,其感受和吴老太爷有着极大的相似性。在"见识"了软床之后,陈奂生便开始细细打量眼前的一切:"原来这房里的一切,都新堂堂、亮澄澄,平顶(天花板)白得耀眼,四周的墙,用青漆漆了一人高……再看床上,垫的是花床单,盖的是新被子,雪白的被底,崭新的绸面,呱呱叫三层新。"[1] 于是他再次受到了冲击,导致了一系列的反应,"陈奂生不由自主地立刻在被窝里缩成一团,他知道自己身上(特别是脚)不大干净,生怕弄脏了被子……随即悄悄起身……好像做了偷儿,被人发现就会抓住似的……又眷顾着那两张大皮椅,走近去摸一摸,轻轻捺了捺,知道里边有弹簧,却不敢坐,怕压瘪了弹不饱"。[2] 这其实也是小生产者陈奂生发现"风景"的过程。柄谷行人在他所提出的"风景之发现"的理论中,认为风景实际上指的是一个占统治地位的人的政治和文化的空间,因此,风景的发现背后是主体性的形成过程。有什么样的主体性,才会发现什么样的空间。我们某种层面上可以将这一理论反向用之于陈奂生,当陈奂生细细打量招待所房间中的一切时,他发现了"风景",但是这一"风景"的发现令他感到不安和害怕,如此一来,他作为小生产者农民的自卑的一面就被凸显出来。也就是说,正因为作为农民的主体性,他才能够发现招待所不一样的风景。更进一步而言,陈奂生经由"包产到户"/农村土地改革所确立起来的小生产者的身份和主体性,在进入城市空间之后受到了巨大的冲击,甚至显得不堪一击。事实上陈奂生在进城前是极为满足的,这显然源自包产到户农民可以自己养活自己而带来的自信。但是这一自然经济生活方式所带来的满足,在20世纪80年代的现代化逻辑中,遭到了破坏甚至解构——这种破坏和解构首先由陈奂生面对"招待所软床"等现代物质所产生的身体感觉得以症候式呈现。

所以,我们可以脱离所谓"国民性批判"的框架,将陈奂生所面

---

[1] 张春波编:《陈奂生上城》,甘肃人民出版社1981年版,第232页。
[2] 张春波编:《陈奂生上城》,甘肃人民出版社1981年版,第232页。

对的、同时对其产生了巨大冲击的现代物质视为一种隐喻。这个隐喻包含了两个层面的意义。第一个层面是城市的召唤，不管陈奂生到底是不是可以被看作鲁迅笔下的阿Q，都不可否认城市对他的吸引力。他对招待所的软床、皮的弹簧沙发、以及干净的地板的"敬畏"也正是城市对他的吸引力的表征。因而我们可以看到，不仅是对陈奂生，对20世纪80年代的农民和乡村而言，城市的概念开始出现，纵观80年代早期关于农村和乡村的文学作品，其实极少将"城市"作为参照系展开叙述。1981年铁凝写作的《哦，香雪》算是少有的对城市有所触及的小说。香雪作为一个农村女孩，最大的梦想便是到城市去，可见城市成为一个强大的召唤结构。而城市在小说中具体的面目也经由现代物件所呈现——火车、自动铅笔盒、金圈圈、发卡等。但是与《陈奂生上城》有所不同的是，香雪希望通过"知识"改变自己的命运，从而走向城市，所以她所在意的"物件"如铅笔盒和书包，其意义被上升到了更高层面：既是知识的象征，也是某种精神的象征，内在包含某种平等性诉求——当香雪进入"城市空间"，她似乎理应与城市以及城市人处在一个平等的位置。但是陈奂生与吴老太爷面对的城市及其物质，是从"物欲"的层面而言的，显然指向的是更低的层面，也就是说，城市在他们面前一定是高高在上的。有意思的是，《哦，香雪》中其他几个同样对城市有着憧憬的女孩，她们所看到并向往的城市物件如金圈圈、发卡等与陈奂生所看到的"招待所的软床"具有了某种统一性。由此可见，香雪身上的"物欲"被抽离出来，该形象被赋予了更高的意义。那么，香雪到底有没有考上大学走向城市？铁凝在小说中并没有给出明确的答案。[①] 但是经由《陈奂生上城》以及1980年中后期关于农民的文学叙述，我们一定程度上可以看到，中国农民哪怕是农村知识青年，并不能通过"铅笔盒""书包"所象征的知识，以一种看似公平的方式走向城市。所谓城市的吸引力，

---

① 铁凝在20世纪90年代写过另一篇关于乡村女性的小说《小黄米的故事》，其中塑造的乡村女孩小黄米及其故事某种意义上可视为对"香雪"命运的回应，对此本书在第四章中会详细论述，此处不再展开。

第二章 从"进城的小生产者"到"现代农民":20世纪80年代农民叙事的转折

一定会以一种"强势文化"的方式出现在农民面前,从而与乡村形成一种不平等的关系。

如果说作为一种隐喻的"招待所软床"象征着城市的概念开始出现以及城市强大的召唤力,那么对于陈奂生而言,到底何为城市则再次具体呈现在另一个概念"资本"之中,资本的概念成为"招待所软床"的另一层隐喻意义。小说接下来告诉我们,陈奂生遭遇了更大的冲击,他发现睡一晚"招待所软床"需要五元。对于一个没有文化的农民而言,五元显然只是一个抽象的数字,但是陈奂生立即在脑海中将它具体化:"我的天……我还怕困掉一顶帽子,谁知竟要两顶。"[1]也就是说住一晚招待所,睡一晚软床,竟然要两顶帽子的钱:"他一个农业社员,去年工分单价七角,困一夜作七天还要倒贴一角,这不是开了大玩笑!从昨半夜到现在,总共不过七、八个钟头,几乎一个钟头要做一天工,贵死人!"[2] 与此同时,小说在开头也曾告诉我们,陈奂生卖一晚上油绳也只能够得到"三块钱",也就是说他必须得卖两晚油绳才能够睡得起一晚招待所的软床。所以陈奂生像是受到了惊吓,满头大汗,"只得抖着手伸进袋里去摸钞票,然后细细数了三遍,数定了五元;交给大姑娘时,那外面一张人民币,已经半湿了,尽是汗"。[3] 由此可见,陈奂生用汗水辛苦换来的钱,却不能够支付睡一晚招待所软床的费用。当包产到户和个人劳动因为解决了如陈奂生一般的农民的温饱问题,从而确立了自身的合法性时,却紧接着遭遇了危机——这一危机来自城市的概念中所包含着的"资本的逻辑"。对于陈奂生乃至传统乡村社会的农民而言,一直以来,遵循的是"将本求利"的交易原则,这是前现代的市场交易原则,正如他卖麻花时的盘算也同样遵循的是这样一种原则——"自家的面粉、自家的油,自己动手做成的。今天做好今天卖,格啦嘣脆,又香又酥,比店里的新鲜,比店里的好吃……有五根一袋的,有十根一袋的,又好看,又干净。

---

[1] 张春波编:《陈奂生上城》,甘肃人民出版社1981年版,第233页。
[2] 张春波编:《陈奂生上城》,甘肃人民出版社1981年版,第235页。
[3] 张春波编:《陈奂生上城》,甘肃人民出版社1981年版,第234页。

一共六斤，卖完了，稳赚三元钱。"[1] 由此可见，陈奂生知道自己的油绳品质优于店面卖的。而事实证明，他的油绳确实供不应求，"十点半以后，陈奂生的油绳就已经卖光了。下车的旅客一拥而上，七手八脚，伸手来拿"[2]，但是陈奂生却仍然只赚三元钱，没有随意抬高价格。"将本求利"的原则实际上还涉及了费孝通意义上的"熟人社会"，熟人社会讲究的是"人情"和"面子"，如果陈奂生因为油绳好，买的人多，于是抬高价格，他必然会觉得在乡村社会里没法"做人"。也同样因为自身对"将本求利"原则的遵从，所以当他听说住一晚需要五元钱时，会试着问门口柜台处的大姑娘——"我是半夜里来的呀！"言下之意是否可以不需要付一天的钱，可是大姑娘却冷酷地告诉他："不管你什么时候来，横竖到今午十二点为止，都收一天钱。"[3] 无疑，招待所负责收钱的大姑娘，已经深谙和认同"资本逻辑"——资本必然需要增值，也就是用最小的付出收获最大的利润，睡一晚招待所的软床，按照等价交换原则来看的话，必然不值五元，但是在资本的规律中，这是极其合理也是必需的。所以反过来按照资本的逻辑，陈奂生的油绳若"供不应求"，那么理所当然应当抬高价格。由此，陈奂生的"个人劳动"的合法性忽然受到了质疑，比之"招待所软床"的价值，他所付出的劳动似乎不值一提。

不仅如此，陈奂生刚刚生长出来的一点尊严也遭遇了崩塌。招待所柜台处的大姑娘对陈奂生态度的转变颇耐人寻味。因为是被吴书记的司机送去的招待所，所以柜台处的大姑娘满以为陈奂生是吴书记的老战友，一直对他甜甜地笑着，还试图想要和他搭讪聊天。但是当大姑娘看出他并非一个人物时，脸上的笑容消失，变得冷若冰霜，语气也不甜了，说话的声音像菜刀剁砧板似的笃笃响着。当接到陈奂生递来的"零碎"的钞票时，更是皱了眉头，但还表示出一定的"涵养"，没有说出嘲讽的语言，将钱收进了柜台。此时的陈奂生显然已经全然

---

[1] 张春波编：《陈奂生上城》，甘肃人民出版社1981年版，第224—225页。
[2] 张春波编：《陈奂生上城》，甘肃人民出版社1981年版，第228页。
[3] 张春波编：《陈奂生上城》，甘肃人民出版社1981年版，第234页。

第二章 从"进城的小生产者"到"现代农民":20世纪80年代农民叙事的转折

没有了刚上城时的愉快。如果说他在农村之中本来就没什么地位:"他总觉得比别人矮一头。黄昏空闲时,人们聚拢来聊天,他总只听不说,别人讲话也总不朝他看,因为知道他不会答话,所以就像等于没有他这个人。他只好自卑,他只好羡慕。"① 但是,因为包产到户,肚里吃得饱,身上也可以穿得暖了,还可以抽空闲时间上城去做活路,赚几个活钱,他又感觉自己的地位有所上升,忍不住总是要半夜推醒老婆聊天讲闲话。"聊天"和"闲话"不仅意味着陈奂生的生活改善了,也同时意味着他有了某种自我意识和主动性,而不是被动地、卑微地接受他人传递的信息,于是他似乎重新获得了一些尊严。可是一旦进入"城市空间",面对物质化的现代性世界,以及招待所态度陡然转变的大姑娘,他刚刚获得的一点尊严根本不堪一击。尤其在资本的逻辑之下,作为一个传统乡村社会的小生产者陈奂生显然处于弱势的一方,所谓"尊严"根本不可能属于陈奂生,只属于持有权力或资本的一方,而资本与权力又常常结合在一起,这也将是20世纪80年代中后期直至当下乡村乃至整个中国社会需要面对的问题,这个问题一定程度上在80年代中后期开始的文学叙述中已有所反映。那么陈奂生如何应对这种"尊严"的丧失,当他用抖动的双手交出了浸满汗水的五块钱后,他忽然抛弃了之前对"招待所软床"等城市物质的"敬畏",再也不怕弄脏房间的地板,毫不犹豫地重重坐在了弹簧太师椅上,并且来回坐了三次。陈奂生一系列报复性的行为,非常生动和形象地呈现了中国小农意识中狭隘的一面,在这一点上的确契合了"国民性批判"思路,但是陈奂生的真实表现,某种程度上也更加凸显了农民和城市之间的距离,以及城市和其所表征的文化观念的强势性与压迫性。

叙述至此,陈奂生显然已完全区别于李顺大和冯幺爸。也就是说,虽然三个农民形象都属于80年代早期的小生产者,但是"进城的小生产者"陈奂生某种程度上揭示出"小生产者"这一形象的完满性可能

---

① 张春波编:《陈奂生上城》,甘肃人民出版社1981年版,第226页。

遭遇的破坏，而围绕小生产者所展开的自给自足、仿佛不受任何外力侵袭的乡村想象逐渐被证实只是一种幻觉，小生产者形象内在包含的矛盾性也被症候式地呈现出来。于是我们不得不看到，不仅是陈奂生，哪怕是如造屋梦想得以实现的李顺大和尊严重新获得的冯幺爸般的20世纪80年代早期的农民，在80年代的现代化进程中，必然都要接受现代化、城市化的冲击。如果说这一冲击在陈奂生身上首先表现为城市物质所带来的强烈的身体或生理冲击，那么其最后一定会改变陈奂生整个感觉结构或情感结构。而城市所遵循的资本逻辑则是另一重更大的冲击，这一冲击将会彻底摧毁传统的乡村秩序结构，包括熟人社会的"将本求利"的等价交换原则以及"人情"和"面子"。所以在此意义上，陈奂生的独特性和复杂性在于他是一个"进城的小生产者"的形象，他被放置在了另一个与乡村截然不同的空间——城市之中，他与城市之间的各种碰撞决定了他与80年代早期文学所建构的大多数小生产者的不同。但是，高晓声并没有将这样一个"进城的小生产者"的故事完全展开，最后又将其拉回到了乡村空间，并以另一种方式重新修复了他被城市摧毁的"尊严"。

小说的结尾告诉我们，因为进入城市并认识了城市，在情感上受到了巨大冲击，感到无比自卑和沮丧的陈奂生，回到乡村之后，忽然又从"卑微"的境地中逃离出来，不仅如此地位也得到了提升："从此以后，陈奂生的身份显著提高了……连大队干部对他的态度也友好得多。"[1] 之所以如此，原因则在于陈奂生的自我安慰，在他沮丧懊恼之时，他忽然想到，"此趟上城，有此可见一番动人的经历，这五块钱花得值透。他总算是有点自豪的东西可以讲讲了。试问，全大队的干部、社员，有谁坐过吴书记的汽车？有谁住过五元钱一夜的高级房间？它可要讲给大家听听……看谁还能说他没见过世面，看谁还能瞧不起他……他精神陡增，顿时好像高大了许多"。[2] 也就是说，他用住了一晚高级招待所和坐过了吴书记的汽车成功地安抚了自己，而对于

---

[1] 张春波编：《陈奂生上城》，甘肃人民出版社1981年版，第237页。
[2] 张春波编：《陈奂生上城》，甘肃人民出版社1981年版，第236页。

第二章 从"进城的小生产者"到"现代农民":20世纪80年代农民叙事的转折

其他农民来说,陈奂生的经历无疑是新鲜甚至是令人羡慕的,于是陈奂生令众人刮目相看。如此的自我安慰像极了鲁迅笔下阿Q的精神胜利法,似乎也体现了陈奂生以及其他农民对权力的依附,及其内在所固有的奴性,这也恰恰是持国民性批判视角的研究者所试图批判的部分。但是当我们将陈奂生这一小生产者放置在城市和乡村这一框架之下,并将他在城市的遭遇,比如将"招待所的软床""住一夜五块钱"当作一种隐喻来看待的话,则会发现这样的结局只是说明了高晓声对现代化进程中城市所将要对农民乃至乡村带来的冲击的一种有限度的、症候式的表达。正如《李顺大造屋》,根据陆文夫的回忆,《李顺大造屋》最初的结局是李顺大到最后也并没有造成自己的房子,但是"'此种给社会主义抹黑'的作品当时想发表是相当困难的。我出于两种情况的考虑,提出意见要他修改结尾……高晓声同意改了,但那尾巴也不太光明,李顺大是行了贿以后才把房子造起来的"。[1] 由此可见,高晓声在《李顺大造屋》中便已经意识到了所谓完满的自给自足的前现代的乡村世界存在着某种裂缝,以及作为小生产者的农民所可能遭遇的某种困难,而这种困难来自现代化。但与此同时不可否认的是,高晓声显然也拥有一种"新时期共识"。所谓新时期共识大约指的是一套以"个人共识"和"发展共识"所构成的理念。它表示着对现代性的普遍认同,并且以"欧美"的现代性作为它的模版。[2] 所以高晓声一定程度上也对现代性有着认同。这种"新时期共识"使得高晓声只能有限度地呈现现代化进程所带给农民和乡村的问题和困境。正如高晓声自己所说:"世界上说不清楚的事情比说的清楚的事情多得多。在说得清楚的事情里面还有许多不该说清楚,不便说清楚的,连不该说和不便说清楚的原因也有许多不清不楚的地方呢。所以干脆莫说它了。"[3] 这也恰恰很好地解释了《陈奂生上城》的结局——最终陈奂生的"进城"故事只是被叙述成了一个小生产者去城市见世面、

---

[1] 程绍国:《林斤澜说》第三章《天堂水寒》,人民文学出版社2006年版,第86页。
[2] 参见张颐武《新新中国的形象》,山东文艺出版社2005年版,第11页。
[3] 高晓声:《高晓声精选集》,北京燕山出版社2006年版,第77页。

长见识,从而惹得村里人人羡慕并让其地位陡增的故事。而对于文本内在包含的诸多现代化城市化进程所可能带来的问题,尤其是城市所表征的资本逻辑对于乡村传统秩序、农民的情感结构所造成的破坏,以及随之而来的对于"个人劳动"合法性的质疑甚至完全否定,小说都只能进行一种症候式的表达。尽管如此,高晓声对于陈奂生这一人物的塑造也已显得难能可贵,尤其当20世纪80年代早期关于农民的文学叙述大多围绕"改革的合法性"展开叙述之时,高晓声的写作显得尤为特别和突出,他在文学上做到了刻画出一个人物的"复杂性",即将人物形象的出现与历史、社会、文化、政治关联在一起。所以,陈奂生这一人物形象不仅预示着未来,即从80年代中后期开始"小生产者"农民形象的消失,以及其他新的农民形象比如80年代中后期作为"理性经济人"的农民形象的出现,也一定程度上在现实的层面回应了中国现代化进程以及在此进程中农民乃至整个乡村所出现的问题和面临的困境。

  实际上,高晓声在后来的写作中也对陈奂生这一人物进行了各种形式的反省并对相关问题进行了展开。比如在写于1980年底的《陈奂生转业》中,高晓声对于《陈奂生上城》中所涉及的陈奂生与吴书记之间的关系进行了展开:因为和吴书记之间的交情,陈奂生被派去当采购员,以利用这层关系买到极为紧俏的材料。高晓声自己也在创作谈中表明这个人物有原型,也正是反映了社会上逐渐出现的"不良风气",具体来说就是指特权问题,又或者是资本与权力勾结的问题;与此同时,在90年代他还曾写散文说:"社会真有说不出的难处,不便说的苦衷。比如钱这个东西吧,真不好处置。你不让它跑,它就不起作用。你若让它跑,它就绝对跑向旺处。而且轻车熟路,一贯就是那么一条跑道。老百姓叹口气,说'钞票喜欢扎大堆'。到了经济学家嘴里,便称是积累资本。"[①] 这段话不仅形象地反映了高晓声对资本积累的担忧,而这也正是他经由陈奂生"招待所的软床"的隐喻所早

[①] 高晓声:《钱往哪儿跑》,见《高晓声文集·散文随笔卷》,作家出版社2001年版,第289页。

就预料到的部分。颇有意味却又有着某种必然性的是，高晓声在1985年创作了另一篇小说《送田》。该小说讲述了一个关于农民不再种田，并试图将土地送出去的故事。这篇小说更清楚地让我们看到，城市化、现代化的发展对农民的打击很大，农民不仅通过集体劳动无法满足自己的生计，甚至通过个体的劳动也未必能够实现自己的愿望，反倒是掌握资本、善于算计、勾结权力的理性经济人能够"成功"。由此，由"进城的小生产者"所昭示的城乡关系之下农民所即将面临的困境，在《送田》中得到了进一步体现，而这正是下一章将要讨论的部分。但是，在此之前，另一篇与《陈奂生上城》一样创作于20世纪80年代早期的小说《黑娃照相》，它需要被事先纳入我们的讨论范畴。这篇小说与同时代的大多数塑造"小生产者"农民形象的文学作品有所不同，它与《陈奂生上城》一样塑造了一个"进城"的农民形象黑娃，但是相比陈奂生，黑娃有了较大"进步"。黑娃作为一个"现代农民"出现在小说中，他与现代性、城市之间并没有产生真正意义上的冲突，不仅如此，黑娃还具有了现代的经济头脑，而黑娃所面对乃至认同的"现代性"完全被纳入了西方现代化的框架之下。因此，该小说在某种程度上弥合了《陈奂生上城》所表征出来的城乡冲突及其潜在的危机。我们同时也可以看见，80年代的现代化开始从分裂走向整合，文学和文化层面均呈现出以西方为典范的现代化理论即将开始成为一种新的意识形态。

第二节 "现代农民"黑娃：西方现代框架下的生活想象以及主体性的确立

张一弓于1981年创作的短篇小说《黑娃照相》，在80年代早期关于农民的文学叙述中似乎显得有些特别。虽然小说所塑造的农民形象黑娃以及围绕其讲述的故事同样发生在家庭联产承包责任制的语境之下，但是作者张一弓却并没有围绕诸如李顺大、冯幺爸般的小生产者所遭遇的问题对黑娃展开叙述。某种意义上，小说以"小生产者"农民形象作为基础，将黑娃塑造成了一位超越于前现代的"小生产者"的社会主义新人，作为社会主义新人的黑娃被赋予了现代意识，尤其是现代经济意识，以及较为清晰的现代个人意识。黑娃成为一个现代农民。因此，相比于传统的小生产者农民形象，黑娃无疑有了巨大的进步，他被赋予了新的对于生活的想象。不得不提的是，黑娃对于未来生活的想象是极为现代的，甚至直接以美国/西方的生活作为模版。换言之，黑娃所认同的现代性正是西方意义上的现代性。同时，张一弓也较早地让我们看到所谓"大跃进"时期在意识形态上隐含的矛盾——既将西方视为具有侵略性的帝国主义，又同时遵循着西方的现代模式。这种矛盾到20世纪80年代逐渐消失，80年代的现代化成功整合了这样的一种分裂和矛盾。所以，现代农民黑娃试图从仿佛不受任何外力侵袭的自给自足的乡村世界中往外迈出了一步。也正是在这一点上，"进城的小生产者"陈奂生貌似与黑娃有了某种相似性——他们都进入了城市，而不只是停留在自给自足的乡村世界。但是需要强调的或者更值得深思的是，面对现代化的城市，黑娃和陈奂生却有着截然不同的态度。相比陈奂生之于"招待所的软床"所隐喻的城乡之间产生的巨大冲突，黑娃与其所接触的城市意象，以具体的事物出现的现代/西方/美国之间实现了某种程度上的融合。所以，有必要以"进城的小生产者"陈奂生作为潜在的参照系，讨论张一弓通过怎样的叙述，逐渐建构了一个勤劳、自信、理性，有着明确的个人意识和主体性的农民形象黑娃，同时考察作者如何将黑娃的个人意识以及对生活的想象与西方现代性整合在了一起；与此同时，这个对西方现代性有着自觉认同的农民黑娃又不乏"土地精神"，完全契合了"社会主义新人"的要求。由此，我们也得以看到黑娃的故事如何弥合了陈奂生所遭遇的冲突，换言之，在黑娃这个现代农民身上，乡村与城市/现代，尤其是西方现代性之间达到了最大程度的融合。在此意义上，《黑娃照相》以及作为"现代农民"形象的黑娃实际上也预示着在文学和文化层面，被整合进西方现代化之中的中国现代化理论逐渐开始成为一种新的意识形态。

第二章　从"进城的小生产者"到"现代农民":20世纪80年代农民叙事的转折 ❖❖❖

一　八元四角钱与个人劳动致富合法性的确立

集体化时代的人民公社采用的是工分制，工分的问题在于太过于抽象，却又无法转化为现金。而现金恰恰是农民和土地之间的一种重要媒介，农民拿了工分普遍会感觉存在一种不可把握性，因为从年初将工分转成粮食得需要熬到年底，如此一来农民对集体的信心就必然打折扣。这也是到了20世纪80年代，农村改革会成为农民最重要的诉求之一的原因。由此，1978年农村改革得以启动，农村土地经营模式成为一项重要的内容，如果说人民公社体制之下的农民是作为集体中微不足道的一个社员而存在的话，那么包产到户将土地重新交给农民，则最大程度调动了农民的积极性。以家庭为单位的主体，不仅可以自由地选择对土地的生产方式，还可以大力开展副业，这时的农民比起集体化时代的社员，越发具有了现代独立个体的意味，也正是在此意义上，"现金"的重要性被凸显出来，成为一种个人劳动致富的合法性的标志。

小说的开头第一段这样写道："右手插在袄兜里，捏紧了一叠八元四角纸币，十八岁的张黑娃两腿生风地上中岳庙赶会去了。"①　"用手将八元四角现金在袄兜里捏紧"这一具体的动作描写，形象地表明现金能够带给农民的踏实感，也正是因为有了富余的现金，黑娃才能够两腿生风充满自信。并且，接着小说又再次强调了"八元四角钱"的重要性和独特意义——"黑娃的衣兜里可曾装过这么多的钞票么？没有没有。……眼下这八元四角钱，是黑娃家的一个具有历史意义的伟大事件，使黑娃沉浸在少有的激动和向往之中。"②　显然，相比陈奂生，黑娃的生活有了更大的改善，陈奂生是刚好摘了"漏斗户主"的帽子，即满足了温饱之后，想去城里卖油绳赚几个活钱，而黑娃兜里早已有了活钱，这八元四角钱带给了黑娃自信，甚至某种意义上让他有了主人翁意识。与此同时，八元四角钱象征着农民对未来生活的五

---

①　张一弓:《张一弓小说自选集》，河南文艺出版社1998年版，第48页。
②　张一弓:《张一弓小说自选集》，河南文艺出版社1998年版，第48页。

光十色的想象,揣着这八元四角钱,黑娃"如同望见了一个美丽的、五光十色的梦境似的",① 更为重要的是,"八元四角钱"被一再强调,也使得集体化时代梁生宝式的依靠个人劳动致富的愿望具有了正当性,而这种正当性在《黑娃照相》中经由"长毛兔的优越性"以及以此为基础作为青年人的黑娃对作为老年农民的父亲的说服中得以实现。在这一实现的过程中,黑娃的现代农民形象及其个人意识初见端倪。

对于八元四角钱的由来,小说中有详细的交代。黑娃喂有四只长毛兔,这四只长毛兔是他用二十五斤蜀黍去北山后换回来的。刚换回来时,黑娃的爹连连摇头埋怨黑娃怎么带回来几只"豁子嘴",黑娃严肃地告诉父亲这是发展副业。黑娃的解释和行动正好契合了农村改革中对发展养殖副业的号召,可见黑娃是一个与时俱进的农民。但是黑娃的父亲却不看好:"你没看看它们长着豁子嘴?有了这'责任田',才吃上一口'超产粮',你就叫这长耳朵畜生来咱家扒豁子哩?"② 黑娃爹埋怨黑娃的理由明显建立在迷信的基础之上,从中可见中国传统农民身上愚昧封建的一面。紧接着黑娃对父亲进行了一番"长毛绒的优越性"的宣传。黑娃首先指出:"兔毛是一种高贵的纤维,懂么?纤维!去供销社收购站看看吧,一两特级兔毛,明码实价两块七。一只长毛兔一次能剪一两毛,一年能剪五次,算算,四只长毛兔一年能剪出多少'两块七'?'特别的尤其是'——黑娃强调指出,母兔长到三个月就要当娘了,一个月能生一窝兔娃,一窝少说七八只,一年之中,兔娃生兔娃,兔娃的兔娃再生兔娃,找个电子计算器算算,一年能生养多少兔娃呢?兔娃满月半斤重,一只能卖一块钱,再算算,这笔收入是多少?'更加的尤其是'——黑娃进一步强调指出,长毛兔爱吃百样草,不吃粮食,冬天没青草,就吃蜀黍杆、红薯秧子。喂鸡还得舍把米,喂这长毛兔舍点啥?四两力气。"③ 最后,黑娃的副业获得了极大的成功——长毛兔第一次剪下来的毛送到供销社

---

① 张一弓:《张一弓小说自选集》,河南文艺出版社1998年版,第49页。
② 张一弓:《张一弓小说自选集》,河南文艺出版社1998年版,第49页。
③ 张一弓:《张一弓小说自选集》,河南文艺出版社1998年版,第50页。

第二章 从"进城的小生产者"到"现代农民":20世纪80年代农民叙事的转折

卖到了八元四角钱。而黑娃爹也被震惊到了,并很快对黑娃表示了认同:"听说这兔毛一年剪五回,头一回就剪了八块四,老天爷!要是喂十只、八只的,能'剪'出多少个'八块四'呢?"① 张一弓为黑娃对长毛绒兔的优越性的宣传花费了不少笔墨,这样的长篇大论与其说是宣传,倒不如说更像一种演说,类似于冯幺爸在乡场上的演说,背后指涉的仍是某种政治性的说服。如果说冯幺爸的演说是为了强调单干和分田的合法性的话,那么黑娃的雄辩则是为了凸显个人劳动的正当性,而且这一个人劳动不再只是停留在前现代式的"自己种田养活自己"——实际指向的是依靠自己的勤劳,进一步发家致富。当然,更为重要的是,在这一演说的背后,经由个人发家致富的合法性的确立,作为现代独立个体的黑娃其个人意识也得以逐步建立。

需要强调的是,黑娃爹口中的个人劳动致富和黑娃逻辑中的劳动致富又有着某种区别。前者某种意义上相当于"梁三老汉式"的个人发家创业,一定程度上仍然延续了"地主的梦想",这是老一辈的农民所固有的、难以转变的价值观念。所以当他知道黑娃的长毛兔头一回剪毛就卖到了八块四时,说道:"啧啧!俺张家到了黑娃这一代是该往高处长长,往粗里发发了。"② 如此,黑娃的"成功"对于黑娃爹来说,显然意味着家族的兴旺。但是,黑娃的"个人劳动致富"是建立在现代的理性考量的基础之上的。小说告诉我们,黑娃只有十八岁,是一个初中生,将20世纪80年代的初中生视为有文化的人,一点不为过。但黑娃所接受的知识并非来自中国乡村的传统经验,而是来自现代化理论,因而黑娃遵循的必然是理性的思维方式,尤其是经济学意义上的理性计算。黑娃的演说中所出现的数学计算对此进行了印证和呈现:"一只长毛兔一次能剪一两毛,一年能剪五次,算算,四只长毛兔一年能剪出多少'两块七',母兔长到三个月就要当娘了,一个月能生一窝兔娃,一窝少说七八只,一年之中,兔娃生兔娃,兔娃的兔娃再生兔娃,找个电子计算机算算,一年能生养多少兔娃呢?兔

---

① 张一弓:《张一弓小说自选集》,河南文艺出版社1998年版,第49页。
② 张一弓:《张一弓小说自选集》,河南文艺出版社1998年版,第50页。

娃满月半斤重，一只能卖一块钱，再算算，这笔收入是多少？"① 这段话告诉我们，长毛兔不仅可以产毛，母长毛兔生的兔娃也可以卖钱。不仅如此，黑娃还强调了喂养长毛兔的成本极低，因为长毛兔爱吃百样草，不吃粮食，即使没有青草，就吃蜀黍秆等，非常好对付。收入和成本之间的差，才是黑娃想要宣传的"长毛兔的优越性"，也是黑娃决定喂养长毛兔的根本原因。收入和成本之间的差额越大，越能够说明黑娃决策的英明。这种论证的方式，显然遵循的是一套理性的经济计算的思路，与此同时，也一定程度上可以被纳入现代市场经济的逻辑中去。所以显而易见的是，对于没有文化的老农民黑娃爹来说，或许不太可能真正理解黑娃的"宣传"和"演说"，因为在传统的中国乡村，农民不仅对抽象的数字没有任何概念，对于尽可能做到"成本越少，收益越大"这一理性思维方式更加不可能真正理解。所以与其说黑娃爹最后对黑娃表示了认同和赞扬是因为黑娃长篇大论中的具体内容，倒不如说更根本的原因是被黑娃的"能干"和"雄辩"所征服。而对于黑娃来说，他所宣传的内容是否能够被黑娃爹理解其实也不是最重要的，重要的是，经由这种"演说"和"说服"的过程，一个具有经济理性和强烈个人意识的现代农民形象脱颖而出。也正因为如此，黑娃与黑娃爹虽然在价值观念上必然存在着鸿沟甚至冲突，但是却在"个人劳动致富"这一目标上十分一致。于是这才有了黑娃揣着八元四角钱、两腿生风地上中岳庙会这一开头一幕，通过个人劳动获得的八元四角的现金，无疑给了黑娃极大的自信，也激发了他对未来无限的向往。

可是正如前文所述，在《陈奂生上城》中，当陈奂生面对睡一夜需要五元钱的"招待所软床"时，产生了巨大的心理落差甚至是自卑——辛苦卖了一晚油绳的钱，还不够睡一晚招待所的软床。因此，个人劳动的合法性实际上遭遇了质疑。当然，这只是一种对20世纪80年代现代化可能对农民和乡村造成一定程度的影响和破坏的症候式表达。

---

① 张一弓：《张一弓小说自选集》，河南文艺出版社1998年版，第50页。

第二章 从"进城的小生产者"到"现代农民":20世纪80年代农民叙事的转折

而在张一弓的叙述中,黑娃这一现代农民则恰恰论证了个人劳动不仅可以解决温饱,还可以使农民更加富裕从而地位得到更大的提升,这也使得张一弓的写作同样参与到了"改革共识"中去。但是不可否认,黑娃在个人致富中的"经济理性"某种程度上一定会破坏乡村的传统秩序。对于黑娃而言,秉持经济理性所开展的个人劳动当然可以致富,但是与之相对的另一面是,遵循自然经济模式以及将本求利的交易法则的小生产者农民却仍可能陷入贫穷,贫富差距也可能会再次出现。当然,由于时代的限制和改革的召唤,张一弓的小说中对此并未涉及。相反,他通过强调"包产到户""责任田"对于"发展副业"的基础性作用,为黑娃的"个人致富"确立了正当性。也就是说,在张一弓的叙述中,小生产者的生活方式与现代经济的理性计算完全不存在冲突,甚至于在黑娃的故事中,这种冲突甚至可以被暂时性弥合。

所以当小说中提及养长毛兔发展副业从而使个人致富时,作者会一再强调分到了"责任田"这一前提:"今年打罢新春,黑娃计算着缸里的蜀黍吃到麦口还有剩余。这一罕见的统计结果,给黑娃带来了少有的欣喜。他就背着二十五斤蜀黍,去北山后换回来四只长毛兔娃子。"[1] 由此可见,黑娃之所以能够依靠长毛兔赚到"八块四毛钱",首先是因为余粮得以换回四只长毛兔,而之所以有了余粮,显然得益于"责任田"。当黑娃娘知道黑娃的长毛兔头一回就剪了八块四时,不由得抹起泪来,看了看黑娃爹说:"眼看咱黑娃长大哦十八岁上,你啥时候给过他一个'八块四'哩?……看看俺孩儿穿的啥!眼看该说媳妇了,还穿这对襟小袄、烂布衫儿,要是说媒的上门来,一看这败兴样儿,人家还来不来第二回呢?我说黑娃……中岳庙上起会哩,如今兴了这'责任田',活路由自己安排,赶会也用不着请假,你就去会上把这钱花了,想吃啥,吃!想穿啥,穿!"[2] 黑娃娘的这段叙述不仅再次表明了"责任田"/乡村改革作为个人致富的前提的重要性,

---

[1] 张一弓:《张一弓小说自选集》,河南文艺出版社1998年版,第49页。
[2] 张一弓:《张一弓小说自选集》,河南文艺出版社1998年版,第50—51页。

同时还从情感和道德的层面再次论证了黑娃用现代经济的思维方式经营致富的合法性。但事实上，"责任田"与个人致富之间并没有必然的关联，尤其到20世纪80年代中后期，中国农民再次出现卖粮难的问题，"种田养活自己"已然不再是农民对于生活的想象。大量像黑娃这样的具有经济理性的现代农民开始出现，但是他们却与乡村以及传统农民产生了巨大的冲突，比如王润滋的《鲁班的子孙》中小木匠和老木匠的冲突。可是在《黑娃照相》中，虽然黑娃对黑娃爹有过说服，但是事实上，黑娃与黑娃爹之间并没有存在任何真正意义上的冲突，黑娃爹甚至将儿子黑娃当成了足以令张家光耀门楣的那个人。也正是因为如此，《黑娃照相》整个小说读起来轻松有趣、生机盎然。比之80年代中后期的文学作品中出现的理性经济人，现代农民黑娃更多的时候被塑造和确认为一个"社会主义新人"，这个"社会主义新人"既有"小生产者"身上的"土地精神"，又摒弃了小农思想的局限性，能够独立理性地进行思考，并且有了较为清晰的个人意识和主体性。因此在文本之中，他通过理性计算致富发家的行为和愿望与整个传统乡村世界并没有产生任何冲突。而当他置身"城市空间"，也并没有产生如同陈奂生般的震惊、卑微甚至是无地自容，相反在与城市互动的过程中，其现代主体性得以进一步凸显和得到确认。

二 嵩山庙会与黑娃眼中的城市

事实上，《黑娃照相》与《陈奂生上城》在结构上颇有些相似，讲述的都是生活改善之后，农民进城的故事，并且经由城市的各种现代物质意象，农民得以认识并发现了城市，自身随之发生了一系列的改变。但是，严格来说，黑娃并没有进入真正意义上的城市空间，在张一弓的叙述中，也没有出现"城市"这个语词。可"城市"在小说中却成为一个重要的叙事空间，黑娃与城市尤其是城市所表征的现代性进行了一次完美的相遇乃至互动。那么，在小说的叙述中，黑娃是如何与城市相遇的呢？城市如何出现在黑娃的面前，并被黑娃"发

第二章 从"进城的小生产者"到"现代农民":20世纪80年代农民叙事的转折

现"的?

正如小说在开篇便告诉我们,黑娃"右手插在袄兜里,捏紧了一叠八元四角纸币,十八岁的张黑娃两腿生风地上中岳庙赶会去了",①也就是说,黑娃去的并非城市,而是嵩山脚下的中岳庙会。但是,有意思的是,在小说的叙述中,"庙会"某种意义上堪比"城市"。"几十个本县的供销门市部以及省城、外县的百货商店,都在庙会上扯起了鳞次栉比的帆布篷,设立了货源充足的售货部……饮食专业户也在稠密的国营食堂之间,见缝插针地支起了锅灶。"②自三年前恢复以来的中岳庙会可谓热闹非凡,种类繁多的商品与城市几乎没有差别,张一弓对于庙会上热闹场景的描写充满了城市的烟火气息。所以,与其说黑娃逛的是嵩山脚下的庙会,倒不如说他真正感受了一回"城市"的日常生活尤其是消费生活。所以在此意义上,张一弓并不需要安排黑娃进城,而是将"城市"以"庙会"的形式搬入了乡间。正如"小说经营的叙事空间,完全舍弃了乡土叙事中常见的自然、田野、村庄等异乡元素,而是通过嵩山脚下的一个庙会,完成了人声嘈杂的城市消费空间的塑造,实现了农村题材的空间置换"。③也正是在这一置换后的叙事空间中,农民黑娃与城市相遇,并与之发生了联系和互动。

如果说在《陈奂生上城》中,我们看到农民是经由现代物质的方式进入城市,即第三世界的农民进城的方式的话,那么在《黑娃照相》中也同样如此。黑娃来到会上,便一头钻进了百货棚,恰如一条鱼儿,消失在喧哗的人流里。首先进入其视线的现代物质就是一件"小翻领、有拉链的红绒衣"④;随后是一条公安蓝的确良制服裤、羊肉拉面、水煎包子、武术表演以及美国相机所拍的彩色照片。无疑,黑娃所看见的这些物质意象,原本并不属于农民和乡村,或者说他所见的这些物质意象,都在20世纪80年代被赋予了某种现代的意蕴,

---

① 张一弓:《张一弓小说自选集》,河南文艺出版社1998年版,第48页。
② 张一弓:《张一弓小说自选集》,河南文艺出版社1998年版,第52页。
③ 任南南:《时代巨变与话语转型:重读〈黑娃照相〉》,《文艺争鸣》2017年第12期。
④ 张一弓:《张一弓小说自选集》,河南文艺出版社1998年版,第52页。

脱离了农村日常生活的层面，象征着某种对现代生活的向往。正如小翻领、有拉链的红绒衣，在当时属于城市居民的装束——黑娃"终于认准了一件小翻领、有拉链的红绒衣，而且想象着——像那些有幸当上工人或是家里有人在外拿工资的小伙儿那样，他怎样穿上红绒衣，罩上绿色军布衫儿、敞开领口，把红绒衣领子翻出来，露出闪光的拉链……于是我们的黑娃也就具有了中岳嵩山之下一个翩翩少年，进入八十年代以来的典型丰富，而且会赢得闺女们悄悄投来的含情脉脉的目光了"，[1] 哪怕是水煎包子，当黑娃看到它时，它对于黑娃也不仅仅只是一种满足温饱层面的食物，而指向了某种生活的提高和身份的改变。正如黑娃母亲在他上庙会前红着眼圈所嘱托的："中岳庙上起会哩……想吃啥，吃！想穿啥，穿！眼看能当家主事了，可怜你还没吃过水煎包子……"[2] 在此意义上，黑娃和陈奂生进入城市的路径其实是一样的，但我们看到，黑娃并没有对城市空间产生某种本能的抗拒。而无论是《陈奂生上城》中的陈奂生，还是《子夜》中的吴老太爷，他们对于城市以及与城市相关的现代物质意象所产生的"震惊"，在一定层面上反映了中国农民对现代空间的某种本能的抗拒和焦虑，所以陈奂生才会觉得自卑和抬不起头，吴老太爷甚至快被吓死。

　　黑娃对于城市的发现并没有伴随"震惊"的体验，他某种程度上具有了理性的思考能力。他毅然决然地放弃了红绒衣，并说服自己："他眼下还没有绿的的确良军布衫儿跟红绒衣相配，要是在红绒衣外面罩上他那件唯一的已经发白而且小得像茄子盖一样的蓝布褂子，配上这条膝盖上早已打了补丁的破工装细腿裤子，再叉开腿来……俺黑娃是一副什么模样呢？他立即感到莫大的惶恐……绒衣穿不了几天就该换季了，买来放着压箱底，造成资金积压，这算哪一家'经济学'呢？"[3] 至于羊肉拉面，黑娃拒绝的理由是"四两面再拉长还是四两，

---

[1] 张一弓：《张一弓小说自选集》，河南文艺出版社1998年版，第52页。
[2] 张一弓：《张一弓小说自选集》，河南文艺出版社1998年版，第51页。
[3] 张一弓：《张一弓小说自选集》，河南文艺出版社1998年版，第52页。

第二章 从"进城的小生产者"到"现代农民":20世纪80年代农民叙事的转折 ❖❖❖

既如此,何必非吃这六毛钱一碗'坑人面'不可呢"①,而在面对黑娃娘特意叮嘱的水煎包子时,黑娃用爹的话说服了自己,"俺爹没吃过水煎包子也活了六十多岁,俺离六十岁还远着哩,这五毛钱才买二十个的水煎包子,还是先寄存在这儿,明年吃"。②由此可见,黑娃某种意义上貌似也遵循着乡村传统的交易法则"将本求利",正如马上要到夏天了,红绒衣已经穿不了几天就要压箱底,不值得;羊肉拉面四两要六毛钱一碗显然太坑人;二十个水煎包子就要五毛钱太贵了,不吃也不会怎样。在这个意义上,黑娃似乎与陈奂生一样,善于自我安慰,甚至也有了阿Q式的乐观。但事实上,黑娃的拒绝是建立在理性的计算之上的,他希望"能够在离开庙会之前,找到一个能使用有限的金钱,发挥出最大效益的门路"③。实际上,此时的黑娃俨然一个具有了独立意识的理性青年:"现代社会里的人开始为了营养选择他们的食料,这是理性的时代,理性是指人依据已知道的手段和目的的关系去计划他的行为,所以也可以说是科学化的。……乡土社会是靠经验的,他们不必计划,因为时间过程中,自然替他们选择出一个足以依赖传统的生活方案。各人依着欲望去活动就得了。"④与此同时,"使用有限的金钱,发挥出最大效益的门路"。这不也正是所谓的资本逻辑中的交易法则吗?以最小的付出收获最大的利润。所以他最终选择了用美国相机拍一张穿着西装内搭翻领毛线衣的彩色照片。按照将本求利的法则,拍一张照片与需要付出的三块八毛钱之间一定是不对等的交易关系,正因为如此,黑娃听到这个价格的第一反应是"耳朵里'嗡'了一声",可是他随即坚定地拿出了钱,并拍着胸脯对着摄影师说:"你给我照!"这显然不是赌气,拍照结束后,黑娃感到了前所未有的满足,这满足来自一种对现代物质征服的快感,当然也来自精神和地位的提升,感觉身份都不一样了,甚至大方地拒绝了摄影师

---

① 张一弓:《张一弓小说自选集》,河南文艺出版社1998年版,第53页。
② 张一弓:《张一弓小说自选集》,河南文艺出版社1998年版,第52—53页。
③ 张一弓:《张一弓小说自选集》,河南文艺出版社1998年版,第54—55页。
④ 费孝通:《乡土中国》,上海人民出版社2007年版,第80页。

找给他的钱,"黑娃为今日赶会的一个意外圆满的结局感到满意。他一边走,一边乐呵呵地把相片高高举起,不住地转动着身子,向四面八方展示着相片,让人们看看相片上那位黑娃的风采"。①经由主动用三块八毛钱拍了一张彩色照片并获得了极大的满足,我们看到黑娃的拒绝和接受都建立在西方意义上的理性计算之上,他的拒绝并非真的因为"囊中羞涩",不是因为"将本求利"原则的失效,而一定程度上是因为他对衣食的关注转移到对精神价值的追求——这显然意味着个人意识的萌芽。

当然,更为根本的原因则在于一种经济上的理性考量,他极其敏锐和具有前瞻性地看到了"彩色照片"的符号价值——象征着某种可被认同的现代主体性,拍照这个行为以及照片上焕然一新的黑娃,俨然已是一个具有独立自我意识的现代青年。所以即使按照将本求利的乡村传统交易法则拍一张彩色照片远不值三元八角钱,他也会欣然接受。同理,如果换作是具有理性的计算精神,并已经萌发出现代的个人意识的黑娃,当他遭遇如"五块钱睡一晚招待所的软床"的事件时,也当然会乐意接受。相比陈奂生,黑娃无疑是进步的,也正因为如此,我们看到在《陈奂生上城》中,陈奂生是以一位刚刚摆脱了"漏斗户主"的老年人的身份出现的,并且小说还告诉我们,陈奂生从前在村中并没有太高的地位;而相反《黑娃照相》中,小说在开篇就告诉我们黑娃在家庭中的重要性,"上过初中而又钻研过一点儿'经济学'的黑娃是这个三口之家的财务大臣"②。

在1979年的第四次文代会上,邓小平继1942年的毛泽东之后再次提出塑造"社会主义新人"的问题:"我们的文艺,应当在描写和培养社会主义新人方面,付出更大的努力,取得丰硕的成果。"③与此同时,张光年在对1981年的全国优秀小说的评奖进行总结时说:"在

---

① 张一弓:《张一弓小说自选集》,河南文艺出版社1998年版,第59页。
② 张一弓:《张一弓小说自选集》,河南文艺出版社1998年版,第48页。
③ 邓小平:《在中国文学艺术工作者第四次代表大会上的祝词》,《邓小平文选》第二卷,人民出版社1994年版,第207—208页。

第二章 从"进城的小生产者"到"现代农民":20世纪80年代农民叙事的转折 ❖❖❖

推动创作深入反映现实的前提下,支持作家更多更好地描写社会主义新人,使文学作品在建设精神文明的战斗中发挥更大效能。"①而具有着现代理性的农民黑娃正是此时期的文学塑造和建构的"社会主义新人"中的一个,正如"最能体现新时期生产关系变革带来的精神面貌巨变的社会主义新人参与了改革开放、劳动致富的主流宣传,将新时期主流话语中一直推行的现代化战略进行人格化地有效呈现",②所以,像黑娃这样的文学中的"社会主义新人",在面对城市和现代性时,一定不会再有类似陈奂生的自卑和震惊,相反是乐观、自信、积极的。虽然黑娃也曾被拍彩色照片的摄影师羞辱,围观的人也曾投给他诧异和嘲笑的目光,黑娃也曾有那么一瞬间涨红了脸庞,但是他却最终使"剧情"反转,让摄影师对其刮目相看,与此同时,围观的山民们也对他投去了极为友好甚至是羡慕的目光。

在经由庙会置换而来的城市空间中,通过照相这一具体的行为,黑娃确认了自身的主体性,所以他眼中的城市与陈奂生眼中的城市是完全不同的。但是,通过小说中张一弓用较大篇幅来具体叙述的"照相过程",我们又会看到,黑娃所确立的主体性乃至对未来所建构的想象,与其说来自中国的现代化转型,不如说是来自对美国乃至西方的模仿。他对城市的征服姿态,实际上是建立在对西方绝对认同的基础之上的。在这个意义上,其实西方仍然位于强势的一方。

三 美式彩色照片与黑娃的主体性及生活想象

正如篇名"黑娃照相",《黑娃照相》这篇小说的核心显然在于黑娃在庙会上发生的照相事件,之前的所有叙述甚至可以说都是为了讲述黑娃而进行的铺垫。黑娃对于长毛兔的优越性的宣传和演说,确立了个人劳动致富的合法性,而黑娃的"个人劳动致富"某种意义上已

---

① 人民文学记者:《喜看百花争妍记——一九八一年全国优秀短篇小说评选活动》,《人民文学》1982年第5期。
② 任南南:《时代巨变与话语转型:重读〈黑娃照相〉》,《文艺争鸣》2017年第12期。

经有了现代个人成功的意味,黑娃的理性计算是一种体现。只是在张一弓的小说中,对这一问题并没有展开,而是通过"责任田"是个人致富的基础,发展副业是国家政策等多方面的叙述使得黑娃看起来更像是一个符合改革需求的社会主义新人,而不仅仅是一个具有经济理性的现代农民。当这样一个社会主义新人框架内的现代农民,置身于具有城市空间性质的庙会之中时,他和陈奂生的反应必然不同,相比陈奂生,他显然具有了某种进步性和超越性。黑娃身上由现代知识所建构的现代理性和个人意识在面对城市物质的选择过程中,被进一步萌生和凸显出来。当黑娃最终通过理性的计算,用兜里的八块四角现金选择了在庙会上拍一张"彩色照片"时,其作为一个区别于传统小生产者的现代个体的主体性被确立起来,其作为一个现代农民的形象也才最终得以被呈现。所以黑娃照相成为关键和核心情节。更为有意思的是,现代农民黑娃通过"照相"的过程,不仅确立了自身的主体性,更加重要的是,小说经由主体性的建构所勾勒出来的对未来的想象,已经完全不同于传统小生产者的农民对未来的想象,如果说后者勾勒的是一幅田园式的乡村风光,那么前者描绘的显然是一种现代风景,而且这样的一种现代风景是以美国/西方作为想象原型的。

当黑娃最终万里挑一地选择了照相作为其在庙会上的"消费"行为时,我们首先应当讨论的是,"彩色照相馆"是如何进入黑娃的视线的?黑娃第一眼看到的是彩色照相馆的广告牌,上面写着,"彩色快照,化妆摄影。随照随取,画面新颖。西装旗袍,任意选用。弹簧沙发,天然布景。对座饮酒,多样表情。中岳留念,诗意无穷"[①],广告牌上的几个关键词极为重要,强调了照片是"彩色"的,这是现代技术的表征;"西装旗袍""弹簧沙发"这无疑是现代物件,即便是中国的古典旗袍,象征着某种身份,也是农民遥不可及的东西,西装则更不必多说。紧接着,黑娃便看到了一位穿戴打扮"洋气"的摄影师——梳大背头、戴墨镜、穿人造革拉链夹克衫——这显然是城市人

---

① 张一弓:《张一弓小说自选集》,河南文艺出版社1998年版,第55页。

第二章 从"进城的小生产者"到"现代农民":20世纪80年代农民叙事的转折

的打扮。如果深究下去就会发现,无论是大背头、戴墨镜还是穿人造革拉链夹克衫,这样的审美趣味皆来自西方。不仅如此,摄影师还强调手上的照相机也同样来自美国。也正是如此,作为现代化标杆的美国,以无比鲜活的方式进入了黑娃的脑海中。早在"大跃进"这个符号中,中国就已经将西方作为自身现代化的成功典范,只是在"大跃进"的历史脉络中,西方这个概念实际上又是分裂的。因为"大跃进"一方面号召赶英超美,以西方作为现代的模版和榜样,因此西方是具有正面的现代意义的,但是在另一方面,西方又被认为在意识形态和政治的意义上是具有侵略性和扩张性的,指向的是帝国主义。这种感觉结构上的分裂性,在中国一直到20世纪80年代早期也仍然存在,不过在黑娃这一人物身上,这种分裂性似乎不再存在。所以我们看到,在《黑娃照相》中,西方直接被美国指代,美国成为现代化的标杆和典范。于是当摄影师强调照相机是美国货时,人群中有人对此再次进行了确认,告诉大家这绝对是真正的美国货:"错不了,这可是地地道道的美国货。他大哥是那大工厂的采购员,常驻广州,是跟洋人打交道的。"[①] 如此一来,美国作为一个强大的在场,以摄影师"美国式"的着装以及货真价实的美国照相机作为载体和中介,出现在了原本象征着中国传统社会交易场所的嵩山庙会之中。这当然不是黑娃第一次听说美国,作为一个能够理性计算长毛兔的收益以及养长毛兔需要付出的成本之间的差额的现代青年黑娃,早在养长毛兔时,就已经确认了美国的存在。黑娃在给父亲宣传长毛兔的优越性时,强调了兔毛之所以贵的原因,就是因为外国人爱穿毛绒衣,他甚至告诉父亲美国总统夫人也穿毛绒衣,然后说:"听外贸上的人说,那毛线名叫'开司米'。"见到父亲愕然的表情,竟然用并不标准的英国语调,表情神气地解释说开司米就是:"Kiss me!懂么?……翻成中国话,这就是'好'、'老好'、'大大的好'的意思。信不信由你!"[②] 这显然是黑娃自我揣测后的错误翻译,却正表明了在黑娃的心中,美

---

① 张一弓:《张一弓小说自选集》,河南文艺出版社1998年版,第50页。
② 张一弓:《张一弓小说自选集》,河南文艺出版社1998年版,第50页。

国俨然是一种典范：美国人爱穿的，就肯定是好的。那么同理可推之，美国人的生活也一定是值得学习和效仿的。

而彩色照相馆恰恰复制了一种现代的、美国式的生活场景并展现给了中岳庙会上的所有农民，这当然也被黑娃看到，并且接受。"黑娃向花坛上望去，只见那里摆着一堆沙发，沙发中间夹着一个茶几，茶几上放着一个长脖酒瓶，两个高脚酒杯，一束塑料花，一盘蜡制苹果，一部'拨号'电话机，一把陶瓷小茶壶。花坛旁边树杈上，挂着西服、领带、料子裤、旗袍、毛衣、连衣裙、皮挎包、花阳伞。树下摆着半高跟女式塑料鞋、'三接头'男式大皮靴。"① 张一弓对于照相馆的现代陈设描写非常仔细，细节的魔力在于可以提供一种逼真的在场感，似乎每一个细节都在提醒着黑娃，这不是在嵩山脚下的中岳庙会上，而是在某个已经完全现代化的"城市空间"，这对于已经有着独立意识和现代观念的黑娃而言，比庙会上的羊肉面、水煎包、红绒衣以及武术表演具有无可比拟的吸引力。当然，这一细节的描写，再次证实了中国农民只能以对现代物质的感知——第三世界的方式去认识城市和现代性，实际上呈现了乡村和城市之间隐含的冲突——城市和现代性显然是作为强势的一方出现和存在的。但是不可否认，细节所建构起来的现代场景，某种意义上表征着农民对于未来的想象，这一想象突破了由"小生产者"所建构起来的乡村想象的局限性。那么，农民又如何能够真正进入这样的一个以美国作为表征的现代空间呢？照相——一种西方的光学技术成为关键。所以使黑娃最终下定决心要拍一张彩色照片的原因在于，他至少可以经由"照相"这种方式，将对生活的美好想象暂时性地定格下来，产生一种自身已经置身于这种美好生活之中，或者对于生活的美好想象必然能够实现的幻觉，正如黑娃所感叹的："呀！吃的、穿的、用的、相片里全都有啦，还是'自来彩'。"② 毫无疑问，照相技术特别适合用来制造某种"幻觉"和"白日梦"，正如电影作为大众文化工业，最主要的机制就是

---

① 张一弓：《张一弓小说自选集》，河南文艺出版社1998年版，第55页。
② 张一弓：《张一弓小说自选集》，河南文艺出版社1998年版，第56页。

第二章 从"进城的小生产者"到"现代农民":20世纪80年代农民叙事的转折

生产白日梦,让受众从平凡的日常生活中抽离出来。生活在屏幕制造的幻境中"。[①] 所以,黑娃坚定地相信,进入照相馆,照一张彩色照片,在经济学意义上一定是性价比最高的消费行为,这也正契合了他希望在庙会上找到一个用有限的金钱发挥最大效益的门路的愿望。

如果作为西方的光学技术的"照相"是黑娃进入以美国为表征的现代空间的方式的话,那么照相的过程则使他从真正意义上确认了自己与这一现代空间之间的关系——黑娃一方面在拍照的过程中,象征性地完成了自己对未来生活的构想,另一方面又征服了这一现代空间,借此确认了自己在此空间中的位置,并进一步确认了自身的主体性。也就是说,经由整个拍照的过程,黑娃才真正地完成了从农民到具有现代思想观念的独立个体的完整转变。所以在这个意义上而言,黑娃照相的整个过程,是更为重要和关键的情节。张一弓在对整个照相的过程进行叙述时,并没有表现出对以美国为表征的现代化的完全认同,正如他的目的其实在于塑造一个"社会主义新人"。所以作为社会主义新人的黑娃,不仅有着现代意识,与此同时,还具有十足的自信,具有能够与"现代社会"平等对话的能力。所以黑娃在拍照的整个过程中,都是以一种"主人翁"甚至是"征服者"的姿态出现的,而不是如陈奂生一般的"报复者"。当然,在黑娃下定决心要拍一张照片时,他确实有着某种报复心理。当黑娃提出想要看一下其他人拍的照片时,被摄影师嘲笑了一番:"不敢不敢,你这手一摸,得留下五个指头印儿。"[②] 惹得围观的人们哄堂大笑,这时的黑娃整个脸和脖子都红了,当听到摄影师在此说"人家的照片,再看也是人家的,你想看,就自己照一张",[③] 黑娃连价格都没有问,大声说了声"照就照",这分明是报复性的情绪使然。所以当他知道拍一张要三块八毛钱时,他忽然震惊了,这种震惊不亚于陈奂生刚听到住一晚招待所需要五元

[①] 汪荣:《全球时代的文化生产与文化移植——以韩剧〈来自星星的你〉为中心》,《创作与评论》2014年4月号。
[②] 张一弓:《张一弓小说自选集》,河南文艺出版社1998年版,第56页。
[③] 张一弓:《张一弓小说自选集》,河南文艺出版社1998年版,第57页。

钱时的反应。由此可见,此时的黑娃即使有了理性计算的头脑,但是同时却仍然是一位生长在传统乡村社会中的农民,这个价格显然是超出黑娃想象的,但是黑娃的应对方式却与陈奂生有着天壤之别,为了不被再次嘲笑,他"以破釜沉舟的姿态,把钞票摔到开发票的小桌子上,'咚'地拍着胸脯说:'你给我照!'"①。这明显带着一种情绪上的冲动,但是却再次区别于陈奂生付了钱之后对招待所物件的恶意使用——陈奂生的报复行为显然是建立在小农意识之上的,而黑娃的报复性行为却有了一种现代意味——对经济权的掌握,某种意义上便是对话语权的掌握。换言之,支付了四元钱的黑娃因此获得了一种自信,而这种自信源自其兜里的"八块四毛",以及长毛兔未来将带来无数个"八块四毛"的潜力。黑娃某种意义上成为一个有经济实力的人,至少此时此刻在围观者以及摄影师的面前是如此。于是我们会看到,他的回应是"你给我照!"有了某种发号施令的意味,于是摄影师也对他肃然起敬,看热闹的人们也都忽然收敛了自己的嘲笑,对黑娃刮目相看。

  由此,黑娃瞬间具有了主人翁和征服者的姿态,干脆利落地选择了拍照的衣服——一件蓝色西装和一件翻领毛线衣。不仅如此,"黑娃从容地脱下补丁小袄和沾满汗污的小布衫儿,勇敢地袒露着正在发育的结实浑圆的肌肉,赤膊站在阳光下,象是向人们炫耀:看看,好好看看,这才是真正的黑娃呀!穿戴时新的人们啊,你们都扒了衣裳,跟俺黑娃比比肉吧,这可是俺自个儿长的,咱不比身外之物!然而,当摄影师热心地帮助他,把毛衣,西服、呢子裤等等'身外之物'堆砌在他那健美的躯体上时,他还是感觉着一种进行了一次报复的惬意"②。这段细节描写隐含着张一弓的态度:一方面对黑娃经由个人的体力劳动所形成的健美身材表现出赞美,另一方面则以此为基础再次凸显个人劳动的合法性和重要性,且让我们看到由个人体力劳动所形塑的"身体"对现代物质——比如毛衣、西服、呢子裤——的征服。

---

  ① 张一弓:《张一弓小说自选集》,河南文艺出版社1998年版,第57页。
  ② 张一弓:《张一弓小说自选集》,河南文艺出版社1998年版,第57页。

第二章 从"进城的小生产者"到"现代农民":20世纪80年代农民叙事的转折

依此类推,黑娃在拍照过程中的一系列戏剧性的表演,貌似都是对现代性尤其是以美国为表征的现代性的征服,哪怕不是征服,也可被称为一种平等的对话。在整个拍照过程中,黑娃完全控制了局面,操纵了摄影师,怎么拍,做什么动作,皆由黑娃自己决定,面对黑娃,摄影师甚至变得有些恐慌不安,但随后也被其气势折服。黑娃还自作主张地将美国设定为自己的对话对象,他从容不迫地拿起道具电话机,大声喊道:"美国!美国!你听见没有?俺是中国的黑娃博士,听说你们那彩色相机不赖,俺今儿个也照一张试试,验验质量。……啥?质量老好?那俺丑话说前头,要是没照好,得叫你美国赔俺!"[①]

难以想象,黑娃在拍照过程中的一系列行为动作和话语表达,是来自一位虽有着初中文化却年仅十八岁的农民。实际上黑娃形象是否真实并不是最重要的,更为重要的是,张一弓通过对黑娃拍照过程的铺陈,凸显了其作为社会主义新人的形象,而这正是改革所需要的,于是黑娃被有力地纳入了改革意识形态中。也正是在这个意义上,《黑娃照相》通常被视为一篇改革文学的作品。而作为现代农民的黑娃本人,也通过拍照过程中的一系列行为和语言,最终确立和获得了自身的主体性,并且对未来有了清晰的图景,尤其当他拿到彩色照片看到上面"那样英俊、富有、容光焕发,好像是为着某一项重大的外交使命,出现在某一个鸡尾酒会上似的"[②]自己时,他再次对自我进行了确认,照片上的自己才应当是真正的自己,或者说是未来的黑娃,其关联着黑娃对于未来的美好想象。但是我们不得不看到的是,拍照过程中黑娃多次提到的美国,显然成为不在场的强大在场者,黑娃依靠照相馆的道具所想象的生活方式以及做出的各种行为动作,还有黑娃选择的服装造型,全部来自对美国的模仿。他所拍的照片所承载着的他对未来的向往和憧憬,也统统来自美国。与此同时,黑娃通过拍照所获得的主体感和自我满足感,实际上也只能是暂时性的。拍照所带来的幻觉终将需要落实到现实的层面,所以当他重新把右手插进裤

[①] 张一弓:《张一弓小说自选集》,河南文艺出版社1998年版,第58页。
[②] 张一弓:《张一弓小说自选集》,河南文艺出版社1998年版,第59页。

兜的时候，他的心忽然怦怦地跳动起来，竟然伴随着一种淡淡的、莫名的惆怅。但是他转而又恢复了踏实和自信："我说你呀，你好好听着，再过两年，咱来真格的！"① 而张一弓明确表明黑娃"相信未来"的自信来自国家号召，来自建立在包产到户基础之上的副业。所以虽然他花掉了四元钱拍照，但当他想起他的善于繁殖的长毛兔，以及在责任田中可能超产的烟苗，他心里忽然又踏实而舒适了。

总而言之，在张一弓的叙事逻辑中，黑娃已经克服和超越了自然经济式的"小生产者"的局限性和矛盾性——以非现代的方式进行着现代化实践，通过与现代化方向保持一致，即依靠建立在理性计算基础上的个人劳动，试图走向现代化的美好生活，从而确立起自己的现代主体性和身份。但是，张一弓同时也让我们看到，"现代农民"黑娃的理性经济头脑，以及对现代生活的想象，仍然建立在"责任田"即包产到户政策成功的基础之上，而黑娃所从事的副业，也与国家政策指引息息相关。正如已经具备了经济理性、对西方现代生活充满向往的现代农民黑娃，却仍然能够保持着对土地的热情以及作为传统农民的淳朴率真，整个小说看起来和谐而完美。所以，经由农民陈奂生而症候式地表达出来的城乡之间、现代性与传统乡村秩序之间的冲突，在黑娃这一农民形象身上及其相关叙述中得到了一定程度的弥合。也正是在此意义上，《黑娃照相》有效地与国家的改革达成了共识。但不可否认的是，在关于黑娃的叙述中，"美国"成为一个强大的不在场的在场者。黑娃的现代意识以及经由"照相"所暂时获得的主体性和身份的幻觉，乃至对未来生活的想象，实际上都来自以美国作为模版的现代化。所以，现代农民黑娃的"照相"呈现了20世纪80年代的现代化运动如何从分裂走向了重新整合，即如何被纳入了西方的现代化理论，《黑娃照相》在文学层面象征着西方的现代化理论如何逐渐成为一种新的意识形态。而这一种西方的现代理论必然会对传统的乡村秩序造成破坏，也同样会对农民进行彻底改造。阿尔都塞曾经关

---

① 张一弓：《张一弓小说自选集》，河南文艺出版社1998年版，第60页。

注过"主体"构成的意识形态属性,他认为"自我"并不是人们思想和行动的主体,"意识形态"才是真正的主体,凝聚了诸多国家或者群体意志。[①] 对于黑娃而言,西方的现代化理论和意识形态构成了其自身真正的主体,而这一主体显然与传统乡村秩序格格不入。所以在20世纪80年代中后期的文学叙述中,我们将会看到完全的"理性经济人"出现。我们同样也可以想见,黑娃对于未来生活的美好憧憬是否能够实现,或者以什么样的方式实现——要么黑娃成为彻底的理性经济人,要么黑娃成为被强势的现代逻辑压迫的对象,比如90年代以后的农民工。无论黑娃成为哪一类人,"土地"从农民的情感结构中被抽离出去将成为普遍的事实,自己种田养活自己的小生产者式的田园生活将不复存在。

小　结

80年代早期包产到户/重回"土改"模式之下的农民叙事,建构了一种看似完美的农民形象——小生产者,并呈现了一个完全不受外力侵袭的自足性的乡村日常生活空间。但不可否认的是,其内在其实包含着某种矛盾或危机。这种矛盾或危机表现为中国现代化的追求以一种前现代的方式在进行着实践。所以,这便意味着小生产者式的对于乡村世界以及农民生活的想象,在新的历史语境下势必会遭遇困难甚至被宣告失效,80年代中后期的文学叙述中的农民形象,反映的正是这样一种紧张关系。当然,这种潜在的矛盾和危机,在80年代早期其实也有所反映,《陈奂生上城》及其塑造的农民形象就是一种呈现。高晓声经由"进城小生产者"陈奂生面对城市所产生的"震惊",以"招待所的软床"作为一种符号和隐喻,症候式地呈现了城乡之间的冲突,昭示了城市现代性对传统乡村秩序结构所可能产生的冲击和破坏,在这个意义上,《陈奂生上城》与同时期经由"小生产者"叙事

---

① 详见阿尔都塞《意识形态与意识形态国家机器(一项研究的笔记)》,载斯拉沃热·齐泽克、阿多尔诺等《图绘意识形态》,方杰译,南京大学出版社2002年版,第163—172页。

来确认改革合法性的写作方式有所不同。与此同时，80年代早期另一篇小说也与"小生产者"的叙事模式有所区别，张一弓的《黑娃照相》塑造了一位现代农民黑娃。黑娃具有理性的经济头脑，其主体性的确立以及对未来的想象都建立在对西方/美国现代性的认同之上，但是有意思的是，这样的一位现代农民与传统的乡村世界并无任何冲突，相反张一弓一再强调黑娃对于现代生活的想象，是建立在"包产到户"政策成功的基础之上。在此意义上，黑娃其实是作为"社会主义新人"的形象出现的，他在一定程度上弥合了由"陈奂生"所表征出来的"城乡冲突"。更为重要的是，《黑娃照相》预示着在文学和文化层面，被整合进西方现代化之中的中国现代化理论将开始成为一种新的意识形态。

《陈奂生上城》《黑娃照相》都创作于80年代早期，由于时代的局限性，所以两篇小说对一些更为重要的问题并没有完全展开。《陈奂生上城》仍然得以为改革在文化上确立了合法性，因为小生产者陈奂生至少不用再担心"饿肚子"，只是由于"进城"因而引发和昭示乡村与城市之间的碰撞冲突；《黑娃照相》以一种超越于"小生产者"叙事的方式，借由更为进步的"现代农民"与"社会主义新人"形象，为中国的现代化转型扫清了障碍，但是"黑娃"对于未来的想象及其主体性的建构，在小说中并未落到实处。未来究竟如何，张一弓未能给出清晰的答案。而在80年代中后期关于农民的文学叙述中，80年代早期没有得到深入反映的问题将变得更加清晰。我们会看到一种"理性经济人"形象的出现，他们彻底区别于"小生产者"农民形象。这一"理性经济人"形象与现代农民黑娃也截然不同——如果说具有现代经济理性的黑娃仍保留着对土地的情感，那么这一情感在80年代中后期被彻底从农民的情感结构中抽离出来，作为理性经济人的农民所遵循的价值观念和生活准则完全来自西方现代化理论甚至是资本和市场的逻辑。这样的一种农民形象及其所认同的现代知识和观念，必然会摧毁传统的乡村秩序结构，陈奂生所遭遇的城乡冲突将被完全展开。与此同时，城市及其所表征的现代性无疑成为强势的一方，且被

第二章 从"进城的小生产者"到"现代农民":20世纪80年代农民叙事的转折 ❖❖❖

赋予了完全的合法性。换言之,从20世纪80年代中后期开始,在关于农民的文学叙述中,讲述的将不再是农民与土地的故事,取而代之的是,农民如何被卷入城市化轨迹之中的故事,也正是在此意义上,《陈奂生上城》与《黑娃照相》成为80年代农民叙事的转折。

第三章　作为"理性经济人"的农民：改革逻辑的确立与乡村传统秩序结构的解体

因为20世纪80年代早期关于"小生产者"的文学叙述包含着"现代化的追求与非现代化的实践"之间的矛盾，所以在中国的现代化转型过程中，小生产者对于生活的前现代式的想象必然遭遇冲击甚至摧毁。正如邓小平在《政治上发展民主，经济上实行改革》一文中所言："从一九五八年到一九七八年这二十年的经验告诉我们，贫穷不是社会主义，社会主义要消灭贫穷。不发展生产力，不提高人民的生活水平，不能说是符合社会主义要求的。"① 由此，人民除吃饱肚子之外，个人创业致富、追求更好的生活，同样具有政治上的合法性，而这个创业致富，指向的显然是"商品经济"。1985年，中央的一号文件中曾明确提出："我国农村经济经过五年多成功的经济改革，迎来了新的形势。农村广大干部群众革新创业精神空前高涨，正在为广开生产门路、发展商品生产而奋发努力……十二届三中全会后，以城市为重点的经济体制改革即将全面展开……广大农村正面临着加速发展商品生产的极其有利的时机。"② 可见中国的现代化改革，显然是以"经济发展"为核心的。而这一切都再次凸显了80年代早期关于自给自足的"小生产者"叙事中隐含的矛盾。当然，发表于80年代早期

---

① 《邓小平文选》第三卷，人民出版社1993年版，第116页。
② 于建嵘主编：《中国农民问题研究资料汇编》（第二卷下册），中国农业出版社2007年版，第169页。

第三章　作为"理性经济人"的农民：改革逻辑的确立与乡村传统秩序结构的解体

的《陈奂生上城》，作为一种隐喻昭示了这一小生产者式的生活想象所可能遭遇的冲击，并症候式地表达了城市及其现代性作为强势的一方，可能对传统乡村世界造成的破坏；而另一篇创作于80年代早期，却同样区别于自给自足的小生产者叙事的作品——《黑娃照相》则让我们看到，中国的现代化转型已然被纳入西方现代化的轨道，农民黑娃的个人意识以及对未来生活的向往，完全是建立在对西方现代意识的认同之上的，不过作者张一弓却仍然将对土地的情感赋予了黑娃，试图弥合西方现代性在进入中国的语境时与传统乡村秩序之间的冲突。

事实上，这种冲突难以弥合。如果将这种冲突具体化改革与社会主义之间的矛盾，那么，需要进一步追问的是，改革与社会主义理想是否可以两全其美？乡村的传统秩序与城市所带来的市场化逻辑是否可以并行不悖？80年代中后期的文学所建构的农民形象替我们给出了答案。我们从这时期的文学作品中可以看到，"小生产者"的农民形象不复存在，"陈奂生"所遭遇的冲突得以完全展开继而被消解，与此同时，现代农民黑娃情感结构中对土地的感情被抽离出去，而作为理性经济人的农民形象及其合法性得以确立。在此语境之下，有四个文本值得被重新讨论：《小月前本》（1983）、《鸡窝洼的人家》（1984）、《腊月·正月》（1984）、《送田》（1985）。

在贾平凹的"农村改革三部曲"（《小月前本》《鸡窝洼的人家》《腊月·正月》）中，我们可以看到，改革逻辑在无意识中被逐渐确立。在创作于1983年的《小月前本》中，贾平凹一定程度上呈现了改革所蕴含的巨大能量及其遭遇的阻碍，或者更准确地说，呈现了理性经济人与小生产者之间存在的冲突，从中可以看出贾平凹在经济人伦理与传统生产伦理之间的犹疑与纠结；《鸡窝洼的人家》与《小月前本》虽然在情节结构和人物设计上有着很大的相似性，但是相比于《小月前本》，《鸡窝洼的人家》又往前迈进了一步：经由对农民形象的塑造，我们能够看到贾平凹试图消解改革逻辑/经济人伦理与传统乡村秩序之间的矛盾和冲突。不过，无论是《小月前本》，还是《鸡窝洼的人家》，小说所塑造的"理性经济人"农民并没有完全建立起自身的合法性。这种合法性,直到《腊月·正月》中才被完全确立起来,也就是说在《腊月·正月》中一个"完美的理性经济人"被凸显出来,这个被凸显的"完美的理性经济人",宣告了经济人伦理与传统生产伦理的冲突、改革逻辑与传统乡村秩序结构的矛盾,都已不再是需要被讨论的话题,同时,改革逻辑甚至是发展主义得到了无意识的确立。但毋庸置疑的是,发展主义逻辑必将破坏传统乡村秩序和结构,而高晓声的《送田》对这一问题则有所反映。高晓声的《送田》创作时间晚于贾平凹的《腊月·正月》,这部小说进一步让我们看到,已成为乡村权威和立法者的"理性经济人"如何将整个乡村共同体纳入其重新建构的话语体系中。这种纳入建立在破坏的基础之上,曾经对小生产者生活有所留恋和向往的农民选择妥协,从而甘愿被统治和被剥削。于是经由《小月前本》、《鸡窝洼的人家》、《腊月·正月》和《送田》这几篇小说对于农民形象的叙述及其变化,我们看到经济人伦理或改革逻辑如何在乡村世界占据了强势地位,获得了不可动摇的合法性。原有的"乡村共同体"遭到破坏甚至瓦解,"小生产者"农民形象及其所承载的生活想象宣告失效,而这也正是 20 世纪 90 年代相关文学叙述中农民形象的起源性所在。

第一节 不完美的"理性经济人":传统生产伦理与经济人伦理的冲突

贾平凹于 1983 年和 1984 年分别创作了《小月前本》和《鸡窝洼的人家》。两篇小说在结构和主题上非常相似,分别以爱情和婚姻作为故事的框架,讲述了有着小农意识的农民和具有现代理念与知识的新农民之间的冲突,呈现了改革的巨大能量及改革过程中遭遇的阻碍。在某种意义上,我们可以将两篇小说分别塑造的新农民——门门和禾禾称为"理性经济人",或者更准确地说,他们身上已经具有了理性经济人的雏形,他们是"不完美的理性经济人"。在小说的叙述中,我们能够看到贾平凹对于传统生产伦理与经济人伦理之间的犹疑、思考与选择。此处

第三章　作为"理性经济人"的农民：改革逻辑的确立与乡村传统秩序结构的解体

的传统生产伦理指向的则是乡村世界的人情、面子、互助以及公平、良心等内容，是传统乡村秩序的一种表征。而所谓的经济人伦理，则是指冷酷的计算理性，它内化一切有利因素，比如劳动力、信息、人际资源、政策因素等，它的出现在乡村世界的日常生活中势必与传统的生产伦理发生冲突，比如拒绝人情和面子，反对互助和平等。也正因为如此，才有了继《小月前本》《鸡窝洼的人家》之后的第三篇《腊月·正月》。在《腊月·正月》中，理性经济人及其所遵循的改革逻辑被完全确立：即反对自给自足式的小生产者生活方式，遵循商品经济的规律，追求自由产权，追求个人的自由个性和独立的个人意识，这些观念在乡村世界已完全确立，并获得了不可置疑的合法性。某种意义上，也正是因为贾平凹所持的犹疑和矛盾的态度，使得《小月前本》《鸡窝洼的人家》及其塑造的农民形象——门门和禾禾相对地具有了某种复杂性。

经由叙述可见，对于写作《小月前本》《鸡窝洼的人家》时的贾平凹而言，他有着一种关于传统生产伦理与经济人伦理，或者说经济发展与传统乡村秩序并行不悖的期待。也就是说，贾平凹希望门门和禾禾在具有理性的经济头脑、掌握现代市场的逻辑和生存法则之外，同时保有一种农民的本色：讲究人情、平等、互助等，从而他们能够被乡村世界认同，并与传统的生产伦理和乡村秩序融合在一起。所以，在《小月前本》和《鸡窝洼的人家》中，经济人伦理并没有完全被确立，或者说作为理性经济人的农民并没有完全建立起自身的合法性。当然，即便如此，在这两篇小说中，仍能见出贾平凹的态度——对经济人伦理乃至改革逻辑的认同。对于本节而言，最为迫切的一点是讨论贾平凹如何叙述和建构了并不完美的理性经济人，借此呈现他们试图在乡村世界确立自身合法性的努力。与此同时，本节也试图探究作者在表达对改革的肯定和认同之时，如何呈现了经济人伦理与乡村世界的冲突。由于两篇小说在结构、情节、人物的设定上具有很大的相似性，所以本节以讨论《小月前本》为主，在其之后会纳入对《鸡窝洼的人家》——尤其是它所塑造的农民形象——的不同之处及意义的讨论。贾平凹在《鸡窝洼的人家》中所塑造的理性经济人禾禾相对于《小月前本》中的门门更加完美，虽同样经历了经济人伦理与传统生产伦理之间的冲突，但某种程度上前者最终得以在乡村世界中建立了自身的地位，这进一步呈现了贾平凹对于改革逻辑的认同。

《小月前本》以小月与两位男性农民门门和才才之间的爱情故事作为主体框架，以小月的第三人称视角，呈现了有着理性经济人特质的门门的进步与不足，以及保留着小生产者传统的才才的可贵之处和不能与时俱进的方面。如此，贾平凹借由小月对于门门和才才的考量和选择，展现并思考了经济人伦理与传统生产伦理之间的冲突和纠缠。具体而言，这种冲突和纠缠通过多个方面凸显出来即两位农民在外表和性格上的差异，他们对于"土地"尤其是在"种地"这个问题上的不同观念，以及两个具体的事件——抽水机事件和电磨机事件。这样一来，门门作为"不完美的理性经济人"形象及其复杂性也得以显现。

小月作为一个女性，对于男性的潜在认识必然首先从外表和性格出发。门门的外表和打扮像极了城里人，显得现代和时尚，但也有了一些油滑和吊儿郎当。在传统乡村的审美准则中，这样的外形并不见得讨好。但是当门门和才才站在一起时，月月不由自主地欣赏起门门的外形来，"两个人个头差不多一般高，却是多么不同呀！门门收拾得干干净净，嘴里叼着香烟；才才却一身粪泥，那件白衫子因汗和土的浸蚀，已变得灰不溜秋，皱皱巴巴，有些像抹布了。人怕相比：才才无论如何是没有门门体面的"。[1] 显然，才才的外表符合一个典型的农民的特征，正如作者对才才刚出场时的描写："憨憨地站在门下……小月先看见他一身的光点叶影，还以为穿了件什么衣服，后来才看出是光着膀子，那衫子竟两个袖儿系在腰里，屁股后像是拖了个裙子"，[2] 通过外表上的区别描写，其实也可见门门与才才的性格差异。小说中，

---

[1] 贾平凹：《贾平凹中短篇小说年编中篇卷：小月前本》，山东人民出版社2013年版，第82页。

[2] 贾平凹：《贾平凹中短篇小说年编中篇卷：小月前本》，山东人民出版社2013年版，第77页。

第三章 作为"理性经济人"的农民：改革逻辑的确立与乡村传统秩序结构的解体

门门的性格开朗、头脑灵活、见过大世面，处事能力强，除了外表，这才是门门最为吸引小月之处。而才才则憨厚、老实、保守、缺乏主见，某种程度上这是传统中国农民的典型性格。有意思的是，在20世纪80年代早期文学所塑造的"小生产者"形象中，写作者们通常不会特别呈现农民保守和缺乏主见的一面，反而更愿意突出农民吃苦耐劳、老实本分的优点，也就是说，80年代早期的"小生产者"农民形象是恰然自得的。而在《小月前本》中，小月最在意或者说最反感的，恰恰是才才的保守、迂腐、跟不上时代的步伐，但同时，作为一个乡村女性，她也同样很看重才才的憨厚、淳朴。也正因为如此，当她最终决定选择门门时，却仍然希望门门有所改变："咱毕竟是农民，把地种好了，谁也不会说闲话。咱可不要像才才那样，他太死板了，那样下去，他是个好农民，是个苦农民，也只能是个穷农民……你现在有钱，可不能说话气粗占地方，大手大脚，养下些坏毛病。你按我的话做了，村里人就会知道你原来是个好的，也就没有人笑话我了。"① 所以，无论是门门还是才才，两个人物在外表和性格上都存在着自身的矛盾性，这当然也是人物的复杂性所在，因而小月才会表现出矛盾与犹疑的态度，显然小月希望门门既有现代人的灵活、精明，又具有传统农民的本分、踏实。更进一步而言，与其说这是小月的纠结和考量，倒不如说是贾平凹的思考与期待，这种纠结、思考与期待贯穿于小说的始终。

相比于外表和性格，门门和才才在观念上的差异更为明显，尤其是对于种地这件事，二人的态度截然不同。才才种地特别卖力，他不仅为自己种地，还为小月家种地，任劳任怨。他也曾因为别人侵占自己的地界，与对方大打出手，用才才的话来说："这哪是小事？咱当农民，靠的是地活命啊，地让人家侵占了，还是小事？"② 也正如小月的父亲王和尚这位老一辈农民所言："农民就是土命，不说务庄稼的

---

① 贾平凹：《贾平凹中短篇小说年编中篇卷：小月前本》，山东人民出版社2013年版，第152页。
② 贾平凹：《贾平凹中短篇小说年编中篇卷：小月前本》，山东人民出版社2013年版，第108页。

话，去当二流子？才才好就好在这一点上。"① 王和尚一直坚持土地是农民的根，而种地则是农民的本分，且农民必须依靠自己实实在在的劳动来种地，才能对得起农民这个身份，也只有种地才是获得美好生活的正确途径，才才显然对王和尚的理论完全认同。这其实不仅是王和尚和才才的理论，也同样是传统乡村世界所坚守的伦理准则，是传统生产伦理的一种体现。但是，门门想法与之背道而驰，他的心思从来不在土地上，而是走南闯北做买卖："他种的包谷，比起才才和王和尚家的包谷，矮了大半截，可是他却是全村日子过得最红火的。"② 如果说，外表和性格的对比，还很难见出高下，那么，在观念上，门门则代表着先进的、改革的一方，而才才坚持的却是千百年来封闭的小农经济的生产方式，是小生产者模式。不过相比老一辈的王和尚，才才又有着某种进步性，比如对于一些新品种，他坚持用新技术来播种，只是他不愿意跨出充满自足性的日常生活空间，去接触更广阔的天地。而小月无疑更加认同门门的现代观念，正如同她对父亲王和尚的埋怨："这么热的天，真都不要命了！那几亩地，粮食只要够吃就得了……一天到黑泡在地里，就是多收那百二八十，集市上包谷那么便宜，能发了什么财啊！"③ 如此，"自己为自己种地"的合法性在此遭到了质疑，这虽然原本是20世纪80年代早期建构的乡村想象和农民的生活世界。至此，门门和才才在人物形象上的高下初见端倪。

　　如果说，外表、性格以及对种地的态度，更多反映的是形而上层面的比较，那么在"抽水机事件"中，门门的理性经济人形象变得更为具体。因为天旱以及水渠遭到破坏，农民们只能担水浇地，但"远水"解不了近渴。于是门门灵机一动，决定去紫荆关租借一台抽水机

---

① 贾平凹：《贾平凹中短篇小说年编中篇卷：小月前本》，山东人民出版社2013年版，第78页。
② 贾平凹：《贾平凹中短篇小说年编中篇卷：小月前本》，山东人民出版社2013年版，第77页。
③ 贾平凹：《贾平凹中短篇小说年编中篇卷：小月前本》，山东人民出版社2013年版，第77页。

第三章 作为"理性经济人"的农民:改革逻辑的确立与乡村传统秩序结构的解体 ❖❖❖

回来浇地,既可以满足自己的浇地需求,同时可以赚钱:"租借一天十元钱,弄回来,便可以再租借给村里人,日夜机子不停,一个小时要是收一元五角,一天就是三十多元,扣过十元,净落二十,咱地里的庄稼保住了,额外又收入好多了。"① 门门的这一套理性计算,在20世纪80年代显然是大多数农民想象不到,甚至是难以接受的,但是小月能接受。不仅如此,小月还听从了门门的建议,怂恿才才与门门合伙。可想而知,这件事遭到了父亲王和尚的反对,才才则认为门门太精明,怕交手不过,所以拿不定主意。于是门门独自将抽水机租了回来。门门的理性计算虽然与传统生产伦理理论上存在着冲突,但是有意思的是,此刻的门门并没有被乡村世界拒绝,反而受到了欢迎:"一时间,门门成了村里的红人,他一从石板铺的街道上走过,老少就打招呼:'门门,吃些饭吧!'筷子在碗沿上敲得哨哨响,他的两只招风耳朵上夹了三、四根香烟。"② 之所以如此,原因其实在于用市场的逻辑来看,门门满足了村里人的"刚需"——如果没有抽水机,大家的庄稼都会完蛋;另一方面,门门的收费并没有很高,且村民们衡量付出与收益之间的差额之后,认为值得:"瞧咱这庄稼,不在乎没长好,这一水,就什么都有了,要它屙金就屙金,要它尿银就尿银!"③ 所以门门提供抽水机,村民们付出少量的租金,对传统的乡村交易法则并没有形成太大的挑战。因此最后连固执的老农民王和尚以及才才也选择了用抽水机浇水。

当然,在"出租抽水机"的过程中,也发生了一些小插曲。当抽水机还在才才和王和尚家使用时,门门的本家爷们提出要将机子拉去在后半夜浇自家的地,才才认为他们并没有和门门打招呼所以拒绝了他们,结果门门的本家爷们拍着胸脯说:"门门是自家人,他还能不

---

① 贾平凹:《贾平凹中短篇小说年编中篇卷:小月前本》,山东人民出版社2013年版,第87页。
② 贾平凹:《贾平凹中短篇小说年编中篇卷:小月前本》,山东人民出版社2013年版,第88页。
③ 贾平凹:《贾平凹中短篇小说年编中篇卷:小月前本》,山东人民出版社2013年版,第89页。

让浇吗？别说浇，就是浇水钱他门门还能红口白牙要吗？"① 这无疑是用"人情"在说事，作为熟人社会的中国乡村，人情比天大。但是有着现代观念和理性经济头脑的门门显然已经不会完全认同这一点，虽然本家爷们再次用乡间伦理压门门："门门是他们族的晚辈，理所当然先尽他们河南人浇。"② 但是门门坚持应该给才才先用，理由是"才才家已经交过了钱"。这显然是现代市场经济的交易逻辑，极为理性，拒绝人情。于是不可避免有了一场争吵，本家爷们认为门门"认钱不认人"，门门义正词严地说明抽水机是他用钱租来的，当然要收钱，更要考虑成本。于是本家爷们决定掏钱，而门门仍然坚持的是掏钱也要有个先来后到，整个村子的人都是排了队的，这又是门门的现代理性的体现。本家爷们认为门门做得太绝，并提出门门的爷爷曾经还管他的爷叫爷，如此错综复杂的宗族/亲情关系不正是传统乡村秩序的一种显现吗？但是这一套逻辑对于门门而言没有实质性的意义，门门的理论是："我的机子倒不由我了？来吧，要打可不要嫌我门门是六亲不认。"③ 说话的同时，门门还故意拍了拍口袋，让里面的钱币发出哗哗的响声。实际上双方争吵的根本原因是他们背后不同的观念体系，如果说本家爷们坚持的是传统乡村伦理的那一套，那么门门坚持的是现代市场的交易逻辑以及经济人伦理。但有意思的是，本家爷们在小说中是以一种负面形象出现的，通过小说的叙述可以看到他们利用家族谱系、人情关系的目的，其实只是为了牟取个人的私利，并以损害他人的利益——比如以损害才才的利益——作为代价。所以他们卑鄙地将门门举报到了公社，称门门是发"抗旱财"，这其实更是对人情和家族血缘的一种践踏。某种意义上，相比于已然具有了经济人理性的门门，他们反而显得更加卑鄙和无情。所以最后这件事很快风平浪

---

① 贾平凹：《贾平凹中短篇小说年编中篇卷：小月前本》，山东人民出版社2013年版，第92页。

② 贾平凹：《贾平凹中短篇小说年编中篇卷：小月前本》，山东人民出版社2013年版，第92页。

③ 贾平凹：《贾平凹中短篇小说年编中篇卷：小月前本》，山东人民出版社2013年版，第92页。

第三章　作为"理性经济人"的农民:改革逻辑的确立与乡村传统秩序结构的解体 ❖❖❖

静,门门并没有为此受到任何处罚。这样的人物和情节的设计,可见作者倾向于坚持现代理性和市场逻辑的门门。尽管如此,也仍不能否认这篇小说其实也在一定程度上反映了经济人伦理与传统乡村秩序的冲突。尤其当门门从顺便出租抽水机变为专门为了"赚钱"开了电磨机小作坊后,冲突变得更为明显。

相对而言,电磨机事件更能凸显门门的理性经济人特征及其与传统生产伦理乃至整个传统乡村秩序结构之间的冲突。电磨机是由门门和才才合买的,这自然是小月劝服才才参与的结果。电磨机的钱由门门出,才才负责经营,所得盈利二人平分。相对于暂时性的"出租抽水机",买下水磨机并长期经营,这某种程度上已经是一种现代意义上的"经商"。现代意义上的经商自然需要遵循市场规律,既要考虑成本,同时也要计算回报,并且最好能够以最小的成本获得最大的回报——这也是资本增值的逻辑。如此一来,经营电磨机则必然要摒弃传统乡村社会中特别在意的人情和面子。换言之,如果说"出租抽水机"实现了门门和村庄中其他农民之间的共赢,既解了门门自己和他人的燃眉之急,与此同时,门门也适当地赚了一些钱(门门赚钱也只是暂时性的,抽水机不属于他本人)。那么,在经营电磨机这件事上,一方面,它并非要满足农民的刚需,而是在引导和改变农民传统的生产方式:可以不再依靠体力,而是借助机械种地;另一方面,它一定会对传统的生产伦理提出挑战。不过,贾平凹并没有直接叙述电磨机作坊的出现与熟人社会的伦理准则之间的冲突,而是通过小生产者才才对电磨机的经营进行了侧面的呈现。

认同传统生产伦理的才才,忽然成为电磨机的经营者,成为一个现代意义上的管理者,这让他显得无所适从。因为电磨机并不是刚需,所以村里人可以用电磨机也可以不用,而一旦他们决定使用电磨机时,往往会计较价格。与此同时,才才收乡里乡亲的钱非常不好意思,再加上因为要经营电磨机,所以耽误了种地,于是月底一结算,才才仅仅收入了十元钱。于是才才便不想再与门门合作。当才才用一种传统的思维方式去经营一个现代的电磨机作坊,显然是违背市场规律的,所以不赚钱是必然的。而善于理性计算的门门则认识到，若想电磨机赚钱，必须要杜绝人情的因素。于是为了挽回这场合作，门门想办法和粮站挂钩，签订了合同，每月负责承包加工五千斤小麦和一千斤苞谷，这样既可以避免"人情关系"的影响，还可以赚到更多的钱。但是生意好起来，却只有才才一个人打理，独木难支。如此一来，门门提出招一个帮手，每月付对方四十元。至此，我们看到"雇工"的主题在《小月前本》中得以出现，传统的乡村秩序和生产伦理显然不能接受雇工，因为雇工意味着"剥削"，所以，才才对此表示震惊和拒绝。但是门门却说："按劳取酬，咱哪儿是剥削他了？这是国家政策允许的，你怕什么呀？我到丹江口市郊区去，人家有买了拖拉机的，司机全是雇的呢。"① 门门所谓的"按劳取酬"与乡村社会的交易法则"将本求利"貌似有着某种共通性——付出和收获成正比，成本和收入是一种对等关系。但事实上门门的"按劳取酬"依托的却是经济人伦理，即通过冷酷的计算理性，内化一切有利因素（劳动力、信息、人际资源、政策因素），这在一定程度上必然会冲击甚至破坏传统的生产伦理。也正是因为如此，当王和尚听说门门要雇工后吓了一跳："门门敢情是狼托生的？怎么敢想到这一步去？……甭说政策允许不允许，就在咱这地方，财都叫你发了，村里人不把你咬着吃了，也把你孤立起来活个独人。不该咱吃的咱不要吃，不该咱喝的咱不要喝，咱堂堂正正的人，可不敢坏了名声！"② 王和尚所言指向的正是传统生产伦理乃至整个传统的乡村秩序结构，更具体而言，即"咱堂堂正正的人，可不敢坏了名声"，这与王润滋《鲁班的子孙》③中老木匠一直念叨的不能坏了良心不谋而合。

王润滋的《鲁班的子孙》发表时间稍早于贾平凹的《小月前本》，塑造了两个农民形象：老木匠和小木匠。老木匠是一位坚守传统乡村

---

① 贾平凹:《贾平凹中短篇小说年编中篇卷：小月前本》，山东人民出版社2013年版，第120页。

② 贾平凹:《贾平凹中短篇小说年编中篇卷：小月前本》，山东人民出版社2013年版，第92页。

③ 王润滋:《鲁班的子孙》，《文汇月刊》1983年第8期。

第三章 作为"理性经济人"的农民：改革逻辑的确立与乡村传统秩序结构的解体

秩序和伦理道德的农民，认为做人最根本的准则是要有"良心"。小木匠则是一位接受过现代市场逻辑训练的理性经济人。王润滋通过老木匠和小木匠之间的冲突，呈现了现代经济的发展与社会主义理想之间的矛盾，也凸显了改革过程中，乡村和农民可能遭遇的困境。正如王润滋自己所言："即使99%的农民都富有了，还有百分之一在受苦，我们的文学也应该关注他们，我的同情永远都在生活底层的受苦人。"① 但是，王润滋是将经济发展与社会主义理想之间的矛盾，处理成了一个道德层面的问题。然而，作为理性经济人的小木匠，对乡村传统亲情和人情的破坏，实际上并非只是简单的道德问题，如良心的缺失，而是源自利益的驱使，而与利益相关的一个最核心的概念显然是"剥削"。所以我们看到，在《鲁班的子孙》中，"剥削"这一概念遭到了压抑，因而并没有出现。小说的结尾处小木匠离开了黄家铺，而老木匠满怀信心，觉得小木匠一定能回来，可见王润滋希望现代经济的发展与社会主义理想之间能够两全其美。事实上，若站在后设的视角来看，小木匠是不会再回到黄家沟的，城市将是他更广阔的天地。尽管"剥削"这个主题可以被小说的叙述绕开，但并不代表它不是问题，所以我们可以在《小月前本》中看到，贾平凹直面了这一问题。

在理论上，关于"雇工是不是剥削"的讨论也曾有过不少。最典型的是从1981年5月8日起，在《人民日报》上历时三个月的大讨论——讨论由农民陈志雄雇工承包鱼塘算不算剥削而引发。虽然1980年中央75号文件已明确规定"不准雇工"，但是这场大讨论最后还是以佘大奴、黄克义的《进一步解放思想，搞活经济》中给出的结论告终，"陈可以跨队承包，也可以雇工，雇工也不算剥削"，因为他的"收入比其他人高，主要是多劳多得，是无可非议的"。在讨论中，经济学家林子力则提出"七上八下"的标准，八人以下称为请帮手，八人以上才算雇工。由此可见，1981年时，雇工这一问题已经获得了

---

① 王润滋：《从〈鲁班的子孙〉谈起——在一次座谈会上的发言》，《山东文学》1984年第11期。

一定程度的合法性，那么到《小月前本》发表的1983年，讨论这一问题便显得十分自然。所谓"收入比其他人高，主要是多劳多得，是无可非议的"，这难道不正是门门所说的"按劳取酬"吗？到1984年10月22日，邓小平再次明确提出："我的意见是放两年再看。"这无疑是支持雇工的一种信号，直到1987年4月16日，邓小平对于"雇工"问题再次发表了自己的看法："重要的是，鼓励大家动脑筋想办法发展我们的经济，有开拓的精神，而不要去损害这种积极性，损害了对我们不利。"① 也正是由此开始，"雇工"获得了完全的合法性，并且最终被命名为"私营经济"。②

当然，在《小月前本》中，门门并没有实现"雇工"的计划，也就是说，与《鲁班的子孙》一样，剥削的问题并没有在文本中真正展开。因为才才打乱了门门的计划：才才不但坚决不同意雇工，而且将粮站的合同缩减到一半。于是，粮站一气之下解除了合同，重新和另一个有电磨机的河南人挂了钩，门门花费了许多精力和财力也无法挽回。于是门门和才才大吵了一架，二人分道扬镳。而更为重要的一点是，雇工和剥削之所以没有在小说中深入展开，某种意义上可能与贾平凹的纠结和考量有关。一方面，可以看出贾平凹的态度比较清晰，小说的叙事者小月的态度，某种程度上其实正是贾平凹自己的态度。如果说当作为一名普通男性的门门和才才以外表和性格两个方面首先出现在小月的视线中时，二人并未完全见出高下，但是经由"抽水机事件"和"电磨机事件"之后，门门在小月心目中显然越来越占据了重要地位，所以小月最终选择了门门是很自然的事，并没有超越读者的期待。贾平凹实际上对于经济人伦理持一种肯定的态度，在这一点上，他似乎比王润滋要更加乐观一些，正如他曾在《在商州山地——〈小月前本〉写后》中说道："农村的新变化，新的生活，新的任务，

---

① 文中出现的关于此次"雇工是不是剥削"的讨论资料和内容，在《共和国辞典：感受隐秘的当代史脉搏》中均有详细的记载，此处的相关材料都来源于此。https://www.bilibili.com/read/cv8811647，2021年12月1日。

② 1988年4月，第七届全国人大一次会议通过宪法修正案，"私营经济"的提法第一次出现在中国的根本大法中。

第三章 作为"理性经济人"的农民：改革逻辑的确立与乡村传统秩序结构的解体 ❖❖❖

使我大开眼界。"① 评论者们也纷纷认为《小月前本》《鸡窝洼的人家》《腊月·正月》这三部中篇小说的共同点"都是着意于描绘农村新的生活和新的人物，通过新的生活新的人物，通过新的人物的改革业绩和改革所引起的道德观念的变化，来反映和赞颂中国农村在党的十一届三中全会之后所发生的历史性转折"，② 而在另一方面，贾平凹在《小月前本》塑造的改革新人门门，其实仍然是不完美的，通过关于他的叙述，我们仍然可以看到，门门所持有的经济人伦理与传统的乡村世界之间的一些冲突。所以小月才会在毅然决然地选择了门门之后，仍然会对其进行劝说："咱们要干好咱们想要干的事，眼下一定要把家里的地种好。咱毕竟是农民，把地种好了，谁也不会说闲话……你现在有钱，可以不能说话气粗占地方，大手大脚，养下些坏毛病。你按我的话做了，村里人就会知道你原来是个好的，也就没有人笑话我了。"③ 不仅如此，小月在进行劝说之后，内心还有所遗憾："唉，世上的事难道就没有十全十美的吗？如果门门和才才能合成一个人，那该是多好啊！"④ 小月的劝说和遗憾无疑正是贾平凹对于改革的期待。换言之，贾平凹虽对改革逻辑所表征的经济人伦理持有某种乐观、肯定的态度，在作品中他显然是更倾向于门门的⑤，但是，此时的贾平凹与王润滋某种意义上又有着某种共通性——希望改革/经济发展与社会主义的理想能够两全其美、并行不悖。也正因为如此，贾平凹所塑造的新农民"门门"成为一个"并不完美的理性经济人"，这个并不完美的理性经济人的故事，表征了改革的进程中，经济人伦理与传统生产伦理之间必然产生的纠葛。同时，这也更像是一个关于"成长"的故事——作为不完美的理性经济人的门门及其象征的经济人伦理，

---

① 贾平凹：《在商州山地——〈小月前本〉写后》，《中篇小说选刊》1984年第3期。
② 唐先田：《充满浓郁诗意和改革精神的农村画卷——评贾平凹的三部中篇小说》，《江淮论坛》1984年第5期。
③ 贾平凹：《贾平凹中短篇小说年编中篇卷：小月前本》，山东人民出版社2013年版，第152页。
④ 贾平凹：《贾平凹中短篇小说年编中篇卷：小月前本》，山东人民出版社2013年版，第152页。
⑤ 而在《鲁班的子孙》中很明显可以看出，王润滋则很明显倾向于坚守"良心"的老木匠。

在村庄中试图建立起自身的合法性,却遭遇了挫折,但他又努力克服挫折。所以,某种意义上,门门的不完美性反倒是成就了这个人物的复杂性,并凸显了贾平凹的思考。

门门的成长及其遭遇的挫折,通过小说的结尾也可以显现。当故事即将结束之时,门门遭到了乡村世界的"唾弃",但是作者却又使其在叙述中得到了"补偿"。因为与小月私下的亲昵行为被村里人看见和传开,门门成了村里人的众矢之的:"村里人站着,大声咒他,骂他,用口水唾他,竟又拿石头向江心掷着打他,叫喊着要他回来把事情说清,又恐吓着他又去哪儿干什么黑勾当而要上告他。门门只是不理,也不回过头来,直直地站在排头。村里人越发愤怒到了极点,沿江岸顺着木排跑,那石头,瓦块,咒骂声一起往江心飞去。"[①] 实际上,与其说这是对门门的道德谴责,倒不如说这是一次村里人由道德事件所触发的集体情绪的发泄,大家对门门的不满,实际上是对其破坏了传统乡间伦理的不满。无论是门门与农民身份不符的外表打扮,还是其对于"种地"的态度、善于计算的头脑,以及抽水机和电磨机事件所反映出的对人情和面子的拒绝,都可以看作门门对于传统乡间伦理的破坏的具体表现。但是,与王润滋对于小木匠的叙述态度有着极大不同的是,虽然贾平凹也最终也没有讲述门门是否挽回了损失的声誉,但是通过作者对于门门试图挽回声誉的努力的叙述——想尽办法甚至冒着生命危险为村里寻找木料,最终取得了胜利,安全回到了自己的村庄——便可以看出,贾平凹对于理性经济人或改革者门门是宽容的。更为重要的是,小月最终放弃了代表着传统生产伦理的才才,而是选择了认同经济人伦理的门门。小月的选择以及与门门的"同舟共济",一定程度上宣告了未来的乡村世界将是"理性经济人"的世界。

1984年,贾平凹又创作了《鸡窝洼的人家》,该小说在情节、结构上与《小月前本》具有极大的相似性,只是将小月与两位男性的"爱情故事"置换为两对夫妻重新组合的"婚姻故事"。原本的夫妻组

[①] 贾平凹:《贾平凹中短篇小说年编中篇卷:小月前本》,山东人民出版社2013年版,第141页。

第三章　作为"理性经济人"的农民：改革逻辑的确立与乡村传统秩序结构的解体 ❖❖❖

合为：禾禾与麦绒，回回和烟峰。禾禾与门门一样，是具有理性经济头脑的现代新农民，不安于只是种二亩三分地，尝试做生意，但是生意屡次失败。并且，他那颗时刻不安分的心使得作为传统乡村女性的妻子麦绒不满，因而互相产生了矛盾最终离异；与此同时，回回和《小月前本》中的才才一样，是一个谨遵传统生产伦理的小生产者农民，在他看来，勤勤恳恳种好自己的二亩三分地才是根本，而其妻子烟峰则不以为然，她俨然一个具有"现代思想"的乡村女性，对禾禾极为欣赏。如此一来，似乎顺理成章地两对夫妻重新组合，各自找到了自己合适的归宿：认同经济人伦理的禾禾和烟峰走到了一起；坚守传统生产伦理的回回和麦绒结合。如果故事仅止于此，那么这顶多是个俗套的"换妻故事"。但是贾平凹的目的显然不在于此，在"换妻故事"的背后，我们不仅看到以种地为根本的回回对有着理性计算头脑的禾禾的不屑一顾，即传统生产伦理对经济人伦理之间的排斥，还可以看到同样身为不完美的理性经济人的禾禾，如何逐渐在叙述中占据了更为重要的地位。禾禾虽然经历了多次挫折，但是最终成功了。不仅如此，小说告诉我们，禾禾最终得以成功，不仅与其自身的努力有关，更重要的是受到了县委刘书记的支持。县委刘书记知道了禾禾养蚕失败的事之后，决定支持他养蚕，并且还派农林局的同志给予指导，让他先植桑后养蚕，县上还可以提供树苗。由此，禾禾的"经济头脑"在政治上获得了合法性。于是我们看到，禾禾的"事业"开始风生水起。不仅拿到了贷款，还赢得了普遍的支持——当运载着三千株湖桑的拖拉机开进白塔镇时，公社大院的干部们欢叫着出来帮禾禾卸车。最终，禾禾大获全胜，不仅桑叶采了一遍又一遍，蚕熟了一批又一批，还盖起了自己的房子，同时还获得了新的感情，与烟峰走到了一起。

与之相对的是，回回和麦绒结合后，生活每况愈下。原本对种地抱有极大感情和信心的回回，逐渐发现粮食越来越不值钱。这与1984年国家的重心开始转向城市之后，农民又开始遭遇卖粮难的现实困境相吻合。正如回回对麦绒诉说的困惑："我只说咱当农民的把庄稼做

· 121 ·

好，有了粮什么也都有了，可谁知道现在的粮食这么不值钱，连个电灯都拉不起，日子过得让外人笑话了。麦绒，你说这倒是为什么啊！"①麦绒的回答："我也不明白这到底是为什么了，咱并不懒，也没胡乱花……牛牛爹，话说回来，有饭吃也就对了，我也不需要别的，只要咱安安分分过下去，天长地久的，我什么都够了。别人吃哩喝哩，让人家过去吧，那来得快就保得住去不快吗？……我能跟你，我就信你的本分实在，再说又不是咱实在过不下去了！"②但是事实并不如麦绒想象的那般乐观，到了腊月筹备年货时，回回与麦绒不得不为钱发愁：倒卖粮食，可是粮食却不够，如果变卖家具，又让回回觉得很对不住麦绒。由此我们看到，回回所寄予厚望的个人劳动——通过勤劳种地而致富的想法受到了冲击甚至解构，而这个想法在20世纪80年代早期的文学叙事中是被作者支持与认可的。

所以，当中国的乡村改革被组织进欲望的叙事中时，必然会产生对劳动的质疑，市场化的逻辑将个体劳动（主要指农业生产）的价值逐渐抽空甚至排除出去。当然，对此《鸡窝洼的人家》还并没有完全展开，或者说，经由对禾禾从失败到成功的叙述，贾平凹似乎再次肯定了"劳动"与"奋斗"的意义。但是毫无疑问，这一劳动与奋斗是建立在现代经济逻辑的基础之上的，或者说遵循现代经济逻辑的理性计算，才是禾禾成功的根本。正如小说提及禾禾和烟峰买了一台电动磨面机，机器同时也可以为村里人所用，只是必须收费。当大家问烟峰是否需要收费时，烟峰说："这机子是一疙瘩钱，几百元呀，不收钱了得！谁要磨就来，五斤麦子一分钱，怎么样？"③由此可见，在烟峰同样遵循的经济人伦理中，人情必然要排在经济之后，成本和利润才是首先需要考量的因素。尽管如此，听到烟峰的回答后，"来磨粮

---

① 贾平凹：《贾平凹中短篇小说年编中篇卷：小月前本》，山东人民出版社2013年版，第244—245页。
② 贾平凹：《贾平凹中短篇小说年编中篇卷：小月前本》，山东人民出版社2013年版，第244—245页。
③ 贾平凹：《贾平凹中短篇小说年编中篇卷：小月前本》，山东人民出版社2013年版，第249页。

第三章 作为"理性经济人"的农民：改革逻辑的确立与乡村传统秩序结构的解体

食的立即排了队，禾禾就三天三夜没离开过磨面机。烟峰挺着微微凸起的肚子就站在一边，学着操作。磨粮食的女人们说不尽的殷勤话，一口咬定烟峰一定能生个胖儿子"。① 换言之，禾禾与烟峰所遵循的经济人伦理，不仅获得了政治上的合法性，仿佛在乡村世界中也得到了认同。更为重要的是，回回和麦绒也受到了禾禾的影响，决定吊挂面，以寻找其他的赚钱途径。但是由于采用的是原始的手工磨面，非常耗费体力，回回和麦绒累到不行。有意思的是，当禾禾获知此事，并没有奚落他们，反倒是表示关心。当回回用禾禾家的电磨机磨了面之后，回回要付钱，禾禾分文不收，回回硬要给钱，禾禾则生气地说："你这不是作践我吗？我在你西厦房住的时候，你要过房钱吗？"② "不说以前倒还罢了，提起以前，回回更是羞愧，脸紫红得像竹竿，他便收起钱。回到家里，总觉得过意不去。第二天套了牛悄悄去代耕了禾禾家的二亩红薯地。"③ 至此，理性经济人禾禾好像同时具有了某种社会主义理想所表征的"良心""互助"等品质。由此，经济人伦理（禾禾）与传统生产伦理（回回）似乎达到了某种短暂的和解——至少在禾禾与回回的个人关系上是如此。

因此，《鸡窝洼的人家》所塑造的理性经济人禾禾貌似比之《小月前本》中的门门，更完美了一些。所以评论者认为《鸡窝洼的人家》："从多个侧面展示了禾禾高尚的精神世界，赞颂了这位农村改革带头人在开拓性的探索中那种百折不挠、坚忍不拔的精神；同时，小说写出了改革的大趋势，即使像回回、麦绒这样满足于在一小块土地上耕耘，小农意识十分浓重的人，在禾禾、烟峰的带动影响下，也从他们小小的国土上迈出了一步，保守狭隘的心田上有一小块商品生产观念的绿地……小说在这些方面，比之《小月前本》有所探索，有所

---

① 贾平凹：《贾平凹中短篇小说年编中篇卷：小月前本》，山东人民出版社2013年版，第249页。
② 贾平凹：《贾平凹中短篇小说年编中篇卷：小月前本》，山东人民出版社2013年版，第250页。
③ 贾平凹：《贾平凹中短篇小说年编中篇卷：小月前本》，山东人民出版社2013年版，第250页。

深化。"① 也就是说,在《鸡窝洼的人家》中,贾平凹不仅经由理性经济人禾禾的行动力和遭遇的挫折,以及回回对于自然经济生活方式的坚守,呈现了经济人伦理与传统生产伦理之间的冲突,还逐渐使冲突的二者在小说结束时实现了某种程度上的"和解"。但是否存在真正意义上的和解?小说即将结束时的一个细节告诉我们,答案是否定的:当烟峰还是回回的妻子时,一直没有怀上孩子,作为一个具有浓重的"小农意识"的男性,回回认为这是一件可耻的事情,并将责任推在烟峰身上,觉得这是烟峰作为妻子的失职。可是,当烟峰与禾禾成为夫妻之后,烟峰很快便怀上了孩子。这样的一个情节,看似有些荒诞,但是颇具深意。事实证明,烟峰之所以不能生育,不是她的问题,而是回回的问题。这一细节对于回回而言无疑是残酷的,坚持着自然经济时代小生产者的生活方式,对传统生产伦理有着高度认同的回回,被作者处理为一个不仅在物质上不具备任何生产力(所以只能让妻子麦绒忍受贫穷),在人的生理层面也同样不具备生产力的形象。而与之相反的则是理性经济人门门,不仅有着强大的物质生产力,其生理意义上的生产力也同样优秀。换言之,当回回最终确认自己才是那个缺乏生育能力的人时,小说某种意义上预示着传统生产伦理乃至整个乡村秩序结构的没落与溃败。

总而言之,虽然《小月前本》和《鸡窝洼的人家》在情节和人物设计上有着极大的相似性,但是,却又有着某种差异性。相比于《小月前本》中的门门,贾平凹在《鸡窝洼的人家》中塑造的理性经济人禾禾显得更加完美,虽然他也历经挫折甚至失败,并遭遇了经济人伦理与传统生产伦理的冲突,但是最终不仅收获了新的爱情和婚姻,"养蚕事业"也得到了政治上的支持。更为重要的是,他在传统乡村社会中也得到了一定程度的认同——而这一点在门门的故事中,作者并没有给予清楚的表述。换言之,在禾禾身上,我们似乎看到了《小月前本》中小月所期待的门门与才才的合体,经济人伦理与传统生产

---

① 李力:《贾平凹与商州文化》,《许昌师专学报》2000年第1期。

第三章 作为"理性经济人"的农民：改革逻辑的确立与乡村传统秩序结构的解体

伦理的并行不悖，但是这并非真正意义上的"和解"。事实上，1984年之后农民的处境每况愈下，所谓自给自足式的小生产者故事不仅在20世纪80年代中后期的文学叙述中不复存在，在现实世界中也逐渐消失。而作为理性经济人的现代农民，其所认同的经济人伦理和现代话语体系，终究还是冲击和取代了传统生产伦理乃至整个乡村秩序结构。所以，在《鸡窝洼的人家》中，经济人伦理与传统生产伦理的看似和解，某种意义上更应当被视为作者的有意消解。理性经济人变得越来越完美，改革的逻辑也将越来越强势，逐渐具备无可辩驳的合法性。《小月前本》与《鸡窝洼的人家》之间实际上存在着一种递进的关系，因为承载了贾平凹对于改革更多的思考及其犹疑，门门这个人物形象相对而言更具有复杂性。而经由对禾禾的叙述和建构，贾平凹的态度——对于理性经济伦理和改革逻辑的认同则越发清晰起来。当然，相对于《腊月·正月》而言，《鸡窝洼的人家》因为仍然有着对于"经济人伦理"与"传统生产伦理"之间冲突的呈现，所以在人物的塑造和故事的叙述上同样显得更为丰富和饱满。而等到《腊月·正月》中的农民王才出现，一切的纠缠和冲突都不复存在。作为理性经济人的王才看上去无比完美：既拥有良心、互助精神等传统品质，又有着灵活的头脑和理性的经济计算能力，比之禾禾，他更是像极了小月所期待的门门与才才的合体。但事实上这样看似完美的理性经济人形象，其在乡村世界中的地位，其实只是通过"经济实力"所建立起来的势力与威信。他所具备的某些品质譬如良心，也是建立在"市场经济"的理性计算之上的，而并非来自传统的乡村伦理和个人道德品质。

第二节　具有"德性"的王才：冲突的消解与改革逻辑的完全确立

作为"农村改革三部曲"，《小月前本》《鸡窝洼的人家》《腊月·正月》三者之间可谓紧密相关，尤其他们各自塑造的农民形象更是存在着某种递进关系。三篇小说凸显了贾平凹对于改革的思考及其变化。

《小月前本》中的门门，作为不完美的理性经济人，一方面，显现了自身面对小农生产的优势；另一方面，他所遵循的经济人伦理与传统生产伦理之间也产生了必然的冲突。因此，门门最终并没有在乡村世界中完全确立自己的合法性。《鸡窝洼的人家》中的禾禾和门门极为相似，但有所不同的是，禾禾虽然也经历了门门所经历的冲突，最终却得到了政治上的认可，更为重要的是，一定程度上也获得了乡村伦理的支持。所以，比之门门，作为理性经济人的禾禾更加完美。换言之，如果说门门相对而言还承载了贾平凹对于经济人伦理与传统生产伦理之间的纠结的话，那么经由禾禾，我们可以看到了贾平凹试图消解这种冲突的愿望，虽然他同样对此冲突进行了呈现。而当《腊月·正月》出现时，一切尘埃落定，所谓的经济人伦理与传统生产伦理之间的冲突，或者说改革与乡村传统秩序结构之间的矛盾完全消失，而类似才才和回回般勤劳、善良、朴实的小生产者也不复存在。取而代之的是，一个超级完美的"理性经济人"王才开始出现在贾平凹的叙述中。如果说，《鸡窝洼的人家》的故事结尾，禾禾这一形象在一定程度上实现了《小月前本》中小月期待门门和才才合体的愿望，但却是在经历了禾禾创业失败和与传统乡村世界的冲突之后。那么《腊月·正月》中的王才，一出场就已经是门门与才才的合体，他不仅遵守着理性经济人的伦理准则，还被赋予了传统德性（比如良心），获得了无可辩驳的成功与地位。于是，理性经济人王才再也不用遭遇任何道义上的争议，而这是门门和才才都经历过的。因此，通过对王才这一任务的塑造和描写，贾平凹对改革的态度也越发清晰，对改革的共识要求经济人伦理与传统生产伦理的冲突立即停止，或者在更广泛意义上而言，要求消解改革或经济发展与社会主义理想之间的矛盾，我们可以看到，改革和发展的观念被完全确立。也正是因为如此，相比于《小月前本》和《鸡窝洼的人家》，《腊月·正月》及其塑造的农民形象王才身上少了一定的丰富性和复杂性。那么，作者是如何叙述和构建一个完美的理性经济人，从而消解了门门和禾禾都曾经历过的冲突和矛盾，使得自给自足式的小生产者完全消失在文学叙述中的呢？

第三章 作为"理性经济人"的农民：改革逻辑的确立与乡村传统秩序结构的解体

这一问题成为值得讨论的话题。

与《小月前本》《鸡窝洼的人家》一样，《腊月·正月》也同样采用两个人物对比的方式来塑造核心人物。但是，在《小月前本》与《鸡窝洼的人家》中，采用的是相对平等的对比方式，无论是门门和才才，还是禾禾和回回，都是年轻人之间的比较。而在《腊月·正月》中，展开的则是老人韩玄子与年轻人王才之间的较量。作者的这种安排本身就意味着某种不平等：在现代化的改革进程中，年轻人显然是主力军。所以，我们可以认为，这样的一种对比组合的安排，某种意义上隐喻着现代化作为一种新的意识形态的优越性，与之相对的传统乡村秩序结构则处于弱势。从对于韩玄子的叙述中，作者呈现了这一变化。如果说按照传统的长幼尊卑的秩序，作为老人的韩玄子在乡村这个传统结构中，其地位一定会高于王才。所以我们看到，小说一开始便告诉我们，韩玄子一直以来是商州名镇的"名人"，享有极高的威望，甚至是村中乃至整个商州镇的"权威"——"地灵人杰，这是必然的。六十一岁的韩玄子，常常就要为此激动。他家藏一本《商州方志》，闲时便戴了断腿儿花镜细细吟读；满肚有了经纶，便知前朝后代之典故和正史野史之趣闻……镇上的八景之一就是'冬晨雾盖镇'，所以一到冬天，起来早的人就特别多。但起来早的大半是农民，农民起早为捡粪，雾对他们是妨碍；小半是干部，干部看了雾也就看了雾了，并不怎么知起趣；而能起早，又转为看雾，看了雾又能看出乐来的人，何人也？只是他韩玄子！"[1] 从这段描述便可见韩玄子这一人物的不同凡响。韩玄子的权威性和不同反响还表现在："如今在村中，小一辈的还称他老师，老一代的仍叫他先生，他又被公社委任为文化站长，参与公社的一些活动。"[2] 更令他地位倍增的是，他的后代也都光耀门楣，尤其是长子大贝，是全镇第一个大学生，从事记者工作，在省城算是一个了不得的人物。正因为如此，村里的人任何时候都会要敬让韩玄子几分，无论谁的家中有事情，都会找韩玄子出

---

[1] 贾平凹：《百年中篇小说名家经典：腊月·正月》，河南文艺出版社2018年版，第3—4页。
[2] 贾平凹：《百年中篇小说名家经典：腊月·正月》，河南文艺出版社2018年版，第4页。

主意，谁家有酒喝，也不忘喊他去喝。

　　在传统乡村伦理秩序中，所谓德高望重，一定是在德性上值得大家敬佩的，而德性显然与前文所述韩玄子的学识、身份、家庭、子女都有着极大的关系。"德性"某种意义上更是其"威望"的根本来源。可是随着叙述的往前推进，韩玄子的形象很快发生了变化，甚至被完全颠覆。我们看到，德高望重的韩玄子，竟然成为一个"善嫉妒、爱报复、仗势欺人"，甚至有些令人厌恨的老人。如此一来，他所曾经拥有的地位与威望，所受到的尊重也逐渐开始瓦解，与之相对的，年轻人王才身上的完美性被凸显出来。

　　那么，作者如何具体呈现一个被抽离了德性、逐渐丧失了乡村威信的老人韩玄子的呢？《小月前本》与《鸡窝洼的人家》的两组年轻人，彼此之间互相存在着冲突。而韩玄子与王才之间并不存在冲突，因为冲突一定是相互的。贾平凹让我们看到的只有韩玄子对王才单方面的恶意压制。实际上，韩玄子原本并不把王才放在眼里，但是随着王才的影响越来越大，他逐渐开始担心王才取代他的地位。韩玄子的"善嫉妒、爱报复、仗势欺人"的形象通过某些具体的事件开始呈现出来。经由小说的叙述可知，韩玄子处处想要压制王才。当小说提及生产队决定将闲置的四间公房卖掉时，王才此时已有了自己的作坊，于是他想买下这四间空房以便扩大作坊的规模，所以特意去寻求"德高望重"的韩玄子的意见。但是韩玄子却有着自己的如意算盘，因为他自己也想要购买公房，所以对于王才的询问他并没有正面回答，而是岔开了话题。因为不少村民有购买公房的意愿，但是数量有限，于是便存在着竞争。那么，定夺谁有购买资格的权力便落到了作为公社干部，且在村中具有威望的韩玄子手中。韩玄子决定以抓纸蛋儿的方式来决定购买者。村中的"气管炎"获得了这个资格，但更有意思的是，"气管炎"是村中出了名的懒汉，根本没有能力购买公房，如此一来，他手中的购房资格便成为大家试图争抢的香饽饽。最终，韩玄子想尽办法将购房资格从"气管炎"那里要了过来，但因为儿子二贝并不同意建房，所以他又不得不让二贝负责将这个资格再转让出去。

第三章 作为"理性经济人"的农民：改革逻辑的确立与乡村传统秩序结构的解体 ❖❖❖

并且他特别交代二贝，无论此购房名额转让给谁，都不能落入王才的手中。由此可见，韩玄子对于王才的提防和嫉妒，生怕对方在村中的地位超越自己。仅就这样一个情节，便可让韩玄子德高望重的形象在读者心中大打折扣，让他身上所具有的德性瞬间瓦解。而在传统伦理结构中，村庄中有着至高无上威望的长者，在众人的眼中应当是完美的，不应该有半点瑕疵。韩玄子"德性"的丧失，还体现在他告王才的状这一情节上。王才因为要扩大加工厂，腾不出人手种地，所以打算将地出租给狗剩。韩玄子知道后，便在公社王书记面前告状说王才搞资本主义的一套。可是王书记说："这事不好出面干涉哟，老韩！人家办什么厂咱让他办，现在上边政策没有这方面的限制也！昨天我在县上，听县领导讲，县南孝义公社就出现转让土地的事，下边汇报上去，县委讨论了三个晚上，谁也不敢说对还是不对。后来专区来了人，透露说，中央很快要有文件了，土地可以转让的。"① 对此，韩玄子愤愤不平，觉得便宜了王才。由此可见，韩玄子告状的目的并非出于某种正义的层面，而是因为嫉妒而导致的报复行为。

而最能体现韩玄子"善嫉妒、爱报复、仗势欺人"的形象的事件，是韩玄子给女儿"送路"，即女子在出嫁的时候，娘家为她办的酒席。这是商州镇的传统，是一个无人不知无人不晓的大事："待客的人体面，被待的人荣耀。慢慢地，这件事得以衍化，变成人与人交际的机会。老亲老故的自不必说，三朋四友，街坊邻居，谁个来，谁个不来，人的贵贱、高低、轻重、近疏便得以区别了。"② 韩玄子显然把此次"送路"当成了彰显自己在商州镇的地位和威望的关键一博。原本根据韩玄子一直以来的德高望重，基本上所有的人会想要去参加他家的酒席，而他也同样会考虑和满足所有人的愿望，这也是一个以德性和威望服人的长者所应当达到的境界。但是这次"送路"，他却不打算给王才、秃子、狗剩留座位，原因可想而知，王才是韩玄子的死对头，而秃子将公房卖给了王才，狗剩承租了王才的土地，所以另

---

① 贾平凹：《百年中篇小说名家经典：腊月·正月》，河南文艺出版社2018年版，第58页。
② 贾平凹：《百年中篇小说名家经典：腊月·正月》，河南文艺出版社2018年版，第70页。

外两个人连带受到了王才的牵连，这无疑是韩玄子心胸狭隘的表现。韩玄子给女儿的"送路"的酒席办得并不愉快。正月十五那天，韩玄子家中热闹非凡，恰好公社通知韩玄子去迎接县委马书记，所有的人都以为马书记也要来给韩玄子"送路"。但是，韩玄子并没有接到马书记，马书记竟然去了王才家，给王才拜年，去参观他的加工厂。这简直是对韩玄子的致命一击，"刹那间耳鸣得厉害，视力也模糊起来，好久才清醒过来"。[①] 由此，韩玄子的权威地位宣告终结。在某种意义上，小说开头对其既往地位的叙述和铺陈，实际上更反衬了他后来种种行为表现出的狭隘，这或许是作者有意为之。

那么，贾平凹又是如何具体叙述王才的呢？当我们看到韩玄子对王才步步紧逼、不断压制之时，有意思的是，王才并没有想要对抗韩玄子，而且他在大多数时候甚至都没有感觉到韩玄子对于自己的压制。这无疑正是对韩玄子的一个讽刺。于是，在经历了《小月前本》和《鸡窝洼的人家》中的纠结之后，我们看到叙事者的位置完全发生了偏移，贾平凹在《腊月·正月》中，叙事者自始至终偏向的是王才。所以相比于韩玄子，王才的形象显得高大而完美。当然，这种高大而完美的形象背后有一套完整的叙事逻辑。首先，小说呈现了王才由穷到富的转变：从前的王才，特别穷，是一个和《乡场上》的冯幺爸一样毫无用处的人，但是，因为农村土地改革，包产到户，王才承包了土地，建立了自己的加工厂，日渐富有起来。这样的一种表述，赋予了改革极大的正当性，但是其更为重要的意义在于，它重新制造了"劳动致富"的神话。不可否认，在《鸡窝洼的人家》中，经由回回与麦绒对于"为什么我勤恳种地，却仍然穷困潦倒"的困惑，可见个人劳动在一定程度上遭遇了质疑。事实上，市场化的逻辑必然会将个人的体力劳动排除在外，因为市场逻辑所遵循的法则是：理性经济计算，以最小成本获得最大收益，所谓回回式的勤恳劳动将变得一文不值。但是即便如此，作者仍然——或者更加——需要建构一个"劳动

[①] 贾平凹：《百年中篇小说名家经典：腊月·正月》，河南文艺出版社2018年版，第119页。

第三章 作为"理性经济人"的农民:改革逻辑的确立与乡村传统秩序结构的解体

致富"的神话,这就为王才的成功提供了强大的伦理支持。

而更为强大和根本的伦理支持,来自王才所具有的德性品质。我们看到,原本应当属于乡村权威的韩玄子身上的道德优势被转移到了王才身上。比之韩玄子的"善嫉妒、爱报复、仗势欺人",王才是一个善良、淳朴、心胸宽广、乐于助人的人。也正因为如此,如前文所言,他并没有意识到,或者在意到韩玄子对自己的刻意压制。相反,小说中处处可见王才对于韩玄子的尊重,即使想买公房,他也会先去问询韩玄子的意见。过年的时候,王才会出于尊重去给韩玄子拜年,但是韩玄子却并不待见他,王才并没有太放在心上。哪怕王才听闻韩玄子为女儿"送路"大摆宴席,却刻意不邀请他,他仍然"坚信韩玄子待客,是不会拒绝他的,自古'有理不打上门客',何况同村邻居,无冤无仇"。[①] 由此可见王才的单纯和善良。此外,王才还给了韩玄子的儿子二贝四十元钱,"说是他知道二贝家要待客,钱是没多没少地花",当二贝坚决不收时,他还告诉二贝:"兄弟,我这不是巴结你,全当是我借给你的,你要不收,我王才在你眼里也不是一个正经人了!你拿上,不要让韩伯知道就是。"[②] 这也是王才毫无私心的互助精神的体现。当然,最能够体现这位已经有了一定成就的个体户的道德品质的事件当属"办社火"。县里要进行社火比赛,镇子里的社火却因为没有经费办不起来,韩玄子到处奔波也没有用,还引起了众人的诸多不满。王才知道后,主动出四十元,因为怕给人带来负担,还特别承诺自己完全是自愿的,且愿意匿名,他没有任何别的目的,只是不想让自己所在的镇丢人。由此可见,王才是一个自始至终都遵循德性传统的理性经济人。尽管在他致富以后,乡村共同体开始对他产生了一定的排斥,也与他发生了一些冲突,但他一点也不怨恨,反而对此进行自我反思:"百思不得其解的是,自从办了加工厂,收入一天天多起来,他的人缘似乎却在成反比例地下降,村里的人都不那么亲近他了。夜里,他常常睡在炕上检点自己:是自己不注意群众关系,有什

[①] 贾平凹:《百年中篇小说名家经典:腊月·正月》,河南文艺出版社2018年版,第72页。
[②] 贾平凹:《百年中篇小说名家经典:腊月·正月》,河南文艺出版社2018年版,第72页。

么地方亏待过乡亲吗？没有，是自己办这加工厂违反了国家政策吗？报纸上明明写着要鼓励这样干呀！他苦恼极了，深感在百分之八十的人还没有富起来的时候，一个人先富，阻力是多么大啊！"① 与此同时，小说进一步呈现了王才办加工厂的目的，正如他自己所言："我为什么要办这种加工厂？仅仅是为了我一个人吗？"他问他的妻子，问他的儿女："光为了咱家，我钱早就够吃够喝了。村里这么多人除了种地，再也不会干别的；他们有了粮吃，也总得有钱花啊！办这么一个加工厂，可以使好多人手头不紧张，可偏偏有人这样忌恨我?!"② 通过小说的叙述可知，王才遭遇的排斥和冲突，与王才本人没有任何关系，而是被处理成了来自以韩玄子为代表的村里人对先富起来的人的嫉妒与怨恨。因此，这反倒让王才的形象显得更为高大。不过，尽管王才也认为自己并没有任何错，但他还是努力让自己变得更好——"他开始思谋有了钱，就要多为村人、镇上人多办点好事。他甚至设想过，有朝一日，他可以资助一笔钱，交给公社学校，或者把镇街的路面用水泥铺设一层。"③ 资助办社火便是他的实际行动。至此，王才的"先富起来"的事实，在情感和伦理上获得了不可动摇的合法性。

理性经济人王才，不仅具有了情感和伦理上的支持，还得到了政治上的支持。正如前文提及，韩玄子试图靠给女儿"送路"来重新彰显自己在村中的地位和身份。可是女儿"送路"那天，县委马书记来到镇上却并没有进韩玄子家门，而是直接去了王才家。这对于韩玄子可谓釜底抽薪。马书记拜年这件事本身当然不是最重要的，最重要的是马书记登门的象征性——意味着在政治上对王才的肯定。马书记对王才的加工厂特别满意，"马书记在王才的加工厂里，一边细细观看操作，一边问王才筹建的过程，生产的状况和销路问题。听着听着，他高兴地直拍自个脑袋。他的脑袋光亮，肉肉的，无一根毛发。这是

---

① 贾平凹：《百年中篇小说名家经典：腊月·正月》，河南文艺出版社2018年版，第76页。
② 贾平凹：《百年中篇小说名家经典：腊月·正月》，河南文艺出版社2018年版，第76页。
③ 贾平凹：《百年中篇小说名家经典：腊月·正月》，河南文艺出版社2018年版，第76—77页。

第三章 作为"理性经济人"的农民:改革逻辑的确立与乡村传统秩序结构的解体

一位善眉善眼的领导"。① 不仅如此,马书记还鼓励王才扩大规模,当知道王才的加工厂有十八人时,便明确告知他,人数可以再增加。于是,我们看到,如果说"剥削"这个概念,在《鲁班的子孙》中被转化为道德问题,在《小月前本》中虽然有正面反映,却仍然未能被完全展开讨论;那么到了《腊月·正月》,改革过程中是不是存在剥削已不再成为问题,或者说在当下不必再争议。所以,当我们重新来审视县委马书记给王才拜年这件事,考察他对王才的肯定和鼓励,便不难理解,这显然意味着王才"先富起来"在政治上获得了极大的支持。② 相比于乡村情感和伦理上的支持,这无疑是更为根本的肯定。更为重要的是,政治上的肯定,同时也稳固和提升了王才在乡村世界中的地位。曾经拥护韩玄子的"气管炎"也请求进入加工厂工作,还将特意为韩家买的鞭炮,在王才家门口大放了一通,以此表示对王才的拥戴。与此同时,"王才家里的人开始抬头挺胸,在镇街上走来走去了。逢人问起加工厂的事,他们那嘴就是喇叭,讲他们的产品,讲他们的收入,讲他们的规划;讲者如疯,听者似傻"。③ 但实际上,王才本人并没有膨胀,反倒是大发雷霆:"你们张狂什么呀!口大气粗占地方,像个什么样子?咱有什么得意的?有什么显摆的?有多大本事?有多大能耐?咱能到了今天,多亏的是这形势,是这社会。……咱要踏踏实实干事,本本分分做人!谁也不能在韩家老汉面前有什么不尊重的地方!"④ 此番叙述,又是王才"德性"的体现。

我们从阅读的过程中不难发现,在小说自始至终的叙述中,王才都未承担任何道义上的非难。因而他虽然也遭遇了乡村共同体的排斥,但是这种"排斥"却被小说转化为以韩玄子为代表的人对王才的嫉

---

① 贾平凹:《百年中篇小说名家经典:腊月·正月》,河南文艺出版社2018年版,第123页。
② 1978年9月20日,邓小平在天津视察时第一次明确地提出"先让一部分人富裕起来",该年12月的十一届三中全会期间,邓小平再次提出了"先富"的思想,当时的提法是"允许一部分人先富起来",到1985年、1986年间邓小平在多个场合曾公开表述说"一部分地区、一部分人可以先富起来,带动和帮助其他地区、其他的人,逐步达到共同富裕"。
③ 贾平凹:《百年中篇小说名家经典:腊月·正月》,河南文艺出版社2018年版,第127页。
④ 贾平凹:《百年中篇小说名家经典:腊月·正月》,河南文艺出版社2018年版,第127—128页。

妒。由此王才的完美形象跃然纸上：既有着过人的经济头脑与市场眼光，能够用现代的管理制度管理工厂与工人，与此同时，又有着善良、淳朴、乐于助人、有良心等传统德性。正如与马书记合影时王才的样子："县上寄来了王才与马书记的合影照片，放得很大。王才的形象并不好看，衣服上的油垢是看不见的，但他并没有笑，嘴抿得紧紧的，一双手不自然地勾在前襟，猛的一看，倒像一个害羞的孩子。"① 于是，贾平凹让我们看到了德性传统与经济人伦理的合二为一，王才最终取"韩玄子"而代之，成为乡村共同体中新的代表。所以，如果说在《小月前本》中，贾平凹/叙述者一方面偏向于"不完美的理性经济人"门门，另一方面也还是认同才才作为传统小农身上的淳朴、善良和吃苦耐劳的品质，所以难免有一些矛盾和困惑。那么，在《腊月·正月》中，贾平凹则完全偏向了王才。不过，需要进一步追问的是：王才的地位得到了提升，其根本原因是什么？是因为他的德性？比如为办社火出钱不留名、虽然屡次遭遇韩玄子的压制却并没有记恨？还是因为县委马书记给他拜年使他得到了政治上的肯定？事实上，这些都不是最根本原因，王才权威地位的根本来源其实是他在改革过程中所获得的经济实力。王才之所以受到了县委马书记的肯定，必然是因为他能够带来经济效益。正如当狗剩面对前来围观马书记参观王才加工厂的众多乡亲们时，所大声高呼的："眼下在这镇子上，最有钱的是谁？王才。最有势的是谁？还不是王才！"② 狗剩无疑道出了部分人眼中的所谓真相：经济实力对于个人的地位具有了关键的作用。由此，一种新的关于成功的标准逐渐显现并被确立：个人财富或经济实力成为衡量一个人是否成功的标准，这个标准甚至是唯一的。而成功本身按理来说并不该有统一标准。这一现象也正是新时期中国发展至上观念的起源，到20世纪90年代直至当下，愈演愈烈。虽然，"对发展的追求一直是毛泽东的现代性方案的内在品质之一，但是在社会主义的经典话语表述中它只是达到更高乌托邦理想目标的权宜手段，而

---

① 贾平凹：《百年中篇小说名家经典：腊月·正月》，河南文艺出版社2018年版，第127页。
② 贾平凹：《百年中篇小说名家经典：腊月·正月》，河南文艺出版社2018年版，第126页。

第三章　作为"理性经济人"的农民：改革逻辑的确立与乡村传统秩序结构的解体 ❖❖❖

且这套话语事实上也是把国内的平等理想（消除三大差别）与解放全球、人类大同的普世主义作为自己的根本诉求"，① 但是自从20世纪80年代开始，尤其到90年代以来，"对发展的追求已经衍化为发展主义，发展开始成为发展的目的自身，成为最大的意识形态，也成为社会主义'卡理斯玛'解魅之后'合法性'的最重要来源；它也不再提出资本主义秩序之外的普世主义，而是认可这一秩序的基本法则并试图融入其中"。②

因此，王才即便再有德性，他也不会按照大集体时代的方式来经营他的加工厂。相反，王才的加工厂，是一个极为现代的加工厂，不仅有现代化的机器，还有现代化的管理模式。比如招收工人，并给予有效的激励机制："为了刺激大家的积极性，第十五天里，就结账发钱，最多的一人拿到了二十八元五角，最少的也领了十六元。"③ 与此同时，王才作为厂长，"要科学管理，定了制度，有操作的制度，有卫生的制度，谁要不按他的要求，做的不合质量，他就解雇谁！现在是一班，等作坊扩大收拾好，就实行两班倒。上下班都有时间，升子大的大钟表都挂在墙上了"。④ 可想而知，这样的一个依赖机器和现代技术，并遵循现代管理模式的现代工厂，一定会以经济效益作为保障和目标，也就一定会排斥人情和面子这两个来自传统乡村秩序的概念。所以，当"气管炎"试图进王才的加工厂上班时，即使是被赋予了传统德性的王才，仍然坚决拒绝了他，因为"气管炎"并不符合他对现代工厂的员工的要求。当他得知狗剩和秃子与巩德胜打架斗殴时，虽然事实上是巩德胜挖苦和讽刺狗剩和秃子在先，他却没有偏袒他们，而在原有的乡村共同体的逻辑中，王才理应偏向狗剩和秃子一方的，因为他们是自己人。但是遵循现代管理模式的加工厂厂长王才，狠狠

---

①　刘复生：《历史的浮桥——"世纪之交"主旋律小说研究》，河南大学出版社2005年版，第47页。
②　刘复生：《历史的浮桥——"世纪之交"主旋律小说研究》，河南大学出版社2005年版，第48页。
③　贾平凹：《百年中篇小说名家经典：腊月·正月》，河南文艺出版社2018年版，第72页。
④　贾平凹：《百年中篇小说名家经典：腊月·正月》，河南文艺出版社2018年版，第66页。

批评了自己的员工，以示对他们的管理，最终二人与巩德胜平分赔偿费，每人十五元。

因此，即使是被赋予了德性传统的王才，虽已成为一名完美的理性经济人，但是其仍然——或者说必然会破坏传统的乡村秩序结构。所谓的"完美"也只是因为德性传统事实上已经成为经济发展的附庸，被降低到更为实用的层面，从而只是作为理性经济人所拥有的财富、利润的道德内涵而存在。正如，理性经济人所习得和认同的市场逻辑，与传统乡村伦理和秩序结构也一定会产生冲突，前者对后者甚至进行了解构。通过考察此后（尤其20世纪90年代以后）的文学叙述以及农民现实处境的变化，可知这更是显见的事实。于是我们看到，发展主义的逻辑在王才的故事中得到了初步的无意识的呈现。由此，贾平凹的叙事态度完全偏向了王才，对现代化逐渐有了绝对的认同。这有可能是贾平凹的无意识，抑或是他所处的时代大多数作家的"集体无意识"，但这种无意识本身就值得深思。正因为如此，我们从《小月前本》、到《鸡窝洼的人家》，再到《腊月·正月》，可以梳理出贾平凹较为清晰的叙事逻辑：尽管《小月前本》中表现了对以经济理性为表征的现代化改革的认同，但当面对经济理性与传统生产伦理产生冲突时，贾平凹仍怀有某种矛盾和纠结；而《鸡窝洼的人家》在叙事结构上与《小月前本》并无太大差别，但是经由作者的叙述，我们看到了贾平凹试图消解经济人伦理与传统生产伦理之间矛盾的企图；直到《腊月·正月》中，任何对于冲突和矛盾的担忧都不复存在，乡村权威被以经济实力作为标准的新价值观重新建构。某种意义上，也正因为贾平凹叙事态度的变化——逐渐对改革逻辑完全认同，传统乡村秩序所遭遇的破坏便被暂时性地消解了，这显然与80年代的改革共识也有着很大的关系。而这样的一种被暂时性消解的冲突和破坏，在晚于《腊月·正月》的高晓声的《送田》[①]中被具体表现出来。高晓声的《送田》直接讲述了理性经济人作为乡村世界的立法者，重新建

---

① 载高晓声《高晓声精选集》，北京燕山出版社2006年版。

构了新的话语体系和权力结构,并试图将整个乡村共同体纳入其中,而且这种纳入显然建立在破坏的基础之上。所以我们看到曾经还对"小生产者"式的生活有所留恋的农民,最终也认同和进入了"理性经济人"的话语体系,甘愿成为被统治者和被剥削者。

第三节 妥协的周炳南和作为"立法者"的周锡林:自足性的乡村日常生活空间的消失

《送田》发表于1985年,是高晓声继"陈奂生系列"之后,继续对中国转型阶段的农村和农民问题展开叙述的小说。这篇小说并没有引发太多关注,台湾学者黄文倩曾对其有过评论,认为《送田》的内涵已完全不同于高晓声之前的"陈奂生系列"。因为"《'漏斗户'主》《陈奂生上城》《包产》主要是在反映经改革开放之下,农村发展的进步'初阶段',无论就生活,还是经济上来说,农民运用其土地或自留地,依靠本业、农产品副业,都得以获得一定的满足,人物在这样的过程中,仍以'农民'的立场及姿态继续发展,农村的耕种习性,仍是中国农村发展时的主要的基础",[①] 而《送田》所讲述的农民故事已然不再以农耕或小生产者的故事作为基础。我们甚至可以毫不夸张地说,《送田》象征着小生产者的农民叙事的终结。"送田"俨然成为一个隐喻,预示着土地的重要性乃至正当性的丧失。正如小说中的南周村村民尽管很富足,但是经济收入基本上与土地和农业生产无关。相反,村里的大户人家周锡林还想方设法将自己多余的土地捆绑在宅基地上"贱卖"出去。小说也明确强调了土地重要性的减弱,土地似乎已经很难给农民带来更好的生活。因此,《送田》必然不再是一个小生产者的故事。相反,与贾平凹的"农村改革三部曲"一样,它也变成了一个关于理性经济人的故事。但有所不同的是,在高晓声的故事里,明确反映了理性经济人对小生产者的统治与剥削,以及后

---

① 黄文倩:《在巨流中摆渡:探求者的文学道路与创作困境》,武汉出版社2011年版,第216页。

者最终对前者的妥协与臣服。

由此，高晓声再次敏感地察觉到中国现代化进程中，乡村和农民所面临的问题。如果说20世纪80年代早期，因为包产到户的实施，农民和国家之间共度了一段黄金蜜月期："1978年到1984年，农业总产值以每年平均9%的速度增长……农业经济发展的高潮在一定程度上是由于实行了家庭联产承包责任制和农业经济的市场化，从而调动了农民的生产积极性；另一个原因（可能是更主要的原因）是1979年国家大幅度提高了粮食收购价格、放宽了此前对农业经济施加的压力。"[1] 那么，从1984年前后开始，中国农民生活再次陷入了困境，《送田》其实正是对改革进程中农民所遇到的困境的一种反映。进一步而言，高晓声通过《送田》的写作，将在改革逻辑和发展主义逻辑的合法性被确立之后，对中国的现代化转型与传统乡村秩序之间的冲突以及带来的问题进行更为具体而现实的讨论。他让我们看到，所谓的个人劳动致富，越来越走向个人的成功，而个人也越来越趋向于西方现代意义上的具有工具理性的"个人"。正如黄文倩所认为的："20世纪80年代中期及以后……农民可以去从事其他行业，或做雇工，或办工厂……都比传统种田生产的收入要来得更好……而新时期愈来愈倾向资本主义式的现代性想象，都广泛地影响各阶级的人民，农民也开始渴望有更多的财富，并从事不同于传统农民耕种的道路。"[2]

换言之，一方面，高晓声的《送田》可与贾平凹的《腊月·正月》形成对照，对《腊月·正月》中所确立的改革逻辑对农民乃至乡村的冲击做进一步的呈现与展开。因此我们在《送田》中能够看到，理性经济人开始重构乡村世界中的权力结构和话语体系，成为"立法者"和"权威"。与此同时，作为"小生产者"的农民被纳入"立法者"重构的"话语体系"之中，从被剥削到甘愿臣服，小生产者所建

---

[1] [美]莫里斯·迈斯纳：《毛泽东的中国及其后：中华人民共和国史》，杜蒲译，香港中文大学出版社2005年版，第430页。

[2] 黄文倩：《在巨流中摆渡：探求者的文学道路与创作困境》，武汉出版社2011年版，第219页。

第三章　作为"理性经济人"的农民：改革逻辑的确立与乡村传统秩序结构的解体

构的自足性的日常生活空间宣告彻底解体。事实上，《送田》展开了贾平凹《腊月·正月》中暂时被消解的冲突，这也再次证明了现代化改革进程中具有经济实力、遵循市场逻辑的"理性经济人"正成为"乡村世界"的主宰。另一方面，《送田》也能与前一章中所论述的《陈奂生上城》和《黑娃照相》联系来看。如果说在《陈奂生上城》中，高晓声通过讲述陈奂生上城的故事，表现了遵守着乡村传统秩序的农民与城市资本逻辑之间的冲突，并一定程度上预言了城市及其规则必然会对乡村秩序形成破坏，甚至将其完全摧毁，那么到了1985年的《送田》，高晓声对《陈奂生上城》中所触及的问题进行了充分的展开。与此同时，《送田》也将张一弓《黑娃照相》中黑娃对于未来美好而乐观的想象彻底抛向了现实，黑娃对于生活的想象无疑充满了浪漫色彩，虽然他是以美国式的生活作为模板，憧憬未来，却也相信如果要真正实现这样的生活，仍然要依靠个人的劳动。但是《送田》对黑娃的这种认同个人劳动的观念进行了解构，相反，个人劳动必须建立在认同立法者的权威的基础之上，才有可能成功，从而实现个人的梦想。由此，《送田》表明了现代经济理性一定会将对土地的情感从农民身上排除出去，同时宣告了《黑娃照相》试图弥合现代性与农民乃至传统乡村之间冲突的失败。

在《送田》中，高晓声塑造了两个极具代表性的农民形象周锡林和周炳南。周锡林不仅具有理性经济人的特征，他同时还是南周村的权威。之所以是权威，自然与他个人的经济实力有着必然的关联。而周炳南是一个最最普通的农民，是一个老实人，虽然他并不全靠种地维持生计，但是仍对传统小生产者的生活有所向往。然而，周炳南最终还是认同了周锡林的经济逻辑和生存法则，自己也完全放弃了小生产者的生活想象。本节中，将周炳南称为"'妥协'的周炳南"，而将在南周村具有权威地位的周锡林冠之以"立法者"的称谓。周炳南向作为"立法者"的周锡林的妥协，实际上意味着小生产者所建构的、仿佛不受任何外力侵袭的、自足的乡村日常生活空间的解体，而现代化及其遵循的伦理法则必然会破坏乃至改造乡村。于是我们看到，周炳南经由"妥协",进入的是一个新的以现代权力和利益作为连接纽带的结构和集体之中。这个集体遵循的是现代化的秩序和逻辑,它排除乡村世界和熟人社会中的人情和面子,对乡村传统秩序持一种全盘否定的态度。所以,《送田》中被周锡林低价捆绑售卖的二亩三分地成为一个隐喻,它象征着传统的乡村秩序,于是"送田"便意味着这一秩序已然面临的危机和终将解体的命运。

那么,周炳南是如何妥协的呢?其实周炳南一开始并没有妥协之意。虽然小说开篇就告诉我们:"在南周村上,最不会算账的人,也明白现在的种田是出大力赚小钱的职业。同住一个村上,多年来都走共同富裕的道路,可是在厂的人过什么日子?在采石场的人过什么日子?做小生意的人过什么日子?搞运输的过什么日子?凭技术作包工的过什么日子?干部过什么日子?种田的人过什么日子?全都清清楚楚。瞎子看不见,哑子不会说,心里都明白。"[①] 这样的开头,无疑是令人震撼的,完全不同于20世纪80年代早期关于自足性的日常生活空间的小生产者叙事。所谓的自然经济时代的小生产者,已然身陷食物链的最底端。但是,小说同时又告诉我们,南周村是个富裕的村子,家家户户几乎都造了房子,之所以如此,是因为乡里办了采石场,很多村民都在采石场赚钱。但并不是人人都能去,因为田地不能没有人种,周炳南在小说一开始便属于不能去采石场的那一类村民。所以当村里大多数人造起了房子之后,周炳南一家五口仍然住在类似猪圈的老屋里。由此,小说再次让我们看到依靠种地养活自己已经变得十分艰难。

尽管如此,在周炳南的身上,最初也曾存在过小生产者的影子。当然,与南周村的其他村民一样,周炳南后来也去到采石厂做工赚钱,但他干的都是最苦、最累、最脏、没有人愿意干的活,就像小说的叙述者对他的评价:"他风格高,见好处就收,见困难就上。"也就是说,某种程度上,此时的周炳南,仍然相信通过个人努力或个人劳动,

---

[①] 高晓声:《高晓声精选集》,北京燕山出版社2006年版,第76页。

第三章 作为"理性经济人"的农民：改革逻辑的确立与乡村传统秩序结构的解体

可以实现自己的愿望——造起自己的房子。尽管这种劳动和努力没有建立在种地的基础之上，但是，这种劳动仍然具有自给自足式的小生产者的性质。所以，他最终用三年多时间，一天天地赚到了足够造两间二层楼房的钱："他们究竟积了多少钱，一角一分都有数。可是他们究竟流了多少汗呢？谁量过！谁称过！"[①] 这句话再次强调了个人劳动的重要性，尤其对于周炳南的重要性。如果到这里，周炳南用自己辛苦劳动赚来的钱如愿以偿造好了房子，让一家五口得以有遮风挡雨的地方，那么，这样的一种叙述，与20世纪80年代早期对于乡村和农民的文学写作仍然是一脉相承的，周炳南仍将有希望生活在一种自足性的乡村日常空间中。而此刻作为"立法者"的周锡林，似乎并不足以影响周炳南的自足生活。

但是，事实并非如此。周炳南并没能造起自己的房子，原因在于难以得到盖房需要的九厘地，这九厘地是周锡林的老自留地。周炳南向村民委员会提出要求，希望能拿到这九厘地与自己另外的六厘地一起造一座房子，可是却遇到了困难，村委会主任周国平表示这必须得周锡林答应才行。实际上，"土地的所有权属于集体，村民委员会有义务满足周炳南的合法要求……但是使用权却在社员手里。村主任周国平年纪轻，上台不久，论资格别说周锡林比，连周锡林的儿子都不如。于是个人和集体、使用权和所有权的关系都得换一个位置"。[②] 由此，周锡林出现在了周炳南看似"自足"的生活世界中，周锡林在南周村的地位之重要也显现出来。正如当小说论及谁应该去采石厂做工、谁不应该去时，就这么写道："比如周锡林，那自然是要去的。不但去，而且要负点责任，因为他觉悟高，有经验，到任何什么地方去都表示还可以多负点责任……所以不管有没有政策允许一部分人先富起来，事实上他早就在共同富裕的道路上占了先。他那幢房子不就说明问题了吗？"[③] 周锡林的房子是南周村最高的、最好的。只是，周锡林

[①] 高晓声：《高晓声精选集》，北京燕山出版社2006年版，第78页。
[②] 高晓声：《高晓声精选集》，北京燕山出版社2006年版，第79页。
[③] 高晓声：《高晓声精选集》，北京燕山出版社2006年版，第77页。

的重要性，被周炳南凭借对"个人劳动"的坚信而暂时性地遮蔽了，直到他造房子的愿望再次遭遇了困难。

周炳南不得不去周锡林家与他当面商量。周锡林提出："造房子的地基是寸金地呢……买的话，比普通水稻田贵三倍价，还是客气的。"① 周炳南反驳那是在旧社会，今时不同往日。此时的周炳南仍然不卑不亢，尽管置身于周锡林的家中时，他分明觉得自己和周锡林差太多。周锡林最终答应了将九厘地让出来，但是有一个条件，必须连同另外的两亩三分田也让给周炳南。这意味着什么？意味着周炳南要被这两亩三分地捆绑，正如周炳南所言："他要把尾巴装到我身上来，我也吃不消。自家已经有五亩，加上这两亩三，我父子两个就得从厂里抽一个人回来种田，这一年要亏多少？"② 这样我们再次看到，种地在这时已经失去了20世纪80年代早期描述农民的文学作品中的那种重要性，自然经济时代的小生产者生活方式遭到了嫌弃。当然，更为重要的是，周锡林的强势地位又一次得到了凸显。有意思的是，捆绑销售的方案，周锡林并没有自己向周炳南道出，而是借周国平的口讲出，这是周锡林的策略——既能够获得实利，又避免了尴尬和口舌之利。从中更可看出周锡林的精明，以及他在南周村的核心地位。

某种意义上，周锡林是作为南周村"立法者"而存在的。按照德勒兹的说法，在任何一个话语体系后，一定有个大主教和立法者，所有规则都是他规定的。此刻给不给这块属于集体的地，是由周锡林所规定的，哪怕是村委会的周国平，也由他所控制。我们看到，周炳南试图放弃，决定重新寻一块地，但是，周国平并不答应分配其他土地给他，原因正在于周国平听从周锡林的意见，想强行将那块被周锡林嫌弃的二亩三分地捆绑着转移给周炳南："周炳南这才尝出味道来了，原来情况又翻了个个儿，现在不是他要不要那块地皮的问题，是周锡林看中了他，粘着他不放了。这么一来，周国平他听谁的话，听周锡

---

① 高晓声：《高晓声精选集》，北京燕山出版社2006年版，第80页。
② 高晓声：《高晓声精选集》，北京燕山出版社2006年版，第81页。

第三章　作为"理性经济人"的农民：改革逻辑的确立与乡村传统秩序结构的解体　❖❖❖

林还是听周炳南，不是明摆着的吗?!"① 当立法者制定了话语体系的规则，试图进入这个话语体系的人，就必须熟悉和认同这些规则，也就是说认同大主教和立法者的权威性。换言之，整个南周村被纳入一种新的话语体系，周锡林作为话语体系的立法者和大主教，对南周村具有了最高的决定权。那么，南周村村民周炳南想要获得一块造屋的宅基地，就必须认可他的权威，按照他的规则和要求行事。

于是，周炳南向周锡林妥协了，答应了"割地求和"式的捆绑买卖，这是周炳南的第一次妥协。如果说，这一次妥协让他清楚地认识到了作为立法者的周锡林的强势地位，但实际上他仍然没有进入周锡林的话语体系，或者说这个话语体系并没有重构他的感觉结构，他似乎依然相信，生活能够掌握在自己手中。他身上仍然有着残留的小生产者的梦想。所以，在第一次妥协之前，他也和周锡林进行了微妙的较量，当他得知周锡林非常想摆脱那二亩三分地时，他拖了将近一年，选择了一个有利于自己的时机答应了周锡林的要求："到了下一年大暑，周炳南才答应接受对方'割地求和'。他选择这个时间也有原因，那时候青苗都抽三眼了，周锡林总得收了这一熟才麻烦他去种麦子，也算讨得半年的便宜。"② 不仅如此，周炳南到了该种麦子的时间，并没有按照周锡林的意思，在二亩三分地上种小麦，而是按照自己的意愿，决定在地里栽树。并且，他种地和采石场做工两不误，"只要忙里能抽出空，必要的时候哪管向厂里请了假，周炳南带着一家人冒着尖利利的钻骨头寒风，在冻土上挖出一个个穴，点入基肥，栽上树苗，整整辛苦了一个冬天，在二亩三分地里栽了三千棵树苗"。③ 这无疑显现了一个农民的智慧和勤劳。此刻的周炳南，虽然妥协了，可仍有作为一位农民的坚持。但是，秉持着另一套话语体系而在南周村处于核心地位的周锡林，其强大的存在感以及他所拥有的这套话语体系对于传统乡村秩序的破坏，已经让周炳南不可能视而不见。

---

① 高晓声：《高晓声精选集》，北京燕山出版社2006年版，第82页。
② 高晓声：《高晓声精选集》，北京燕山出版社2006年版，第82页。
③ 高晓声：《高晓声精选集》，北京燕山出版社2006年版，第83页。

经由第二次妥协，周炳南完全进入了周锡林的话语体系，并对其产生了高度的认同，在情感结构上尤其如此。当周炳南憧憬着辛苦种下的三千棵树的未来时——"现在看上去还都是光秃秃的枝条，很不起眼。但只要到了春天，气候暖和起来，下几场春雨……这田里就会像聚了许多孩子的幼儿园一样活泼、欢腾。这该多美！"[1] 可生活并不在他的掌控之中，周锡林忽然又试图将这块地要回去，结局当然可想而知，周锡林再次胜利了。但是重要的不是结局，而是过程。重新拿回"二亩三分地"的过程，进一步彰显了周锡南作为立法者的地位，并呈现了以其为核心所形成的新的权力结构。这一权力结构表征着资本和权力的勾结开始出现，这必然对传统乡村秩序造成巨大冲击，由此也宣告了周炳南身上残留的小生产者式梦想将消失殆尽。

为了能够重新拿回二亩三分地，周锡林可谓费尽心机，将周炳南父子请到家中，盛宴款待，周炳南很清楚这是一个鸿门宴，但是"却如身入囹圄的囚徒，无法摆脱镣铐的束缚，一面唯唯诺诺跟着别人走，一面咒骂自己连推脱的话语都找不到"。[2] 之所以如此，显然与周锡林有关，正如周锡林拒绝出让九厘地时，周炳南所想的是："尽管他有理，但是周锡林有权，谁胜谁负明摆着，怨命吧！"[3] 事实上，小说中没有任何关于周锡林手握权力的正面描述，他也没有任何行政职务。可是很显然，周锡林能够操纵权力。所以他在宴请周炳南的饭局上，同时将多位官员请来，看似是为了作陪，以示宴请之规格，实际上是为了震慑周炳南。果不其然，周炳南父子一进周锡林家，就一脸肃然："客堂里坐着六个人，除了周锡林的大儿子大媳妇以外，其余四位都是父母官。官衔最小的就算周国平了。另外三位，因为平时在路上碰到了都胆怯，不敢招呼，他们见了周家父子进来，居然也含笑点头打招呼。"[4]

---

[1] 高晓声：《高晓声精选集》，北京燕山出版社2006年版，第83页。
[2] 高晓声：《高晓声精选集》，北京燕山出版社2006年版，第84页。
[3] 高晓声：《高晓声精选集》，北京燕山出版社2006年版，第82页。
[4] 高晓声：《高晓声精选集》，北京燕山出版社2006年版，第84页。

第三章 作为"理性经济人"的农民：改革逻辑的确立与乡村传统秩序结构的解体 ❖❖❖

此刻，周锡林的家的客堂，绝佳地呈现出了周锡林所建构的权力结构和话语体系，表现了资本与权力的完美结合，周锡林之所以能够操纵权力，显然是因为他拥有了资本。小说中多次提及他的经济实力，周锡林是南周村第一个造新屋的人："十步两开间，足有七十五平方公尺，过了三年，看见造的人多了，竟赶上他了，这就显不出他独阔。好，干脆重造楼房……造来造去，房子越造越高，越造越好……最好最高的，还是周锡林那一幢。"① 周锡林和《腊月·正月》中的王才一样，是"先富起来的人"。不仅如此，领导、供销、会计、技术员、工人都让他一家占全了。由于资本和权力的这种结合，整个南周村都处在了周锡林的掌控之中。换言之，这种由资本和权力结合从而形成的权力结构，必然会对作为熟人社会的乡里空间造成冲击和破坏。那么，所谓传统乡村的人情和面子一定会被排除出去，利益成为连接一切的唯一纽带。

有意思的地方在于，周锡林仍然需要人情，只不过在他的观念中，人情只是作为一种实现个人现实利益的中介而已。也就是说，人情被世俗化和策略化。他与周炳南以兄弟相称，他所请来作陪的官员们也对周炳南笑脸相迎，家宴中精致的碗筷、丰盛的酒菜，方方面面都显示出周锡林对人情和礼节的讲究，似乎是对周炳南父子的尊重。而周锡林的一套场面上的说辞也充满了人情味："老弟我敬你一杯酒……来，来，你别客气。今天我请的就是你，书记，主任，都是陪客。你一定要先饮一杯。老哥我这事向你做检讨，你饮下了，就算是肯原谅我……凭道理讲呢，我是欠缺了些。考虑不周全，没想到你也不愿意要田……田拿过去了，种麦呢，不显眼；一种树哪，就起舆论了……我晓得，你不是有心要拆台。是别人利用了这件事大做文章。我们兄弟俩不能让别人钻空子，我向你认个错，那块田你让我收回，莫让旁人说我欺了你。"② 周锡林对于为什么又要将强行捆绑转让出去的二亩三分地要回来，给予了充分的解释，并且通过解释，将自己和周炳南

---

① 高晓声：《高晓声精选集》，北京燕山出版社2006年版，第76页。
② 高晓声：《高晓声精选集》，北京燕山出版社2006年版，第84—85页。

放在同一阵营。他认为是有人故意拆台,利用此事做文章,而我们不能让人钻了空子;与此同时,他又再次为自己当时强行送田进行了解释:因为自己考虑不周,没想到周炳南不愿意要田。不仅如此,周锡林一再强调自己的真心:"老弟你只管相信,我都是说的真心话。书记、主任都在这里,我是诚心诚意要挽回这影响。我原本没有想在这里边图谋什么个人利益,何必让别人说得那么难听,我吃点亏就是了,你让我收回来。就是我没空去种,荒掉一年赔几十块公粮,算不了什么……"① 周锡林的一大段表述,逻辑严密,情感真切,似乎让我们看到了一个"有情有义"的农民。因为这种有情有义,周炳南竟然感到内疚起来,甚至认为自己过去误解了周锡林,紧接着觉得自己也许是以小人之心,度君子之腹。在这种情境之下,周炳南再次答应了周锡林的请求,这是周炳南的第二次妥协。

可是叙事者在不断提醒着我们,周锡林所做的一切,仅仅是一套绝佳的催眠术:"周锡林非常熟悉这种精神状态,他非常喜欢他们,他对于自己习惯了的虚伪早就找到了充足的辩护理由,想当然地把装腔作势当作真诚的感情。"② 显而易见,在周锡林的话语体系中,人情其实是不存在的,如果存在,也只是一种虚伪的伎俩,是达到自身目的的一种手段而已。如果说,周炳南先前并没有要进入周锡林的话语体系的强烈愿望,但是第二次妥协后,他自愿加入其中。虽然周锡林使用了人情作为障眼法,但是实际上最终是通过金钱将其纳入了自己的掌控之中,周锡林承诺会将树苗、肥料的钱全部计算好,还给周炳南,而对于无法估算的人工费,则在现有行情的基础上再加一成给周炳南。更使得周炳南甘心臣服的是,周锡林答应事情办好后,将周炳南的儿子转去更好一点的工厂,且承诺安排周炳南的女儿进厂。也就是说,周炳南的人情味是催化剂,其实质性的利益承诺才是根本原因,至此,周炳南被完全裹挟进了周锡林的话语体系和权力结构之中。

第一次妥协时,周炳南实际上只是暂时认同和遵从周锡林的权威

---

① 高晓声:《高晓声精选集》,北京燕山出版社2006年版,第85页。
② 高晓声:《高晓声精选集》,北京燕山出版社2006年版,第84页。

第三章 作为"理性经济人"的农民:改革逻辑的确立与乡村传统秩序结构的解体 ❖❖❖

和规则,从而让渡了一部分自己的利益,接受了周锡林"馈赠"的二亩三分地,只有这样才能够进入周锡林所建构的规则和话语体系之中,从而获得自己想要的九厘地,造起自己的房子。但是当他实现了个人的愿望之后,仍然选择游离于周锡林的话语体系之外,不愿意受其控制,也在一定程度上坚守着依靠个人劳动改变生活的愿望:将荒弃的二亩三分地种上三千棵树。那么,在第二次妥协中,当他答应将种上了三千棵树的二亩三分地重新还给周锡林时,就意味着他已经完全妥协于周锡林的权威,真正进入周锡林的话语体系。但实际上,当听到周锡林拿回二亩三分地的真相是国家征用了这块土地,并且是按照每棵树来进行赔偿时,周炳南的自我说服才是真正意义上的妥协。或者说在其自我说服之后,他才完全而彻底地进入了周锡林的话语系统,并对其话语体系的规则产生了高度认同。刚听到周锡林被征用的二亩三分地,国家按树的棵数赔偿了其经济损失时,虽然周锡林出来辟了谣,但是周炳南也不免起了疑心:"怪不得这位老哥要把尾巴拿回去,大概当时已经知道有了出路。自己种的树,倒他得了很大的好处,很觉得不平。"[①] 但是他很快说服了自己,并认为即使真的有这么回事:"这也是周锡林的能耐,倘若这田在自己手里,也不会想到去敲国家的竹杠,这财不是他发得的。周锡林毕竟也做了好事,儿女两个都得益。他周炳南不能贪得无厌,也该心满意足了。于是他心里也坦然。不管怎样,大家都是在好起来啊!好不幸福!"[②] 正如德勒兹所认为的,作为个体,如果要进入某一个话语体系,通常只有两种办法,一种办法就是学习梁山好汉,认同梁山的规则:加入梁山的规则是必须先杀一个人,人头拿过去,如此林冲才能入伙;另一种办法则是,把话语体系的立法者/大主教杀死,即暴力革命,从而重新订立规则。作为弱势群体的周炳南,显然只能选择第一种方式,即认同周锡林的规则。如果说他最初放弃二亩三分地,在一定程度上还有人情的成分在——周锡林如此周到妥帖,面子上无法拒绝,当然也有部分原因是

---

① 高晓声:《高晓声精选集》,北京燕山出版社2006年版,第86页。
② 高晓声:《高晓声精选集》,北京燕山出版社2006年版,第86页。

对权力的恐惧，那么他最后的自我说服以及对周锡林能力的佩服和肯定，实际上完完全全是出于对周锡林所制定的话语体系的规则的高度认同，或者说对于周锡林权威的主动臣服。也正是第二次的妥协和认同，周炳南获得了足够多的利益，事实上他只有妥协，才可能够获得这些利益，这些利益多到远超过其凭借个人劳动所得来的一切。所以我们可以想象，周炳南一定会心甘情愿地屈服于以周锡林为核心的话语体系和权力结构，并且绝不会愿意离开。而所谓的个人劳动的价值，在这里遭到了解构，那些残留的小生产者的梦想，也不复存在。可以预见，周炳南也终将成为一个理性经济人。

经由周炳南的两次妥协，作为立法者的理性经济人周锡林，其所建构的话语体系和权力结构被凸显出来。在这个过程中，我们看到资本与权力的结合开始出现在乡村世界。毋庸置疑，这一切都与中国现代化进程有着极大的关系。周锡林的话语体系中所遵循的一切原则，包括资本与权力的勾结，都源自现代化，尤其是西方现代化的逻辑。这样的一种逻辑必然对传统的乡村秩序形成冲击和破坏，不仅如此，它也一定会对农民的生活方式和价值观念进行改造。正如周炳南的妥协过程，实际上正是他个人被改造的过程。周炳南从一开始对个人劳动抱持着某种信心，且仍然坚守农民的智慧和坚韧，甚至在某些时刻能够对强势的周锡林表示出反抗（哪怕这种反抗是极为微弱无力的），到逐渐开始认同周锡林以经济利益作为唯一连接纽带的话语系统和强势逻辑，从而彻底放弃了自己辛苦改良好的二亩三分地，这同时意味着他放弃了自己对土地的感情。在这个意义上，"送田"似乎成为一个隐喻，无论是周锡林之前的捆绑式送田，还是后来周炳南的妥协式送田，都意味着某种以人情和面子作为纽带的乡村秩序结构遭遇的危机和崩溃，理性的经济计算成为新的生活准则。在此意义上，高晓声《送田》相比于贾平凹的"农村改革三部曲"而言，显得更为犀利。

但是台湾学者黄文倩对于《送田》略有不满足。她认为高晓声的《送田》缺乏对土地与农民的复杂辩证关系的讨论，仅仅只是落

第三章 作为"理性经济人"的农民：改革逻辑的确立与乡村传统秩序结构的解体

实在官僚化的问题之上，是对20世纪80年代中期的中国农村问题的简化。同时，黄文倩还认为，高晓声让作品中的每一个人的利益都得到平衡与满足，其实是对个人意义与价值的内涵的窄化，她认为，高晓声选择让小说中的每个人通通都得到利益的这种叙事模式，实际上是间接认同了被市场腐蚀的现实，失去了文学对社会更复杂的严肃作用。[1] 某种程度上，栾梅健的分析则更加鞭辟入里："高晓声的这种处理，应该说是相当成功的。他不愿意反映生活中大悲大恸的充满戏剧性的场面，而是在人们司空见惯的日常生活中，把生活原样原封不动地端到你的面前，让你自己做出评判，做出选择，而他自己则始终渗透着一种不易激动的平稳的心境，仿佛已成为一个客观的不动情的旁观者……这是有着极其丰富的人生体验与对现实生活理解得极其涵容、宽宥的作者眼中的农村生活，当然也更接近于生活的本原状貌。"[2] 事实上，在《送田》中，无处不在的叙事者，正是以一种旁观者的姿态看着周炳南和周锡林之间的冲突与最终和解，这一旁观的姿态也将我们也带入了这一旁观的情境之中。于是我们得以能够清楚和真切地看到，理性经济人周锡林的话语体系如何形成，且以怎样的一种形式存在，对处于弱势的周炳南又产生着怎样的影响，如何影响着整个南周村的传统秩序和结构。当然，不可否认，高晓声的叙述确实存在着某种含混性，正如在《送田》中，提及安排谁去采石场，谁留在家中种地时，作者这么写道："那么，该谁去，该谁不去呢？极复杂，说不清楚。这不奇怪，世界上说不清楚的事情比说得清楚的事情多得多。在说清楚的事情里面还有许多不该说清楚、不便说清楚的，连不该说和不便说清楚的原因也有许多不清不楚的地方呢。所以干脆莫说它了。反正去的、不去的，吃亏的、沾光的，都是我们自己的事情，和外国人没有关系。"[3] 或许恰恰是因为没有将复杂的事情说清

---

[1] 具体可参见黄文倩《在巨流中摆渡：探求者的文学道路与创作困境》，武汉出版社2011年版，第219页。
[2] 栾梅健：《高晓声近作漫评》，《当代作家评论》1998年第3期。
[3] 高晓声：《高晓声精选集》，北京燕山出版社2006年版，第77页。

楚，才使得黄文倩感到某种不满足。而这种含混性，其实同样是与当时的改革共识有关。所以，虽然从叙述中可以看到叙事者对于周锡林及其权力集团有着某种讽刺的意味，而对周炳南则带有一些同情和无奈，但是作者并没有完全展开描述。也正因为如此，黄文倩才会认为高晓声并没有论及土地和农民的复杂辩证关系。

其实无论高晓声的态度是含混还是清晰，都不可否认《送田》较为具体和正面地呈现了经济人伦理对传统乡村伦理秩序的冲击，并直接讲述了曾经的小生产者周炳南的妥协，以及拥有经济实力成为乡村世界立法者的周锡林的强势。相比于《腊月·正月》中的完美理性经济人王才，周炳南与周锡林的故事显得更为复杂，而相比于贾平凹，高晓声对待改革的态度似乎更加犀利。如果说贾平凹的《腊月·正月》无意识地让我们看到改革的本质是经济发展，那么高晓声的《送田》则有意让我们看到，未来的乡村世界将绝不会是小生产者的世界，农民和乡村将被彻底纳入现代化的轨迹，而作为现代化核心的发展主义也经由文本描写而凸显出来。而且，这些都以破坏乡村的传统秩序和结构作为代价，正是在这里，我们隐约看到了20世纪90年代农民形象及其故事的起源。

小　结

如果说，80年代初期的文学叙述，建构的是一种自给自足式的小生产者的形象，这一看似完满、不受任何外力侵袭的农民形象及其承载的对于乡村的想象，实际上包含着一种矛盾——现代化的追求与非现代化的实践之间的矛盾。那么，从80年代中后期开始，这种矛盾的存在，让认同自然经济的小生产者形象遭遇了危机和挑战。当然这种危机和挑战在80年代早期的某些作品中，比如《陈奂生上城》有过症候式表达。而在《黑娃照相》中我们也曾看到中国的现代化逐渐被纳入西方现代化的轨道，小生产者对于未来生活的想象开始以西方，尤其是美国作为模板，只是作者写作的意图并不在此，而是在于试图

第三章 作为"理性经济人"的农民:改革逻辑的确立与乡村传统秩序结构的解体

弥合现代与农民之间的必然矛盾和冲突。在20世纪80年代中后期的文学叙述中,一方面,自给自足式的小生产者叙事被宣告失效;另一方面,理性经济人的形象被塑造起来,并获得了其自身的合法性,这便是1985年《腊月·正月》中王才的故事。王才作为一个善于理性计算的个体户,被赋予了传统德性,且在乡村世界确立了自己的权威地位,是一个完美的理性经济人。王才的形象之所以能够被塑造起来,也是建立在《小月前本》中呈现的经济人伦理与传统生产伦理之间的矛盾之上的,同时,这也和贾平凹在《鸡窝洼的人家》中一定程度暴露出改革逻辑与传统乡村秩序之间的冲突及其试图消解这种冲突的努力有关。所以,贾平凹的"农村改革三部曲",实际上让我们看到了一个改革逻辑螺旋式上升、确立自身的完全合法性的过程。王才的"先富起来"不仅获得了政治上的合法性,同时又得到了道德、伦理和文化等多个方面的支持和认同。但实际上,再具有德性的王才,其所认同的经济人理性也终将破坏乡村共同体所秉持的固有价值观念,改革对于现代化的强烈追求,使得对财富、利润的追求成为一种新的价值范式,这也彻底解构了传统的乡村伦理结构和规范。只不过经由王才的故事,我们看到这种解构和破坏尚不成为问题,所以没有被展开。而在高晓声的《送田》中,以"送田"作为隐喻,把经济人理性对传统乡村秩序的解构和破坏较为客观地展示出来,它不仅让我们看到理性经济人在乡村世界的强势地位,更让我们看到理性经济人如何重构了乡村的权力结构和话语体系,并宣告了自足性的乡村日常生活空间的消失。在此意义上,从80年代早期到中后期的关于农民形象及其叙述的变化中,我们可以看到中国城镇化进程中,乡村的传统秩序结构如何逐渐遭遇破坏和解体,农民和乡村逐渐陷入迷茫和颓败,从而丧失原有的身份和主体性。由此可以看到90年代的农民及其故事相继展开,相关的文学叙述中出现了一系列特殊的农民形象,比如流氓、同性恋等。在此意义上,80年代关于农民形象及其叙事逻辑,成为90年代乃至当下新的农民形象及其所揭示的问题和意义的起源性所在。

第四章 "迷惘"的农民：抒情的消逝与农民主体性的解构

在 20 世纪 90 年代以前的文学作品中，关于农民的故事常常是和土地联系在一起的，无论是 1949 年以前，还是"土改"与 50 年代合作化时期，乃至 80 年代的农村改革时期，都是如此。但从 80 年代中后期开始，理性经济人开始出现在文学叙述中，并确立起自身的合法性，现代发展逻辑逐渐主宰乡村世界，土地不再具有如 80 年代早期小生产者叙事中的重要性，甚至无法再满足农民的生活所需。在此语境之下，不少文学作品开始叙述农民的农产品出售难问题，比如田中禾《五月》讲述的是卖粮难，郑万隆的《古道》则反映了农民卖棉难的状况，而高晓声的《送田》中，农民干脆将土地视为累赘，试图"送"出去。与文学相对应的现实情况则是，从 1984 年开始，中国改革的重心开始转向城市，1985 年农业处于徘徊之中，但是由于乡镇企业的发展——正如《腊月·正月》中王才所办的加工厂，以及《送田》中的采石场——使农民看起来似乎仍可以增收，1989 年至 1991 年，农业虽然增产，但是首次出现了农民收入连续三年负增长的情况。[①] 不仅如此，"在农业生产低迷不前的同时，在意识形态上，'落

[①] 曹锦清：《曹锦清谈三十年来的中国》中提及有的地方因为兴起一些以农业为主的集体经济——这里指的是乡镇企业中的村集体企业，而不是私人的部分，以支撑着农民的收入，但是这是非常少的。乡镇企业基本在 1996 年以后就开始解体，股份化、私有化了。所以现在，农村集体这一部分在很多地方只有依靠财政转移支付才能勉强支撑下去。《人文与社会》，http://wen.org.cn/modules/article/view.article.php/3633/c0，2012 年 12 月 3 日。

后'和'传统'这样的字眼也成为农村的代名词……新的现代性的观念在形成，一种新的参照系在形成，这使人们对历史，对过去又有了一种与以往不同的描述和诠释。过去那种纵比旧社会的豪迈和自信感觉已经荡然无存，现在我们的知识精英横比西方，认同西方人眼中看这个农民大国的感觉——贫穷和落后"。[1] 在这样的境况之下，农民不得不从土地上脱离出来，走向城市，以其他劳动方式满足生活所需乃至精神追求。如此一来，城市与农民/乡村之间的关系成为中国现代化改革中的日益紧迫的问题。[2]

换言之，虽然20世纪80年代中后期所建构的理性经济人形象是一种遵循着改革逻辑的现代农民形象，一定程度上有着对现代化改革的回应和认同，但是，从80年代早期所建构的自给自足的小生产者农民形象到80年代中后期所凸显的理性经济人农民形象的变化中，我们其实可以看到，农民，乃至整个乡村正日益丧失其自身的主体性。主体的建构必须依赖于主体性，而主体性是什么？所谓的主体性，正是不同的关于主体的知识，不同的知识构成了不同的主体性，从而建构起不同的主体。强调主体性与知识的关系，源自福柯的贡献。在福柯看来，任何主体都不是预先存在的，知识形成一种主体。毫无疑问，80年代早期作为小生产者的农民，所接受的正是包产到户、自给自足的知识，而这一知识建构起了其主体，所以，他们是作为乡村的主人而存在的。而与之相关的文学叙述，常常表现出一种抒情模式，小生产者建构起来的是一个诗意田园般的乡村世界，是一种充满瑰丽色彩的生活想象，它仿佛不受任何外力的侵袭。但是，在80年代中后期，当理性经济人逐渐成为文学中重要的农民形象后，自给自足的小生产者形象慢慢从文学中消失，农民主体性也逐渐逝去。理性经济人所拥有和认同的新的知识——经济理性与改革逻辑——实际上并没有办法

---

[1] 严海蓉：《虚空的农村和空虚的主体》，《读书》2015年第7期。
[2] 也正是从20世纪90年代开始，"三农"问题成为中国在现代化转型过程中、在快速发展经济之时，必须面对和妥善解决的问题。很多相关领域的学者参与到对"三农"问题的讨论中来，比如温铁军于1996年在《制约三农问题的两个基本矛盾》中提出："人地关系高度紧张的基本国情矛盾和城乡二元结构的基本体制矛盾是两个制约三农问题的关键。"

建立一种新的农民乃至乡村的主体性。相反，以经济理性与改革逻辑为表征的现代知识，对大多数农民的情感结构以及整个传统乡村秩序结构造成了巨大的冲击。因此，我们可以看到，20世纪80年代早期的乡村抒情并没有出现在80年代中后期的文学叙述乃至现实的乡村世界中，拥有着资本的"理性经济人"比如《腊月·正月》中的王才以及《送田》中的周锡林，已成为乡村世界的话语体系和规则的制定者，身处其中的农民已无法完全掌握自己生活。正因为主体性的丧失，自90年代以来，已经很难用一个统一和具体的词汇来描述农民形象的特征，如果非要选择一个语词来形容此时期的农民，大概只有"迷惘"较为贴切。某种意义上，迷惘的状态也同样是90年代以来的中国农民在面对现代化进程和快速发展的社会经济所正在经历、也必须经历的心理阶段。

"迷惘"的农民，在90年代以来的文学叙述中，可表现为多种形态，比如被资本左右的农民、变身为女同性恋的农民、虽无用却守护着村庄的农民等。写作者一方面通过这些农民形象，呈现了现代化进程中农民乃至乡村所陷入的迷惘状态；另一方面，写作者也将这些迷惘的农民形象当作一种符号，寄托了他们对中国现代化转型与农民之间冲突的理解、对新时期语境下农民困境的反映，以及对于农民主体性的想象与思考。如此一来，90年代的文学写作者如何以不同方式叙述迷惘的农民，而这些农民昭示着怎样的文学和文化意义，便成为本章关注的重点。对此，有几篇作品值得被重新讨论：王润滋的《内当家》、卢万成的《内当家之死》、陈应松的《野猫湖》、迟子建的《花牤子的春天》，以及徐广慧的《寂寞的村庄》。卢万成的《内当家之死》创作于90年代初，作为对王润滋《内当家》的续写，宣告了王润滋在《内当家》中试图和解经济发展与农民当家作主的矛盾的失败。从《内当家》到《内当家之死》，我们可以看到一位曾经翻身做主人的农民李秋兰，在被发展逻辑控制之下的乡村世界中如何丧失自身的主体性。陈应松的《野猫湖》则让我们看到传统的乡村女性香儿如何一步步变成女同性恋，从而凸显了农民的无助、空虚和迷惘，并进一步呈现了现代化逻辑之下，新的乡村权力结构如何使农民乃至整个乡村世界陷入一种新的压迫结构之中。《花牤子的春天》与《寂寞的村庄》则以另一种特殊的农民形象——作为无用之人的乡村守护者——呈现出现代性对于乡村传统伦理的冲击，同时也书写了农民的困惑。

第一节 "客随主便"到"主随客便"：从"内当家"到"内当家之死"

从20世纪80年代中期开始，对于现代化的呼声席卷了整个中国社会。而且，这样的一种现代化，逐渐被完全纳入西方的现代化逻辑之中，经济发展或经济效益成为现代化发展的核心要义。即便如此，80年代人们对于自身内在包含的经济发展和社会主义理想之间的矛盾一直存在着争论和担忧。直到90年代，过去的争论和纠缠已不复存在，改革和经济的发展取得了最大的合法性，尤其是经济发展成为"发展"的关键甚至唯一目的。毫无疑问，这让中国的经济水平得到了极大的提高，使现代化急速推进。但是在这个过程中，平等、尊严、公平等价值观逐渐褪色。正如有的学者所言："社会主义已经不再具有与资本主义对抗的政治色彩……现代则是认可资本主义的逻辑，追求发展成为中国的基本目标……发展开始成为发展的自身，成为最大的意识形态，也成为社会主义'卡理斯玛'解魅之后'合法性'的最重要来源。"[①] 对于这样的一个处于转折时期的90年代，卢万成1991年创作的《内当家之死》做了很好的诠释。

卢万成以一个传统乡村女性在90年代初的遭遇，呈现了现代化给乡村带来的冲击和变化，以及农民在这一现代化过程中因主体地位的逐渐丧失而产生的困惑与迷茫。正如小说的编者按所写："弹指十年间过去了，社会生活发生了急剧的变化。商品经济的大潮，冲击着社

---

① 刘复生：《历史的浮桥——世纪之交的"主旋律"小说研究》，河南大学出版社2005年版，第47页。

会的每一个角落,同时也震撼着每一个人的心灵。小说主人公李秋兰自然也不例外。在商品经济的冲击下,人们长期以来所形成的信仰、理性、道德等价值观念无不受到深刻的震撼。在这种震撼面前,人们表现出前所未有的困惑。"[1] 毫无疑问,农民与城市现代化在20世纪90年代以来越发激烈的冲突,某种程度上是对于90年代中国的现代化转型所面临问题的一种极具代表性的呈现。当然,正如前几章所谈到的,90年代的城镇化进程或乡土中国的现代化转型所出现的问题,其起源性早已存在于80年代。所以当我们将《内当家之死》作为一个触及了城镇化进程中农民的困惑及其主体性丧失的代表性文本来谈论时,必须同样对其前史展开讨论。因此,王润滋创作于1981年的《内当家》需要被纳入我们的分析视野内。正如卢万成本人所言,《内当家之死》是"循他人之路,免独创之苦"的作品,言下之意,它正是对于王润滋《内当家》的续写。王润滋的《内当家》,讲述的是乡村女性李秋兰因"土改"翻身做了主人,并以主人的身份,不计前嫌欢迎曾经的老地主刘金锁回归家乡的故事。所以在此意义上,这篇小说被视为"响应国家政治号召的创作,一方面是要求阶级斗争的和解或者说呼吁安定团结,一方面则强调大规模阶级斗争结束后,国家、社会将重点转移到经济发展领域"。[2] 但是,老地主刘金锁与翻身做主的农民李秋兰的冲突在小说中并没有被完全展开,尤其是作为资本家的刘金锁对传统乡村秩序的破坏、损害甚至剥夺以李秋兰为代表的农民的利益,这在小说中并没有被过多涉及。换言之,经济发展与社会主义理想、现代化进程与农民的冲突貌似在小说中得到了和解,但这种和解显然只是暂时的。而卢万成的《内当家之死》便是对这种和解无法长久的具体呈现。若是以《内当家》之中的李秋兰为参照,对《内当家之死》中的李秋兰形象展开讨论,或许能够更为深刻地理解90年代以来的文学叙述中,农民形象所发生的变化,尤其农民面对改

---

[1] 卢万成:《内当家之死》,《时代文学》1991年第4期。
[2] 林凌:《大和解是否可能——从〈内当家〉到〈鲁班的子孙〉》,《现代中文学刊》2010年第5期。

革和现代化逻辑所产生的迷惘,从而帮助我们更好地思考中国的现代化和城镇化,以及在此过程中,中国农民重构自身主体性的困难。与此同时,也能够帮助我们以一种历史性的视角去理解在以《内当家之死》为代表的文学写作之后,尤其是21世纪以来出现的其他迷惘的农民形象及相关作品。

一 卓然独立的李秋兰与惹人怜悯的刘金贵:《内当家》的和解企图

正如《内当家》的题目本身所反映的,王润滋在小说中塑造的李秋兰这位女性形象,是家庭中当家做主的那个人,无论是家中的大小事,她都能做主。如小说开篇所述:"锁成老汉六十岁了,一辈子心眼儿窄巴,经不住个大事儿。会计账上,他家的户主姓名写的是李秋兰,他老婆,连领粮领钱用的手戳都是……除此之外,柴米油盐、鸡鸭猪狗,大小事儿不管。"[①] 锁成老汉落得自在清闲,而李秋兰也乐意为家庭出谋划策,甚至能在关键时刻力挽狂澜。而李秋兰之所以能成为内当家,拥有为自己做主的能力和权力,显然得益于"土改",土改使她从地主家的长工翻身成为土地的主人。同时也和80年代农村改革初期,农民再次拥有了自己种地养活自己并有权决定自己生活的权力有关。在此意义上,王润滋对于李秋兰故事的讲述,与80年代早期的小生产者的梦想的叙述,具有某种重构性。但是,与80年代早期围绕小生产者所建构的仿佛不受任何外力侵袭的自足性的日常生活空间有所不同的是,《内当家》经由翻身做主的李秋兰所构建和讲述的故事,暴露了某种矛盾和冲突,这种矛盾和冲突会根本上终结李秋兰的主人翁地位,或者说彻底解构李秋兰作为一个农民的主体性。但是,王润滋在小说的文本内部制造了一种皆大欢喜的局面,暂时性地和解了文本内部已初见端倪的矛盾和冲突。

---

① 王润滋:《内当家》,《人民文学》1981年第3期。

《内当家》存在的冲突矛盾,主要通过地主刘金贵的归来而呈现出来。刘金贵在旧社会时期,是雇佣李秋兰的地主,并且曾经对其施行了残酷的欺压。而在土改之后,李秋兰获得了土地,不仅如此,还分到了刘金贵的房屋。更为重要的是,她由此获得了做人的尊严。但是时过境迁,刘金贵回来了,想看看曾经属于自己的但如今属于李秋兰的房子。这个曾经被打倒的地主刘金贵,还受到了县领导的拥戴。正如锁成老汉所说:"来看地场,说是要在咱家给刘金贵接风哩。哦,对了,会计室门前还停辆大汽车,软和椅子、花地毯、木头炕(床)……装得冒尖儿,比刘金贵当年还势派着呢。"① 不仅如此,县政府办公室孙主任,还特别要求李秋兰将正在打的井填平:"填!要不这像个什么样子?乱七八糟!再说,也得注意国际影响嘛!人家外国哪有这么落后的打井法?传出去,要给咱们中国人丢脸的!"② 然后他又指责李秋兰:"李秋兰同志,你有朴素的阶级感情,这很好嘛!可也不能抱着旧有的农民意识不放呀!刘金贵先生现在是爱国华侨,为了搞四个现代化……"③ 通过孙主任的叙述,可以看出刘金贵之所以能够再次"翻身",从而受到尊重和敬仰,是因为他身份上的变化:重新归来的刘金贵已经不是地主,而是一个"爱国华侨"。刘金贵已经从一位被打倒的地主,摇身成为一位有着海外背景的爱国人士。新的身份背后有着怎样的含义,王润滋虽没有道明,却是显而易见的。现如今的刘金贵无论在经济还是文化上,都拥有了较高的地位,这才是以孙主任为代表的人群对其刮目相看、毕恭毕敬的根本原因。80年代的中国现代化进程,越来越遵循西方的现代化理论,甚至开始以西方马首是瞻。

事实上,在《内当家》中,农村女性李秋兰曾以卓然独立的姿态出现。当孙主任出现在李秋兰的家中时,李秋兰显得异常强硬,并宣示了自己的主权:"找谁?……俺这屋里没主儿!……要是有主儿,

---

① 王润滋:《内当家》,《人民文学》1981年第3期。
② 王润滋:《内当家》,《人民文学》1981年第3期。
③ 王润滋:《内当家》,《人民文学》1981年第3期。

第四章 "迷惘"的农民:抒情的消逝与农民主体性的解构

进门来得通个名报个姓呀!俺没见这号人,踩着人家的门槛,管着人家的事儿,还没个商量!这家,你当?俺当?唵。"①不仅如此,她还公然批评了孙主任"崇洋媚外":"可你,孙主任,你嫌俺院里脏。住家过日子,能没鸡鸭屎鸭浆?能没砖头瓦块?叫俺把井填了,为的啥?不就为了刘金贵回来走一趟,看一眼?……进俺家这个门来,就得服俺家的规矩。就这话!……"② 最终,李秋兰丝毫未向孙主任妥协,当孙主任将各种现代高级家具不由分说地搬进李秋兰的家中时,李秋兰当着所有人的面,吆喝着开始打井放炮,全村回响起"放炮啰"的吆喝声。当炮声响起,李秋兰默默地流下眼泪。李秋兰以这一声巨大的炮响,再次宣告了自己不容动摇的主权和地位。某种意义上,打井的炮声响起也象征着现代经济发展逻辑与乡村秩序结构之间矛盾的展开,这一矛盾通过李秋兰与孙主任之间就是否填平井而产生的冲突呈现出来。在这一冲突中,李秋兰获得了暂时性的胜利,使其卓然独立的主体地位脱颖而出,但是这样的一种以一方压倒另一方的主体性地位,与20世纪80年代初期的改革话语(一方面要求停止阶级斗争,保持安定团结,另一方面要求经济发展)并不一致。因此,王润滋在接下来的叙述中,让我们看到了李秋兰理解和宽容的一面,以及刘金贵令人忍不住同情的另一面,这才是《内当家》中和解的真正开始。

在李秋兰与孙主任面红耳赤的针锋相对之后,王润滋制造了一幅近乎温情脉脉的重逢画面。当得知第二日将与曾经对自己百般欺压的东家再次相见时,李秋兰竟然对他有了一丝同情和怜悯:"故土难离啊!走那年,有人见他还偷着抹泪呢!也可怜见的……当初归当初,现在归现在。"③不仅如此,她还特意让儿子新槐去准备一些刘金贵过去爱吃的食物:"你骑车子上东庄割肉,不要那白肉膘子,要红肉枣

---

① 王润滋:《内当家》,《人民文学》1981年第3期。
② 王润滋:《内当家》,《人民文学》1981年第3期。
③ 王润滋:《内当家》,《人民文学》1981年第3期。

儿，今儿晌午包发面包子，他爱吃这口儿。"① 言语之中仿佛在等待一位远方归来的亲人。当代表经济强权的刘金贵再次出现时，他表现出了"孱弱"的另一面："来了！在一群围观的孩子前面，颤巍巍地走来一个瘦小的老头。是他么，当年威风凛凛的东家？老成这个样子了！头秃得连白头发都没几根了，眉毛也差不多脱光了。嘴瘪得像个老太婆，脸上是生满老人斑点。他躬着腰，拄着拐杖，腿脚磕磕绊绊的，很不灵便了……"② 这一段对于刘金贵出场的描述，通过李秋兰的视角呈现出来，隐含了李秋兰对于刘金贵的宽恕和怜悯，此刻的李秋兰显然已不再是那个锋芒毕露维护自己主权的李秋兰，反而充满了不着边际的温情。而当刘金贵再次见到刘秋兰时，也流露出了真诚的喜悦："秋兰姑娘么？我没认错人吧！能活着见到你，见到家，我真高兴，真高兴……"③ 而李秋兰，竟然为这一席话语而动容，流出了眼泪，像面对久别重逢的朋友，她热情地邀请刘金贵进家门坐一坐，并请他喝了一勺刚接上来的井水。面对热情的李秋兰，刘金贵有一些受宠若惊，当他大口大口喝着井水："只见浑浊的老泪夺眶而出，大串大串地落进水中，又咕咚咕咚吞进肚里去了……"④ 于是我们看到，李秋兰对于刘金贵过往的仇恨仿佛不复存在，这显然与故事开始时，得知刘金贵要回来看老屋时，与孙主任之间产生剧烈冲突的那个强硬的李秋兰有了天壤之别。而在此前的叙述中，备受敬仰的爱国华侨刘金贵，此时此刻竟令人心生同情和怜悯。实际上，李秋兰对于刘金贵的理解与宽容，同样是建立在自身坚定的主体性之上，正如当她将井水递给受宠若惊甚至不敢接受的刘金贵时所说："喝吧！俺喝的日子挺长哩！"因为在她看来，她是井水的主人，而刘金贵是客。正因为如此，在李秋兰的视角中，刘金贵多了几分孱弱与可怜，与孙主任所敬仰和极力巴结讨好的那位爱国华侨相去甚远。这样的情节设计，显然是王

---

① 王润滋：《内当家》，《人民文学》1981年第3期。
② 王润滋：《内当家》，《人民文学》1981年第3期。
③ 王润滋：《内当家》，《人民文学》1981年第3期。
④ 王润滋：《内当家》，《人民文学》1981年第3期。

润滋有意为之，他试图通过赋予李秋兰宽容、理解的一面，以及呈现爱国华侨需要被"怜悯"的一面，从而和解李秋兰与刘金贵之间的矛盾——不仅是李秋兰曾经因为被刘金贵剥削而产生的仇恨，更是李秋兰作为农民的主体性与刘金贵由经济实力所建构的强势地位之间的冲突，借此表明，现代经济的发展与小农的生存逻辑乃至传统乡村秩序结构可并行不悖。正是在此意义上，《内当家》与20世纪80年代初期大多数关于乡村与农民的文学叙述一样，其实是在为乡村的改革给出一种合理性解释。

如果说李秋兰的转变，显得有些突兀和牵强，那么接下来王润滋通过一个中介人物老支书，将这种转变实现了很好的过渡。通过老支书对于李秋兰的劝说，我们能更清楚地看到王润滋和解的企图，我们甚至可以说，老支书的观点在一定程度上等同于作者王润滋的观点。老支书一方面是作为共产党的代表而出现的，面对李秋兰以及锁成老汉对于党的疑惑："他大伯，真的要变天吗？……这年头又该有钱有势的人打腰啰！"[①] 老支书给出了肯定的答复，从而为共产党正言，他告诉李秋兰像孙主任这样顶着共产党的名义不为老百姓办事的干部，他们说的话和做的事情，都不能够记在共产党的账上。另一方面，老支书又是作为传统乡村的村长而出现的，他所拥有的权威显然不只是来自革命中国赋予他的身份，还来自传统的乡里空间，来自农民对他长久以来的信任。所以在对李秋兰进行劝说时，老支书还征用了另一套源自传统伦理道德的话语，并上升至情感层面："你想想，土改多少年了，还压着人家，管制人家，拿人家当敌人待，说骂就骂，说斗就斗，不公道呀！……人家也有儿女，一茬接一茬，一辈传一辈，还能辈辈世世把人家踩在脚下。"[②] 不仅如此，老支书还将这种"情感说服"上升至爱国层面："就说刘金贵吧，他爱国，是个中国人哪……"[③] 由此，老支书让李秋兰看到刘金贵本人虽曾是地主，但现在和李秋兰

---

① 王润滋：《内当家》，《人民文学》1981年第3期。
② 王润滋：《内当家》，《人民文学》1981年第3期。
③ 王润滋：《内当家》，《人民文学》1981年第3期。

以及大多数群众一样，是一位有着朴素的爱国情怀的可怜老人。本来就有着一颗纯朴善良之心的李秋兰，很快被老支书说服，立即向其表明态度："俺李秋兰还有副中国人的心肝，俺不会给共产党丢人现眼！也告诉刘金贵，俺请他……回来！"① 因为有如此煽情式的说服，便有了故事结尾"温情脉脉"的一幕，刘金贵用颤抖着的手，接住了李秋兰为他舀的井水："大口大口地喝着。只见浑浊的老泪夺眶而出，大串大串地落进水里，又咕咚咕咚吞进肚里去了……内当家鼻子一酸，急忙把脸扭到一边……"② 至此，王润滋笔下的李秋兰显得卓然独立，而归来的刘金贵，也似乎全然没有了作为地主时的压迫感。时过境迁，贫农和地主不仅化干戈为玉帛，竟还有了惺惺相惜之感。

但是正如王润滋坦言："我做小说向来都有鲜明的思想倾向，苦恼的是多数篇目都表现得直露而浅薄……《内当家》的思想倾向也是明显的。"③《内当家》中对于李秋兰与刘金贵的和解的想象与叙述，其目的显然在于化解小说中由李秋兰与孙主任的冲突所显露的矛盾，即现代经济发展与传统的乡村文化、伦理、价值观念之间的冲突。但是，即便有老书记的出场，王润滋的和解企图和化解矛盾的方式仍难免显得有些"直露而浅薄"。"老地主回来帮助发展经济，是否必然带回老地主在经济或者生产上的逻辑，以及随即可能出现的剥削，新的不平等的产生等诸多问题，我们不得而知。"④ 这其实是个难题，王润滋对此没有展开。但是，不展开，或者说简单化的和解，并不能使难题本身消失。⑤ 当时间迈入20世纪90年代，当历史语境再次发生巨大的

---

① 王润滋：《内当家》，《人民文学》1981年第3期。
② 王润滋：《内当家》，《人民文学》1981年第3期。
③ 王润滋：《从〈鲁班的子孙〉谈起——在一次座谈会上的发言》，《山东文学》1984年第11期。
④ 林凌：《大和解是否可能——从〈内当家〉到〈鲁班的子孙〉》，《现代中文学刊》2010年第5期。
⑤ 实际上，王润滋在写于1984年的《鲁班的子孙》中，再次触及了《内当家》中所试图"和解"的矛盾。《鲁班的子孙》通过代表着集体主义良心的老木匠与被城市化改造的小木匠之间的冲突，发现了与改革的表面进程不相协调的东西。相比于《内当家》将主要篇幅聚焦于李秋兰与刘金贵的和解，《鲁班的子孙》往前更进了一步，通过铺陈老木匠和小木匠的冲突，让具体的问题浮出水面：改革或经济的发展与社会主义理想能否兼而有之？但是，王润滋（转下页）

变化时，与其说这一难题在卢万成《内当家之死》中被重新提及和展开，毋宁说《内当家之死》宣告了王润滋和解企图的彻底失败。

二 资本压迫下的李秋兰：刘金贵的回归及其话语权的确立

卢万成的《内当家之死》是在王润滋的《内当家》发表十年之后，重新讲述了农民李秋兰的故事。作为《内当家》的续写，卢万成完全颠覆了王润滋在《内当家》中对李秋兰这一农民形象的塑造，借此宣告了王润滋和解企图的失败。因此，《内当家之死》在当时的评论界曾遭到批评，如燕子在《什么思想倾向》中认为："《内当家之死》把'批评的矛头'指向改革开放，指向十一届三中全会以来的党的路线、方针和政策。"[①] 不可否认，1978年12月18日召开的十一届三中全会，决定停止使用"以阶级斗争为纲"的口号，将工作重心转移到社会主义现代化建设上来，从而有效地发展了现代经济。因而到20世纪90年代，中国的现代化建设达到了一定的水平，社会经济情况也得到了较好的发展。但同时也必须承认，经济效益已然成为现代化建设的核心，甚至唯一追求的目标。于是，从90年代开始，虽然不能用资本主义来对这个时代进行描述，但是资本或经济实力，越来越成为衡量一个人乃至整个社会、国家是否成功的唯一标准。所以，党的十一届三中全会以来，当国家、社会将重点转移到经济建设上时，也产生了许多新的问题，这必然会对农民乃至整个乡村世界造成冲击。对此，《内当家之死》有着敏锐的感知，并将这些问题通过文学的方式反映了出来。那么卢万成如何呈现经济发展所带来的问题呢？又是如何颠覆《内当

（接上页）的叙述仍然有着一定的局限性，他最终将《鲁班的子孙》叙述成了一个关于良心/道德的故事。因此，故事以小木匠在老木匠所代表的传统道德压力面前不得不再次离开了黄家沟，老木匠坚信小木匠一定会回到黄家沟作为结束。对于一些敏感却又极为重要的问题和概念，比如小木匠按照市场逻辑经营木匠铺会不会产生剥削，王润滋并没有涉及。但是，改革和发展这两个概念一定会引发剥削的出现。而未来其实显而易见，接受过城市训练的小木匠一定不会再回到黄家沟，因为离开了黄家沟，他能够活得更好。

① 转引自傅金祥《〈内当家之死〉并非人为设定——与燕子同志商榷》，《滨州师专学报》1993年第3期。

家》中李秋兰的形象，以此宣告王润滋和解企图的无效的呢？

《内当家之死》对于李秋兰命运的改写，是经由对另一个人物形象刘金贵的改写得以实现。如果说《内当家》中的刘金贵，最终是以一个步履蹒跚、和蔼可亲、令人心生怜悯之情的爱国老人的形象出现的话，那么《内当家之死》中的刘金贵，从头至尾都是一个受人敬仰的资本家。《内当家之死》中，刘金贵最突出的特质便是经济实力雄厚。他所拥有的经济实力，是使他能够再次回到自己的家乡、被大多数人接受和认可，并受到众人尊重甚至阿谀奉承的根本原因。归来后的刘金贵在村中合作办了一个企业——东华塑料联合有限公司，刘金贵兼董事长和总经理，孙县长兼副董事长。该合资企业"计划年创汇四十万美元，一年赶咱村五年挣的。厂子建起来能养三百来工人"，[①]而在此之前，刘金贵还出资在村中建了一所小学。不仅如此，他还帮忙为孙主任的儿子办理了出国。由此可见刘金贵的神通广大。正因为如此，大家都希望能仰仗于他，因而顺从于他："他捐了钱，爱国。几百口子指望他过。过去是仇，如今是情。"[②] 于是我们看到，东华塑料联合有限公司挂牌成立典礼的地址，特意选在了当年刘金贵被批斗的地方。这一设计可谓意味深长，让我们看到刘金贵的地位和身份今时不同往日，在政治上和经济上获得了绝对的合法性。刘金贵的地位，也同样经由"华侨小学"的重新命名而显现，老支书在位时，刘金贵捐资创办的小学名字叫华侨小学，当老支书下台，国有上台当了支书后，华侨小学立马更名为"金贵小学"。以个人名字被重新命名的方式，某种意义上象征着刘金贵权威的确立，他甚至成为村庄命运的掌控者。当然，不可否认，刘金贵办的厂如果建起来，可以解决三百多个农民的工作问题，同时也能给村庄带来经济效益，这对于此时期种地、卖粮再次陷入困境甚至难以解决温饱的农民而言，显然是至关重要的。事实上，当1984年国家的经济重心转移至城市之后，农民收入出现徘徊甚至负增长，乡镇企业一度成为农民收入的重要来源。也正

---

① 卢万成：《内当家之死》，《时代文学》1991年第4期。
② 卢万成：《内当家之死》，《时代文学》1991年第4期。

第四章 "迷惘"的农民:抒情的消逝与农民主体性的解构

如孙县长所言:"我们有个基本的信念,就是只有社会主义能够救中国。而我们的国家很穷,需要的是投资。"① 经由这样一个转折,可见此时发展经济和资本本身的重要性。

但有意思的是,在整篇小说中,对于刘金贵的直接描写并不多,或者说刘金贵本人极少出现在小说中。其重要性和关键地位,大多时候经由孙县长的表述而呈现。孙县长不断强调:"刘老先生为我们做出这么大的贡献,从未向我们提过任何条件,但我们今年接触较多……几次谈到房子时他都充满了感情……我可以向你保证,刘金贵从没提一个字。从另一角度考虑,我们还等人家提吗?在搞好投资环境,扩大影响吸引外资方面我们主动做了哪些工作呢?我们还有哪些工作需要及时的补充上去?县政府专门做了调查,刘先生在日本的产业价值八百万美元,他的投资潜力还很大。有些条件不要等人家提出来,对不对?……话要说到这儿,就不能不提房子……"② 通过这种侧面呈现的方式,刘金贵俨然成为强大的"缺席的在场者",其权威地位显然更为突出。甚至可以毫不夸张地说,在此语境之下的李秋兰,已然进入了刘金贵或以其为表征的资本的控制之下,她所处的乡村世界,与20世纪80年代初期的小生产者所生活的自足性的乡村空间已经有着天壤之别。也正因为刘金贵的重要性以及他给村庄带来以及可能带来的经济效益,以孙县长为代表的县领导,试图最大限度地满足刘金贵的诉求,即将刘金贵"土改"时期被划归李秋兰的房子,重新归还刘金贵。于是,与《内当家》中一样,《内当家之死》也将再次涉及劝说的问题,即如何劝服李秋兰接受必须将房屋还给刘金贵这一事实。

卢万成对于劝说情节的设置与王润滋几乎是一样的,即通过孙县长与支书国有进行劝服。无论是在《内当家》中,还是在《内当家之死》中,孙县长(《内当家》中的孙主任)对于李秋兰的劝服均毫无效果,最终的结果都只是导致了激烈的冲突并不欢而散。所以,无论

---

① 卢万成:《内当家之死》,《时代文学》1991年第4期。
② 卢万成:《内当家之死》,《时代文学》1991年第4期。

是在哪一篇小说中，孙县长都不是合格的劝说者。在《内当家之死》中，真正意义上的劝说者是国有书记。国有书记相当于《内当家》中的关键人物老支书，但是国有与老支书截然不同。国有作为年轻有为的新书记，接受过现代知识，尤其是资本逻辑与现代官场规则训练。正如"聪明"的国有刚一上台，就拉起个厂子来。第二件事是把华侨小学改为金贵小学。"刘金贵很快领悟到这层意思，于是再次捐车一辆……去年的秋天刘金贵邀国有和孙县长去日本考察，后来就筹措合资办成……"① 所以国有的劝说方式必然与老支书大相径庭。一方面，国有对于熟人社会的人情关系了然于心，所以事先借李秋兰儿子新槐之口，试图劝说李秋兰放弃房子，而不是由自己直接对李秋兰挑明，这相当于为他后来的劝说工作做好铺垫；另一方面，当国有与孙县长共同出现在李秋兰家中时，国有的劝说则变得较为直接："大娘，现在的事离开钱，你就玩不转，为这场子，孙县长没少跑腿。考察、立项……刘金贵一旦撤走股份，咱他妈还办个球厂子！我体会刘金贵的心情是恋乡，还有个年头赎罪买名，衣锦还乡嘛，把丢掉的面子挽回来，这些，咱都满足他。"② 显而易见，国有遵循的完全是市场化的逻辑，他在意的只是利益的交换，所以在国有看来，李秋兰的房子必须归还刘金贵。虽然同为支书，但国有与老支书有了本质上的不同，也正因为如此，他对李秋兰的劝说也并没有成功，反倒令李秋兰觉得恶心："你都满足他什么？你满足得了嘛？他要抽了你的龙骨，他想变了你的天下你都满足？"③ 其言下之意无论怎样她都不会完全依从于资本。但不可否认，李秋兰所不能接受的东西，其实已然成为了事实。

换言之，当刘金贵回到乡村世界时，他凭借自己的经济地位以及为村民所带来的经济效益，摇身一变成为了乡村世界的立法者。甚至在无形中建立起了属于他的权力集团：孙县长、国有书记，甚至是新槐，都已经成为这个权力集团中的一员，他们为了获得各自的利益，

---

① 卢万成：《内当家之死》，《时代文学》1991年第4期。
② 卢万成：《内当家之死》，《时代文学》1991年第4期。
③ 卢万成：《内当家之死》，《时代文学》1991年第4期。

就必然要做出妥协，而妥协的方式之一，满足刘金贵的需求，劝说李秋兰将房子归还给刘金贵。而原本拥有主体地位的李秋兰，显然不愿意进入刘金贵的权力集团，更不愿妥协地将房子还给刘金贵。但是，刘金贵权威地位的确立，以及以孙县长、国有、新槐等人对刘金贵所代表的资本和资本逻辑的认同，显然已经使得曾卓然独立的李秋兰和整个乡村世界陷入资本逻辑的泥淖之中。相比于孙县长、国有等人对刘金贵的认同，李秋兰显然更多的是无奈与迷茫。而对于这种无奈与迷茫的呈现，也正是卢万成这篇现实主义作品最为可贵的地方。

三 迷茫的李秋兰：主体性的抗争与失败

如果说《内当家》中王润滋通过将刘金贵塑造成一个孱弱的、令人心生怜悯的爱国老人，通过李秋兰的理解与宽容，因此反而凸显了她自身的主体地位的话，那么在《内当家之死》中，卢万成完全颠覆了王润滋的叙述方式，他将刘金贵塑造成一位凭借着强大的经济实力树立了自身权威的资本家，并一步步刻画李秋兰的主体性丧失的过程。曾经卓然独立的李秋兰，陷入迷茫中难以自拔，最终郁郁而终。迷茫的李秋兰，某种意义上揭示了中国现代化进程中，自成体系的乡村世界与自给自足、当家作主的农民所面临的冲击，也因为如此，此时的李秋兰相比于《内当家》中与刘金贵和解的那个李秋兰，更具有了某种复杂性。所以，《内当家之死》中的李秋兰形象及其叙述，并非如某些评论所认为的是对改革开放乃至十一届三中全会以来的党的路线、方针和政策的批判。实际上，"李秋兰的悲剧是社会变革中老一代农民迷惘、困惑的悲剧……写出了生活变迁中老一代农民的心理轨迹，展示其灵魂深处的微波巨澜，在揭示生活总体趋势的同时，艺术地再现了变革现实的艰难与阻力，是生活赋予作家的权利与义务"，[1] 在这个意义上，卢万成笔下的李秋兰相比于王润滋笔下的李秋兰也显得更

---

[1] 傅金祥：《〈内当家之死〉并非人为设定——与燕子同志商榷》，《滨州师专学报》1993年第3期。

加真实。事实上，与其纠结于李秋兰这个人物形象及是否"人为设定"，重新思考和理解《内当家之死》中李秋兰的迷茫及其反映的问题，似乎才是更重要的。

在《内当家之死》中，李秋兰也曾一度保持了强硬的独立姿态。当得知孙县长希望她保持房子的原貌，并将房子归还刘金贵时，李秋兰仍然坚持对房屋进行修缮，且特意将工程提前。当孙县长和国有来到她家中时，李秋兰和十年前一样，丝毫不畏惧孙县长的权力。当孙县长谈及刘金贵是客、李秋兰作为主人应该"好脸好面，礼尚往来"时，内当家毫不留情地反驳道："孙县长的话我咂巴咂巴半天才咂巴出个味来——主随客变，变来变去是干什么？指望人家摔俩钱咱花！下做呀！"① 最后，李秋兰坚定地表明了自己的态度："这房子，扯我心肝系子啊！要我的老命，也割舍不得，割舍不得！"② 这一关于李秋兰坚持要修缮房屋并且拒绝将房子归还给刘金贵的情节，卢万成和王润滋的叙述在某种程度上是一样的，两者都包含着农民对主体性的抗争和坚守。但是，在卢万成的叙述中，李秋兰提前开工修缮房屋，后来遭遇了政治力量的阻碍，国有书记通知李秋兰请的工人不准为她家出工。不仅如此，在与孙县长进行了激烈的争辩和冲突之后，她便一病不起，甚至在迷茫中走向了生命的尽头。也就是说，卢万成笔下的李秋兰在历史的变动和时代的变革中，经历了从独立到迷茫的过程，这一人物形象也因此而显得更厚重和复杂。

与李秋兰的迷茫息息相关的便是她的房子，而她个人对于主体性的抗争也都是围绕房子展开的。房子对于李秋兰而言，与其说是栖身之所，不如说是一个重要的符号。通过这个符号，读者可以看到李秋兰所拥有的主体性如何一步步丧失，以及她如何逐渐陷入迷惘与绝望。"这老屋旧房，我看着也不起眼了，可这栋房咋会成我的？他刘金贵绫罗绸缎，我一个讨饭丫头？十冬腊月，天寒地冻，谁给我一片瓦？谁给我一丝棉？做梦我都不敢想这栋房，老辈祖宗想都不敢

---

① 卢万成：《内当家之死》，《时代文学》1991年第4期。
② 卢万成：《内当家之死》，《时代文学》1991年第4期。

第四章 "迷惘"的农民：抒情的消逝与农民主体性的解构 ❖❖❖

想的，偏偏摊到我名下了，谁给的？你们说呀？谁给的？共产党、毛主席给的！……内当家说到这鼻子一酸……这房子，扯我心肝系子啊！要我的老命，也割舍不得、割舍不得……从今往后，你们看着办！多咱天安门上那面旗子扯下来，升上青天白日旗，走到那一步上，不用诸位说，我立时倒房子，立时就倒，不讲价钱！"①李秋兰这段愤怒中夹杂着感伤的"演说"，包含着两个层面的意思：一方面，房子象征着李秋兰的尊严，因为有了这房子，她有了庇护之所，乃至有了做人的尊严。同时，房子原来属于对她极尽所能进行欺压的人，而现在反过来归她所有，这种反转本身就象征着李秋兰从此"翻身做了主人"，获得了主体性。另一方面，如李秋兰所说，她对房子的坚守，其实根源于对社会主义理想的怀念和坚守。房子、尊严、主体性的获得源自共产党，源自毛主席。换言之，因为"土改"而翻身的李秋兰，所遵循和认同的是社会主义的经典话语："对发展的追求一直是毛泽东的现代性方案的内在品质之一，但是在社会主义的经典话语表述中它只是达到更高乌托邦理想目标的权宜手段，而且这套话语实际上也是把国内的平等理想（消除三大差别）与解放全球、人类大同的普世主义作为自己的根本诉求。"②所以，在李秋兰的理解中，人的尊严和自我，应当始终放在第一位，经济发展的最终目的是提升人们的生活水平，并且使人活得更有尊严。如果做不到，那还不如挨穷。正如她对国有的劝说："听大娘句话，穷不当官，就怕狗孙，连志气也丢了……吃人家的嘴短，拿人家的手短，放屁也不硬气。"③

但是从20世纪90年代以来，"对发展的追求已经衍生到发展主义，发展开始成为发展的目的自身，成为最大的意识形态，也成为社会主义'卡里斯玛'解魅之后'合法性'的最重要来源"④，对此，

---

① 卢万成：《内当家之死》，《时代文学》1991年第4期。
② 刘复生：《历史的浮桥——"世纪之交"主旋律小说研究》，河南大学出版社2005年版，第47页。
③ 卢万成：《内当家之死》，《时代文学》1991年第4期。
④ 刘复生：《历史的浮桥——"世纪之交"主旋律小说研究》，河南大学出版社2005年版，第48页。

孙县长与国有对于资本家刘金贵的马首是瞻就很充分地反映了这一点。在孙县长与国有书记的逻辑中，没有什么比发展经济更为重要的事。或者说，没有任何东西比资本或钱更值得被看中。如果说房子作为一个符号，在李秋兰这里象征一种农民当家作主的权利、代表社会主义理念中的尊严与平等的话，那么对于孙县长和国有书记而言，房子只是作为一种经济利益的交换筹码而存在，若将房子妥善处置好，能够赢得刘金贵的欢心，那么刘金贵则可能为他们带来更多的财富。换言之，通过房子这个媒介，我们可以看到孙县长、国有书记乃至整个乡村世界，对于掌握着资本的刘金贵的认同和看重，尤其是以孙县长为代表的群体对市场逻辑及其交易法则的认同。而孙县长、国有所追求和认同的市场逻辑，与李秋兰所坚守的社会主义理念之间产生了极大的冲突，这种冲突使李秋兰誓死也不愿意妥协，且陷入了迷茫之中。当李秋兰明白了孙县长的企图之后，"她觉得脑子乱哄哄的，有一团乱麻还没理得清，她被一个巨大的阴影罩住，左冲右突杀不出这重黑障。抓不着，看不清，拢不住，眼花缭乱，不好琢磨。但是她觉察到了，猛然间觉察到了！天是不是要变?！这一瞬间她面色蜡黄，端着茶杯的手簌簌发抖，当的一声落地，碎了"。①

由此可见，卢万成借李秋兰的迷茫，尤其是通过对李秋兰迷茫的根源的呈现，揭示了中国现代化进程中所产生的一系列问题："在政治经济学的空间内，'资本主义'成为普遍的、无法选择的必然。"②在这种普遍的、无法选择的必然中，农民乃至整个乡村首当其冲，成为被改造和被盘剥的对象。李秋兰切身体会到了这种被剥夺感，不仅是个人利益上遭受盘剥，这种被剥夺感更为深远地指向了主体地位的丧失。也就是说，从1981年王润滋的《内当家》到1991年的《内当家之死》中，我们可以看到原本卓然独立的内当家李秋兰，如何沦落为只能受人摆布、任人宰割的李秋兰，即便到生命的尽头，似乎也不

---

① 卢万成：《内当家之死》，《时代文学》1991年第4期。
② 林凌：《大和解是否可能——从〈内当家〉到〈鲁班的子孙〉》《现代中文学刊》2010年第5期。

第四章 "迷惘"的农民:抒情的消逝与农民主体性的解构

能明白为何世事会发生如此巨大的变化。正如卢万成的小说题目"内当家之死",他通过内当家的抗争、迷茫直到死亡,呈现了改革开放以来,伴随着经济的飞速发展,农民乃至整个乡村世界正面临着的危机,尤其是主体性的危机。①

也正因为如此,卢万成的《内当家之死》及其塑造的李秋兰形象,一度遭到了"把批判的矛头指向改革开放,指向十一届三中全会以来的党的路线、方针和政策"②的批评。事实上,卢万成既没有将李秋兰塑造成一个能够为改革确立合法性的"高大全"形象,也并没有完全站在李秋兰的视角上来展开叙述,通过阅读小说,我们也可以看到他对李秋兰狭隘的小农意识的批评。比如,李秋兰有着对自给自足式的生活的执念,难以接受新的事物,缺乏经济发展的大局观念,所以在某些方面会有一点偏执和极端,正如她面对孙县长所说:"从今往后,你们看着办!多咱天安门上那面旗子扯下来,升上青天白日旗,走到那一步上,不用诸位说,我立时倒房子,立时就倒,不讲价钱!"③李秋兰如此表述显然有些欠妥当和极端化。正如"李秋兰思想深处存有浓厚的小农意识,朴素的阶级感情限定了她的视野,她难以战胜'自我',超越旧有的观念,更难以在更高的层次上去追求富裕文明和社会进步"。④ 同时,在卢万成的叙述中,实际上也包含着他对于改革开放和现代化的认同,所以他对国有书记其实持有一定程度的肯定,正如在小说中尽管我们可以看到国有世俗功利的一面,但卢万成也会借李秋兰儿子新槐之口,说出国有敢拼敢闯和不顾自己的身体为村庄的经济做出的实际贡献:"那天外地一帮人来咱村喝酒,以为

---

① 在李秋兰的故事之后,即随着改革的推进,城市化进程的加剧,以及"民工潮"的到来,一种新的农民形象——农民工——开始出现。相比于仍处在乡村空间之中的农民,在城市中的农民工能够更好地诠释何为主体性的丧失。"城不城,乡不乡"的他们,永远只能游离在城市的边缘。这正是本书下一章要讨论的部分,在此不赘述。

② 转引自傅金祥《〈内当家之死〉并非人为设定——与燕子同志商榷》,《滨州师专学报》1993年第3期。

③ 卢万成:《内当家之死》,《时代文学》1991年第4期。

④ 傅金祥:《〈内当家之死〉并非人为设定——与燕子同志商榷》,《滨州师专学报》1993年第3期。

那是个简单事儿？你请得动吗？你寻思摆上酒菜就有人攥筷子动手？喝着酒谈经济，订单上是多少？一万套高档沙发，够咱这小厂干一年的。人家使手指着老白干说国有你把这瓶酒干出来我就在这合同上签字。国有说你只要签字我干两瓶……两瓶酒灌下去，事儿成了。这批货净挣多少？十二万。国有酒量有限，醉得大病一场。"① 不仅如此，在小说的结尾之处卢万成还提及，就连李秋兰也自己开始琢磨起孙县长的话，逐渐体悟到他所说的内容并不是一点道理没有。

所以，我们似乎也可以看到卢万成自己的困惑，或者经由卢万成并非泾渭分明的态度，我们可以看到改革进程中农民处境的复杂性。卢万成的困惑及其试图呈现出的农民现状的复杂性，使得其作品一定程度上摆脱了《内当家》简单化的处理方式。正如《内当家之死》的编者按提及的："在商品经济的冲击下，人们长期以来所形成的信仰、理性、道德等价值观念无不受到深刻的震撼。在这种震撼面前，人们表现出前所未有的困惑。"② 这种困惑不仅在李秋兰的故事中有所反映，也同样附着在处于这个时代的作者身上。这样的一种困惑也揭示出整个中国的现代化改革正在面临着的一种危机，而这种危机正如张旭东所言："在非西方世界，传统、信仰、价值，由于和资本主义不合拍，就陷入一种糟糕的非此即彼的选择：你要么留在过去，做一个中国人……要么跨过资本主义的门槛，做一个现代人，……无论如何，你不可能两者兼得。"③

综上所述，从《内当家》到《内当家之死》中李秋兰的变化，我们不仅可以看到王润滋企图和解经济发展与社会主义理想之间矛盾遭受的失败，还能看到中国农民如何在现代化进程中逐渐失去自身的主体地位，陷入迷惘和困惑之中。这种迷惘和困惑不仅因李秋兰对于主人地位的奋力抗争和最终失败而得以呈现，在20世纪90年代以来的文学叙述中，还会表现为其他形式，比如留守乡村的农民被迫成为同

---

① 卢万成：《内当家之死》，《时代文学》1991年第4期。
② 卢万成：《内当家之死》，《时代文学》1991年第4期。
③ 张旭东：《全球化时代的文化认同》，北京大学出版社2005年版，第34页。

性恋，以保证自身能够在乡村世界中生存，陈应松《野猫湖》所塑造的女同性恋香儿的故事就是一个十分典型的文本。

第二节　从农民到同性恋：新的权力结构的形成与性别乌托邦的失败

陈应松的《野猫湖》发表于 2011 年，讲述了乡村留守女性香儿，只身面对生活的困难和来自男性的欺侮，从而不得不成为女同性恋，并最终沦为杀夫凶手的故事。《野猫湖》的故事之所以如此令人震撼，很重要的一个方面在于，作为男性作家的陈应松，塑造了一个处于乡村底层、作为农民的女同性恋形象。同性恋的文学形象大多存在于外国文学和都市文学之中，且人物的身份多为知识分子，某种意义上，关于女同性恋的文学叙述甚至像一种精英式的写作。正如陈应松在回忆写作同性恋故事的原因时所说："李陀先生极力撺掇我把这个故事写下来，并且说这绝对是独一无二的。因为过去以为女同性恋只有知识女性才有的。其实哪儿都有，乡村留守女人更多。"[1] 与此同时，女同性恋这一文学题材，写作者也以女性作家居多。而陈应松之所以要创作一个女同性恋形象，一方面既是出于对农民的现实情况的考虑——中国现代化进程中，乡村传统秩序结构崩塌，农民遭遇了许多困难。陈应松坦言，《野猫湖》的女同性恋故事是真实存在的[2]；另一方面，陈应松又把女同性恋当作一个符号，寄托了自己对生活和世界的理解，以及对农村现状的批判与思考。因此《野猫湖》中的女同性恋香儿，具有了象征的意义。

---

[1] 陈应松：《真难写——中篇小说〈野猫湖〉创作谈》，陈应松的博客，http：//blog.sina.com.cn/s/blog_4f94c62d0100ph9x.html，2021 年 1 月 15 日。

[2] 蔡翔在《泉涸，相濡以沫——读陈应松中篇小说〈野猫湖〉》曾提及，《野猫湖》的故事是有原型的。"实际上，我最早听到这个故事，是在 2009 年的夏天，那一年，我到北京的清华大学参加一个会议，陈应松也在，晚上，我们坐在那里聊天，很多人，应松讲了一个故事，这个故事里有同性恋，也有谋杀。我不知道，应松是谦虚还是某种真的不自信，他说他不知道这个故事能不能变成小说，很多的人鼓励他……现在，这个故事变成了小说。"（《小说评论》2011 年第 1 期）而当真实的故事变成小说后，显然反映了作者对于真实故事中所涉及的问题：比如同性恋，比如谋杀的理解，从而寄托了陈应松对于与之相关的社会问题的思考。

换言之，陈应松的目的并不在于单纯讲述一个"女同性恋"的故事，正如他本人所言："乡村是一个巨大的社会心结。我让大家跟我一起走进那些乡野深处女人内心的动人挣扎与呻吟的同时，也希望大家能看到更为复杂的东西，更令我们保持清醒的东西。"① 所以，比之女同性恋故事本身，香儿究竟如何从一位留守女性变成了一个同性恋，似乎显得更加重要，这也是本文试图讨论的重点。通过陈应松的叙述，我们可以看到香儿成为同性恋，一定程度上是由于乡村空壳化导致的留守女性的生理需求无法满足。② 但是，当香儿成为同性恋的具体过程被铺展开来时，凸显出的问题显然不仅仅是现代化进程中农民面临的生理需求的困境，更为重要的是反映出了农民自身因为主体地位丧失所产生的困惑与迷惘。香儿困惑与迷惘的根源，在小说中则具体表现为新的权力结构的出现，以及由此产生的新的压迫。所以，对于《野猫湖》的讨论并不能仅仅停留于性或性别，而应当将其放置在现代化逻辑或城乡冲突之中，以更为宽广的视角来展开，从而探究女同性恋之于现实的象征性意义。陈应松本人也一直认为文学应当参与社会的进程："在中国，作为一个作家，是十分辛苦的，不说站在时代的前面，就是跟着时代跑，你还跑得气喘嘘嘘，上气不接下气。如果你不参与整个社会的进程，不与现实同步，谐振，你几乎无法创作……你只能在生活的外围，隔靴搔痒，你的作品无法进入到我们的社会深处，与时代形成了厚厚的隔膜。"③

---

① 陈应松：《真难写——〈野猫湖〉创作谈》，陈应松博客，http：//blog.sina.com.cn/s/blog_ 4f94c62d0100ph9x.html，2021 年 1 月 15 日。

② 梁鸿在《中国在梁庄》（江苏人民出版社 2010 年版，第 102—103 页）中曾提到梁庄中的"春梅"的故事。春梅因为丈夫长期不在家，又没有电话和信件无法与之联系，所以得了"花痴病"，最后竟自杀了。梁鸿认为，乡村人"已经训练出一套'压抑'自我的本领，性的问题，身体的问题，那是可以忽略不计的事情"，但是，"由于性的被压抑，乡村也出现了很多问题。乡村道德观已经处在崩溃的边缘，农民工通过自慰或嫖娼解决身体的需求，有的干脆在打工地另组建临时小家庭，由此产生了性病、重婚、私生子等多重社会问题；留在乡村的女性大多自我压抑，花痴、乱伦、同性恋等现象时有发生。这也为乡村的黑暗势力提供了土壤，有些地痞、流氓借此机会大肆骚扰女性，有的村干部拥有'三妻四妾'，妇女们为其争风吃醋，衍生出很多刑事案件"。

③ 陈应松：《真难写——中篇小说〈野猫湖〉创作谈》，陈应松博客，http：//blog.sina.com.cn/s/blog_ 4f94c62d0100ph9x.html，2021 年 1 月 16 日。

第四章 "迷惘"的农民:抒情的消逝与农民主体性的解构 ❖❖❖

一 孤立无援的香儿与空壳化的村庄

小说开始时，香儿并不是一个同性恋。换言之，对于香儿这个农民形象的叙述，更重要的是探究她如何以及为何会成为一个同性恋，以及在这一变化的过程中，反映出来的问题和昭示的重要意义。所以，首先要讨论的是，成为同性恋前的香儿是怎样的一种形象。毫无疑问，香儿绝不是20世纪80年代早期自给自足、悠然自得的小生产者，也没有成为80年代中后期拥有了一定资本的理性经济人，而是作为一个身处2000年以后的乡村社会、孤立无援的留守女性形象出现在《野猫湖》中。当小生产者及其所建构的乡村想象宣告失效、理性经济人所认同的经济伦理和发展逻辑解构了传统乡村秩序之后，留守的农村女性香儿和她自身的处境，就在一定程度上成为90年代以来整个中国农民和乡村命运的表征——乡村被空壳化，农民变得无根可依。

《野猫湖》的开头写道:"风加大了。湖水和芦苇爬上岸来，猛摇窗棂。大地嘎嘎作响，天空在哀鸣。下雨了，雨在天上乱飞，酥着暮春狂暴的墒汛，田野喜。这场雨把日子给害惨了。牛在拼命喊叫，在湖滩。谁家来不及牵走的牛，被邃至的泪点或者偷牛贼擒伏了吧。不是烧焦就是失踪。牛没有好下场。天空给炸裂开了，碎出蓝瘆瘆的口子，仿佛咬牙切齿的痛。屋后的树林呜呜的像鬼魂——总是像鬼魂。"[1] 80年代早期小生产者式的抒情写作和浪漫想象，在这里已经消失殆尽，取而代之的乡村景观是沉重而压抑的。香儿正是在这样的一种情境之中登场:"她盼她来，庄姐。她想给她打电话，可这时不能打电话，电话拿在手上就发麻，全带电。巧的是，电话响了，是她。香儿吗？我来吗？回家啦？个鬼崽子！等等。好暖的声音。"[2] 由这样的一种方式所开始的叙述，虽然看起来有些不同寻常，但是此时的香

---

[1] 陈应松:《野猫湖——陈应松神农架系列中篇小说》，九州出版社2012年版，第113页。
[2] 陈应松:《野猫湖——陈应松神农架系列中篇小说》，九州出版社2012年版，第113页。

· 175 ·

儿,并不是以同性恋的身份出现的,她只是在等待唯一能够帮助她的人庄姐的出现。这样,香儿孤立无援的形象,在小说一开始便呈现在我们眼前。

香儿原本是一个对乡村生活有着坚持和信念的人,正如她对于蛙鸣的喜爱:"一直以来,蛙鸣是她热爱乡村生活并生活下去的理由。蛙鸣在春天里和草芽与希望一起苏醒,温暖起来,它像一种极富魅力的召唤,让人偷偷滋生活着的动力。"① 可事实上,香儿连农民最基本的农业劳动也无法完成。香儿种了荸荠,可是由于连续的暴雨,水田变成了一片汪洋,见此情景,香儿差点哭起来:"这一淹,又排不出来水,养鱼啊?离湖太远,连那野猫成群的荒沟都比她的田高。田就在野猫沟边,野猫抓来的死鱼,扔得到处都是,一片腐败腥臭的气息。"② 而她的丈夫三友也正是因为种荸荠种怕了,逃到了城里。可是香儿不死心,又开辟了秧田,但由于大雨,秧田也遭遇了水灾,水没法排出去,她向自己的哥哥求助,哥哥却因为要照顾嫂子,无奈地拒绝了她。由此我们看到,当种田这一农民最基本的劳动生产都已然成为一件艰难的事情时,便无须再提种田是否还能给予农民生活所需的满足,更不用说农民作为小生产者的自豪感。所以整个野猫湖就如同香儿汪洋般的水田,最终"一片腐败腥臭的气息"。

香儿的孤立无援,更突出表现在她的安全无法得到保障。一方面是财产的安全,香儿需要时刻提防作为家里唯一财产的牛被人偷走。野猫湖的偷盗事件特别频繁,尤其是偷牛。为什么要偷牛?"偷到了,卖到杀牛场,三千五,自己偷宰了卖肉,可卖到五千元。这么金贵的东西,偷一头牛相当于种四五亩地,可种五亩地要摔碎多少红汗黑汗的!一年种下来,人身子都刮去一层皮。"③ 可是尽管日夜提防,香儿的牛最终还是被人给偷走了。此外,香儿还需要担心孩子的安危。村里许多人为了牟利,吹毒管毒杀狗和牛,一不小心就有可能吹到人的

---

① 陈应松:《野猫湖——陈应松神农架系列中篇小说》,九州出版社2012年版,第122页。
② 陈应松:《野猫湖——陈应松神农架系列中篇小说》,九州出版社2012年版,第115页。
③ 陈应松:《野猫湖——陈应松神农架系列中篇小说》,九州出版社2012年版,第115页。

身上，使人毙命，香儿特别害怕自己的孩子每天独自放学回家时遭遇毒管。当然，对香儿的安全构成最大威胁的是来自野猫湖男性的欺侮。比如马瞟子对香儿就屡次三番地进行骚扰。公共汽车上，马瞟子看到香儿，就试图往她的座位上挤，同时不断搭讪和调侃香儿："三友回来没？三友只怕变心了，你还为他守身如玉啊。自己该快活不快活。让晚上一夜一夜都空着，身子是你自己的哩……一车的人，一车他的村民。可他就是不放过香儿……烟子浓他的手就不老实，干偷鸡摸狗的事儿。"① 有一次，香儿在屋内洗澡忘了关大门，马瞟子忽然出现在香儿家门口，为了逃离马瞟子，香儿只有光着身子躲进了牛栏，以至于被蚊子咬得满身是包。就连村里的跛子牛垃子，也对香儿构成了巨大的威胁。他不仅觊觎香儿家的牛，对香儿也是垂涎欲滴。事实上，村里的男人大多如此，而村中多数女性不得不屈从于男性的欺侮和威胁。如此一来，在一个原本可被称为乡村共同体的村庄中，香儿却沦为底层中的底层。她孤立无援的处境不单单存在于现实生活的层面，最终必然还会指向精神层面。

当面对来自男性的不断欺侮时，香儿自问："何况我不是那种撩蜂惹骚之人，可村里的男人们为何总是如此呢？只要你有点模样儿，就要占你的便宜揩你的油。"② 之所以如此，显然与丈夫三友的缺席有关，进一步说，香儿"孤立无援"的处境源于乡村日益呈现的"空壳化"。《野猫湖》的写作时间是在2000年以后，农民进城打工早已经是整个中国农村的普遍状况，正如严海蓉所说："学者和政府把农村劳动力往城市流动称为'农村剩余劳动力转移'，但具有讽刺意味的是，这些所谓'剩余'劳动力，大多是农村人口中受过较好教育的年轻人，是新型的农业生产发展最需要的人……所以，出来的不是剩余劳动力，而留守家里的才是剩余劳动力。"③ 由此可见，所谓的村庄空壳化，一方面指向的是村庄中的人越来越少，大多数青壮劳力奔向了

---

① 陈应松：《野猫湖——陈应松神农架系列中篇小说》，九州出版社2012年版，第119页。
② 陈应松：《野猫湖——陈应松神农架系列中篇小说》，九州出版社2012年版，第117页。
③ 严海蓉：《虚空的农村和空虚的主体》，《读书》2005年第7期。

城市，只剩下"三六九"部队，即妇女、儿童、老人，村庄形如"空壳"；另一方面意味着"三六九"部队根本无法支撑起村庄的正常运转，比如农业生产，村庄的基础建设和文化建设，也无法维持村庄的安全：包括经济财产的安全和精神心理状况的安稳。"劳动力外流导致大量土地被抛荒，这种抛荒已经到了惊人的地步……农业虚空化的过程使农业生产没落了，使农村生活萧条了，使农村的脊梁给抽掉了。这个过程夺走了农村从经济到文化到意识形态上所有的价值。农村的年轻人所面对的问题是在这样日益萧条的农村，他们看不到一条通往未来的道路。"[①] 对香儿而言，既然没有办法走向城市，便只能选择成为留守女性，可却又必须面对无法开展农业生产、作为女性的生理需求（包括"性"的需求）无法得到满足、个人安危和精神依托无法得到保障的情况和处境。在这样的语境下，香儿的"孤立无援"便立马呈现出来。因为孤立无援，香儿自然想要得到帮助和找到依靠，而这种帮助和依靠在"野猫湖"只能来自庄姐。所以，解决香儿的现实处境是庄姐出场的直接原因。换言之，香儿孤立无援的处境在宏观的意义上导致她选择了庄姐，那么使她最终说服自己成为同性恋的更为具体和根本的原因又是什么呢？

二 马瞟子、牛垃子与新的权力结构

如果说香儿孤立无援的处境，在某种意义上象征着当中国的现代化逐渐被纳入西方现代化的轨迹之中时，乡村逐渐成为被孤立的另一方，农民乃至整个乡村的主体性遭遇了破坏，那么在丧失了主体性的乡村之中，一种新的权力结构其实已悄然出现。这种新的权力结构非但没有办法重建被现代化破坏的乡村主体性，反而产生了新的压迫，这种压迫极为具体，所以身处其中的人难以摆脱，使得香儿不得不将庄姐作为唯一可依赖的人，这也从根本上导致她接受了庄姐的同性之

[①] 严海蓉：《虚空的农村和空虚的主体》，《读书》2005 年第 7 期。

第四章 "迷惘"的农民:抒情的消逝与农民主体性的解构

爱,且深陷其中。在对新的权力结构展开阐述之前,可先来回答何为"新的压迫"。所谓新的压迫,在《野猫湖》中首先表现为一种性别上的压迫,正如前文所述,香儿长期面临马瞟子和牛垃子的性骚扰和侵犯,当然,野猫湖中的其他女性也同样如此。但事实上,无论是马瞟子还是牛垃子,都不只是好色之徒那么简单,他们对香儿以及其他女性的企图,并不只是出于男性对于女性身体的欲望。实际上,性别压迫背后隐含着的是政治和经济的压迫,这一点在马瞟子身上表现得特别明显。正如蔡翔所言:"在小说的叙述中,性别问题被置换成了政治问题——男性对女性的压迫,在更多的时候,表现出一种政治和经济的压迫。"[①]

而这种政治和经济上的压迫,是围绕新的权力结构得以展开的。在空壳化的野猫湖中,存在着一个看似隐秘实则昭然若揭的权力结构。马瞟子和牛垃子某种意义上已经成为村庄空壳化之后"剩余物"的代表,他们类似于空壳化的村庄中存在的恶霸、流氓。但有意思的是,作为恶霸、流氓的农民,竟然成为乡村世界的主宰,拥有了某种巨大的权力。也就是说,当野猫湖中的主体人群流向了城市之后,空壳化的村庄中出现了一种新的压迫性集团:村庄中曾经的恶霸马瞟子竟然摇身一变成为村长,并成为话语体系的制定者,村民们都必须听从他的,受他的管束,甚至遭受他的剥削。而身体方面有残疾的流氓牛垃子,在村中的地位虽然不如马瞟子,甚至根本毫无地位可言,但是他却能够游离在村长的控制之外,并且在野猫湖为所欲为。他与村长马瞟子形成了某种意义上的共谋关系,一起控制着野猫湖。当然,这一实现了共谋的权力结构或压迫集团的形成,同样得益于失效或逃逸的公权力。正如蔡翔所以为的,香儿丈夫(三友)的离开——"在经验的层面上,伴随着这一离开的是大规模的进城潮流,无数人的离乡背井,但是,在隐喻的层面上,我却愿意把它看成某种公权力的逃逸或丧失,而趁势进入的,却是另一种权力,村长马瞟子,或者

[①] 蔡翔:《泉涸,相濡以沫——读陈应松中篇小说〈野猫湖〉》,《小说评论》2011年第1期。

流氓牛垃子。"① 于是，在这个以马瞟子为主、以流氓牛垃子为辅的权力结构中，其他留守的村民成为被统治的群体，受制于这个结构，无法逃逸，尤其是像香儿一般的留守女性，更是成为被剥削、欺侮和压制的主要对象。

那么，什么又是"公权力的逃逸或失效"呢？对此，小说通过马瞟子之口给出了解释。当面对庄姐和其他村民对自己的质疑时，马瞟子说："我一年工资才五千块，上面天天在这儿吃喝，来了一人还一包烟，都成规矩了。我找哪个报了的，吃去了我几多鸡？……今年我买了五百米涵管埋完了，要我买五千米？村里办公经费才五千块钱……咋不管？咋叫不管？说到底还是钱，晓得吧，派出所办案要咱出钱，他们在这里布两个哨，吃你的喝你的还要你把车送他们到荆州去唱个歌洗个脚啥的。说到底，还是男人们都走了，村里空虚了，不怕你们这些老弱病残……毛爹爹那会儿，哪有这么多强盗，捉到了就狠狠地打，阶级斗争，斗得你像乖乖伢。再往深里说，揭老底儿，社会变坏了。"② 马瞟子这一番演说式的表述，首先当然是在推卸责任，但不可否认，他也在不经意间揭示了现代化进程中，当男性青壮年逃离乡村之后，乡村逐渐出现一些问题：比如官僚化的问题，尤其是公权力与资本的结盟和对利益的追逐。小说中写道，野猫湖的"偷牛案"之所以被侦破，并不是源自派出所的努力，而是依靠香儿和庄姐自己的力量。但有意思的是，派出所却借"偷牛案"的侦破宣扬政绩——"大张旗鼓地在镇上开庆功会。请来了县里市里的局领导和记者，说是要先行赔付丢牛户一人两千二百元，每个户主上台去，发给他们一人一个大红牌子，上写着：人民币2200元……就是一个牌子，没有见到钱。完了也就完了……报纸登很大的场面，屁脸所长的照片是特写。"③ 这一细节无疑印证了马瞟子那番演说所透露的乡村问题，像屁脸所长这样无

---

① 蔡翔：《泉涸，相濡以沫——读陈应松中篇小说〈野猫湖〉》，《小说评论》2011年第1期。

② 陈应松：《野猫湖——陈应松神农架系列中篇小说》，九州出版社2012年版，第117—118页。

③ 陈应松：《野猫湖——陈应松神农架系列中篇小说》，九州出版社2012年版，第143页。

第四章 "迷惘"的农民:抒情的消逝与农民主体性的解构

效的公权力,显然导致了像马瞟子和牛垃子这样的乡间势力能够获得更大权力,甚至成为乡间的主宰者。

而作为权力结构核心的马瞟子,他的话语权是从何而来的呢?显然并不是来自他村长的身份,而是来自他的经济实力。换言之,马瞟子的经济实力,决定了他在村中的地位,物质的富有成为衡量一个人是否成功的唯一标准,这在一定程度上暗合了改革和发展的逻辑。所以,马瞟子在小说中的另一个身份显然比村长更为重要,他是村里最大的养鸡专业户。村里人都称他为"鸡头","村里有八九个养鸡专业户,都属他管,因此是鸡头。他的养鸡场最大,几千上万只鸡,鸡的叫声翻江倒海……他把鸡给你养着,供你鸡苗、饲料还打预防针,都是他的,你出人工,他给你保底价,鸡肥了,你给他。他干赚,你得了小头。他还说,带领全村致富哩。可细算,也不得了,四元一只给你,一千只就是四千元"。① 显然,马瞟子对于资本逻辑了然于胸,力求以最少的付出获得最大的利润,于是他成为村中有钱有势的个体户,实际上就是一个标准的理性经济人。也正因为如此,一个品行不端的人,竟然成了村长。而且,恰恰也是因为他的经济实力,才使他敢对村中的留守女性肆意妄为。马瞟子美其名曰鼓励妇女创业,鸡苗只给女人不给男人,而实际上,"男人都走了,赚城里人钱去了,才不会喂那几只骚臭鸡。只有又穷又贱的女人才会喂村长马瞟子的鸡。那些一手鸡、一手钱得了村长好的女人,也就半推半就,又喂鸡又喂奶的。"② 所以,马瞟子对于女性的压迫,看似是性别上的压迫,实际上却是根源于政治和经济的压迫,因为他有经济资本,而资本赋予了他权力;因为有了权力,才使他敢对野猫湖的女性为所欲为。通过小说我们可以知道,野猫湖大多数的女性,因为经济上的需求,也会主动依附于马瞟子,这显然是马瞟子掌握权力的表现。所以,所谓政治和经济上的压迫,在马瞟子对村庄的统治以及他对村民的剥削上表现得

---

① 陈应松:《野猫湖——陈应松神农架系列中篇小说》,九州出版社2012年版,第113页。
② 李云雷:《被逼而成的同性恋》,转自李云雷新浪博客,http://blog.sina.com.cn/s/blog_4be5e0cd0100pwjz.html,2021年3月5日。

最为显著。

　　相比较而言,牛垃子只是新的权力结构中的一个配角,即便如此,他还是能够在野猫湖肆意妄为。他不仅可以突然出现在香儿面前,随意地骚扰和非礼香儿,还能够神不知鬼不觉地偷盗野猫湖的牛,用吹毒管的方式杀死野猫湖的狗,并从中牟利。因此,腿脚残疾,被人唾弃的牛垃子,某种意义上也是野猫湖的主宰者之一。与其说马瞟子对牛垃子的偷盗行为一无所知,倒不如说马瞟子明面上对村民的压迫与牛垃子暗地对村民的欺压,两者达成了某种心照不宣的关系,这种心照不宣让香儿乃至整个野猫湖陷入了他们的控制和压迫之中。

　　不过,香儿拒绝喂养马瞟子的鸡,这就意味着香儿拒绝进入马瞟子所建立的权力结构和话语体系,甚至是试图反抗马瞟子的权力;另一方面,香儿对于牛垃子也表示出了极大的厌恶,并没有屈服于他,反而最终证实了牛垃子便是野猫湖的偷牛贼。但是,作为一个孤立无援的留守女性,她是如何反抗来自以马瞟子和牛垃子为代表的权力压迫的呢?庄姐正是在这样一种情境之下出现在读者的视线中。而小说也正是以这样的方式为香儿走向同性恋的改变做出了合理铺垫。正如李云雷所说:"陈应松的独特之处在于,他通过对这两个人具体生活环境的描写,充分写出了两个人走到一起的'合理性',而这种'合理性'是以社会对人性的扭曲为前提的,而小说也通过对这种扭曲的'合理性'的描述,对当前农村的社会现实进行了深刻的批判。"[①]

三　香儿的爱情与虚妄的性别乌托邦

　　香儿与庄姐两个人的经历有一些相似,都是从螺帽桥嫁入野猫湖的外村人,丈夫都不在身边。只是庄姐更为悲惨一些,丈夫遭遇不幸去世,她独自抚养孩子。香儿与庄姐的交集始于一次镇上的相遇,她和很多人都去围观庄姐与"屁脸所长"的争执:当时由于丈夫因意外

[①]　石一宁、彭学明、李云雷:《面对空巢的乡村世界——〈野猫湖〉三人谈》,《小说选刊》2011年第3期。

第四章 "迷惘"的农民：抒情的消逝与农民主体性的解构

去世，庄姐去派出所开死亡证明，以便获得赔偿。但是派出所的"屁脸所长"故意为难庄姐，导致庄姐气愤难耐，掀翻了"屁脸所长"的桌子。所长以妨碍公务为由，将刚失去丈夫的庄姐拘留了七天。自此，香儿对作为来自同一个地方的庄姐有了同病相怜的好感，便常常去庄姐的摊位上买菜，两个人也成了好朋友。与柔弱的香儿有所不同，庄姐敢于和派出所所长当面抗争，颇有几分男人气概，"她是个争强好胜心里宽的女人，有英雄气。她敢掀派出所所长的桌子，咱这里的男人哪个敢"。① 庄姐从来不惧怕任何困难，无论是种地、照顾孩子，还是保护自己。不仅如此，她还能够尽力帮助香儿，比如借来机器帮香儿的秧田抽水、偶尔负责接送香儿的孩子、还能帮助香儿守夜看牛，甚至是帮助香儿一起抓获偷牛的牛垃子。更为重要的是，面对来自马瞟子和牛垃子的压迫和欺侮，庄姐从来都是冲在前面，毫不妥协。庄姐敢于揭露马瞟子与"屁脸所长"的勾结，敢于说出马瞟子让村里女人喂鸡的真正企图。她成为野猫湖中唯一敢于对抗以马瞟子为核心的权力结构的人。当野猫湖的男性劳动力外出打工后，当类似于"屁脸所长"的公权力逃逸或缺席之后，当香儿这样孤立无援的留守女性不得不忍受马瞟子的压迫和剥削之时，庄姐的出现和她的种种行为，无疑具有一种抗争性的政治意味，她似乎替代了离开的男性群体和缺席的公权力原本所应该承担的功能。也正是在此意义上，香儿被庄姐吸引，直到完全依恋于她。由于有了庄姐的相助和陪伴，香儿从孤立无援的境地中摆脱出来，也变得勇敢，与庄姐两个人组成了共同体，这个共同体似乎足以抵抗任何压迫。

但有意思的是，在陈应松对香儿与庄姐的亲密关系进行叙述的过程中，我们又仿佛看到了一个关于性别的乌托邦故事。随着叙述的推进，香儿与庄姐的情感越来越像一个纯美的爱情故事，就连叙述本身也变得充满温情。正如小说中的这段描述："油菜花的香味已经被它们结荚成熟的腥味代替，小麦灌浆的甜蜜气息一直送到窗口。有她伴

---

① 陈应松：《野猫湖——陈应松神农架系列中篇小说》，九州出版社2012年版，第125页。

着，什么也不怕了。睡眠来了，像风一样安静。她听见她在说油菜籽收割的事儿，说可以脱粒的……她一只手搭在她的手膀上。在太多莫名恐惧的夜晚，死死关住房门和窗户。如果真有人偷她的牛，她未必敢出房门。有个人在旁，加上一只手，这就足够了。世界多平安。"①细腻的风景描写和人物的心理状态彼此烘托，相得益彰，甜蜜又安全的感觉将香儿包围。相似的叙述在小说中随处可见："湖里的水并不深。但是夜晚的水是令人恐惧的，在她的身边没有什么恐惧，童贞仿佛飘来了，一个小小的孩子，两个小小的孩子。打水仗。水很亲切。水有点微凉，但风很爽。两个人在水里追逐，是水妖。互相抱着，然后她说，看那边。小小的压低的声音，两个人扒着船舷……"②

更为重要的是，这一个充满温情的爱情故事，是完全拒绝男性介入的。当香儿问及庄姐为何不再嫁时，庄姐的回答便是很好的证明："要男人干啥！"香儿说也是的。她说，"说个遭雷打的话，小奋他爸在时，我不晓得挨了几多打，他一走，我不解放了么？没有男人咱照样过，说不定过得更好呢！"③ 在这段话中，庄姐很清楚地将矛头指向了男性对女性的压迫，而这种压迫就是性别意义上的压迫，尤其是传统的大男子主义观念下男性对于女性的不平等对待，正如庄姐丈夫对她实施的家庭暴力。类似的表述在小说中多次出现，庄姐和香儿所遭受的困难，貌似只是源于男性对女性的性别压迫，与性别压迫之外更为强大的政治和经济上的压迫毫无关系，更与新时期的改革给农村传统秩序结构带来的冲击没有任何关联。那么，如果仅仅是这样的话，按照性别乌托邦的逻辑，故事的结局就应该是"香儿与庄姐一直幸福地生活在一起"。但是事实并没有那么简单，香儿与庄姐的结局，或者说香儿的结局，并没有按照这样一个性别乌托邦的逻辑发展下去。

在对香儿与庄姐的情感结局展开论述之前，有必要先来讨论一下香儿对于庄姐的接受过程。香儿对于庄姐的同性之情并没有立刻接受：

---

① 陈应松：《野猫湖——陈应松神农架系列中篇小说》，九州出版社2012年版，第127页。
② 陈应松：《野猫湖——陈应松神农架系列中篇小说》，九州出版社2012年版，第142页。
③ 陈应松：《野猫湖——陈应松神农架系列中篇小说》，九州出版社2012年版，第125页。

第四章 "迷惘"的农民：抒情的消逝与农民主体性的解构

一开始香儿是有一些排斥庄姐的过于主动的示爱的，她并不确定自己是否能够接受这样的一种同性之情，也产生过一丝羞耻——"她还是拒绝，这不符合她心中的想象，细细想来有羞耻感。肯定会到来的东西让她畏惧，不安。直觉告诉她对方已经有僭越之心，这不是好玩的。幸福是她要的，但幸福不应是从这里得到的。只有再次成为一个人，一个孤立无援的人，会保险一点。"① 但是在经历过为了躲避马瞟子的性骚扰将自己关在牛栏被蚊子咬肿全身的悲剧之后，她确信只有庄姐能够保护她，转而开始接受庄姐："难受的感觉和不适被这一切稀释了，罪恶感，也稀释了，被她的再次到来和孩子的声音，身影。生活也许就是这种常态。性也罢，情谊也罢，就是这个玩意儿。要也不是罪孽，不要也不是伟大。可以要，可以不要。无所谓的。一切就这么回事儿。不要太在乎。既然来了，就认了。"② 当然，从这段心理描写不难发现，香儿虽已接受庄姐，却仍有一丝无奈。直到香儿最后杀死了自己的丈夫三友，并发信息给庄姐第一次称呼她为老公时，她才真正意义上义无反顾地接受了庄姐的爱情。香儿的排斥和拒绝，当然与传统道德和习俗的约束有关，但我以为陈应松将香儿对于庄姐的艰难接受过程进行刻画，其目的在于突出促使香儿成为同性恋的根本原因，即与来自马瞟子为首的权力结构的压迫有关，这种压迫不仅事关性别，更关乎政治与经济。正如蔡翔所言："我不会把这一排斥的过程仅仅解释为某种习俗对本能的压抑或控制……我恰恰以为，这一过程才给政治提供了叙述或想象的空间。"③ 陈应松也不可能只是寄希望于呈现一种关于性别压迫，从而希望女性得到性别解放的讨论，他在创作谈中强调："我写的是乡村，我要把乡村的现实像一桶水泼出来，这是我对这个故事的基本想法。小说应该是一个丰富物。仅仅写一个乡下女同性恋故事是不够的，乡村是一个巨大的社会心结。我让大家跟我

---

① 陈应松：《野猫湖——陈应松神农架系列中篇小说》，九州出版社2012年版，第127页。
② 陈应松：《野猫湖——陈应松神农架系列中篇小说》，九州出版社2012年版，第135页。
③ 蔡翔：《泉涸，相濡以沫——读陈应松中篇小说〈野猫湖〉》，《小说评论》2011年第1期。

一起走进那些乡野深处女人内心的动人挣扎与呻吟的同时，也希望大家能看到更为复杂的东西，更令我们保持清醒的东西。我不是要写这个故事让大家对同性恋同情，宽容，我不是宣传同性恋合法化的志愿者和义工。我是一个作家，我想有更大的责任和更远的虔敬。"[1]

所以，陈应松的目的显然不在于只是建构一个"性别乌托邦"，而是想要呈现性别压迫背后的更为强大的压迫性政治。正因为如此，当我们以为香儿与庄姐便可以"幸福地生活下去"时，充满温情的乌托邦叙事忽然发生了变化。正如故事的结尾处："她们的生活就这么持续着。她甚至忘了三友，还有个三友。可是在一个黄尘弥漫的傍晚，一个灰头土脸的男人出现在她面前。那是个风大入魔的深秋，棉花都摘了，又开始种油菜了，湖里的蒲草枯黄了，芦苇白发满头，大地落叶飘飘。三友像个陌生的乞丐进门来，让她吃了一惊。"[2] 萧瑟的风景描写与落魄的三友相得益彰，凸显了三友的归来对于"性别乌托邦"及其叙述的彻底终结。香儿不得不重新回到了原来的生活状态，她立即发送了短信给庄姐，庄姐的回复毫无新意："知道了，老婆。"言下之意让香儿重新回归正常的生活，此刻庄姐所承载的某种反抗的力量似乎消失殆尽，这实际上意味着"性别乌托邦"的失效。令人意外的是，香儿却顺势杀死了自己的丈夫三友，她似乎还眷恋着与庄姐所建构的"性别乌托邦"，且第一次称呼对方为老公，她给庄姐发送了一条短信："老公，他死了。吃毒狗肉死了。"[3] 而且她告诉庄姐，之所以这么做，是为了能够和庄姐在一起。可庄姐的回答彻底击碎了香儿对于乌托邦的想象："你想哪儿去了？你这个邪婆娘。"[4] 此时香儿这个人物形象相比庄姐似乎更加具有了某种反叛性和理想性，与其说她之所以杀掉丈夫三友是因为眷恋与庄姐的感情，倒不如说是因为她不愿意从乌托邦中走出来，回到以马瞟子为主导的权力压迫中去。因为如乞丐

---

[1] 陈应松:《真难写——中篇小说〈野猫湖〉创作谈》，陈应松的博客，http://blog.sina.com.cn/s/blog_4f94c62d0100ph9x.html，2021年1月15日。

[2] 陈应松:《野猫湖——陈应松神农架系列中篇小说》，九州出版社2012年版，第144页。

[3] 陈应松:《野猫湖——陈应松神农架系列中篇小说》，九州出版社2012年版，第147页。

[4] 陈应松:《野猫湖——陈应松神农架系列中篇小说》，九州出版社2012年版，第147页。

般归来的三友,显然也不足以抵抗以马瞟子为表征的压迫和剥削。

通过陈应松的叙述,我们可以看到香儿从一个乡村留守女性逐渐成为一个乡村女同性恋,这背后有着更为复杂和深刻的原因。我们似乎可以对香儿的杀夫有了一定程度上的理解。换言之,如果说香儿"成为同性恋"或"不得不成为同性恋"的过程,反映了中国现代化进程中农民所遭遇的困境和危机,尤其是留守女性在性别压迫之外遭遇的其他同样严峻的问题,那么香儿的杀夫行为,则更进一步将农民/乡村的困境和危机凸显了出来。杀夫的结局并非如有些评论家所说是陈应松对同性恋的罪过和病态的认同:"在《野猫湖》这篇小说中,我看到的只是作者与人物的'思想一致',亦即香儿所认为的与庄姐的关系是'有罪的幸福'。香儿杀夫这一小说的结局,在一定程度上也是作者将同性恋与病态和罪过等同的心理所推动。"[①] 相反,香儿的杀夫具有了某种符号意义,象征着一个处于底层的弱势个体对于政治语境的对抗,反映了陈应松对于农村和农民触目惊心的现状的洞察和批判。但是,香儿的对抗显然是无效的,因为她必将遭遇法律的制裁——一种更为强大的审判。所以,"杀夫"作为一个符号,其独特的意义在于更加深刻地呈现了像香儿这样的弱势群体无路可走的处境:"无路可去的结果,只能诉诸于一种本能的对抗,然后,生命在本能中绽放,也在本能中幻灭。也许,这本就是一个悲剧时代。陈应松只不过展开并演绎了这个时代的悲剧性的逻辑而已。"[②]

第三节 作为"无用之人"的"守护者":农民的困惑与迷茫

如果说被迫成为同性恋的香儿及其故事,一定程度上呈现了被卷

[①] 石一宁、彭学明、李云雷:《面对空巢的乡村世界——〈野猫湖〉三人谈》,《小说选刊》2011年第3期。

[②] 蔡翔:《泉涸,相濡以沫——读陈应松中篇小说〈野猫湖〉》,《小说评论》2011年第1期。

入现代化进程之中的农民寻找生存和立足的途径之艰难和无奈——哪怕在原本只属于"农民"的"乡里空间"也同样如此,从而揭示了农民乡村主体地位的日渐丧失,那么有一些写作者,则通过建构另一种农民形象——比如作为"无用之人"的村庄"守护者",表现了村庄的颓废和农民的无所依凭。此处的"无用之人"并非隐喻意义上的"无用",主要指的是身体上的"残废"。"无用之人"与"守护者"并置在一起本身就显得极为"吊诡"。守护者某种意义上应当有着卓越的能力,但是在20世纪90年代以来的乡村书写中,村庄的守护者往往是非正常人,甚至是完全丧失能力的无用之人。当然,不排除有一些写作者只是出于"奇观化写作"以及对农民的"刻板化印象",所以将农民叙述得无比苦难和悲惨[1]。由"无用之人"所充当的"守护者"的出现,一方面表现了中国现代化进程中乡村和农民的现状,同时也承载着写作者对于现代化、城镇化给农民所带来的困惑与迷茫的担忧和批评。

在此语境之下,有两个文本将被纳入讨论范畴,迟子建发表于2007年的《花牤子的春天》[2],徐广慧的《寂寞的村庄》[3]。两个文本的核心人物"花牤子"与"憨哑巴"都属于村庄中的"废人",花牤子是一个"无性"(丧失了性能力)的人,而"憨哑巴"正如其绰号,是一个聋哑的残疾人,但正是这样的两个"无用之人"成为村庄中最为重要的人,甚至是村庄的"守护者"。花牤子与憨哑巴对于村庄的守护都主要体现为守护村庄的女性,但有意思的是,花牤子对于村中女性的守护方式主要为"监督",监督留守女性保持自我贞洁。花牤子之所以被赋予监督的权力,在于其"性能力"的丧失;相对于"无

---

[1] 在20世纪90年代以来有关农民尤其是农民工的文学叙述中,出现了许多苦难的底层形象,比如保姆、拾荒者等,但现实中大多数农民其实是"建筑工人""工厂女工"等。之所以这么选择,不排除有些写作者是出于"奇观化写作"或"安全叙事"的目的,讲述特定人群的故事,比如保姆、拾荒者会更加容易,不需要太多的原始经验,也更容易夺人眼球。具体的论述,本书将在后续的章节展开,在此不赘述。

[2] 载迟子建《一坛猪油——迟子建短篇小说编年卷四(2004—2019)》,人民文学出版社2012年版。

[3] 徐广慧:《寂寞的村庄》,《长城》2009年第4期。

第四章 "迷惘"的农民:抒情的消逝与农民主体性的解构

性"的花牤子,憨哑巴恰恰相反,成为留守女性的"大众情人"甚至是"性欲机器"。由此可见,《寂寞的村庄》某种意义上是对《花牤子的春天》的颠覆,从而宣布了花牤子"监督"的无效。但二者实为殊途同归,如果说《花牤子的春天》经由花牤子的"监督"以及"监督"的失效,呈现的是外部世界即城市及其现代性对于乡村传统伦理的冲击甚至是摧毁,那么《寂寞的村庄》通过对"憨哑巴"与留守女性的"反伦理"关系的讲述以及对其合理性的呈现,同样凸显的是乡村的颓败与空虚。换言之,二者通过相似的农民形象——作为"废人"或"无用之人"的守护者,以及截然相反的"故事结构"——花牤子监督留守女性自守贞洁与憨哑巴自觉成为留守女性们的"大众情人",却达成了同样的目的或指向了相同的意义,即呈现了现代化进程中农民所面临的困惑与迷茫。

一 花牤子的"快乐"与自得其满的青岗村

《花牤子的春天》讲述了农民花牤子的命运变化:从一位充满激情、好女色并付诸行动——糟践了不少女孩的"花痴",变成一个"男儿零件"被捣碎的"无性"之人。再后来成为村庄里颇具威望的守护者,负责帮助出去打工的男人照看家,尤其监督家中的女人,防止其寻找别的雨露。随着叙述的深入,花牤子守护者的身份却又被男人们剥夺,与此同时,花牤子也由当初的意气风发变得萎靡不振。之所以如此并非只是因为他身份的被剥夺,更为重要的是,他发现外出打工的男人在外也拈花惹草,与此同时村中的女人也与其他男性发生了不轨之事,反而只有自己在坚守着乡村伦理。故事的最后,花牤子再没有振作起来。花牤子的命运可谓跌宕起伏,但是更为有意思的是,迟子建并没有孤立地叙述一个农民的命运沉浮,而是将其纳入了时代的变幻,尤其是现代化巨变之中。正如李云雷所说:"这部小说最有意思之处在于,它写出了一个人与时代的'交错',在花牤子的变化与时代变迁的错位中,蕴藏着巨大的戏剧性,被作者把握住并细致地呈现了出来。"① 也就是说，迟子建经由将花牤子命运的变化与时代的变迁相勾连，呈现了农民在现代化发展的过程中，所遭遇的问题：农民尊严逐渐崩塌，自身日趋陷入迷茫。与此同时，我们也可以看出迟子建对现代化经济发展的疑惑甚至批评，以及对农民和乡村未来的担忧。那么，具体到小说文本内部，花牤子的命运浮沉如何与时代变迁相关联，农民对于自身与未来的迷茫又怎样得以在这样一种关联中显现，这些问题成为需要被讨论的重点。

迟子建在《花牤子的春天》中，一度呈现了一个自给自足式的村庄，它与20世纪80年代初期所建构的小生产者式的乡村世界有着极大的相似性。这一自给自足式的村庄经由自得其乐的花牤子得以集中呈现。在故事的刚开始，花牤子并非一个无性的农民，反而是一个"花痴"或"性痴"。"花牤子打小就喜欢看女人的奶子和屁股，看见他们，就像穷苦的人望见了神灯……成年以后，他见着容颜俏丽的女孩，就要搂搂抱抱……十八岁那年，还是把一个女孩摁在草垛上，干了那事……二十岁时……瞄上一个小寡妇，当她路过废弃的砖窑时，把人拖进去给糟蹋了……"② 而花牤子之所以如此，实在是因为"青岗的日子实在没有意思，惟有那事儿是个乐子，谁知道这个乐子是不能随便要的啊"③，显然花牤子自得其乐，所以对于拈花惹草欲罢不能。对于花牤子的解释，青岗人都笑着认为花牤子不仅有点"花"，还有点"痴"。对于花牤子"干的那事儿"，其父高牤子的处理方式是任凭对方分走自己家中的一亩地，或者赔上两只鸡，又或是加上一口肥猪，等等。如此一来，花牤子糟蹋女人本来是件严肃而可耻的事，被迟子建轻描淡写，显得有些风趣幽默，甚至于让人觉得花牤子的花痴行为以及大家对他的调侃正是青岗村的日常生活。这某种意义上也

---

① 李云雷：《另一个春天的故事——读迟子建〈花牤子的春天〉》，《作品与争鸣》2007年第7期。
② 迟子建：《一坛猪油——迟子建短篇小说编年卷四（2004—2019）》，人民文学出版社2012年版，第117页。
③ 迟子建：《一坛猪油——迟子建短篇小说编年卷四（2004—2019）》，人民文学出版社2012年版，第118页。

第四章 "迷惘"的农民:抒情的消逝与农民主体性的解构

正是传统的乡村社会的一种自足式的日常生活状态的呈现,农民无论遇到任何事情,都可以在乡村自身的结构中解决和消化。青岗人会按照乡政府的要求,以及《选举法》的规定,投票选出一个官方意义上的"村长",但同时也会按照民间的一套选举法,选出另一个村长,这不仅是他们的一项娱乐,更体现着存在于青岗村内部的自成体系的秩序结构。即使后来高牤子迫于无奈,带着花牤子离开了青岗村以防他再拈花惹草,也并没有影响花牤子的自得其乐以及青岗村村民的自足和圆满状态。直到四年后花牤子"男儿的玩意儿"被一棵倒下的树捣碎,成为一个丧失性能力的人,他的自得其乐被彻底摧毁,他不得不跟随父亲高牤子再次回到青岗村,变得一蹶不振。

当然,花牤子曾经也振作过,源于青岗村发生的两件事。一件是青岗村的通电,这某种意义上预示着一个闭塞、落后却自足的村庄即将被打开。因为有了电,高牤子和花牤子爷俩买了一台电磨,为青岗人有偿磨面。"花上三块五块钱,一袋面就磨好了。花牤子磨的面细发,麸皮少,面的成色好,做出的面食自然上乘,青岗人都夸赞他的手艺。渐渐地,他磨面的名气传了出去,邻村的人,也来磨面了。"[①]这使得花牤子有了一些成就感,但即使他越来越受欢迎,在迟子建的笔下,花牤子也并没有成为贾平凹《小月前本》中拥有电磨机的门门。门门给人磨面完全遵循的是市场逻辑:最小的付出获得最大的利润,而花牤子磨面,仍然坚守的是"将本求利"的传统交易法则。只不过对于曾经诬陷过他的陈六嫂,专爱占便宜的徐老牤子,他会区别对待——坚决不给陈六嫂磨面,当徐老牤子拒绝给钱后,花牤子从此彻底拒绝了给徐老牤子磨面。这也可以说是花牤子遵循乡村伦理准则的表现,同时也是其自我重新生成的一种体现。另一件事是花牤子对于徐老牤子的儿子小乳牤子的照顾。花牤子并没有因为对徐老牤子的怨恨,而拒绝照顾小乳牤子,反而是通过对小乳牤子的照顾,再次从紫云去世,手臂被电磨机碾碎的伤痛中振作起来,仿佛又找到了生命

[①] 迟子建:《一坛猪油——迟子建短篇小说编年卷四(2004—2019)》,人民文学出版社2012年版,第122页。

中的"灯"。而此时此刻的青岗村，也仍然自足而圆满，在花牤子照顾"小乳牤子"的过程中，青岗村的人纷纷参与其中，女人们给小乳牤子轮流喂奶，其他人时不时给花牤子家送来吃食，传统乡村结构中的互助精神在青岗村似乎将生生不息。

二 性的丧失与花牤子身份的获得

而真正意义上使花牤子获得身份，并进而在遭遇了人生的起伏之后重新确认了自我价值的事件，当数花牤子被推选为青岗村的"守护者"。成为守护者的花牤子，还同时被青岗村民推选为民间的村长。每一天花牤子都会穿着青岗出去打工的男人送的中山装，煞有其事、尽忠职守地在村中走东家串西家，对每一家的情况了如指掌。花牤子不仅负责管好女人，还会管田地的事情："麦苗出来了，他就吆喝女人下地铲除杂草。初夏土豆快开花了，他督促她们打垄。麦子在风中一天天黄熟的时候，他提醒她们扎稻草人……"[①] 此时的花牤子虽然丧失了性能力，却再次真正感受到了作为一个人的尊严感，以及作为一村之主的满足感。村中留守的女人对他毕恭毕敬，甚至真正的村长见了他也羡慕不已，而那些外出打工回来的男人，更对他有着说不出的感激："人人都把他当成了家中的一员，给他带来了礼物：香烟、鞋子、奶糖……总之，吃的用的都有，堆了一桌子。他们收割完麦子，起完土豆和白菜后，每家又送给花牤子一些，还帮他拉了几车麦秸做柴烧。"[②] 如此一来，经历了几番命运捉弄的花牤子"学起了抽烟，说话时仰着脸，在别人家的饭桌前大口喝酒大块吃肉，神气极了"。[③] 他仿佛重新获得了主体意识，有了尊严和地位。但是，值得注意的是，

[①] 迟子建：《一坛猪油——迟子建短篇小说编年卷四（2004—2019）》，人民文学出版社2012年版，第136页。

[②] 迟子建：《一坛猪油——迟子建短篇小说编年卷四（2004—2019）》，人民文学出版社2012年版，第136页。

[③] 迟子建：《一坛猪油——迟子建短篇小说编年卷四（2004—2019）》，人民文学出版社2012年版，第136页。

第四章 "迷惘"的农民:抒情的消逝与农民主体性的解构

花牤子身份和主体性的重新获得,本身就显得有些吊诡。花牤子之所以能够成为村庄守护者,一方面是因为"这一年青岗大旱,庄稼歉收,青岗人种的粮食亏了。人们都说,别的村的人,这两年都外出打工,赚的钱比种地强多了,咱也不能死心眼……转年春天,春播完,年轻力壮的人相邀着,打点行李,准备外出谋生了"①,如果说电的进入预示着封闭却自足的青岗村开始与外部现代世界发生联系,那么此时的青岗村庄稼歉收、男人纷纷出去打工的事实,则象征着自给自足的乡村世界开始被纳入现代化的轨道,在这一过程中,农民成为弱势的一方。也就是说,正是因为青岗村的自足和圆满被打破,从而陷入空壳化的困境之后,花牤子才成为村庄的守护者。而更为吊诡和重要的另一原因则在于,他之所以成为守护留守女性的男人,是因为丧失了性能力,因而他相对而言是"安全"的。外出打工的男人,最担心的不是庄稼的荒芜,而是留守女人因为空虚再寻别的男人。由此,在因为"男儿的玩意"被捣碎尊严尽失之后,花牤子成为青岗村的伦理道德秩序的守护者,从而重新获得了尊严感。

无论是对于青岗村的庄稼歉收、男人不得不进城打工,还是花牤子重新获得的身份,迟子建在叙述时都没有着意刻画,反而显得轻描淡写,仿佛青岗村以及花牤子的任何变化,都是一种青岗村的日常。但是在这种轻描淡写中,却不可避免地触及和呈现了时代变迁中乡村世界所面临和发生的变化。我们甚至可以将花牤子的无性与其村庄守护者身份之间的关联,看成一种隐喻。如果说,青岗村男人外出打工,以较为直观的方式让我们看到,原本自足和圆满的乡村生活想象已难以继续维系,城市化将农民裹挟进去,村庄的空壳化已然成为20世纪90年代以后乡村的常态。那么迟子建塑造一位失去性能力的村庄守护者,实则以这种吊诡的方式隐喻和昭示着乡村所发生的变化:一个昔日自给自足仿佛不受任何外力侵袭的村庄,如今却需要依靠一个无性甚至是无用之人来守护,维持村庄的运转。而且,这个貌似拥有守护

---

① 迟子建:《一坛猪油——迟子建短篇小说编年卷四(2004—2019)》,人民文学出版社2012年版,第132页。

者身份的人,却要依赖去到城市打工的青岗村男人的支持,尤其是经济方面的支持:"男人们说,你手残了,种地费劲,从今年起,你就把地撂荒吧,你帮我们做事,谁能不给你口粮食?每人给你点,就够你一年吃的了。"① 如此一来,花牤子实际上成为被外出打工的男人们雇佣的对象,进一步而言,他与去外出打工的青岗男人们一样,被强势的城市所雇佣。因此,花牤子性能力的丧失,与其说是命运的不公,毋宁说是作者对于传统乡村被现代性阉割的一种隐喻式表达。在此意义上,迟子建用她特有的娓娓道来的叙述方式,将一个村庄中的小人物的日常生活纳入了中国现代化转型的历史之中。这样的一种"小叙述"的方式,对于农民和乡村的境遇的批评和思考显然更为深刻。这也是迟子建惯用的写作方式。正如她对于历史题材长篇《伪满洲国》的创作,同样是把伪满洲国的历史还原为柴米油盐和日常生活,即使写到大的悲痛和屈辱,也只是用看似平淡的日常途径作为切入点。在她看来,这样的切入方式也许更有深度。②《花牤子的春天》虽然算不上历史题材,未涉及什么宏大和重要的历史事件,但是它从侧面触及了中国新时期现代化、城市化这段重要历史,迟子建借由一个无性的弱势农民的遭遇,尤其是他个人身份和尊严的得失,试图去呈现和勾连时代的变迁,展现被纳入现代化轨迹之中的农民与乡村的命运。

三 "新的知识"的进入与乡村伦理的崩塌

当然,花牤子的身份和主体性的获得其实只是一种幻觉,因此,它必然会遭遇阻碍和解构。在对青岗村管理的过程中,花牤子无意间发现在外打工的虎牤子也干了拈花惹草的事,同时,从虎牤子口中得知,外出的男人在城市里寻花问柳,可以说是常态。花牤子对此感到极为震惊和愤怒,这显然是对于花牤子守护者身份的某种否定。从此

---

① 迟子建:《一坛猪油——迟子建短篇小说编年卷四(2004—2019)》,人民文学出版社2012年版,第135页。

② 参见迟子建、闫秋红《我只想写自己的东西》,《小说评论》2002年第2期。

第四章 "迷惘"的农民：抒情的消逝与农民主体性的解构

之后，花牤子又开始变得萎靡不振，走路不再气势昂扬，对自己守护者的工作也失去了热情。就算亲眼看见徐老牤子进入了陈六嫂的家，却没有制止他们。如果说男人们在城市里的不轨行为对花牤子造成了巨大的冲击，那么村中女人也公然另寻男人则是对他的釜底抽薪。冬去春来，当男人们再次离开青岗村之后，因为"有线电视村村通"的工程，青岗村来了一群开展铺设工作的男人。从青岗村通电，到青岗村的男人们外出打工，再到有线电视和来自外部世界/城市的男性的进入，青岗村变得越来越现代化，显然已经不能再回到那个传统、闭塞可是却自足而圆满的乡村世界中去。尤其是负责"有线电视村村通"的男人们，他们的生活方式使从未走出过青岗村的人耳目一新："花着工程款，在村里抓鸡逮鹅，吃的满嘴流油，把小孩馋得见天地流口水。陈六嫂家的小卖店，从未有过的兴旺。他们买酒成箱，买烟成条。出手大方。而且他们付给村民的，都是现钱。女人们觉得这是送上门的好生意，整日里往工程队的驻地送鸡鸭鹅狗，好不热闹。"[1] 这种迥异于小生产者的生活方式，使青岗村的人们感觉到了自己在物质和精神上的双重匮乏，尤其是经济的匮乏。而这些负责架线的男人们所讲述的外面的故事，不仅丰富了留守女性的日常生活，更加深了她们对匮乏的感知，甚至改变了她们的情感结构。女人们每天热情而积极地帮助架线男人们做饭、洗碗、洗衣服，而花牤子则遭遇了女人们的冷落，同时也受到了架线男人们的嘲讽："有一回，其中的一个人捉到了只青蛙，几个人合伙把花牤子摁在地上，当着女人们的面，解开了他的裤腰带，把青蛙扔进去，说是给他裆里安上个活物。"[2] 花牤子被作践到哭了出来，从前的尊严和身份荡然无存。但是作为守护者的他，仍然意识到，并且警觉于青岗村的危机。而经由小说的叙事逻辑，与其说花牤子预感到的危机是架线男人对于留守女性的吸引和骚扰，倒

---

[1] 迟子建：《一坛猪油——迟子建短篇小说编年卷四（2004—2019）》，人民文学出版社2012年版，第139页。
[2] 迟子建：《一坛猪油——迟子建短篇小说编年卷四（2004—2019）》，人民文学出版社2012年版，第140页。

不如说是预感到了传统乡村伦理的崩塌。这种崩塌首先经由青岗男人在城市拈花惹草而反映出来，更体现在来自城市的架线男人对于留守女性的诱惑。事实证明，花牤子对村庄的守护彻底失败。奶牤子的媳妇寒葱和奶牤子结婚有三四年，一直没有怀孕的迹象，但是此时突然怀孕了，可以肯定的是，孩子并不属于奶牤子。经由叙述可知，寒葱曾经以探望病危的娘家舅舅为由去过一次城市，孩子极有可能正是在那次外出时所怀。虽然寒葱的孩子并不属于架线男人，但是在寒葱怀孕这件事上，我们可以看到她对于城市的向往，而这种向往不管是否早就存在，架线男人的到来一定加深了包括她在内的许多留守女性对于城市的认知。

因此，我们会看到某种新的知识进入了曾经封闭的青岗村。这种"新的知识"一方面指的是外出打工的青岗村男人在城市所习得的不良生活风气，包括对于女性身体/欲望的不自制。当然，社会学研究表明，无论是常年在城市打工的男性农民工，还是独自留守的乡村女性，都存在正常的生理需求包括性的需求无法满足的情况。① 但是在迟子建的叙事逻辑中，青岗村男人的堕落指向的显然是乡村伦理规范的失控。而"新的知识"更为重要的一方面，是指由"架线男人"所带来的城市生活方式或城市观念。相比于进城打工的青岗男人对于城市文化的被动接受、被动地影响青岗村的农民，来自城市的架线工人某种程度上便代表了城市，而通过对他们的生活方式、行为习惯以及对于有关城市生活的一切的讲述，关于城市/现代性的新知识被主动地播散在青岗村人的心中。与此同时，"有线电视"也成为一个符号，象征着闭塞的青岗村从此与外面的世界/城市/现代社会产生紧密的关系。

---

① 相关的社会学调查很多。有记者曾对郑州市以建筑工人为主体的农民工性生活进行了深入调查，结果显示半数以上的人半年没有性生活。并且被调查者普遍认为这是常态，且几乎都承认自己曾经有过观看色情影片和书籍的经历，且有过不同程度的性幻想。有社会学家认为，外出打工的已婚农民工，由于长期在生理上受到压抑，他们才会以一些不正常的方式发泄自己压抑的需要。详情可参见《性问题成为民工之痛：半数以上人半年无性生活》，《农村·农业·农民》（b版）2005年第5期。相对于城市中的农民工群体，乡村留守女性对性的需求可能表现得更加隐秘，比如乡村女同性恋的出现等。

第四章 "迷惘"的农民：抒情的消逝与农民主体性的解构 ❖❖❖

但这是一种不对等的关系，经由"有线电视"，现代城市单方面向传统的村庄传递着来自城市的生活方式和价值观念，城市意识形态以如此强势的方式打开了原本闭塞却自足的乡村世界，并对其进行改造。经由新的知识的改造，原本自足常乐的农民因为感觉结构的变化而认识到了自身的匮乏，这种匮乏却无法得到真正的满足。更为重要的是，新的知识彻底摧毁了传统的乡村秩序结构，传统的伦理秩序完全崩塌。

于是我们看到青岗村的男人们得知寒葱出轨之后，对花牤子群起而攻之："被虎牤子一拳打倒在地。接着，奶牤子上前把他穿的中山装撕烂了，挠他的脸。跟着，犟牤子狠踢了他几脚。柴牤子呢，他也踢花牤子，不过他专往裆里踢，把花牤子疼得打着滚儿地嚎叫，围观的陈六嫂啧啧叫着。夸她男人会打。就连平素跟花牤子最客气的蔫牤子和醋牤子，也在他身上动了拳脚。"[①] 迟子建这一段细致的描写，呈现了青岗村男人对于花牤子态度的急转直下，不无残酷地宣告了花牤子幻觉的破灭——一个被阉割的、身体残疾且被雇佣的小人物，即使他一直以来尽忠职守地维护着乡村的传统秩序——尤其是伦理秩序——却也无论如何不可能成为乡村世界的主宰者。当然，曾赋予花牤子以守护者身份的青岗男人，也绝不会成为青岗村的主人。他们对于花牤子的所作所为，更清楚地暴露了其自身伦理价值观的崩塌。而这一切背后的根源，无疑都来自城市现代性对于乡村世界的裹挟和卷入。以现代发展逻辑为表征的城市化所带来的新知识，并没有能够在乡村世界重构新的伦理秩序结构，更没有办法带给农民新的主体性和身份，反而更让他们陷入更大的困境之中。

花牤子的结局并不美好，在遭受青岗男人的群殴之后："花牤子站不起来了，他浑身酸痛，满脸是血，一路爬回家，尾随他的，只有两条呜呜叫的狗……到了第五天，刚收完秋的青岗人，看见花牤子又出来了。他面色灰黄，青着眼眶，佝偻着腰，用那只好手提着篮子，摇晃着向别人家收割后的麦田走去。他站在瑟瑟秋风中，常常把拾起

[①] 迟子建：《一坛猪油——迟子建短篇小说编年卷四（2004—2019）》，人民文学出版社2012年版，第142页。

的麦穗又扔掉了，因为很少有麦穗是饱满的。"[1] 最后一句意味深长，自足而圆满的乡村已经一去不复返，取而代之的是空瘪的麦穗和那在瑟瑟秋风中摇摇欲坠和不堪一击的农民，此刻的花牤子显得迷茫和落寞，但是作者并没有给人物一个明确的结局。而纵观整篇小说，作者其实并未用大量的笔墨渲染花牤子的悲惨，也没有将花牤子与其他人对立起来。换言之，在迟子建的笔下，城市与农民之间的冲突虽已暴露，但是并没有被它以完全对立的方式揭露出来。这样一种含蓄的叙述方式，反而得以让人更深刻地体会农民在现代化进程中所遭遇的困境和无奈。更为重要的是，花牤子这个农民形象因此具有了承载时代变迁的可能性。通过这样一个貌似怪异的人物，无性的村庄守护者及其命运变幻——可以看出时代的变迁，尤其是传统乡村伦理秩序的彻底崩塌。花牤子这个人物形象正因为他的无用而具有了巨大的能量："他以个人的坚守质疑着时代变迁的合理性：如果经济发展以破坏日常伦理为代价，以男人和女人们的堕落为前提，那么这样的'发展'是不是我们所需要的呢？如果不是，我们需要怎样的发展，才能迎来真正的春天呢？"[2] 这些问题通过一个貌似无用的人来呈现，更具有了某种反讽意味，也显得更为深刻。因此《花牤子的春天》和小说塑造的人物形象花牤子，不论在艺术上还是在现实意义上，都具有了重要的价值。

而徐广慧的小说《寂寞的村庄》，同样塑造了一个作为无用之人的村庄守护者——憨哑巴，并以此为纽带展开对整个故事的叙述。有意思的是，同样作为村庄守护者，憨哑巴与花牤子有着极大的区别。憨哑巴虽又聋又哑，却并没有丧失性能力。不仅如此，小说反而强调憨哑巴在性方面有着惊人的能力。憨哑巴和村里几乎所有的留守女人都存在着明确的性关系。"《寂寞的村庄》仿佛是一个关于'女儿国'

---

[1] 迟子建：《一坛猪油——迟子建短篇小说编年卷四（2004—2019）》，人民文学出版社2012年版，第142页。
[2] 李云雷：《另一个春天的故事——读迟子建〈花牤子的春天〉》，《作品与争鸣》2007年第7期。

第四章 "迷惘"的农民：抒情的消逝与农民主体性的解构

或者'寡妇村'的'性荒原'和'性泛滥'的故事，让一个留守的残疾国王（猪八戒或者加西莫多）成为了女儿国的王后。虎子的父亲（憨哑巴），无疑成为了一个被包养的大众情人和性欲机器。"①徐广慧通过《寂寞的村庄》讲述了一个有违伦理的故事，似乎颠覆了《花牤子的春天》中花牤子那种对于乡村伦理秩序的坚守。但事实上，在徐广慧的笔下，作为"大众情人"的憨哑巴的道德沦丧被赋予了某种合理性，这似乎有些荒诞和魔幻，但是憨哑巴正是以这种吊诡的方式在守护村庄中的女性乃至整个村庄，从而使得小说具有了某种反讽的意味，表达出作者对于现代化进程中农民和乡村困境的批判性思考。在这个意义上，《寂寞的村庄》与《花牤子的春天》其实殊途同归。那么，徐广慧如何将一个聋哑的，且看似道德沦丧的农民塑造成一个村庄的守护者？或者说，憨哑巴与女人们的不轨行为如何被叙述成合理的？这显然是《寂寞的村庄》最值得被讨论的问题。在对这一问题的回答和展开中，我们大概可以一窥乡村文明的溃败与农民的迷茫和无助。

《寂寞的村庄》采用的是第三人称叙事，叙事者是一位乡村少年虎子，他同时也是主角憨哑巴的儿子。作者采用这一叙事视角，其目的显然在于主动让渡出位置，与故事中的人物和事件拉开距离，使叙述显得更为真实和客观。与此同时，用懵懂纯真的少年视角来观照来福村中荒诞的人物和事件，也能产生一种震撼的效果——当处于青春期的懵懂少年，亲眼见证了乡村世界的道德沦丧、人性的扭曲、权势的欺压时，这些问题背后的根源——城镇化和现代化对于乡村传统秩序的破坏和摧毁——得以被更为深刻地表现出来。故事一开始，虎子便受到了冲击，他发现自己的哑巴爹竟然在棒子地与"东院大头她娘"野合，读者借此知道了这个女人真正的名字叫玉添。紧接着，虎子很快又明白了母亲为什么将家里十一只老母鸡分别取名为玉添、红玲、英笑、秋菊、萍丽、文文、雪花、荷香、云妮、三改、梅子，并

---

① 肖涛：《徐广慧的新发现——以〈寂寞的村庄〉为视》，转自徐广慧的新浪博客，http：// blog.sina.com.cn/u/1236553637，2021年3月26日。

且每一次在喂鸡的时候都会点着这些名字一个个骂过去。虎子借此确认父亲憨哑巴与村中分别叫这些名字的十一位女人都有着不伦的关系。可想而知,这对于一个无知纯真的少年来说是多么震惊和耻辱的事,因此虎子希望自己的父亲再也不要做如此可耻的事情。但有意思的是,随着叙述的推进,虎子对哑巴爹的行为竟然有了一些理解,甚至表示了认同,而在这一认同的过程中,憨哑巴有违伦理的行为逐渐获得合理性,与此同时,其村庄守护者的地位也经由虎子的视角逐渐确立。

虎子慢慢地察觉到,村里的女人都需要自己的父亲憨哑巴。这一需要不只是生理上的,更来自一种心理上的安全感。看似无用的憨哑巴,却成为来福村人的唯一依靠。村中女人需要帮助,第一时间想到的都是憨哑巴,比如雪花为三奶奶抬棺材不幸摔伤了腿:"这个时候大伙不约而同地想到了爹。背雪花上医院是爹义不容辞的事。过秋过麦,扛扛掂掂,修修补补,这些力气活爹在村里没少干。那一回,荷香家的房子漏了,爹给她修到凌晨一点。"① 而对于那些与哑巴爹有着不伦关系的女人,虎子也不再对她们感到痛恨,反而有了一些同情:"玉添三十二了,男人出去打工五六年了,公公婆婆,一个瘫在床上,一个疯疯癫癫,三天两头地给她要棺材。家里里里外外的活都是她一个人的。为了活命,干完地里的活,伺候完公公婆婆,她还要去十几里地外的窑厂拉砖坯。"② 而英笑的处境也同样如此,"英笑是个新媳妇,才17岁……结婚三天男人就跟一帮哥们走了。说是去美国打工了,一个月挣六千"。③

通过虎子的观察以及他个人心理活动的变化,与其说他是在说服自己,倒不如说作者借由虎子的视角将来福村以及身处其中的农民尤其是留守女性的困境更加形象地呈现了出来,而这一切都根源于城镇化进程所带来的村庄空壳化。"空壳化"不仅指向的是物理意义上的

---

① 徐广慧:《寂寞的村庄》,《长城》2009年第4期。
② 徐广慧:《寂寞的村庄》,《长城》2009年第4期。
③ 徐广慧:《寂寞的村庄》,《长城》2009年第4期。

村庄的空空荡荡，更指向的是村庄中的留守人员情感和精神上的空虚。正因为如此，又聋又哑、善良淳朴的憨哑巴才得以成为村庄的守护者，这几乎是巨大的讽刺。不仅如此，经由虎子的视角可以看出，作为守护者的憨哑巴实则与留守女人之间也存在着一种传统乡村部落的"互助关系"，而这也正是随着现代化的推进中所逐渐被破坏的乡村传统。比如虎子发现与爹有关系的女人对爹也特别照顾："数秋菊最疼爹。爹一去就先去幢屋，给爹做一大堆好吃的……她出手也大方，办完事，每回都从床底下抓出一大把钱来给爹。爹摇着头不要，她就把钱塞进爹的裤腰里，一回，出外间屋时爹又把钱搁桌子上了，她看见了，抓起来刺啦刺啦把钱撕了个粉碎，以后，她给爹就要"，"别乱花，攒着给青草看病"。[①] 而当新的权力压迫者恶霸村长大炮公开欺负憨哑巴时，来福村的女性摇身一变变成了保护憨哑巴的人，萍丽第一个挺身而出，梅子则主动去县医院叫来医生救治受伤的憨哑巴，却因为不识字导致迷路而无法将憨哑巴送到医院，这时候刚从窑厂干了重体力活回来的玉添二话不说背着憨哑巴去县城，一直走到天黑。虎子为之感到动容，并越来越理解哑巴爹和村中女人的关系。而经由虎子的叙述，我们也可以看到憨哑巴与留守女人们显然是一种超越伦理的关系。正如"以童年作为视角，也契合着小说超越俗常的叙事伦理。文学的道德和人间的道德并不是重合的……作家要把作品驱赶到俗常的道德之外，才能获得新的发现，进而建立起有别于世俗价值的、属于它自己的叙事伦理和话语道德"，[②] 徐广慧正是借由纯真的虎子视角和憨哑巴与留守女人的不伦关系这两者之间的巨大反差和碰撞，将看似违背日常伦理道德的故事叙述成了一个守护村庄的故事。作为守护者的憨哑巴，甚至有了某种程度上的崇高感，而他和留守女人之间的互助关系，也似乎强大到可以超越一切困难。不过这种对于困难的超越，终究是一种幻觉。随着虎子对于哑巴父亲行为的理解之加深，乡村内部的溃

---

① 徐广慧：《寂寞的村庄》，《长城》2009年第4期。
② 唐连祥：《童心关照下的乡村颓景——评徐广慧中篇小说〈寂寞的村庄〉》，https://xw.qq.com/cmsid/20180128G0184T00，2021年3月16日。

败越来越清晰地显现出来：来福村在城里打工的男人中，有六个把性命丢在了城市；即使是返乡归来的人，也都不再健全，比如大头被机器绞掉了一个手指头，但却只是得到了一千块钱，而可悲的是大头的娘玉添极为开心；虎子的童年玩伴小燕也去到了城市打工，却一直没有回来。不仅如此，作为来福村守护者的憨哑巴也日渐老去，走路也越来越不利索，他带着虎子一个村子接一个村子地崩棒子花，借以维持生计。经由虎子的叙述"寂寞的村庄"形象越来越清晰，并且显得更加寂寞和衰败。于是我们看到，无用之人憨哑巴的"有用之处"显得更加弥足珍贵，憨哑巴的地位越发重要，反衬出农民的无助也更加深切。当来福村以及内在其中的人陷入一种阿甘本意义上的"裸命"状态时，憨哑巴作为守护者的地位在来福村具有了最高的合法性。

相比于迟子建的《花牤子的春天》，徐广慧《寂寞的村庄》对于农民故事的叙述感情似乎更加浓烈，所以读来也让人顿觉农民的命运似乎也更加悲惨。尤其以一个纯真无邪的少年的视角来呈现农民的苦痛与迷茫，使农民的处境显得更为残酷。或许正因为如此，徐广慧在小说的结尾处也忍不住给了少不更事的虎子一些期待，正如《鲁班的子孙》中的老木匠坚定地相信小木匠会再次从城市回到黄家沟一样，虎子也执着地相信小燕会从城市回来，然后兑现小时候对小燕的承诺，娶她为妻。所以，他经常会在崩棒子花的空闲时刻，坐在枫香前的木头墩子上，认真地充满期待地望着某个路口。这样的结局一定程度上弱化了虎子幼小的心灵所背负的残酷事实，从而使得小说多了一丝温情脉脉。但是正如小木匠不可能再回到黄家沟，小燕其实也不会再回到来福村。"来福村"这个村名也同样有着强烈的反讽意味，乡村年轻女性为什么要到城里去？因为只有在城市里，才有可能做一个人，即使她们在城市同样会遭遇各种挫折或者羞辱，但是除此之外已无路可走。而对于乡村里的年轻男性而言也同样如此，少年虎子将来也必定会走向城市，无论是因为城市化的裹挟不得已而为之也好，还是因为对自我意识的追求也罢，这几乎是现代化必然的结果。正如《寂寞的村庄》中农民们的共识"致富有捷径，进城去务工"，现代化完全改变了乡村的秩序结构，也彻底改变了农民的生存和生活方式。在此意义上，关于农民的故事又将出现新的变化，叙述的空间也将从乡村转移至城市，农民工和许多相关的形象成为20世纪90年代后，尤其是20世纪以来文学主要讲述的对象，而这也正是本书接下来两章所要讨论的部分。

回到仍然身处乡村空间的农民及其故事中，如果说《花牤子的春天》通过将身处乡村的小人物的日常生活的沉浮，表现了作者对传统乡村伦理秩序崩塌的批评，反映出普通农民面对崩塌时的无助与迷茫；那么徐广慧的《寂寞的村庄》则是以一个纯真少年的视角讲述了父亲憨哑巴与留守乡村女性"乱伦"的故事，并通过对这一"乱伦"故事的合理化叙事，凸显了乡村世界的衰败与农民的迷茫、寂寞。所以这看似相悖的两个故事其叙述目的和意义指向是一致的。当然，更为重要的是，这两个文本所塑造的农民形象——无性的花牤子与聋哑的憨哑巴——具有某种共通性：即作为"无用之人"的村庄守护者，他们代表了90年代以来文学中所出现的新的农民形象，这样的一种形象看似吊诡——他们看似无用（身体上存在残疾）——可是对于乡村世界而言，他们又有着重要的意义。因为仿佛只有他们能够肩负着保护农民乃至乡村的使命，尽管这一切仍然会被证实是一种幻觉，但是有用与无用的并置使得人物具有了巨大的张力。如此一来，小说也更为深刻地揭示中国现代化发展对农民乃至整个乡村的冲击，呈现农民主体性的日渐丧失以及随之而来的迷惘和无助。

小　结

相较于80年代，尤其是80年代早期，90年代以来的文学叙述中农民形象发生了巨大变化，我们没有办法用一个具体的词来指代他们，因为他们通常表现为不同的形态，但是他们都有一个普遍的特征，就是迷惘。具体而言，如果说80年代早期的农民形象，常常表现为"自己为自己做主"的姿态的话——比如《内当家》中的李秋兰，又如自给自足的小生产者——那么20世纪90年代以来文学中的农民，越来越难以掌握自身的命运，比如在卢万成《内当家之死》中曾在80年代的历史语境中能够卓然独立的李秋兰，已然难以决定自己的房屋（财产）的归属，最后只能在无奈和迷茫中死去。李秋兰至死都不明白为何她所坚守的社会主义理想（比如尊严、平等）面对强大的资本时显得如此不堪一击。《野猫湖》中的留守乡村女性香儿，为了能够安全地、有尊严地生存，不得不变为一个女同性恋，甚至最终将丈夫杀害。从变身女同性恋到杀夫，反映了像香儿一样的弱势群体无路可走、从而只能诉诸本能对抗的艰难处境。《花牤子的春天》中丧失性能力的花牤子和《寂寞的村庄》中的憨哑巴，两个原本"无用"的男性农民，竟然成为村庄唯一的"守护者"，这无疑令人感到讽刺和无奈。写作者选择这样塑造农民形象，一方面是对90年代农民实际情况的一种反映，另一方面，写作者也将这些农民形象当作一个符号，寄托了自身对于社会和生活世界的理解，借他们的故事来反映中国现代化转型过程中，经济发展与社会主义理想之间所必然产生的冲突。尤其揭示了在这一冲突中农民所逐渐丧失的主体性及其根源——现代化所带来的一整套知识和规则。这套知识和规则让农民乃至乡村的主体性解构之后，却并没有办法为他们建立新的主体性。正是在此意义上，90年代以来的农民形象，常常让人觉得苦难和迷茫，原本自足圆满的乡村世界也常常呈现出颓败和空洞的一面。当然，这其实也反映出写作者想象力匮乏的一面。[①] 但也不可否认，写作者对于农民形象缺乏想象，在一定意义上其实是因为可供想象的资源匮乏[②]。当农民的主体

[①] 不排除有一部分写作者将农民形象塑造为"迷惘"甚至是"苦难"的，其实与他们缺乏对于农民及农民生活的理解力和想象力有关。这样的一种对于农民形象的塑造，存在概念化的嫌疑。

[②] 对此，陈忠实1993年创作的《白鹿原》值得一提。陈忠实在现代化语境之下塑造了一个作为"士绅"的农民形象。这一貌似"不合时宜"的农民形象的出现，一方面与20世纪90年代的民国热有关。另一方面恰恰是建立在传统的乡村秩序结构被现代化转型摧毁的基础之上的。陈忠实通过对士绅故事的讲述以及士绅结构的重新叙述，并对其进行某种美化，试（转下页）

第四章 "迷惘"的农民：抒情的消逝与农民主体性的解构

性被破坏之后，新的知识没有办法建构新的主体性，那么便只能在陷入苦难、迷茫叙事中难以自拔。所谓"新的知识"，一方面可以指与现代经济发展相关的知识，比如市场逻辑、资本增值、现代化生产等。而这些知识必然会破坏原有的乡村传统秩序，从而使得农民丧失原有的主体地位。

另一方面，新的知识还包括如社会主义新农村中的撤村并镇，新的居民点等措施。社会主义新农村建设能不能构成新的乡村主体，使农民重新成为自己生活的主人？这当然是极为困难的。因为新的居民点稍好一些的通常是江南一带小别墅，稍差一些的则是公寓房。可是，当我们提及传统的自给自足的乡村主体，所想象的对象多半是四合院，黎明即起，洒扫庭除。也正因为如此，20世纪90年代以来，所有关于农民及乡村想象的知识都没有办法建构新的农民主体，反而是破坏，这正是知识的危机，主体性的危机某种程度上正是知识的危机[①]。如果非要说田园诗，只有在一个地方才能出现，便是旅游景点的民宿或农家乐，换言之，所有关于农民和乡村的主体只有通过旅游景点的复制才能复活，这是值得关心农民和乡村的写作者、研究者乃至整个相关知识界需要讨论和思考的话题。

伴随现代化、城市化程度的加剧，一种新的农民形象成为90年代以来文学书写的对象——农民工。当然，对于"农民工"这一农民形象，在文学中也会被表述为不同的类型，比如保姆、小姐、女工，等等。由这些类型可见，他们也都失去了原来的作为"农民"的主体

（接上页）图以此寻找在现代中国重建新的乡村秩序结构的可能性，这某种意义上也是整个20世纪90年代以来的现代化、市场化转型所需要面对的问题与任务。虽然晚清之后，士绅结构也遭遇了破坏，可它仍然能够给20世纪90年代以来的乡土中国提供一种新的想象的资源。只是回到士绅结构，并不能够重建一种新的乡村秩序结构，也没法重建农民乃至乡村的主体性。所以，《白鹿原》更加凸显了可供想象的资源的匮乏——找不到任何想象资源，便只能回到传统的士绅结构中去。与此同时，《白鹿原》的写作也让我们再次意识到，直到今天我们仍然面临如何重建一种新的乡村秩序的任务。

① 对此，张承志在写作小说《草原》时，同时期写过的一篇散文有着很形象的诠释。散文的大意是曾经的草原和骏马是高度吻合的，但是后来的草原之上，马消失了，取而代之的是摩托车。摩托车显然与草原格格不入。这就是知识的危机带来的主体性危机。

性，不得不以其他身份出现在城市中，但是他们所身处的城市空间，并不是真正的城市空间，所以他们常常被认为是边缘的群体。但是，在另一层面，他们投身于城市，实则也包含着某种"进军"城市的主动性，包含着对于主体性的重新追求和建构的意味。

第五章　城市空间中的"边缘人"：自我意识的觉醒、实践与困境

在改革时代——以农村虚空化作为代价，以城市的发展作为目的的现代性方案之下，农民逐渐失去其主体地位，变得越来越迷惘和无所适从。20世纪90年代以来的文学叙述以不同的形式对迷惘的农民进行了阐释。但是，无论是"主随客便"从而重新失去主人地位的李秋兰，还是为了能够在空壳化的村庄中继续生存下去所以被迫成为同性恋的香儿，又或者是原本是无用之人可却成为村庄唯一的守护者的花牤子与憨哑巴，他们的故事都象征着农民乃至整个乡村主体地位的丧失。主体性的丧失自然也会生发出对于主体性重新建构的诉求，所以与迷惘的农民以及空壳化的村庄及其书写相伴随的另一面，则是农民工及其相关叙述的出现。换言之，90年代民工潮的出现，无疑宣告了现代化进程中传统乡村共同体的解体。但是又不可否认的是，当农民从原有的共同体中脱离出来时，却又被迫生长出重建自我的愿望，哪怕这种自我常常被表述为"做一个人，拥有作为一个人最起码的尊严"。正如严海蓉在《虚空的农村和空虚的主体》中的开头所记录的："一九九一年发生在深圳的一场工厂大火，夺去了六十八位打工妹的生命。一位来自湖北的农村姑娘侥幸劫后余生，当记者问她为什么伤愈后又从老家返回深圳打工时，她说就像经历轮回一样，到头来你还是希望选择做人……在不同的场合，这些年轻的农村女性们却有着类似的表述——在中国当代发展的情景下，农村成为她们想要挣脱和逃

离的生死场,而不是希望的田野;希望的空间,做'人'的空间是城市。"① 毫无疑问,"在中国当代发展的情景下,农村成为她们想要挣脱和逃离的生死场,而不是希望的田野;希望的空间,做'人'的空间是城市"。②

如果说农民这一语词原本意味着一种明确的身份——土地的主人(尽管这一身份在现代化进程中遭遇了解构),那么,农民工这一称谓从一出现,便自带着某种身份上的不确定性:他们不再是农民,历史的变动使他们离开了土地,在城市工作和生活,却又无法拥有新的身份,他们无法进入城市的主流空间,只是在城市的夹缝中生存。可是正因为如此,他们的自我意识变得愈加强烈,对于尊严、平等、主体性的诉求也更为迫切。正是因为这样一种复杂的状态,使得许多文学写作者开始关注这类在现代化的历史进程中出现的新的农民形象。而文学也最善于对个体退出原来的共同体、进入新的话语体系中的状态进行敏感的记录与呈现。本书将文学中的农民工形象称为"边缘人",表示一种"在而不属于"的状态。但是正如小说本身是一种世俗的艺术,回答的正是人的日常生计问题,所以在小说中,个体的自我意识实践必然需要形式化。因此,20 世纪 80 年代中后期尤其 90 年代以来的小说叙述中,农民工常常被描述为不同的形态:建筑工人、保姆、拾荒者、小姐等。他们区别于现实意义上的建筑工人、保姆、拾荒者或小姐,而是成为一种符号。这些符号一方面呈现了某种身份的不确定,突出了农民工无处安放的自我以及他们边缘的处境;另一方面,经由对这些符号的叙述,我们得以深刻体会人物内在迸发出的强烈的自我意识以及对于主体性重新建构的诉求——农民工建构新的主体性的愿望比以往任何时代的农民更为迫切。因此,相比滞留于村庄的迷惘的农民形象,作为边缘人的农民工形象不再是一个完全消极的概念,其内在蕴含着巨大的张力与复杂性。某种意义上,农民工这个群体是在以另一种独特的方式重新进军城市,从传统乡村代表的那个旧中国

---

① 严海蓉:《虚空的农村与空虚的主体》,《读书》2005 年第 7 期。
② 严海蓉:《虚空的农村与空虚的主体》,《读书》2005 年第 7 期。

第五章　城市空间中的"边缘人"：自我意识的觉醒、实践与困境

向新的社会状态进军，这种勇气远远大于任何一代农民。在进军的过程中，他们也的确在最大限度地介入整个社会的变动，其规模、付出努力的程度，对现实本身所造成的影响都是史无前例的。

需要强调的是，本章的论述是针对关于农民工的叙述较为突出的文学形象。不可否认，20世纪90年代以来关于农民工形象的文学建构，有一部分只流于苦难叙述，缺乏足够的复杂性和想象力。因此，本章选择了《残桥》《放声歌唱》《小黄米的故事》《明惠的圣诞》《走夜的女人》这几篇关于农民工形象较为突出的作品，作为讨论的对象。但是在对它们展开论述之前，有必要对另外两篇发表于80年代初期关于"农民形象"的文本进行考察，即铁凝的《哦，香雪》和路遥的《人生》。将作为边缘人的农民工形象与80年代初期的农民形象进行一种对比，能够更为历史性地呈现现代化转型中农民的自我意识实践，及其在这一过程中所遭遇的困境。铁凝的《哦，香雪》[1] 呈现给我们的是一个近乎完美的充满理想的农村青年形象，它承载了80年代早期的理想与幻觉：个体足以通过自身的奋斗，通过学习知识改变自己的命运，走向城市；而路遥《人生》[2] 中的高加林，一方面让我们看到农村青年高加林退出乡村、离开土地的迫切性与正当性（也正是在此意义上《人生》以文学的方式阐释了80年代改革开放的合理性），但是另一方面，也症候式地呈现了知识对于农村青年改变命运的无用性以及自我意识的实践形式日趋个人主义化。某种程度上，《人生》昭示了经由《哦，香雪》所呈现的80年代早期的幻觉存在的危机，不过并没有完全展开。而出现在它们之后的《残桥》《放声歌唱》《小黄米的故事》《明惠的圣诞》《走夜的女人》等几篇作品，使我们充分看到80年代的理想与幻觉——通过自己的努力（知识）改变命运的宣告——不复存在，取而代之的是，农民只能借由身体或作为劳动力走向城市，游走于城市的边缘，所以他们自我意识的实践形式常常表现得十分极端化。这一定程度上与80年代中后期，尤其是90年代以来

---

[1]　铁凝：《铁凝小说集》，花山文艺出版社1985年版。
[2]　路遥：《人生》，北京十月文艺出版社2009年版。

作家关于农民的写作缺乏可供想象的资源有关。但更为重要的是，通过对于作为边缘人的农民工的叙述，我们可以更加清楚地看到，一种关于自我意识与主体性的力量——个人经过苦难的实践，通过身体的无数次被剥夺，逐渐获得了越发强烈的个人意识实践和主体性建构的愿望，这种强烈意识使得他们足以最大限度地介入整个社会的变动中，给城市带来巨大的影响。

第一节　从香雪到高加林：20世纪80年代早期的理想及其实践

严格来说，《哦，香雪》中的香雪与《人生》中的高加林，都不只是农民，因为他们还有着另一重身份——知识分子。但是，他们似乎代表了80年代初期的农民对于"自我"的另一种想象，即到城里去，去实现个人的价值。这也是对80年代理想的呈现，每一个人都可以通过自己的努力，去往远方/城市，从而改变自身的命运。正因为如此，他们与80年代中后期以来出现的到城里去从而实现自我、改变命运的农民形象，具有了某种共通性。更为重要的是，经由将香雪、高加林与80年代中后期"到城里去"的农民形象进行对接，可以勾勒出一条较为清晰的叙事逻辑，作为一个农民，试图通过知识进入城市，从而改变自己的命运与身份，这种方法逐渐变得不可能，而农民通过身体或作为劳动力进城，日趋成为唯一的途径。由此，我们可以更加清楚地理解80年代中后期——尤其是90年代以来出现的作为边缘人的农民工形象及其内在包含的复杂性与张力。

铁凝的《哦，香雪》创作于1982年，这篇小说曾引发文学界的高度关注，并成功入选1982年年度优秀短篇小说。小说塑造了一个纯真而又有理想的乡村女孩形象。这样的一个乡村女性的形象，与80年代的文化语境中对改革的期待与憧憬，形成了一定程度的契合，也与80年代官方对于"社会主义新人"的重视取得了一致性。不可否认，铁凝笔下的香雪正是80年代的社会主义新人，她既有着乡村女孩的淳

第五章 城市空间中的"边缘人":自我意识的觉醒、实践与困境

朴和天真,同时又有着年青一代对文明的自觉的追求。正如当时的批评界对《哦,香雪》达成一种共识:"《哦,香雪》是一个以'求真'(现代化)追求为核心,并'善'(香雪的善良、淳朴)、'美'(诗意的文本)相统一的'和谐'文本。"① 也正因为如此,《哦,香雪》以及香雪这个人物形象获得了各方的赞赏,并为 80 年代的改革确立了正当性与合法性。某种意义上,香雪这个乡村女孩的形象,也承载了整个 80 年代的幻觉,"每个人都能够通过某种途径改变自身的命运"。这显然是一种对于城市的现代性想象,或类似于福柯所说的"现代性的态度",福柯在《什么是启蒙中》将现代性想象成"一种历史的态度,而不是一个历史的时期",在这一"现代性的态度"之下,每一个人都将离开自己的原住地,奔赴一个目的,热情地被召唤过去。对于香雪而言,这另一个"目的"无疑是城市,而这个"城市"对她而言,显然不只是一个地理上的概念,也不仅仅是政治、文化的空间,更是一种心理上的空间。因为这一"空间"的足够强大,使她想要离开农村,改变命运的自我意识也越发强烈。

香雪的理想和自我意识,在小说中经由她对"看火车"的行为以及对"铅笔盒"的渴望得以呈现。"看火车"是《哦,香雪》的主要情节。香雪所在的村庄台儿沟原本没有火车,有天终于通了火车,并且可以停留一分钟。对于这"一分钟",不只是香雪,台儿沟的姑娘们都很期待。显而易见,火车象征着现代文明。与此同时,火车也承载着乡村女孩们对于"外面的世界"的想象,火车的进入意味着封闭的乡村世界由此被打开,而乡村女孩的内心也被掀起波澜,对未来有了新的向往和期待。铁凝对"看火车"这一行为本身着墨颇多。首先是"看"的行为,无论是怎样的情况和环境,台儿沟的女孩香雪、凤

---

① 这一部分参见蒋军《又见"香雪"——一种乡村女性形象谱系的考察》,硕士学位论文,华东师范大学,2009 年,第 3 页。文中提到,王蒙认为,"台儿沟的人和陌生的列车上的人都是多么善良和美好",陈丹晨也强调,"凤娇,用自己全部的真心实意去结识列车员,而不存心得到什么回报。台儿沟的人们就是这样谦和挚诚啊",批评家们也同样在不断地将自己的思考纳入当时整个社会"一切向前看"话语体系之中,从小说文本中阐发对现代化的美好憧憬和乐观想象。

· 211 ·

娇等,都一定会去观看,看火车停下来,然后再呼啸而过,而更为重要的是看火车上的城里人。火车满足了女孩们对于城市和文明的所有想象,与此同时,她们也通过"看"的行为,发现了自身的匮乏,而匮乏恰恰是自我意识与主体性得以产生的条件。因而香雪对于其自身主体性的追求——"成为城里人"——得以萌发。而相比于"看"的行为,"被看"某种意义上对于乡村女孩们显得更为重要。火车的停留和火车上的人,使得香雪与凤娇们有了一种"被看"的自觉,因为她们深知火车上的城里人一定会看她们。所以,每一次看火车,哪怕只是短短的一分钟,她们都要花很长的时间精心打扮。更为意味深长的是,"她们仿照火车上那些城里姑娘的样子把自己武装起来,整齐地排列在铁路旁,像是等待欢迎远方的贵宾,又像是准备接受检阅"。[①] 正是因为"被看"的自觉,使她们成为城里人的自我意识越发强烈。不仅如此,她们通过"物"这个纽带,与火车上的"城里人"发生着联系与互动,而不仅仅只是静止的"看"与"被看"。在小说中可见,香雪与其他几位姑娘(凤娇们),都会用物品与火车上的乘客进行交换,从而与他们产生某种关联,并获得自我的满足,再次强化自身对"外面的世界"/城市的想象。在此意义上,香雪与如凤娇般的女孩们并没有太大区别,她们都是以"火车"以及火车上的人作为媒介,使自我意识得以觉醒,并产生了建构一种区别于"农民"的主体身份的愿望。

但事实上,香雪和她的自我意识与其他几位女孩并不一样,甚至有着本质的区别。经由对乡村女孩们"看火车"的叙述可知,香雪的"看"与凤娇们全然不同。凤娇们所看到的是火车上城市女孩们头上的发卡、脖子上的纱巾、耳朵上的金圈圈以及脚上的尼龙袜等,这些都是实实在在的"物质"。而香雪只对火车上女孩子的皮书包、铅笔盒感兴趣,对于皮书包与铅笔盒而言,相对于其实在的物质属性,显然其所表征的符号意义更为重要,它们是"知识"的象征。所以我们看到,香

[①] 载铁凝《铁凝小说集》,花山文艺出版社1985年版,第136页。

第五章 城市空间中的"边缘人":自我意识的觉醒、实践与困境

雪的个人理想与凤娇有了本质的区别,凤娇希望能够与"白白净净、身材高大,头发乌黑,说一口漂亮的北京话"的年轻乘务员建立某种男女之间的关联,由此建立与城市的关联。但香雪则是希望通过"知识"改变自己的身份,正如她经常会在火车上趁着卖鸡蛋的工夫打听北京的大学是否需要台儿沟的人,她的眼中并没有凤娇们的金圈圈、尼龙丝袜以及闪闪发亮的发卡,更没有白白净净的列车员。毫无疑问,铁凝显然对于香雪有着偏爱,所以她通过将香雪与凤娇们对比的方式,并试图将某种世俗的欲望以及男女情爱的渴望转移到凤娇们身上,借此反衬香雪的纯洁和她对知识和理想的坚持。所以,"这篇小说,从头到尾都是诗,它是一泻千里的,始终一致的。这是一首纯净的诗,即是清泉。它所经过的地方,也都是纯净的境界"①。也只有这样,香雪这个乡村女孩才足以承载20世纪80年代的理想与幻觉。

除"看火车"之外,"铅笔盒"也是铁凝重点叙述的部分。铅笔盒作为一个符号,承载着香雪的理想,且经由这一符号,铁凝再现了香雪个人意识和主体性从萌发到获得的过程。铅笔盒象征着知识,代表着香雪"考大学,到城里去"的理想。但意味深长的是,香雪需要的是一个"自动铅笔盒"。香雪最初使用的是一个木头铅笔盒,这个铅笔盒由父亲手工制作而成。但就是这么一个饱含父爱的自制铅笔盒,使得香雪遭遇了同学的歧视,从而激起了香雪对城市的渴望。同学们时不时会问:"你上学怎么不带铅笔盒呀?"②"其实,她们早就知道那只小木盒就是香雪的铅笔盒,但她们还是做出吃惊的样子。每到这时,香雪的同桌就把自己那只宽大的泡沫塑料铅笔盒摆弄得嗒嗒乱响。这是一只可以自动合上的铅笔盒。"③由此,"香雪的心再也不能平静了,她好像忽然明白了同学们对她的再三盘问,明白了台儿沟是多么贫穷。

---

① 孙犁:《读铁凝〈哦,香雪〉》,《小说选刊》1983年第2期。孙犁的评价对于《哦,香雪》受到文坛的普遍关注极为重要,也因为孙犁的肯定,在1982年度优秀短篇小说评选过程中,《哦,香雪》从曾经的备选篇目中的倒数第五名,跻身为一等奖。
② 铁凝:《铁凝小说集》,花山文艺出版社1985年版,第135页。
③ 铁凝:《铁凝小说集》,花山文艺出版社1985年版,第135页。

她第一次意识到这是不光彩的",① 在"自动铅笔盒"的刺激下,香雪深深感受到了自身的"匮乏",想要通过知识改变自身处境的个人意识也越发强烈。所以,香雪希望能够用四十个鸡蛋换取火车上一位城里女孩的铅笔盒——一只装有吸铁石的自动铅笔盒。铁凝对于香雪得到铅笔盒之后的描写颇具深意。为了换取自动铅笔盒,香雪错过了下车的时间,而下一站西山口距离台儿沟足足有三十里,车上的乘客都很担心香雪一个小女孩走夜路不安全,可是她却回答:"没关系,我走惯了。"而事实上,香雪曾经会因为呼啸而过的火车感到惧怕,她从来不是一个大胆的女孩子,当她下车之后,其实"害怕这陌生的西山口,害怕四周黑幽幽的大山,害怕叫人心跳的寂静,当风吹响近处的小树林时,她又害怕小树林发出的窸窸窣窣的声音。但是,当她看着手中的'自动铅笔盒',她竟然有了勇气,并且忽然之间,她发现月亮是这样明净。群山被月光笼罩着,像母亲庄严、神圣的胸脯;那秋风吹干的一树树核桃叶,卷起来像一树树金铃铛……她不再害怕了……大山原来是这样的!月亮原来是这样的!核桃树原来是这样的!香雪走着,就像第一次认出养育她成人的山谷……"② 面对黑夜的西山口,香雪的心理变化看似有些突然,但是铁凝对于香雪的心理变化的描写,显然是有意为之。这正是柄谷行人的"风景的发现"——"只有在对周围外部的东西没有关心的内在的人(inner man)那里,风景才能得以发现。"③ "只有伴随着'个人意识'的觉醒和内在'主体性'的获得,才可能'发现风景'。"④ 所以香雪"发现原来大山是这样的!月亮是这样的!核桃树原来是这样的!"发现身边的一切非但不令人恐惧,反而那么美好。换言之,风景的发现背后是主体性的形成过程,你有什么样的主体性,才会发现什么样的空间,主体性被外化为风景。香雪得到了自动铅笔盒,变

---

① 铁凝:《铁凝小说集》,花山文艺出版社1985年版,第135页。
② 铁凝:《铁凝小说集》,花山文艺出版社1985年版,第139页。
③ [日]柄谷行人:《日本现代文学的起源》,林少华译,生活·读书·新知三联书店2003年版,第15页。
④ [日]柄谷行人:《日本现代文学的起源》,林少华译,生活·读书·新知三联书店2003年版,第19页。

第五章 城市空间中的"边缘人":自我意识的觉醒、实践与困境

得勇敢和自信,坚定地相信自己与城市之间存在着必然的关联,所以她才能够发现西山口令人感到亲切的风景。换言之,无论是"个人意识"的觉醒还是内在"主体性"的获得,都源自自动铅笔盒的获得。因为有了自动铅笔盒,香雪重新获得了属于自己的主体性,这种主体性不同于凤娇们对物质与爱欲的向往,这是一种现代的、与改革所需要的"社会主义新人"相契合的主体性。也正是因为这种主体性,香雪坚定地相信:"那时台儿沟的姑娘不再央求别人,也用不着回答人家的再三盘问。火车上的漂亮小伙子都会求上门来,火车也会停得久一些,也许三分、四分,也许十分、八分。……"[①] 铅笔盒似乎有着某种魔力,无论"谁用上它,就能一切顺心如意,就能上大学、坐上火车到处跑"。[②]

换言之,自动铅笔盒的获得让香雪在小说的叙述中获得了主体性,有了尊严感,走向城市的自我意识似乎很快将要实现。也正因为如此,香雪这一乡村女孩的形象,最大限度地契合了20世纪80年代的改革话语,成为80年代初期的"社会主义新人"。当然,我们也应该看到,香雪的故事中其实包含着许多的不确定性和矛盾。正如评论者所言:"'铅笔盒'的'现代光环'并非天然具备,相反,它是通过一系列'遗忘'与'压抑'的机制'生产'出来的。首先'遗忘'的是'铅笔盒'所包含着的'女同学'与'香雪'之间的'不平等'关系;其次'压抑'的是和'铅笔盒'同样是'物'的'发卡'、'纱巾'的合理性,后者完全被视为'物欲'的代表,而毫无'铅笔盒'的'光环'。"[③] 所以有两方面的问题其实可以进一步讨论,首先,香雪与女同学之间的不平等关系并不能够完全通过一个自动铅笔盒而抹平,这里的不平等已然涉及教育的不平等,贫穷的香雪与富裕的女同学在起点上就不平等,她们所能得到的教育资源其实也不可能平等。因此,对于来自贫穷的农村

[①] 铁凝:《铁凝小说集》,花山文艺出版社1985年版,第135页。
[②] 铁凝:《铁凝小说集》,花山文艺出版社1985年版,第140页。
[③] 罗岗、刘丽:《历史开裂处的个人叙述——城乡间的女性与当代文学中个人意识的悖论》,《文学评论》2008年第5期。

的年轻人而言，通过知识改变命运的可能性显然要小于来自城市的年轻人，这一点在20世纪90年代以后，尤其是21世纪以来的社会现实中已经反映得相当清楚。当然，相对而言，80年代早期通过自己的努力（尤其是知识）改变命运，仍不可否认为一个足以鼓舞人心的信念。其次，香雪身上的物欲，并不能因为被压抑和转移而变得不存在。小说中的一处细节饶有意味，在获得了心爱的铅笔盒之后，香雪放入的是一盒擦脸油，而按照叙述的逻辑，理应是一支铅笔或与之类似的象征知识的物件。不论作者有意还是无意，作为一个乡村女孩，香雪显然也同样不可能拒绝"物欲"，甚至用后设的眼光来看待的话，物欲的满足成为90年代以后整个社会奋力追求的目标。但是，对于这两方面的内容，铁凝的叙述并未涉及，也正是因为潜在的问题和不确定性，铁凝并没有办法设置一个确定性的结局。而且，获得自动铅笔盒的香雪，虽然坚定地相信有了铅笔盒/知识，自己便能够走出大山，走向更远的未来，因而获得了某种主体性的满足，但是这种主体性带来的满足感却并不是完全确定的，甚至只是暂时性的。恰恰也正是因为这种不确定性和暂时性，才使得理想与幻觉显得美好和动人。

相比于香雪故事的完美，路遥《人生》（1982年）中的高加林及其个人奋斗的故事就显得更为复杂、曲折，结局也充满遗憾。这主要表现在他对离开乡村的渴望，而且这种自我意识来自现代知识。在香雪的故事中，因为谋篇布局的不同，也因为塑造"社会主义新人"的需要，所以这种由现代意识所构成的自我意识与传统乡村之间的冲突表现得并不明显。而高加林的故事则恰好让我们可以看清现代性知识与乡村的冲突。如果说集体主义时代依靠集体所有制，具有现代意识的农村青年能够在其中实现自我，那么实行单干政策之后，被现代知识激发和建构起来的自我反而变得无处安放。正因为如此，80年代开始，农村青年争先恐后离开乡村、去往城市。那么，路遥具体如何讲述高加林及其"个人奋斗"，成为本章亟待讨论的话题。路遥对于高加林这一形象的塑造较为复杂：一方面有着作者对高加林以及由其

第五章　城市空间中的"边缘人"：自我意识的觉醒、实践与困境

所揭示的现代化转型中农村青年遭遇的问题的批判，另一方面也表现了作者对作为弱势群体高加林及其命运的同情与惋惜。通过批判、同情与惋惜，与《哦，香雪》一样，《人生》实则论证了20世纪80年代改革开放的合理性——农村青年高加林应当离开乡村和土地，他的才能理应有一个向上的空间，而这个空间是城市，这便是80年代改革开放的全部合理性。尽管如此，相比于铁凝，路遥显然更往前迈进了一步，铁凝并没有告诉我们香雪是否进入了城市，及其自我意识是否在城市得以安放。而路遥则让我们看到农村青年高加林最后遭遇了失败，知识并不能够使他进入城市。从香雪到高加林的人物故事的变化中，我们得以窥见80年代早期理想——通过知识改变命运——的失效，也可以看到中国现代化转型给个体尤其是农民带来的困境：知识并不能够让农村青年实现自我价值，资本与官僚的结合使得自我意识的实践形式逐渐趋向个人主义甚至利己主义。而在这一语境之下，并未掌握任何资源的农民，其自我意识的实践将变得更为困难和残酷。

《人生》中的高加林，一直处于退出乡村共同体、进入城市共同体而不得的困境之中。换言之，"退出"与"进入"，构成了《人生》的全部内容。具体而言，《人生》的第一章到第三章表达了高加林"退出"的强烈意愿，小说通过一系列的细节叙述，为高加林的想要离开农村以及自我意识确立了合法性。因此，路遥以对高加林的外貌展开描写的方式让小说得以开始："农历六月初十，一个阴云密布的傍晚，盛夏热闹纷繁的大地突然沉寂……高家村高玉德当民办教师的独生儿子高加林，正光着上身，从村前的小河里蹚水过来……他是刚从公社开毕教师会回来的，此刻，浑身大汗淋漓，汗衫和那件漂亮的深蓝的确良夏衣提在手里，匆忙地进了村，上了硷畔，一头扑进家门……"[1]"漂亮的深蓝的确良夏衣"显然是城里人的打扮。所以路遥从故事的一开始便立刻让我们看到，高加林是被"安放"在乡村空间的，这意

---

[1] 路遥：《人生》，北京十月文艺出版社2008年版，第1页。

味着他本来就不属于这个空间。他努力读书正是因为不想再做农民，而现代教育和知识体系促使他生长出一种现代的自我意识。因此，在关于"深蓝的确良夏衣"的描述之后，我们看到了路遥对于高加林身体细节富有象征性的描写："他的裸体是很健美的。修长的身材，没有体力劳动留下的任何印记，但又很壮实，看出他进行过规范的体育锻炼。脸上的皮肤稍有点黑；鼻梁高，大花眼，两道剑眉特别耐看。头发是乱蓬蓬的，但并不是不讲究，而是专门讲究这个样子的。"① 优美的肉体、修长的身材，没有任何体力劳动的痕迹，在这样的一个关于身体细节的叙述背后，可见20世纪80年代的启蒙主义如何进入路遥的写作之中。对于一个"男性农民"的身体的描写，通常是不会像路遥这样来写的，因为关于身材的健美，既可以来自运动锻炼，也可以通过体力劳动获得。于是我们看到，叙事者通过将高加林的身体进行一种启蒙主义式的解读，使得"文明"的概念出现，由此得以确立起高加林身体的正当性。而在这样一个关于身体的叙述过程中，阅读者会自然地将同情给予高加林——如此健美的身体，不应该接受体力劳动的摧残，换言之，高加林绝不能只做一个农民。于是，高加林的自我意识以及他的"退出"从小说的一开始就被赋予了合法性。

高加林强烈甚至夸张的自我意识，又通过另外两个情节得以体现。第一个情节是，高加林到县城卖馒头。他多次试图发出卖馒头的吆喝声，却始终没有发出声音。这显然因为高加林的自我意识中他已经不是农民，但客观现实中他确又是农民，所以他的内心极为矛盾，矛盾导致他无法发出叫卖的声音。换言之，当高加林被迫试图进入农村的时候，他的自我意识却顽强地阻挡他。第二个细节是当刘巧珍帮助他卖掉了馒头，将他从困境中拯救出来之后，两个人结伴走在回家的路上时，高加林发现了刘巧珍的美："他惊异地发现巧珍比他过去的印象更漂亮……衣服都是半旧的；发白的浅毛蓝裤子，淡黄色的的确良

---

① 路遥：《人生》，北京十月文艺出版社2008年版，第17页。

第五章　城市空间中的"边缘人":自我意识的觉醒、实践与困境

短袖;浅棕色凉鞋,比凉鞋的颜色更浅一点的棕色尼龙袜……高加林突然想起,他好像在什么地方见过和巧珍一样的姑娘。他仔细回忆了一下,才想起他是看到过一张类似的画。好像是俄罗斯画家的油画。画面上也是一片绿色的庄稼地,地面的一条小路上,一个苗条美丽的姑娘一边走……"[1] 也就是说,高加林之所以忽然觉得刘巧珍漂亮,是因为他想到了风景。其实此处涉及的依然是柄谷行人提出的"风景之发现"——风景实际上指的是一个占统治地位的人的政治和文化的空间,风景的发现背后是主体性的形成过程,一个人具有什么样的主体性,才会发现什么样的空间。[2] 具体而言,当如俄罗斯油画般的巧珍成为被高加林发现的"风景",我们可以看到高加林主体性的来源和形成过程——来自现代知识和教育体系,而在他的主体性的形成过程中,他一定是一个无视外部的人——无视刘巧珍作为本土性的存在,只有这样才会发现风景,才会觉得巧珍像一幅俄罗斯油画中的姑娘。而事实上,乡村女孩巧珍未必就真的和俄罗斯油画中的姑娘一样,所以与其说高加林发现和观察的是巧珍的美丽,倒不如说他投射的其实是自己对于女性美的经验与想象。正如柄谷行人所言:"在山水画那里,画家观察的不是'事物',而是某种先验的概念。"[3] 通过刘巧珍的美,高加林通过现代知识和教育体系所建构起来的"自我意识"再次得以呈现。

还有一个与高加林退出乡村的愿望紧密相关甚至具有关键意义的情节就是"卫生革命事件"。当高加林作为民办教师的位置被顶替之后,他迫于无奈,决定安心在农村做一名农民。于是,他试图将自己学到的知识投入实践中,便在村中进行了"卫生革命":因为村里的井水太脏,高加林动员刘巧珍等村中青年购买了漂白粉,放入井水中,可是这一行为却遭到了村中大多数人的质疑。当他们用在学校学的化

---

[1] 路遥:《人生》,北京十月文艺出版社2008年版,第42页。
[2] 参见[日]柄谷行人《日本现代文学的起源》,林少华译,生活·读书·新知三联书店2003年版,第11页。
[3] 参见[日]柄谷行人《日本现代文学的起源》,林少华译,生活·读书·新知三联书店2003年版,第11页。

学原理给大家解释漂白粉的作用时，甚至受到了众人的奚落和嘲讽，这显然意味着"愚昧很快打败了科学"。这场风波最后在高明楼的相助之下才得以结束。换言之，比之高加林的现代知识，村民们毫不犹豫地认同了高明楼的权威，只有当高明楼亲口喝了一口放了漂白粉的水时，村里的老百姓才敢于接受了"革命"后的井水。在此意义上，如果说关于高加林"身体"的细节充分呈现了农村青年高加林与乡村的格格不入，现代知识与乡村传统之间的冲突，那么"卖馒头"的情节和高加林重新发现了乡村女孩刘巧珍如"俄罗斯油画"般的美丽，则进一步呈现了高加林内在包含的由现代知识所建构起来的强烈的自我意识与主体性。而"卫生革命"的失败，则在更深层次的意义上，赋予高加林"退出"乡村充分的合法性和必要性。正如杨庆祥所认为的："'卫生革命'的失败是必须的，只有通过这种预定的失败，高加林才能强化这样一种观念：既然这个环境、这些群众是如此的愚昧不堪，那么作为拥有'现代知识'的我，就只有通过离开、抛弃、背离这个环境才可能获得幸福。"[①]

个体退出乡村共同体的另一面，意味着他必然同时需要进入另外一个话语体系，而高加林的理想便是进入城市。而从"退出"到"进入"的过程，一定是一个学习的过程。正如德勒兹讨论《追忆似水年华》时谈到个人如何进入社交场所——必须学习如何拿酒杯、如何喝茶、遇见女士应当如何称呼等。实际上，社交场所已然是一个符号体系，这个符号体系中一定存在着一个大主教与立法者，所有规则由他制定，若想进入则必须对这些规则进行学习。高加林若想进入城市的话语体系，自然也需要学习。不过需要区分的是，高加林实际上有过两次进入城市的情况，第一次是在县城读高中，他经历了"学习"的过程，比如学习刷牙。只是小说并没有对这一阶段高加林的学习进行直接叙述，而是经由刘巧珍这个人物形象从侧面反映了高加林的改变。于是路遥让刘巧珍这个人物承担了双重叙事功能，一方面表达刘巧珍

---

① 杨庆祥：《妥协的结局和解放的难度——重读〈人生〉》，《南方文坛》2011年第2期。

第五章　城市空间中的"边缘人"：自我意识的觉醒、实践与困境

若要讨高加林的喜欢，则必须进入高加林所认同的"城市话语体系"，于是刘巧珍也开始学习刷牙；另一方面，刘巧珍承载着高加林的前史——中篇、短篇小说的写作因为篇幅限制，很难面面俱到，因此需要借助其他方式交代人物前史。在刘巧珍身上，我们完全可以想象，高加林当年为了进入城市的话语体系，如何在学校学习刷牙和学习其他新知识。但是，这一次进入城市的经历只是暂时的。高加林高中毕业后回到村中做了一名民办教师，但是很快他的民办教师的位置被村支书高明楼的儿子取代，如果说在村里做一名民办老师使他某种程度上获得了进入"城市话语体系"的满足感（至少不用做农民），那么高明楼动用权力彻底摧毁了高加林暂时性的满足。某种意义上，路遥通过这一情节的设置，给予了高加林正式进入城市话语体系并认同城市的规则充分的正当性与合理性："既然这个组织制度（村委会）已经完全成为个人牟取私利的工具（关键无论从能力、经验、威望等角度来看，高加林在短暂的时间内都无法代替高明楼来掌握这个组织），那么，通过'不合法'的手段获得个人的利益也就情有可原。"[①]

经过上述一系列铺垫，路遥关于高加林正式进入城市话语体系的叙述便有了充分的动力。当高加林逐渐发现进入的现代话语体系背后的立法者和大主教并非他想象的俄罗斯风景画，而是权力官僚阶级时，高加林的"学习"才得以真正开始。高加林当军官的叔叔转业后回到县城当了劳动局局长，叔叔的下属马占胜为了巴结上司，动用关系使得高加林成为县委机关的记者。于是高加林通过"真正的学习"，完全明白了阻碍他进入城市的力量不只来自知识——因为他已经具备了现代知识，而是权力规则或弱肉强食的丛林原则。更进一步而言，路遥让我们看到高加林强烈的自我意识，也让我们同时看到这种自我意识在实践的过程中怎样逐渐走向个人主义化。高加林的"自我"被纳入个人主义，尤其是个人利己主义的话语体系。从1982年开始，中国

[①] 杨庆祥：《妥协的结局和解放的难度——重读〈人生〉》，《南方文坛》2011年第2期。

便面临着转折,当原来在中国革命和现代化过程中逐渐形成的、并被安放在集体中的自我意识破灭之后,个体的自我意识便需要寻找一个新的实践的形式——在小说中尤其如此。那么,这种新的实践形式是什么?对此,高加林一开始的想象极为浪漫,写小说、做乡村教师。但是经过对城市规则的学习以后,他逐渐发现自我意识的实践形式必然只能依靠个人的成功,表现在《人生》中便是高加林对县城的征服:他要在县城至少是在其所在的单位中占据一席之地。在此意义上,高加林的形象,在小说中逐渐承担了更多的隐喻功能,而不仅仅被视为一个农村的知识青年,他变得越来越抽象,越来越接近巴尔扎克笔下的外省人形象拉斯蒂涅——当拉斯蒂涅跑到巴黎时,第一个动作便是大喊一声"巴黎我来了",从边缘走向中心,毫无疑问他要征服巴黎。而高加林身上表征出的是福柯意义上的现代性——福柯说现代性是一个态度,所有的人都为了一个目的争先恐后到另一个地方去,这就是现代性。争先恐后奔赴一个"目的",一定是对原来的故乡的退出,而这个目的一定包含在一种对"成功"的强烈意愿中,因而包含着征服的冲动。有意思的是,路遥不仅对于高加林非正当的"进城"方式给予了充分的正当性,还通过对高加林在记者岗位上的表现让我们感受到了一种报复和扬眉吐气的快感,高加林"征服"县城的方式被叙述为他既会写稿子,又会打篮球,受到了县城众多女孩子的喜欢。而且对于高加林自身而言,他也感受到了前所未有的快乐。尤其当他与黄亚萍聊天时,因两个人的共同语言而获得了满足。当黄亚萍又开始重新追求高加林时,习得了城市规则的高加林,为了自己的前途和自我的满足,抛弃了刘巧珍选择了黄亚萍。这看起来似乎有些残忍,但是在叙事的逻辑上其实是顺理成章,因为高加林只有在城市的话语体系中才能够实践自我意识。只不过高加林的自我意识被纳入个人利己主义的话语体系,或者更准确而言,他进入的是个人主义的话语体系。

当然,沿着高加林个人成长的逻辑发展,我们也可以感受到作者自身的恐惧。因为高加林这个人物形象,越来越偏离传统的乡村青年

第五章　城市空间中的"边缘人"：自我意识的觉醒、实践与困境 ❖❖❖

形象，即一个农村青年，怎么能够不爱劳动，而且试图离开乡村；与此同时，一个农村青年怎么能够因为被有文化的城市女青年喜欢，就抛弃了自己同为农民身份的淳朴善良的女朋友。这样的一种恐惧实际上与潜在着的对于社会主义正当性的认同有关。但是聪明如路遥，通过刘巧珍这一概念化的形象——淳朴、善良，愿意接受现代知识，却又热爱着自己的乡村——将自己内心的恐惧分化了出来；同时，路遥也通过德顺老汉这一形象的存在缓解了自身的恐惧。德顺老汉实际上是德性的象征，他每一次出现在小说中，都是为了干扰、阻碍或者校正高加林的行为，但是每一次的校正又都于事无补，或者只是事后训诫。换言之，在传统的现实主义文学里，在涉及人的成长主题时，都会出现一个引路人形象，他会在人生的关键阶段对人进行引导，但是德顺老汉并不具备这样的功能，他不足以与高加林所表征的个人主义话语对抗，德顺老汉所象征的德性已经没有办法来规训高加林。所以在此意义上，德顺老汉这个人物形象的功能仅仅在于化解写作者的某种恐惧与遗憾。而经由写作者的恐惧与遗憾，也可见路遥对于高加林进城的方式及其自我意识的实践形式，包含一定程度的批判与惋惜，所以最终我们看到高加林的结局是：被张克南的母亲举报揭露他是通过"走关系"的方式进入的城市，他又不得不回到乡村成为一个农民。换言之，《人生》恰恰一方面对高加林依靠不正当关系"进城"的报复性心理进行呈现，表现出对他的同情以及赋予其"走关系"进城极大的合理性和正当性，另一方面又对高加林被纳入个人主义话语体系的自我实践有着恐惧和遗憾，以此表现出对高加林的批判与惋惜。通过这种充满矛盾的叙述，路遥似乎意在某种程度上论证20世纪80年代改革开放的合理性——高加林对于自我意识的追求怎么能够被压抑？高加林就应该离开乡村和土地，他的才能当然应该有一个合理的向上的空间，这也是读者通过阅读《人生》能够与高加林产生共鸣之处。而这也正从侧面解释了为什么路遥的作品在二三十年后仍然能够不断拥有一批又一批青年读者的追随。也正是在此意义上，路遥关于高加林故事的叙述与铁凝关于香雪故事的叙述，与20世纪80年代早期关于小生产者的梦想的文学叙述,在某种意义上都具有了一种同构性,即共同论证了改革的合法性。但是对于现代化改革会带来怎样的问题,20世纪80年代早期的文学并没有办法回应和展开,对历史我们只能抱有同情之了解的态度。

但即便如此,通过高加林自我意识的实践路径,我们可以看到路遥80年代现代化过程中所隐含着的问题的症候式呈现,知识对于改变命运、实现自我价值的关键性意义不复存在。因此,《人生》中实则有着对香雪未来命运的回应——充满理想的香雪未必真能通过"读书"进入城市的话语体系。与此同时,农村青年高加林自我意识的实践过程,也揭示了中国现代化改革以来逐渐产生的问题其原因并非完全来自市场化,同时也包括了官僚与市场的结合,个人利益成为每个人乃至整个社会行动的重要甚至是唯一动力,由此自我意识在实践过程中被纳入了个人主义的话语体系。于是《人生》为我们提出了一个问题:在现代化的转型中,个体如何寻找一个自我意识最恰当的实践形式?对此,路遥自己并没能给出确定的答案①——路遥只是让被举报后的高加林重新回到乡村,陷入悲切和迷惘,但是毫无疑问,高加林的困扰与迷茫在80年代改革初期是深刻而超前的。《人生》开启了80年代的个人主义实践,无论是在现实中还是文学叙述里,农民"自由迁徙"已经慢慢出现。自由迁徙的两面便是退出与进入,同时包含着异乡变成故乡的过程,这不仅包括身体的移动,还包括思想和情感的迁徙,尤其迁徙者身份的失去与重新获得,以及由此面临的对于自我的重新识别。农民自由迁徙的过程影响了各个阶层,80年代中后期关于进城农民的文学叙述大量出现便是体现。事实上,80年代中后期关于农民工的文学叙述,都存在着对路遥提出的问题的回应:农民奔向城市之后,其被现代化唤醒的个人意识及其重构主体性的诉求遭遇了巨大的困难与阻碍,甚至常常以悖论的方式得

---

① 路遥在《人生》的最后一章(第二十三章)表达了他"未完待续"的心愿,20世纪80年代中后期(1985年到1988年)他创作的《平凡的世界》,某种程度上是路遥对《人生》中高加林不确定的结局的回应。

以实现,"边缘人"成为形容农民工的一个充满苦难却又不乏张力的符号。

第二节 到城里去与作为"劳动力"的农民

香雪作为一个完美的乡村青年形象,承载了20世纪80年代的理想与幻觉:农村青年依靠知识和个人奋斗,得以进城从而改变命运。路遥却通过高加林的结局,让我们看到仅仅想通过知识改变命运,并不能成为农村青年进城的方式。这一方面反映了80年代早期改革所建构的"个人奋斗"的理想所面临的危机,另一方面,对于市场与权力结合的症候式表达也昭示了个体的自我意识的实践方式日趋个人主义化。所以某种意义上,以香雪到高加林的变化作为一种症候,在《哦,香雪》与《人生》之后关于农民以及农民进城的文学叙述所发生的变化及其征兆,其实早已包含在80年代早期的叙述之中。如果说对于农民而言,在中国当代发展的情景下,农村不再是他们希望的田野,那么,城市对他们而言又意味着什么?当知识不再成为改变命运的重要途径,未掌握其他重要资源的农民,当他们离开乡村共同体、进入到城市之时,他们该如何安放"自我"?王润滋创作于1986年的《残桥》[1]可被视为较早讲述农民进城打工即农民工故事的小说之一。但对于《残桥》而言,其更为重要之处在于,王润滋敏感地察觉到,随着现代化进程的推进,自我意识被唤醒的农民,其自我意识的实践和主体性的重构其实只会越来越艰难。换言之,从《哦,香雪》到《人生》,再到《残桥》,可以看到一条较为清晰的叙事脉络,经由对这一脉络的考察,我们可以较为清楚地看到农民逐渐变为市场逻辑下所需要的"人力资源",农民个人自我意识的实践甚至走向了反面。

《残桥》中的德兴,与香雪、高加林一样是一位有志向的农村青年,对于"到城里去"满怀憧憬。小说中有一大段关于德兴向翠翠说

---

[1] 王润滋:《残桥》,《中国作家》1986年第6期。

明自己为何要去往城市的描述:"啥好?泥炕泥锅台好?鸡屎鸭浆臭猪圈好?还是穷好、苦好?……咱们不趁年轻时跳出这火坑,到老来也是他们那样一副样子啊!春天用肩膀拉着耧种,夏天戴着破草帽在地里锄,秋天挑着、抬着、推着地老鼠似的往窝里搬,为的啥?就为冬天能坐在炕头上热汤热水地吃碗粗饭!一年一年这么过,一辈一辈这么过。从爹妈生下来,到老,到死……对,奋斗!不要以为考不上大学就什么都完了,就非下庄稼地不可。你还记得咱初中时同班的杨小丽?她不肯在农村找个女婿过日子,跑进城里去干临时工,后来成了演员,嫁了市长的儿子;还有董剑……翠翠,别再照老黄历过日子了——盖房子,结婚,生儿育女,起早贪黑下庄稼地……睁开眼睛看看现实,多少人都在奋斗……为今后的好日子奋斗。"① 这段慷慨激昂的长篇大论,显然不只是为翠翠而说,更是德兴"自我说服"的一种重要方式,也是他被现代化激发的"自我意识"的一种显在表现。但是,相比于高加林和香雪的离开乡村的愿望,德兴的"出走"被表述得更为迫切,如果说高加林对农村的逃离很大程度上是因为他学到的知识在乡村无法发挥作用,但是在被张克南的母亲举报其"走后门"因而不得不重返乡村时,高加林客观上仍然可以做一名农民或小生产者。而出现在20世纪80年代中后期的农民德兴的处境,却是完全无路可退,一方面,是因为接受过现代教育的他显然已经不能接受小农经济的生活方式;另一方面,也是更为重要的原因在于,曾给农民带来黄金岁月的小生产者的生活方式从80年代中期开始确实遭遇了困难,单靠这种生产方式已经难以维持农民的基本生活需求。不仅如此,同样作为高中生的德兴,他所拥有的知识在小说中已不再被特意提起,更准确地说,此时王润滋已然意识到,知识本身不再是农民通往城市、改变自身命运的重要途径。正如德兴所言:"对!奋斗,不要以为考不上大学就什么都完了,就非下庄稼地不可。"② 而且他举出了很多村中没有读多少书可是却在城市中谋得一席之地的例子,比如"还有董

---

① 王润滋:《残桥》,《中国作家》1986年第6期。
② 王润滋:《残桥》,《中国作家》1986年第6期。

第五章　城市空间中的"边缘人"：自我意识的觉醒、实践与困境

剑，三班打球那个傻大个子，考试常常不及格，可人家现在是'二郎神'，骑着'嘉陵'驮着筐，贩鱼贩虾，一年就是万把块"。① 由此可见，"无路可退"的德兴，有一种自信和乐观，这种自信和乐观无疑仍然来自现代知识教育。尽管他否认了知识的有效性，但是他已经却被现代知识教育建构起了现代自我，从而对未来和个人奋斗充满了憧憬与期待。那么，当德兴毅然决定"退出"乡村，他将如何跨越城乡之间的障碍，"进入"城市空间，从而实现自我的理想与价值呢？对这一问题的回答，显然才是王润滋《残桥》的重点。

德兴进入城市第一次的落脚之地是一个城郊嘈乱的小店，由于解救过店主的女儿，德兴在店中谋得了一份工作——帮助豆腐店推磨。"水磨安放在后院里，是老山里坚硬细质的青石凿成，据说是老店主从老家那边运来的。磨，已经磨去了一半儿，只剩下一拃多厚了，磨眼周围磨出了一道道深深的手指痕……我没来的时候，水磨是老店主一个人推的。"② 如今，德兴的工作便是和老店主一起推这台"人力磨"："我推了。青石磨转动了。可走了没两圈儿磨棍就掉下来……把住了，身子不那么朝外趔了。转了一圈、两圈、三圈儿……掉下来再套上去……我头晕起来，胃里面像灌满了生豆浆，一阵阵地朝上顶，脚底下也摇摇晃晃走不稳，像个原地转圈儿的醉汉。"③ 可见，德兴进入城市后，却仍然以农民的方式在生活，所以他的"心里充满了羞耻和屈辱。我的父亲、我的母亲在乡下里累死累活地干，而我却在城里给人家做儿子，给人家推水磨"。④ 当然，这份工作只是临时的，后来德兴终于找到了一份正式的、只有在城市才会存在的工作，并获得了一个新的身份——建筑工人。建筑工人正是在城市化进程中出现的新群体，他们大多来自农村，这一群体也成为小说热衷描写的对象。王润滋是开创这一农民形象的写作者之一。那么王润滋笔下的建筑工人

---

① 王润滋：《残桥》，《中国作家》1986年第6期。
② 王润滋：《残桥》，《中国作家》1986年第6期。
③ 王润滋：《残桥》，《中国作家》1986年第6期。
④ 王润滋：《残桥》，《中国作家》1986年第6期。

是什么样子的呢？显然并不是马克思意义上的工人阶级。对于德兴当建筑工人的工作，王润滋有过几次极为详尽的描述。德兴的工作准确来说叫"推石方"——"前面正在填平一条大沟……光是小推车恐怕也有上千辆，黑压压的一片，蚂蚁似的蠕动着，将土石方从坡上推进沟底……所有的小推车都在奔跑，几乎所有的车手都光着脊梁，赤黑色的臂膀和胸脯在晨光下闪动。在滚动的车轮下面，在纷乱的脚步下面……升腾起一股股黄色的尘土……在这里，按劳分配的原则似乎得到最充分的体现：每一条路口都设一道卡子——一个戴红胳膊箍的检查员。他有权检查每一辆车子是不是装得满，装得满才发给一个两寸见方的小纸牌，就凭这小纸牌记工、领工资。"① 刚从小店走出的德兴，觉得这样的场面极为壮观和带劲，甚至跟随他一起进城的虎子，也忽然打起了精神，欢快地跑来跑去，摇着尾巴。此刻的德兴忽然又对城市充满了憧憬，对于凭借自己的劳动赚更多的钱，从而改变命运的理想又重新燃起。换言之，直到此时此刻，德兴仍然乐观地相信，即使不依靠知识，靠自己的勤劳和努力也足以使其在城市生存和立足。但是紧接着，德兴便发现这只是自己的一厢情愿，他看到了在推石方的吴大哥："竟然没套车绊，就凭两只铁轴般的胳膊架起千斤重的小车。由于装得满，框里的泥土和石块在奔跑的颠簸中不断地掉落下来……他只穿一条脏污的裤子，腰带上棱棱角角的肌肉闪着青铜般的光，汗水在那一层厚厚的黄尘上流下道道浑浊的小河。裤腰已经湿透了……也就是说在这两三秒钟他是单手扶住千斤飞车的……他转过身又朝坡上奔去，一双大脚将已经踩硬的路面搓得松散了。所有的人都在亡命地奔跑，去抢那皱巴巴的纸牌。"② 德兴忽然感觉到了恐惧，"从没有看见过这样可怕的场面，这样触目惊心的争夺与拼搏！"③ 而等到他自己开始推石方时，他则更为拼命，"这样恐怕也有四五百斤重！我咬咬牙架起来，摇摇晃晃地朝前走……下坡路难走，车子带着巨大的惯力

---

① 王润滋：《残桥》，《中国作家》1986年第6期。
② 王润滋：《残桥》，《中国作家》1986年第6期。
③ 王润滋：《残桥》，《中国作家》1986年第6期。

第五章　城市空间中的"边缘人":自我意识的觉醒、实践与困境

向下冲,需得稳住才行。我的整个身子都向后倾斜,背与路面几乎成三十度角。套在脖子上的麻绳车绊陷进肉里去,两只脚一前一后死命地朝后蹬着,可还是无法控制飞奔而下的车子。车轮跳过挡在路面上我无力躲开的石头,颠落筐里的泥土,泥龙似的朝下滚去……满工地的人都吓呆了"。[①] 如果不是吴大哥帮忙,德兴必然会随着车子滚下去,甚至连命都没有了,可是即便如此,德兴也不愿意撒手。

德兴进入的其实只是城市的边缘地带,幽暗的孙家小店的豆腐磨坊,又或者是尘土飞扬、弥漫着汗臭的城市建筑工地与工棚。如果说在小店推磨的工作,某种意义上还能称之为劳动,那么在工地上推石方充其量只能被称为出卖劳动力。经由对推石方的细节描写,我们可见吴大哥、德兴乃至其他农民的身体已经不再属于自己,他们成为一台高速运转的机器,根本没有办法停下来。每个推石方的工人,将满载石方的车子推到检查员处,得一张小纸牌并凭此领工钱,这看似是按劳分配,但其实是赤裸裸的剥削。因为显而易见,工人的付出与收获之间并不对等。但是这些农民工仍然觉得满足与愉快,正如六子所说:"我就在这儿推土方,干得好一天能挣十几块,吴大哥那一天挣了十八块。"[②] "每天每天,在十几个小时的奔跑之后,这些乡下人将沉重地倒在干草或木板铺起的地铺上,一遍又一遍地数着浸透自己汗水的纸牌而幸福地睡去……"[③] 这是多么心酸的画面。从20世纪80年代中后期开始,农村的实际情况每况愈下,种地根本已经无法满足他们基本的生活所需,而进入城市却也只能凭借出卖身体或劳动力来获得微薄的收入。因此王润滋较早地意识到了农民在现代化进程中所将要遭遇的困难,而且王润滋还告诉我们,哪怕是这样的一份将自己的身体放置在人力资源市场进行不等价交换的工作,德兴也必须通过托人、送礼这样的非正当的途径获得。显然,市场与权力的结合在《人生》之后,再一次出现在了《残桥》的叙述中。

[①]　王润滋:《残桥》,《中国作家》1986年第6期。
[②]　王润滋:《残桥》,《中国作家》1986年第6期。
[③]　王润滋:《残桥》,《中国作家》1986年第6期。

"走关系"令德兴感到屈辱,但是一旦付诸行动,便表示他已经进入一个学习与认同规则的过程之中。有着强烈的"自我意识"和"个人理想"的德兴,当他进入"建筑工地"之后,显然不满足于按部就班地推石方,他这一次主动遵照城市的规则,试图为自己寻找更好的位置。"他学会了狡黠、昧良心甚至欺骗。连随他同来的那只熟通人性的狗——过去乡村生活的象征物,也和他一样随'城'入俗,掌握了图谋生存的手段。"[1] 德兴逐渐认识到,送两盒烟给独耳聋,就能一车换两张纸牌,随着送的东西的增多,换回的纸牌也变得更多,有一天竟然赚到了三十块钱。他也会经常私下里请独耳聋喝酒、吃饭,如此一来,当独耳聋找到了更好的工作时,便把发纸牌的位子让给了德兴。从此,德兴成为工地的主宰者,给谁发牌,发多少牌完全由他说了算。正如德勒兹认为,任何一个话语体系背后一定有一个大主教和立法者,所有规则都由他制定,个体只有承认和认同大主教和立法者的权威性,并熟悉话语体系的规则,才能顺利进入话语体系。当然,还有另一种进入话语体系的办法,就是将大主教取而代之,重新订立规则。在《残桥》的语境之中,城市话语体系的规则之一是"市场与权力"的结合,德兴选择了认同、遵守乃至使用这一规则,从而得以谋得一席之地,哪怕只是建筑工地上发工牌的检察员,但是至少在建筑工地这一小型的权力体系中,他拥有了一定的话语权。

可是,看似拥有了身份和话语权的德兴却并没有感觉到踏实,反倒是更加不安和孤独。因为这样的一种身份与话语权仅限于工地这一底层空间。不仅如此,身份与话语权的获得,是建立在被彻底抛出原有的共同体,并违背传统乡村伦理准则的基础之上的。因为与独耳聋的关系,使得吴大哥和其他工友对德兴产生了误会,甚至大家将吴大哥和一些工友被开除的事与德兴联系在一起。所以,当他因为重新找到了吴大哥之后感到无比开心时,却不料遭遇了吴大哥的怒骂和工友

---

[1] 梁光玉:《探寻跨越城乡对峙的桥——试析王润滋的新作〈残桥〉》,《理论月刊》1987年第2期。

的毒打。于是我们看到,当德兴从乡村共同体中离开时,吴大哥、小六子以及其他同病相怜的工友是他在城市中得以暂时喘息和依靠的小共同体,现在他却被驱赶出来。正如评论者所言:"德兴进城后的'个人奋斗'只能是在建筑工地卖力气。从乡村共同体被抛入城市底层,成为原子式的个人,主人公遭遇了剥削关系下的高强度劳动,人与人之间的利益和竞争关系,也学会了'走关系'和'磨洋工',在主人公的自我意识里,这是骆驼祥子式的人性堕落。"[1] 而最初的那个充满理想、乐观积极的德兴已经不复存在。

对于德兴的结局,王润滋并没有给出答案。德兴辞掉了工地的工作,也并没有留在小店,而是走向了秋水清寒时节的"残桥"。在"残桥"上他产生了幻觉,仿佛见到了爹和翠翠,随后三个人共同跳进了水里。对于一个存在于20世纪80年代中后期,曾有着明确的自我意识与理想抱负的农村青年,王润滋无法给出一个极为确定的结局。事实上,"不确定"某种意义上正是德兴及其"自我"的一种状态,这或许也正是王润滋着力想要表达的吧。实际上,当德兴从乡村传统共同体中脱离出来后,小说一定会将其自我完全形式化,因为小说本身是世俗性的艺术,回答的是人的日常生计的问题。但是,《残桥》并没有这么做,相反,《残桥》具有了诗歌的形式与意味,小说中出现了大量的想象、梦境、幻觉以及心理描写,乡村、爹和翠翠不断出现在德兴的想象、梦境乃至幻觉中,与德兴在城市的现实处境不断交织、穿插。实际上,德兴并没有进入到任何一个话语体系之中,而是最终跌落在连接乡村与城市之间的残桥之下。小说中出现过多次德兴既怀念乡村,却又不愿意回去;既憎恨城市,却又对城市充满期待与热爱的矛盾表述——"我嫉恨城里人,可羡慕城里人的生活。像打麦场那么平的柏油马路、闪着霓虹灯的剧场和电影院、百货大楼、动物园,播放着外国歌曲的录音机、沙发、电视、高跟鞋、喇叭裤……跟又穷又落后的农村比,这城里是天堂。"[2] 换言

---

[1] 张帆:《两种小生产者及其历史命运》,《文艺理论与批评》2019 年第 5 期。
[2] 王润滋:《残桥》,《中国作家》1986 年第 6 期。

之，通过一种诗意的叙述，王润滋有意凸显了德兴既不能进入城市话语体系却又无法回到乡村共同体之中的"边缘"状态。德兴成为某种移动的能指，象征着农民内心的孤独，对确定性自我的渴望，以及对未来的想象。

  通过德兴这一人物形象，王润滋表达了他一贯以来对于现代经济发展与传统的乡村秩序结构之间的冲突的担忧及因其引发的困惑。类似的困惑，更早一些出现在王润滋《鲁班的子孙》之中，认同"城市交易法则"的小木匠与代表传统良心的老木匠之间的冲突，实际指向的正是市场逻辑与传统乡村秩序结构之间的矛盾。对于这一冲突和矛盾，王润滋的解决方式是：在故事的结尾处让小木匠迫于传统和道德的压力再次离开了黄家沟，却同时又让我们看到老木匠笃定小木匠一定会"回归"——在老木匠看来，只有在黄家沟，小木匠才有"立脚的地场"。有评论者认为，"小说以老木匠对于'良心'的满怀自信而告结尾，老木匠与小木匠的冲突在文本内部达成和解，但是这种和解在现实的历史进程中并没有出现"。[①] 事实上，随着历史进程的推进，哪怕是文本内部的和解也再不可能出现，德兴的故事所反映的正是这种和解的不可能。虽然在城市中历经歧视和磨难，但是德兴却不断表现出不愿意回到乡村的姿态，他不愿回到过去，回到像他的父亲所经历的一样的农村生活中去。正因为如此，王润滋选择了"残桥"这样一个意象，给予了德兴一个相对较为抽象的结局：无处可走，只能跌落在一座年久失修又因为洪水常年若隐若现的"残桥"之下。"残桥"对应的实际上是德兴心中一直所期盼的那座桥，这座桥可以连接城市与乡村，这种连接不仅是地理意义上的连接，更指向的是心理上的连通："他渴望有一座桥，一座连接城市和乡村的桥，实际上那应该是一座连接新旧世界、新旧生活的桥，一座连接过去、现代、未来的精神的桥。"[②] 但是这座桥并没有出现，他面对的只是一座随时

---

  ① 王润滋：《"大和解"是否可能：从〈内当家〉到〈鲁班的子孙〉》，《现代中文学刊》2010年第5期。
  ② 王润滋：《残桥》，《中国作家》1986年第6期。

第五章　城市空间中的"边缘人":自我意识的觉醒、实践与困境 ❖❖❖

随地可能消失的"残桥"。在此意义上,德兴的命运和遭遇某种意义上可被视为王润滋对于他在《鲁班的子孙》中留下的疑问——小木匠是否还会回到黄家沟?——的回应,显而易见,哪怕在城市无法立足,小木匠却也必然不会再愿意回到乡村。从这个层面上而言,《残桥》的结局比《鲁班的子孙》更为确定。事实上,我们会看到20世纪80年代中后期开始,伴随着国家重心向城市的转移,农民告别了改革后的黄金时代而再次陷入生存困境,经由德兴的故事可知,农民个人意识的实现不可能遵从香雪所期待的方式,他们只能通过接受身体的被剥削、成为城市的廉价劳动力来进入城市,而且他们进入的也只是城市的底层空间,比如建筑工地。如果说在《鲁班的子孙》中,王润滋虽然有犹疑和困惑,但是我们仍能看到他对于小木匠回归乡村有所期待,那么透过《残桥》,我们深刻地感知到王润滋的悲观甚至绝望。而更值得感慨的是,王润滋并没有能够找寻到一种农民得以实践自我意识的有效形式。或许也正因为如此,王润滋在80年代中期之后便逐渐不再写作:"面对渐行渐远的经济学和人性的现实,王润滋式的写作其实已经不可能。"[1] 当然,停止写作的另一方面也与王润滋的健康状况有关[2],可是前者显然是更为深层的因素。

但是不管如何,王润滋以德兴这一人物,开创了中国城镇化进程中的农民工形象。同时,他也回应了80年代早期关于"农民"的叙述与想象——小生产者想象以及"农村知识青年"的想象——的失效,并表达了自己对于现代化变革尤其是商品经济发展之下,农民命运的担忧,以及对农民主体性重构、自我意识实践的思考。"有些人只看到农民进城发财,王润滋看到的是庄稼人离开土地的艰难。历史已经给中国农民提供了脱离土地或脱出传统的生活方式的某些条件,但历史也给中国农民提供了新的生存选

---

[1] 张帆:《两种小生产者及其历史命运》,《文艺理论与批评》2019年第5期。
[2] 在1985年前后,"他于40岁的生命巅峰卧床不起……"。见张炜《文学的兄长——悼王润滋》,《山东文学》2002年第3期。

择的艰难。"① 在《残桥》之后的文学作品中，尤其是20世纪90年代以来的文学叙述中，写作者对于农民工的叙述，基本上遵循了德兴这一人物的叙述模式。或者更为准确一些而言，是遵循了《残桥》中小六子与吴大哥的讲述方式。尤其是小六子的归宿，几乎成为90年代以来关于农民工的文学书写中人物的普遍归宿与结局。在城市奋斗多年的小六子，最终在一次高空作业中坠到地面，身体瘫痪、不能自理，后被吴大哥背回乡村，他用"身体"所换得的金钱变为一座楼房，这是他仅能获得的一点尊严。事实上，在90年代以来关于农民工的文学书写中，对于个人理想与自我意识的书写，经常与"苦难"联系在一起，这样的写作当然与农民历史境遇的巨大变化有关，但这也导致了很多作家将"苦难"作为叙述的重点，简单地施予人物以同情，却没有办法借助人物呈现现代化运动的复杂性。在这一点上，《放声歌唱》（2006年）无疑是一个例外，因为这部小说"不像大多数写底层的作家那样，一味地表达对底层的同情和怜悯，更没有将自己的底层叙述作为底层怨恨的一个宣泄渠道。当然，对底层的同情和怜悯，以及宣泄底层的怨恨情绪，这些都是可贵的文学表达，但这种文学表达常常隐含着一种道德主义的倾向——其中掺杂着大量的虚伪的同情和怜悯"。②

刘继明《放声歌唱》的故事其实并不复杂。乡间的跳丧鼓歌师钱高粱到城里成了一名建筑工人，却不幸遭遇了工伤，从脚手架上摔了下来。钱高粱的儿子钱小乐带领父亲试图利用法律向包工头张大奎索赔。但是因为张大奎买通了法官，所以钱高粱的案子被法院撤回。父子俩想再去法院讨说法，却遭遇了门卫的阻拦与歧视。最终，走投无路的钱氏父子只能跑上法院的顶楼，一边唱着丧鼓歌，一边从楼顶纵身跃下。显然，这是一个紧贴社会现实的故事——农民工维权不成而

---

① 滕云：《历史的前进运动与作家的道德思考——说说王润滋论题》，《文学评论》1987年第3期。
② 贺绍俊：《底层写作中的"新国民性"——以刘继明创作转向为例》，《文学评论》2007年第6期。

跳楼自杀。① 但刘继明的重点显然不在于对钱高粱父子的悲剧与苦难的描述与记录。《放声歌唱》的独特性在于，作者借由对农民工维权这一与社会现实紧密相关的事件的文学叙述，一方面呈现了中国现代法治所面临的困境：虽然在制度和话语上战胜和征服了乡土伦理，却在实践中让钱高粱父子落入走投无路的困境；另一方面，经由现代法治所面临的困境，从而深刻展现了在中国经济改革和社会转型的大潮中，农民在经济、法律、政治乃至文化上遭受的总体性歧视，尤其农民脱离乡村共同体之后，重新获得尊严和建构主体性变得更加困难。当然，小说更重要的地方在于，通过农民最终选择的维权方式（跳楼），我们可以看到一种自我意识实践的极端形式及其内在复杂性与张力。

与一进城便遭遇迷茫绝望的德兴有所不同，刚入城时的钱高粱貌似一度在城市获得了地位甚至具有了某种主体性。正如小说开头所叙述到的：钱高粱逐渐在工友中有了一定的威望，受人尊重，仿佛是一个工头儿，不仅如此，连包工头张大奎也认可了钱高粱在民工中的地位，遇到纠纷与矛盾也总是会找他商量对策或者让他来调解，钱高粱也总是能够将矛盾化解，他的地位也逐渐上升。钱高粱从混住的工棚搬出来，租了个房间安顿下来："一个人像模像样地过起了日子，平时工地上没有活干，他就跑到茶馆里喝茶听书……差不多把自己当成了城里人了。"② 但事实上，钱高粱的地位与威望更大程度上来自"乡间伦理"，即吃苦耐劳则能受人尊重。某种意义上，工地也正是一个小型的"乡村"，复制了乡间的秩序结构，而只有在这一秩序中，钱高粱才能获得一定的地位。但是，这一吃苦耐劳背后实则包含着农民

---

① 有关农民工跳楼的事件并不少见，"富士康工人连环跳"是一个典型事件。从 2010 年 1 月 23 日富士康员工第一跳起至 2010 年 11 月 5 日，短短不到一年的时间内，富士康连续发生了 14 起跳楼事件；而从 2011 年至 2012 年又有多名富士康员工跳楼，2013 年 3 月 29 日，富士康再次发生跳楼事件，其中 2012 年 1 月 13 日，富士康有百名员工集体跳楼，最终被制止。2018 年 1 月 6 日，富士康又一名员工因为索要返还费未果选择跳楼。此处数据系参考关于"富士康跳楼事件"的百度百科，http：//baike.baidu.com/view/3624334.htm，2021 年 3 月 29 日。

② 刘继明：《放声歌唱》，《长江文艺》2006 年第 5 期。

在经济上遭遇的剥削,与"德兴""小六子""吴大哥"的"进城"路径一样,钱高粱同样依靠出卖体力劳动,即抬预制板在城市生存。正如小说中对于抬预制板这一份工作的描述:"抬着几百斤重的预制板从曲里拐弯,颤悠悠的'之'字形跳板一直爬上五楼,稍微出点儿差错,就有可能从跳板上摔下去,即使不丢掉性命,也会落下个缺胳膊断腿的下场。"①换言之,在钱高粱依靠乡间伦理所建构的地位背后,实则是农民遭遇的理性经济伦理的压榨。经由小说的叙述可知,包工头张大奎只给钱高粱交了2000块医药费,来过医院一次给了500块,并承诺之后会再送1000块过来,共计3500块。而对于农民来说,身体是农民维持生计的唯一本钱,钱高粱的腿是粉碎性骨折,很可能导致他以后丧失一定的劳动能力。不仅如此,狡猾如张大奎很可能没有给包括钱高粱在内的农民工购买工伤保险,甚至于根本没有与他们签订劳动合同(至少在文本的逻辑中这种可能性很大)。由此可见,作为农民工的钱高粱,其一开始所拥有的"主体性"的满足感,仅仅是一种幻觉,而事实上,从进城的那刻开始,他就与大多数农民工一样,付出与收入有着极大的不对等,在经济上遭受着巨大剥削。

与大多数将身体残缺作为叙述的终点不同,刘继明以钱高粱摔断腿作为起点,通过讲述维权的经历,呈现了农民工试图在城市寻找身份和建构主体性的过程。由此,讨论刘继明如何描写钱高粱父子的维权过程,从而探究农民工脱离乡村共同体之后,重建主体性的强烈诉求,就变得十分有意义。事实上,在《放声歌唱》中,对于维权的讲述,隐含着双重结构:第一个层面是法学意义上的维权,即依靠法律维护自身的权益;第二个层面是依靠身体或生命的维权,即钱高粱以不惜放弃自己生命的方式,维护自己的权益。这两个层面互为因果,也互相缠绕。尽管小说的结局十分惨烈,但这在深刻呈现钱高粱父子的边缘人处境的同时,又彰显了像钱高粱这样的农民工对于权益、尊严乃至自身主体性的强烈诉求,在一定程度上表明,农民工以一种极

---

① 刘继明:《放声歌唱》,《长江文艺》2006年第5期。

第五章　城市空间中的"边缘人":自我意识的觉醒、实践与困境

端的方式宣示了自身的强大存在。

从起诉维权这一层面而言,刘继明对于钱高粱父子起诉维权的方式和它失败的原因的叙述,显得十分关键。钱高粱的儿子钱小乐,可以被看作20世纪90年代以后文学叙述中出现的一种新的农民形象,他读过高中,因此有一定文化水平,且在城里学过几年木匠,虽手艺未曾学到,但是比一般的农民多了几分见识,尤其是他对于"资本家与工人之间的剥削与被剥削"关系有一些了解。此外他对于法律维权的知识似乎也有一定的掌握。更为重要的是,钱小乐虽然是一个农民,对于乡村伦理却持反对态度,他坚持主张用法律来为父亲讨个公道。也正因为如此,钱高粱父子才会走上维权之路。但是有意思的是,他们一方面试图借助"法律"维护自己的利益,但是另一方面,仍然需要依仗"熟人关系"来开展维权,即让钱小乐媳妇的二叔包立民作为他们的律师。而包立民其实并不是工伤维权方面的律师,且包立民答应为钱小乐打官司,也只是因为试图督促钱小乐与侄女办离婚手续,以免钱小乐将重婚的侄女告上法庭。作者还在小说中强调:"钱氏父子的确是两个十足的法盲,他们所有的法律知识差不多都来自于电影和电视剧,其中还包括那些演绎包公等中国古代清官断案的道德煽情剧。"[①] 所以,钱高粱父子的"维权"从一开始便没有遵循正常的路径。但是,需要追问的重点是,为何钱高粱父子要选择这样维权?或者说刘继明为何要如此来设定钱高粱父子的维权行为?

让我们来看看正常的起诉程序应当是怎么样的。根据中国的工伤赔偿制度的法律文件可知,发生工伤纠纷时,必须首先实行劳动仲裁,仲裁不服的,才能提起民事诉讼,即仲裁前置程序。其次,进行工伤认定和劳动能力鉴定,即伤残评级;最后,确定工伤赔偿金额。在劳动关系不明确的案件中,需要首先进行劳动关系的确认,特别是雇佣农民工开展劳动的情形中,经常可能会存在不签订劳动合同的现象,这时候进行劳动关系之诉成为首要条件。在工伤认定时需要准备劳动

---

① 刘继明:《放声歌唱》,《长江文艺》2006年第5期。

关系证明和诊断证明。工伤争议制度的时限为工伤认定60天，伤残评级60—90天，劳动部门调解30天，仲裁部门处理90天，法院诉讼一审最高360天，二审90天。对于工伤认定不符的，可以向作出认定的上一级机关提出行政复议，或者向法院提起行政诉讼。确定工伤认定之后才能进行工伤赔偿。劳动仲裁部门对工伤赔偿等事项做出仲裁，用人单位或工伤职工及亲属对认定不服的可以提出行政复议，对行政复议不服的，可以提起行政诉讼，也可以直接对工伤赔偿事项提起诉讼。一般而言，走完工伤赔偿的11个程序需要3—4年，甚至长达5年以上[①]，这还不算强制执行的时间。不仅如此，工伤维权还意味着巨大的经济成本。农民工发生工伤后，多数要维持后续治疗，病情严重甚至病情复发需住院治疗；进行调查取证，劳动能力鉴定等费用需要农民工先行垫付……[②]这些开支对于像钱高粱这种失去收入来源、寄居在城市中维权的农民工来说，可谓难上加难。小说中也曾多次提及，在等待二叔包立民帮忙起诉维权的过程中，钱高粱经济上早已入不敷出，不仅如此，他的伤腿也日趋严重，甚至将要危及生命。不仅维权程序复杂、时间漫长、经济成本高，农民维权能否胜诉也是个未知数，即使胜诉能否真正拿到赔偿金，也充满着不确定性。

因此，我们完全可以想象，如果作为农民的钱高粱父子知道维权详细的起诉程序、需要花费的精力与财力，以及结果的不确定性之后，他们极有可能不会再起诉。而针对工伤赔偿的风险性，现实中不少律师甚至会建议遭遇工伤农民工主动与用人单位"私了"[③]。因为维权过于复杂和琐碎，还存在着很大的不确定性，所以对于农民工并不具有普适性，因此这样的一种经由正常"起诉"程序而展开的维权方式，也显然不适宜成为被文学讲述或者成为被文学直接叙述的情节。所以刘继明选择将钱高粱父子起诉维权的方式设定为依靠"熟人关系"而

[①] 李国等：《农民工维权遭遇"程序马拉松"》，《工人日报》2006年8月9日。
[②] 饶先艳：《农民工工伤维权的路径选择》，《法制与社会》2007年第7期。
[③] 《"本站律师又成功调解一起武安工伤赔偿案"》，中国工伤赔偿法律网，http://www.ft22.com/showarto5.asp? art_ id=2, 2021年2月2日。

第五章 城市空间中的"边缘人":自我意识的觉醒、实践与困境

展开。但更为重要的是,刘继明对于钱高粱父子寻找法律维权的具体方式的设定,其实是对城市中农民工维权的现实状况的回应,暴露了作为弱势群体的农民想要通过法律维权的困难。《放声歌唱》中包含着丰富且微妙的叙事模式和伦理批判,这些"人文"特质并不能化约为社会科学的"素材",正如法律并不仅仅是社会的"镜像反映"。[①]但是文学作品却也从实践和理想的双重维度对现存法律申诉机制提出了一定反思。

而钱高粱父子维权的困难和作者对现行法律申诉机制的反思,经由起诉的结果,尤其是起诉失败的原因而再次得以呈现。尽管钱高粱父子依靠了熟人关系,请包立民做律师,试图起诉张大奎,来维护钱高粱父子的正当权益。但他们仍然遭遇了失败,不仅耗费了财力,还导致钱高粱的工伤日益恶化,最终法院还是驳回了钱高粱父子的起诉。钱高粱父子为起诉所做的准备并不充分,这也注定了其维权的失败。一方面,他所选择的律师包立民虽然是钱小乐媳妇的叔叔,但是包立民和钱小乐关系并不好,包立民甚至因为侄女与钱小乐的不和,而多少有些讨厌和憎恶钱小乐;另一方面,包立民不是"工伤赔偿"领域的律师,所以并不专业。但是,刘继明仍然将钱高粱父子起诉维权的失败归因于"司法腐败"。正如包立民所说:"法院本来决定立案的,这是民事庭我那个朋友亲口说的,他还说案子胜诉的可能性很大。可张大奎到法院去了,找的是他的顶头上司,后来事情就开始变化了……张大奎的本事也忒大了,硬是把一个就要开庭的案子撤掉了……"[②] 如果说钱高粱父子是借助熟人关系起诉维权,那么张大奎则借助自己的"人脉资源"为自己开脱了罪责。显而易见,张大奎的人脉资源已完全不同于传统乡村熟人关系之间的互帮互助,而是一种纯粹的经济关系即贿赂,这正是《人生》与《残桥》都早已涉及的"市场与权力的勾结"。张大奎凭借自己的经济实力,在城市中拥有了一定的人脉资

[①] [美] 布赖恩·Z. 塔玛纳哈:《一般法理学:以法律与社会的关系为视角》,郑海平译,中国政法大学出版社2012年版。

[②] 刘继明:《放声歌唱》,《长江文艺》2006年第5期。

源,并通过金钱和各种利益收买了关键环节的人物(其实就是收买权力),从而扭转了局面。这让我们看到,当传统的乡村伦理试图对抗现代市场的交易机制时,立刻遭到惨败。

所以,刘继明一方面将钱高粱父子的维权方式叙述为通过"熟人关系"实行法律起诉,这在一定程度上反映了农民工维权的实际情况,因为正常的起诉维权程序完全不适用于农民工的实际处境,这也凸显了现代法治存在的问题。而另一方面,刘继明将钱高粱父子维权的失败归因于司法腐败,不仅只是为了呈现乡村伦理与理性经济伦理之间的冲突,尤其是由资本逻辑所建构的"人脉关系"对依照乡村伦理所形成的"熟人关系"的冲击和解构;还让我们看到钱高粱父子即便尽自己的最大能力和精力去学习和找寻法律途径时,他们得到的结果可能并不是普法宣传和教育所承诺的法律面前人人平等和每个个体都享有法律赋予的权益的法治状况,而是纵使每一步都小心翼翼也无力维权的困境。因此,钱高粱父子的结局似乎是必然的,这不仅在当下中国司法实践中具有普遍性,在中国现代化实践中也具有必然性。换言之,经由对钱高粱父子"起诉维权"的叙述,刘继明不仅呈现了中国现代法治的现状,另一方面通过对于现代法治问题的文学呈现,深刻展现了钱高粱父子作为农民工的弱势地位与边缘人处境。当然,刘继明对于维权的叙述并没有到此结束。起诉维权失败后,即起诉被法院驳回后的钱高粱父子,并没有就此完全失去希望。钱高粱决定亲自出马去找张大奎讨回公道,某种意义上,这才是真正意义上"维权"的开始,这一层面的维权不仅是维护自己刚刚被驳回的获得工伤赔偿的"法律权益",更是一种对于尊严的强烈追求。

相对而言,小说前半部分关于"起诉维权"的叙述稍显乏力,而后半部分钱高粱身体力行的维权,则显得更加惊心动魄和发人深思。在小说的后半部分,刘继明为我们呈现了一个用身体乃至生命维权的故事。当起诉被撤回后,钱高粱父子并没有绝望,而是决定用自己的力量去索取自己应该获得的赔偿。钱高粱父子找到了张大奎在城市中的住宅。张大奎居住的楼房像一座宫殿,"楼房四周起了一道足足有

第五章 城市空间中的"边缘人":自我意识的觉醒、实践与困境

两三米高的铁栅栏,每一根铁栅锋利得像箭簇似的,齐刷刷地直指青天",① 相形之下,钱高粱父子显得如此卑微,他们敲了多次门才得以见到张大奎的老母亲,却没有见到张大奎本人。钱高粱只有每天让儿子用板车拖着自己在张大奎家附近的街道口冒着冷风,吃着干粮拦截张大奎,不仅毫无结果还遭遇了谩骂。钱高粱父子后又来到令人不由觉得庄重威严、望而生畏的法院门口,却不料遭遇了路人的冷眼甚至遭到门卫的无情盘问和驱赶:"干什么?姓名?职业?打官司?打什么官司?有起诉书么?起诉了?起诉到哪个庭了?哪个法官受理的?不知道?这都不知道还打什么官司?……好啦,别啰嗦了,快离开吧,别妨碍法院正常工作程序,听见吗,快点呀……"② 甚至是辱骂:"瞧你们逃犯的样子像打官司吗?再来这儿闹,把你们关起来!"③ 门卫的语气和表情极其粗暴、鄙夷甚至刻毒。这一切,使得钱高粱感受到了前所未有的打击与侮辱,他的自尊心被深深地伤害了:"这是他活了大半辈子从没有受到过的伤害,这种受伤害的严重性,似乎已经远远超过了他的腿受伤的程度。"④ 钱高粱"头一次发现城里的空气真像一口恶浊的大染缸,人泡在里面浑身发痒。虽然他的腿多半要截掉了……可钱高粱有什么办法呢……只能由他儿子拉着,像拉着头一再降价都卖不出去的老牲口"。⑤ 由此,钱高粱刚入城时,经由"乡村伦理"所获得的主体性与尊严感刹那间彻底灰飞烟灭。

于是,走投无路的钱高粱带着儿子钱小乐爬上了法院的大楼,意图跳之以表明自己的绝望。但是刘继明的叙述的独特之处在于,他并没有大肆渲染站上法院大楼之后的钱高粱的苦难与悲惨,而是让钱高粱唱起了"跳丧鼓歌"。钱高粱唱的正是《罗成显魂》中的唱段,字正腔圆,原汁原味,加上嘶哑的嗓音,使得歌声显得越发有感染力,而唱段的歌词也极为契合钱高粱的困境:"前有淤泥、后有追兵,小罗成走投无路

---

① 刘继明:《放声歌唱》,《长江文艺》2006年第5期。
② 刘继明:《放声歌唱》,《长江文艺》2006年第5期。
③ 刘继明:《放声歌唱》,《长江文艺》2006年第5期。
④ 刘继明:《放声歌唱》,《长江文艺》2006年第5期。
⑤ 刘继明:《放声歌唱》,《长江文艺》2006年第5期。

没主张，开弓没有回头箭，咿呀呀，我只能扬起马鞭往前闯……"① 结果当然引起了骚动："所有的人都从办公室跑出来了，聚集在法院门前的广场上，睁大眼睛翘首仰望楼顶，仰望站在楼顶用沙哑的嗓音放声歌唱的跳丧鼓师钱高粱，仿佛观看两个外星人，或者欣赏一场精彩的露天演唱会。"② 显然，将古老的民间歌舞"跳丧鼓"与"跳楼"这一极为极端的维权形式进行融合与碰撞，刘继明让整个小说瞬间具有了悲壮的意味。《放声歌唱》极富感染力地宣告了以"跳丧鼓歌"所代表的乡村伦理的彻底崩塌，以及传统乡村伦理秩序结构中农民的尊严和主体性的丧失。同时也深刻反映了脱离传统乡村共同体，进入现代城市空间之中的农民的"边缘人"处境。站在法院高楼之上唱着丧鼓歌的钱高粱父子，像哲学家一样领悟到了一个真相：无论是城市人，还是法律，都没有把他们"当人看"。在经济上，他们是被包工头剥削的底层劳工；在政治上，农民工之间一盘散沙，无法通过组织化力量争取合法权益——显然，在维权的过程中，钱高粱一直是孤军奋战；在文化上，丧鼓歌代表的乡土文化也逐渐没落；在法律上，农民工拥有完善的纸面上的社会劳动保障和法律权利，可事实上当他们遇到工伤后，得到的只有歧视和无奈。正如李云雷所言，"这个场面以一种悲壮的形式凸显多重矛盾和错位，是今天农民尴尬处境的一个精彩写照"。③ 于是我们看到，曾经作为一首歌颂工农在新中国获得重生的歌曲《放声歌唱》（1956），在现代化的进程中，被演绎成一曲悲歌，这无疑饱含着刘继明的忧虑与反思。但实际上，刘继明对于唱着《罗成显魂》在法院大楼上试图用跳楼的方式表示反抗的钱高粱的叙述，其深意还不止于此。某种意义上，在《放声歌唱》的后半部分，刘继明使得钱高粱父子的形象和他们的悲剧有了某种古典意味，正如亚里士多德所言，悲剧是为了"净化"和"升华"人心。站在法院大楼上唱着"跳丧鼓歌"准备纵身一跃的钱高粱，那

---

① 刘继明：《放声歌唱》，《长江文艺》2006年第5期。
② 刘继明：《放声歌唱》，《长江文艺》2006年第5期。
③ 李云雷：《刘继明：先锋的底层转向》，《长江文艺》2008年第3期。

第五章　城市空间中的"边缘人"：自我意识的觉醒、实践与困境

一刻仿佛重新获得了自我，重新找回了尊严。起初只是为了获得经济赔偿而维权的儿子钱小乐也被父亲感染："从电视荧幕上看，歌师钱高粱和他儿子钱小乐，像同一战壕的战友那样，肩并肩地互相依靠着站在一起。"①作为"弱者"的钱高粱父子，以一种颇具仪式感的方式——借助传统的"跳丧鼓歌"，并以自己的"身体"乃至"生命"为武器，向这个世界发出了自己的声音，即使只是短暂而虚妄的，却毫无疑问地证明了自己的存在。②

现代悲剧的惨痛与绝望，并非只是用悲苦的情绪影响人心，让人放弃努力。鲁迅先生曾言，"绝望之为虚妄，正与希望相同"。也正如威廉斯所说，现代"悲剧的宗旨并不揭示绝对的邪恶，而是描述可以体验和经历的邪恶；悲剧不是肯定无序状况，而是无序状况带来的经验、认识及其解决"。③换言之，刘继明在小说前半部分对于"起诉维权"的叙述，让我们看到了现代法治所存在的问题，并由此揭示了作为底层的农民工的困境；而其后半部分关于身体维权/生命维权的叙述，则与前半部分相呼应，在更为深刻地展现了现代化进程中农民工重建主体性的困难之外，更是让我们看到了农民工，借助"弱者的武器"——即便是以生命为代价——正在努力参与到整个社会变动中来。而这一社会变动，在《放声歌唱》的语境中，可以直指与工伤赔偿相关的法律制度的完善。或在更大的层面而言，这一现实变动指向了一种对综合伦理与法律、调解与法院的"多元主义法治共和国"的期待④。当然，无论是具体的工伤赔偿法律制度的完善，还是对"多

---

① 刘继明：《放声歌唱》，《长江文艺》2006年第5期。
② 富士康工人跳楼事件的出现，显然也成为一个"社会事件"，农民工以一种极端的方式宣告了自身的存在。社会学家潘毅做过深入的研究，她认为富士康员工跳楼的原因一方面在于富士康森严的军事管理制度，巨大的生产强度和工作压力，另一方面在于，工人的生活世界也被剥夺和控制，即工人的生活空间仅仅是生产空间的延伸，并被严密监视，因而，他们的内心常常充斥着孤独感和生活的碎片化产生的无意义感。参见潘毅《垄断资本与中国工人——以富士康工厂体制为例》，《文化纵横》2012年第2期。这种"孤独"与"无意义感"某种程度上又可被理解为"身份"与"主体性"的缺失。
③ ［英］雷蒙·威廉斯：《现代悲剧》，丁尔苏译，译林出版社2017年版，第52页。
④ 参见强世功《法治中国的道路选择》，《文化纵横》2014年第4期。

· 243 ·

元主义法治共和国"的期待,一定程度上最终都可被归结为在中国现代经济转型中,脱离传统的乡村共同体,进入城市空间之后的农民重拾身份与尊严的迫切愿望。

第三节 成为"小姐"的农民:城市"秘密空间"的打开

继《哦,香雪》与《人生》之后,我们在20世纪80年代中后期以来的文学作品中,看到了对于农民进城以及农民形象与以往文学作品全然不同的表述,作为"边缘人"的农民往往通过"身体"/"劳动力"进入城市,比如《残桥》与《放声歌唱》。农民成为人力资源市场中可以被明码标价的商品,而在这一点上,有关女性农民工的文学叙述表现得更为明显。她们在小说中往往被塑造成"小姐",她们虽然进入了城市空间,却永远只能存在于城市的"秘密空间",比如发廊、歌厅、出租屋或者幽暗的小店。将进城的农村女性塑造成"小姐"的文学作品很多,比如王手《乡下姑娘李美凤》、艾伟《小姐们》、李肇正《女佣》等,但是本书选择了更契合本书主题的三篇作品作为讨论的对象:铁凝《小黄米的故事》(1994年)、邵丽《明惠的圣诞》(2005年)以及朱日亮《走夜的女人》(2004年)。这三篇小说的共同点在于用有节制的、富有技巧的叙述方式,塑造了三位"小姐"形象,并呈现了形象背后的复杂意义,而不只是流于人物苦难的铺陈与渲染或者对女性身体的奇观化写作。这三篇小说一方面再现了农民的底层处境和弱势地位;另一方面,使"小姐"成为一个符号,寄托了写作者对于中国现代化改革的批评和思考。当乡村女性(乃至所有农民)面对现代化的城市时,其被重新唤醒的个人意识应当如何安放?她们所能到达和进入的是怎样的城市空间?不可否认,农民工被现代性唤醒的"个人意识",促使他们凭借自己的行动,在乡村与城市之间主动或被动地流动,从而建构和呈现自己的主体性。但是,这并不完全意味着"千百万农民不顾艰难险阻涌入城市,形成震动各方的民工潮,充分说明把家乡束缚在乡土上是多么不合理和不得已,

第五章 城市空间中的"边缘人":自我意识的觉醒、实践与困境

所以'民工潮'正是农民自由意志的体现",[1] 相反农民进城并不能填补乡村与城市之间的不平等,反而正是这种不平等所带来的结果。所以,在城市中的农民常常是边缘的,或者说不得不沦为边缘人。正如"流动的女性在她们应该占据什么主体位置的问题上可以有选择吗",[2] 答案显然是否定的,他们的个人意识有时候被降低到最低的层面——只为"做一个人",拥有每一个人都应当拥有的最起码的尊严。但往往连这一点也变得极为艰难,甚至走向了反面。

正如蔡翔所说:"现代性就绝对不是一种纯粹精神的想象,而是隐含了包括财富占有等等复杂的内涵。只是,在80年代的早期它被浪漫主义压抑得极为隐蔽。"[3] 因此,香雪在80年代早期被压抑的对物质或男女情爱的欲望,并不会自动消失,反而在90年代被释放出来。因此,在90年代以来的文学叙述中,已很难看到像香雪这样淳朴又有理想、试图通过知识改变自己命运的农民形象。相反,在《哦,香雪》中,用来反衬香雪完美的其他女孩(只顾追求物质满足的凤娇们),成为文学的主要叙述对象,铁凝在90年代塑造的另一个乡村女青年小黄米就是一个典型的代表。《小黄米的故事》可以看作铁凝对于在《哦,香雪》中并无定论的"香雪的结局"的回应或续写。铁凝1994年创作了《小黄米的故事》,在这个故事中,通篇已经找寻不到任何类似香雪形象的蛛丝马迹。故事的主角是离开村庄、在小镇上谋生活的乡村女孩小黄米。小黄米表面上是在一家名叫红玫瑰的饭馆当服务员,实际上她的主要工作是做"小姐",正如小说中所言:"小黄米就在红玫瑰,叫她服务员也行,叫她小姐也行,还有——小黄米。"[4] 由此可见,相比于如诗一般纯净、试图通过知识改变命运的香雪,小黄米这一形象完全颠覆了铁凝在80年代对乡村女性的想象。《小黄米的故事》中,小黄米与香雪截然不同,不只是两者实现"自我"的

---

[1] 吕新雨:《"民工潮"的问题意识》,《读书》2003年第10期。
[2] [澳]杰华:《都市里的农家女》,吴小英译,江苏人民出版社2006年版,第13页。
[3] 蔡翔:《何谓文学本身》,春风文艺出版社2006年版,第149页。
[4] 铁凝:《小黄米的故事》,载《铁凝自选集》,海南出版社2006年版,第100—101页。

方式不同，香雪依靠的是"知识"，而小黄米凭借的则是身体。更重要的是，小黄米与香雪对于自我的认知以及对未来的想象，有着本质上的区别。时移世易，小黄米的故事其实对香雪和她所表征的80年代的理想进行了某种解构。

"早晨，太阳很好，几只趴在窗上的苍蝇被阳光照得晶莹剔透……终于在歌星的脸上发现了它们。她不愿意让它们爬上了歌星的脸……小黄米看着歌星那张带塑料压膜的脸和她那带塑料压膜的身体没留下苍蝇的血肉，放下心来。……小黄米很爱惜这歌星，觉得自己的脸很像她，裸露着的两条腿、两条胳膊以及凹陷在小腹上的贝壳版的肚脐，都像她。她把歌星贴在带玻璃的门上，进进出出的都能看见。"[1]《小黄米的故事》是这样开篇的，充斥着苍蝇、塑料压膜、歌星、身体等语词，相比于《哦，香雪》的诗意与纯净，前者显得极为琐碎甚至有一些俗不可耐。不仅如此，通过这样的开头，我们可以看出小黄米对歌星的喜爱，她甚至将歌星当成了自己，或者说自己试图成为的那种人——能够依靠自己脸蛋或身体，获得一定的地位。所以，廉价的塑料海报上的女模特，成为小黄米自我的镜像。事实上，小黄米对于她所在的红玫瑰饭店也确实极为重要，因为红玫瑰饭店主要是依靠"小黄米"拉客人维持运转。小黄米是红玫瑰饭店的"明星"。显然，小黄米对于自己的地位与身份极为满意，尽管这一地位和身份，是以她出卖身体作为代价的。但是，她乐意为之。在小黄米的认知中，她对于依靠身体获得自我的价值，并没有表示一丝不满和犹疑，就好像香雪对于依靠知识改变自身的命运感到坚定不移。所以，小黄米在每一天工作的开始，都非常具有仪式感。她会要求老板娘在自己的眉心点上一点胭脂，并以此宣告一天的开始——"她觉得每个新的一天的开始，全在这一点上，正是小黄米脸上这一点，联系着这店的吉凶。"[2] 由此可见，小黄米的自我意识降低到了更为低层次和世俗化的层面。

而与之相对应的则是小黄米对于城市的物质化想象："小黄米人

---

[1] 铁凝：《小黄米的故事》，载《铁凝自选集》，海南出版社2006年版，第101页。
[2] 铁凝：《小黄米的故事》，载《铁凝自选集》，海南出版社2006年版，第101页。

不高饭量很大,也馋……并不断往粥里倒酱油。她总觉得酱油这东西才真正联系着外边这个花花世界,哪里有酱油,哪里就文明。她的家乡没有酱油,她的家乡离这儿一百多里地,在更深的山里,那里只有莜麦和白桦树。16岁的她才在这店里看见了酱油,现在她17岁。"①如果说,在20世纪80年代的香雪故事中,外面的世界以"火车"这一符号象征着远方的城市和现代文明,那么在90年代小黄米的故事中,"酱油"成为外面的世界与现代文明的象征,这一方面再次说明了《陈奂生上城》中所触及的现实,第三世界的农民只能通过对物质的感知来认识城市,就像此刻小黄米对酱油的着迷;另一方面也呈现了农民在面对城市现代性时的弱势和边缘地位。进一步而言,小黄米对酱油的认识与期待,也一定程度表现了90年代以来个人理想降低到实用主义层面,而这与90年代以来的现代化发展将实际效益作为其核心甚至唯一的目标有关。一切的追求最后指向的其实是对物质的追求。对于这两方面,铁凝显然是持批评态度,这从小黄米与老白的对比中可以明显看出。

《小黄米的故事》的核心情节是小黄米与客人老白的短暂交往。画家老白想找一个健美、明丽的农村少女,画她们裸体时在炕头上的那些动作瞬间。但是在老白看来,他的这一构想有别于一般意义上的"裸体画":"他喜欢她们那健壮的又有几分柔韧的背;喜欢腰和髋踏实而稳定的衔接……他以为它们在炕头上那一个个自由运动着的状态,才是人的一个个最美的瞬间,如同古希腊人发现了'掷铁饼者',也是对一个运动着的美的瞬间的发现。"② 所以,他选择了乡村女孩小黄米作为自己的摄影对象,在他看来,小黄米比起画室里的那些职业模特,应当会显得更加真实。但是,事实上通过铁凝对于小黄米的叙述可知,小黄米已然不再是那个健美、明丽的农村少女,心中剩下的只有功利,她的目的只有一个——赶快从老白身上得到更多的钱。所以,当老白对小黄米

---

① 铁凝:《小黄米的故事》,载《铁凝自选集》,海南出版社2006年版,第101—102页。
② 铁凝:《小黄米的故事》,载《铁凝自选集》,海南出版社2006年版,第104页。

说:"光照相。你看,你的肩,你的腰,你的背,正是我需要的。"①小黄米却认为老白需要的太少,那么这便意味着她所赚不会很多的钱。所以,小黄米忽然把捂在胸前的手放开,两只弹起来。她展览自己似的往床边一坐说:"这样吧,一块儿算,你给七十!"② 与此同时,小黄米一块儿算的意思,显然是要与老白"办那事",而老白的主要目的却在于"拍照"。所以,当老白要求小黄米按照自己的要求做出动作以便于拍摄时,她其实毫无耐心。而更加重要的是,小黄米根本没有办法做出老白所要求的那些动作——比如乡村女性炕上趴着"缝被子",铺着身子到炕角"找针线"、叠被子、剪指甲等动作。很快小黄米便再也忍耐不住:"说个先照相?没完啦?哪样重要?"毫无疑问,在小黄米看来,"办事"比"拍照"当然重要多了,因为"办事"的价格更高,而且所需要付出的时间成本更低,换言之,最少的成本能够获得最大的回报。这完全符合资本的逻辑,而在小黄米的逻辑中,"身体"显然是作为"商品"和小黄米的"成本"而存在的,这一"成本"在小黄米看来并不高。最终,老白并没有按照小黄米的意思"办事",但却按照小黄米所说的"一块儿算"("办事")的价格付了费,最后离开了玫瑰饭店——"打开了那扇明星之门。往外走时,他无意中看见了那歌星的眼光,那分明是一种对他的蔑视。"③ 与此同时,他也觉得是小黄米败了他的兴致,并庆幸相机里装的并非好胶卷,不然真是要为被小黄米浪费了一卷胶卷而感到惋惜。经由这一系列的叙述,铁凝笔下功利、世俗、主动将自身的美貌和身体视为商品,甚至能为拥有可以作为商品的美貌与身体感到自豪的小黄米,清晰地呈现在读者面前。小黄米的理想无外乎作为玫瑰饭店的"明星",通过向到来的客人付出美貌与身体,与老板在利益上实现共赢。

在某种意义上,老白的态度其实正是铁凝的态度。在铁凝看来,小黄米无疑是世俗和功利的。她对于城市的想象是以酱油作为表征的,

---

① 铁凝:《小黄米的故事》,载《铁凝自选集》,海南出版社2006年版,第106页。
② 铁凝:《小黄米的故事》,载《铁凝自选集》,海南出版社2006年版,第106页。
③ 铁凝:《小黄米的故事》,载《铁凝自选集》,海南出版社2006年版,第107页。

第五章　城市空间中的"边缘人":自我意识的觉醒、实践与困境 ❖❖❖

而她对于自我的定位和认知也只是贴在墙上的塑料海报上暴露着身体的明星。正如她自己也是玫瑰饭店的明星,是饭店老板招揽生意的招牌,她的个人理想则是能够依靠出卖身体获得更多的财富。铁凝在2002年7月由加拿大华裔作协主办的第6届"华人文学——海外与中国"研讨会上,谈到了香雪以及"香雪们"的变化,也同样谈到了"小黄米们"的真实性:"20年之后,香雪的小村苟各庄已是河北省著名的旅游风景区野三坡的一部分了……而从前的香雪们也早就不像等待情人一样等待火车了,……她们说:'是啊,现在我们富了……'在这些富裕起来的村庄里,也就渐渐出现了相互比赛着快速发财的景象……就有了坑蒙拐骗的事情,就有了出售伪劣商品的事情,也有个别的女性,因了懒和虚荣,自愿或不自愿地出卖自己的身体……"① 与此同时,通过铁凝这一段二十年之后的叙述,我们可知香雪们变化的原因与20世纪90年代以来对于"效益"与"发展"的追求,所带来的社会价值观念的变化——"物质"逐渐成为衡量成功的唯一标准——有着直接关系。而在另一方面,小黄米这一形象完全颠覆了经由以香雪为代表所呈现出来的80年代早期的幻觉——个人通过学习上的努力从而改变自己的命运。显然,小黄米也有着对于未来的向往,但是她的未来,永远也不会有"香雪"所想象的那般瑰丽和多彩。她通向未来的方式,也不再可能是知识,而是身体。正如,由香雪所呈现的"读书""上大学"这条实现理想的道路,"几乎成为80年代至今农村孩子彻底离开土地,走向城市的唯一的捷径;在个人没有占有任何外在政治或经济资源的情况下,她/他的身体尤其是智力成为仅有的可供征用的资源。如果说80年代至90年代中期,在教育费用(包括高中、大学)相对低廉的条件下,'读书改变命运'的口号对农村孩子还是鼓舞人心的,并能部分的兑现,那么随着教育的产业化、高校收费的激增……'读书、上大学'则意味着给一个农村家庭带来沉重的负担"。② 所以,经由小黄米的故事,现

---

① 铁凝:《从梦想出发》,《护心之心——铁凝散文集》,新华出版社2005年版,第252页。
② 罗岗、刘丽:《历史开裂处的个人叙述——城乡间的女性与当代文学中个人意识的悖论》,《文学评论》2008年第5期。

· 249 ·

代化改革进程中,乡村/农民作为弱者的处境再次被凸显出来。而在20世纪90年代以来的文学叙述中,香雪、高加林这一类农民形象渐渐消失,像小黄米这样的农村女孩成为被书写的对象。

事实上,小黄米所处的空间只是一个"地处深山的小镇",而并非真正意义上的城市。所以,如果关于小黄米的叙述,是在现代化、市场化逻辑之下,对"农民进城"的预演,即像小黄米这样的乡村女孩只能借由对物质的感知来认识城市,甚至用身体与城市进行某种交换。那么,对此90年代以后出现的《明惠的圣诞》[①]《走夜的女人》[②],就是对小黄米故事的铺陈与展开。这两篇小说虽然都关乎女性农民工在城市的艰难处境,但是在叙述上表现得极为节制,塑造的人物形象也不乏张力。在这两篇小说中,《明惠的圣诞》比《走夜的女人》又显得更加重要。

一 作为商品的身体

邵丽的《明惠的圣诞》于2005年发表于《小说选刊》第5期,曾获第四届鲁迅文学奖。小说讲述了一位高考落榜的乡村女孩明惠,到城市寻找工作的故事。明惠表面上是一位按摩小姐,但私底下还是一名性工作者。在故事中,明惠成为"小姐"后,更名为"圆圆",在她"接待"的许多男性中,有一位叫李羊群的男性令她印象深刻。后来圆圆住进了李羊群的家中,成为一名吃穿无忧的"主妇"。但是圆圆的结局是一个悲剧,她用一瓶安眠药结束了自己年轻的生命。明惠/圆圆以一种更为残酷的方式,宣告了香雪理想的彻底终结,也同时让我们看到,小黄米终有一天会走出小镇上的玫瑰饭店,迈向更广阔的城市去实现自我的价值,而实现方式是尽可能地使身体的价值发挥到极致。但是,有意思的是,这样一个关于小姐的悲剧故事,却被叙述得节制而含蓄,正如圆圆总是给人一种"迷蒙的距离感"、一种与其职

[①] 邵丽:《明惠的圣诞》,《北京文学》(中篇小说月报)2007年第12期。
[②] 朱日亮:《走夜的女人》,《收获》1999年第3期。

业不符的矜持和不卑不亢："圆圆到这家洗浴按摩中心做事还只有三四个月。从不见圆圆多言语，圆圆对谁都是既不热情也不冷淡……圆圆的态度矜持得倒不像是个做按摩的小姐呢。圆圆的神态让所有的中年男人看了都觉得心疼，觉得这女孩似乎是不该在这里做事情的。"① 当小说描写到圆圆与李羊群的情节时，我们仿佛以为作者在讲述一个爱情故事，两个人互相之间心有灵犀，并能成为对方的情感寄托与精神依靠。无独有偶，朱日亮《走夜的女人》（1999 年）② 同样以一种平静从容、不动声色，以及富有节制的叙述方式，讲述了一个小姐的故事。

《走夜的女人》中包含两层故事——表层故事和真实故事。表面上小说讲述的是关于两位女性李夏和吴银弟到大城市谋生的故事，对于他们的职业，作者处理得极为含蓄，但经由小说题目"走夜的女人"以及小说叙述的展开，读者不难知道这两个人的职业与《明惠的圣诞》里的圆圆并没有本质区别。值得一提的是，李夏这个女性形象和圆圆颇有几分相似，在小说中她总是一副"水清水白"的样子，极为有礼貌和安静，有事（有客人）时便独自出门，没有工作（客人）的时候在床上看书，显得温柔而纯洁。

作者通过这种含蓄而节制的语言，显然使得对于人物的想象与建构避免了过于直白的"苦难"表达和概念化呈现，而这正是同时期其他一些关于农民的文学叙述中常常出现的问题。更为重要的是，这种含蓄而节制的叙述，反而使得人物更具有了张力，也更能深刻呈现作者借人物所试图表达的意义，即身体对于女性的意义。对此，《明惠的圣诞》中有着极为清晰的表述："圆圆现在只在乎她的那些钱，她天天都要拿出存折来看上许多遍……圆圆不放过每一个人的邀请，哪怕那个人让她很不耐烦……为了一百元她都肯出去……她不愿意让日子闲着，如果闲着，连一百元都没有。"③ 显然，对于圆圆来说，身体与小说中若隐若现的爱和情感并没有多大关系，反而是与金钱联系在

---

① 邵丽：《明惠的圣诞》，《北京文学》（中篇小说月报）2007 年第 12 期。
② 载朱日亮《一个人看电影：朱日亮小说精选》，时代文艺出版社 2015 年版。
③ 邵丽：《明惠的圣诞》，《北京文学》（中篇小说月报）2007 年第 12 期。

一起的。换言之，当一个农民，从传统的乡村世界，走入现代化大都市时，她首先必须当一个学习者。就像《人生》中的巧珍，因为需要赢得高加林的喜爱，所以学习——刷牙。而明惠为了能够获得城里男人的喜爱，必须放弃乡村女性特有的淳朴与羞涩，掌握一种"身体经济学"，将身体的价值开发到极致。所以，她会"穿那种把奶子束得很挺的文胸，在冬天仍然着一件领口开得很低的薄羊毛套衫。圆圆干活的时候，奶子几乎要贴到客人的脸上去"。① 哪怕在面对与自己"心灵相通"的李羊群时，她同样更加在意的是身体的经济价值。当李羊群第一次带圆圆出去，带她喝有些昂贵的玫瑰茶、请她吃肯德基，而绝口不提其他事情时，圆圆的内心反倒有些着急。因为在她看来，时间便是金钱，高雅地品茶，尽情地享受美食对她而言都不重要，重要的是赚钱。所以，当她意外地发现李羊群和他分别时，给了她十张百元"老头票"时，高兴地将它们一字排开，放在嘴上吻了一遍又一遍，然后抛向屋顶。

　　显而易见，虽然圆圆表现得矜持和不卑不亢，但是，她对于"身体经济学"有着自觉的认同，以至于毫不犹豫地将身体作为商品，出售给所有的顾客。在这一点上，虽然《走夜的女人》并没有明确表述，但是可以想象，看似"水清水白"的李夏其实也同样默许了身体的经济价值。甚至在某种意义上，圆圆与李夏两个人身上不寻常的气质，也成为她们获得更多经济利益的"砝码"。毫无疑问，现实中自然存在一些与明惠和李夏同样选择的女性，正如铁凝在若干年后所说："从前的香雪们也早就不像等待情人一样等待火车了……也有个别的女性，因了懒和虚荣，自愿或不自愿地出卖自己的身体……"② 也正如朱光磊所言："中国当前的妇妓具有职业化的特点。她们与旧时旧社会多数妓女为生活所迫沦落烟花不同，她们中的绝大多数都是以获取经济收入为目的，自愿卖淫……她们以卖淫作为发家致富的门路和增加经济收入的手段。如广州市，一个妇教所的调查表明，在现在的

---

① 邵丽：《明惠的圣诞》，《北京文学》（中篇小说月报）2007年第12期。
② 铁凝：《从梦想出发》，《护心之心——铁凝散文集》，新华出版社2005年版，第252页。

妓女中因生活困难卖淫的仅占2%。"① 然而，通过文学的叙述我们可以看到这一选择背后的复杂性。无论是明惠还是李夏，她们都有着个人追求，她们进城的目的在于重新获得尊严。明惠高考落榜后，在村庄中再也抬不起头："哪个不知道明惠念完高中时要接着念大学的，念完大学理所当然地要留在城里的。现在明惠回来了，明惠的落榜让村里人集体出了一口恶气。她们嬉笑怒骂的声音陡然增加了好几个调门，含沙射影的语言像带了毒刺的钉子。"② 不仅如此，另一位曾经在各方面不如明惠的乡村女性桃子取代了明惠在村中的地位，明惠实在不能忍受这样的"落差"，她必须重拾曾经的"骄傲"，所以明惠果断地选择走向城市。而李夏来到城市，是为了感受城市与自己原来所生活的地方的不同，发现一些细腻和柔软的东西。正如杰华所认为的："年轻打工妹走出农村的推力通常并非来自经济上的必需或者过去被剥夺或遭受苦难的经历……明确表达的发展她们自身、开阔她们的视野和尝试她们的独立能力的愿望，说明了这些妇女很担心她们的未来会被限制在农村，她们渴望获得超越她们的村庄所能提供的新的体验和个人发展。"③ 所以，反而需要追问的是，像明惠这样的女性，为什么会将"身体经济学"作为其进入城市、实现个人追求的重要甚至唯一的"路径"？

二　什么是成功与被标准化的好生活

回头看新时期三十年的改革，"什么是成功"这一问题有了被重新讨论的必要。实际上，"什么是成功"或者"成功的标准"这样的问题，本身包含着一种悖论。这一悖论在中国现代化改革过程中，其实早已深藏在"大跃进"的实践中。毫无疑问，"大跃进"自身包含

---

① 朱光磊主编：《大分化新组合——当代中国社会各阶层分析》，天津人民出版社1994年版，第456页。
② 邵丽：《明惠的圣诞》，《北京文学》（中篇小说月报）2007年第12期。
③ ［澳］杰华：《都市里的农家女》，吴小英译，江苏人民出版社2006年版，第145页。

着对现代化的追求，但是"大跃进"同时又具有对物质的成功"克服"的一面，所以便有了"继续革命"的必要性。但是从20世纪80年代起，中国的改革完全被整合进现代化进程，现代化不再需要"继续革命"，因为后者一定会对现代化本身造成阻碍，正是在此意义上，邓小平才会说："贫穷不是社会主义。"①"不管白猫黑猫，抓到老鼠就是好猫。"所以，对于"实践论"②的强调促使80年代的现代化将最高的价值观和世界观（这里是指将马克思主义和毛泽东思想当成一种能指，象征着一种普遍的德性传统、良知传统，具体可以包括平等、尊严等内容）悬置起来。不可否认，这样可以最大程度上解放想象力和发展生产力。但是与此同时，当"最高的价值观和世界观"被悬置起来之后，我们看到80年代日趋走向了一个全面实用主义的时代，对此，《人生》中高加林的自我意识被纳入个人主义的话语体系，是文学作品中较早的一个例证。到90年代，这种实用主义倾向变得越发明显，有一种声音也变得越发清楚，即对发展的呼声。更为重要的是，这一时期的发展与毛泽东关于现代性方案中的发展相去甚远。换言之，将对国内的平等理想（消除三大差别与解放全球、人类大同的根本性诉求）剔除出去，只是为了发展而发展，发展成为发展的目的本身，经济效益甚至某种程度上成为发展的唯一目的。在这样的历史语境之下，"什么是成功？"这一问题的答案便显得极为明确，成功几乎等同于"大跃进"所试图克服的"物质成功"，经济实力成为衡量"成功"的重要甚至唯一标准。于是一种"新的意识形态"在90年代开始出现："90年代初开始冒头的一种新的'思想'，它借助80年代社会对'现代化'的憧憬和懵懂，宣称中国已经重新开始了'现代化'的

---

① 1985年，邓小平同志就指出："社会主义的首要任务是发展生产力，逐步提高人民的物质和文化生活水平。从1958年到1978年这二十年的经验告诉我们：贫穷不是社会主义，社会主义要消灭贫穷。不发展生产力，不提高人民的生活水平，不能说是符合社会主义要求的。"邓小平：《建设有中国特色的社会主义（增订本）》，人民出版社1987年版，第104页。

② 1978年5月11日，《光明日报》发表《实践是检验真理的唯一标准》，引发了关于实践是检验真理的唯一标准问题的讨论，最终确立了"实践论"的重要性，在当时形成了一次思想解放运动，并极大地调动了当时中国从上层到下层的改革积极性。

大步跃进……它又奉迎和利用公众摆脱物质贫困的普遍欲望，说除了眼前的物质利益，其他一切都是空虚……它非常小心地绕开一切真正令人不快的问题'精神自由'、'公民权利'、普通人的生活保障、国家对社会的责任、新'权力资本'集团对社会的掠夺。这种新意识形态背后其实是种种政治和经济权力的多样运作，正在迎合并塑造今天的群体欲望和公共想象，正在麻痹和延误社会对危机的警觉。"[1]

正是在这种"新意识形态"的指引之下，明惠和李夏主动而自觉地选择成为小姐。也正是因为如此，《明惠的圣诞》中那个长相丑陋、不会过日子、被村里人嘲笑和排挤的"黄毛"才会一跃而成为村里人敬重的对象。通过小说叙述可知，黄毛之所以能够在村中确立起佼佼者的地位，与女儿桃子有关。桃子和明惠一样年轻，但是相比于明惠，桃子各方面都要逊色许多。但是，自从桃子去了省城之后，这一切发生了改变。桃子从省城回来时，不仅变得漂亮了，还给全家人都买了新衣服——"桃子可是模样儿大变了，脸儿白了，奶子挺起来了，屁股翘得可以拴住一头公牛，衣服洋气得挂人的眼珠子。啧啧，俺的娘，桃子给全家人都买了新衣服，桃子是挣下大钱了。"[2] 显然，在村里人看来，桃子已然成为村庄中的"成功者"，因为桃子"挣下大钱了"。所以，尽管对于桃子在城市的职业——按摩院做小姐，大家都心知肚明，但是这丝毫不影响他们对桃子的羡慕："啧啧，哪个会想到黄毛的闺女会出息得这样本事啊！"[3] 就连曾经高高在上、目中无人的明惠母亲徐二翠也不由得感叹桃子的母亲黄毛比自己有本事。由此可见，所谓的"新意识形态"也悄无声息地进入了传统的乡村世界，对原有的传统价值观念、伦理道德标准产生了冲击，不管桃子是通过怎样的途径"改变"了自己，只要她变得富有，她就是成功的，甚至她的母亲黄毛，

---

[1] 王晓明：《在新意识形态的笼罩下：90年代的文化和文学分析》，江苏人民出版社2000年版，第18页。
[2] 邵丽：《明惠的圣诞》，《北京文学》（中篇小说月报）2007年第12期。
[3] 邵丽：《明惠的圣诞》，《北京文学》（中篇小说月报）2007年第12期。

也会因为她的成功而获得额外的尊严。而与之相反的,高考落榜后的明惠失去了往日的地位,尤其当她看到那个曾经巴结着想要给自己背书包的桃子忽然取代了自己的地位时,便有了重建尊严和地位的强烈愿望。在她看来,如果自己穿上桃子的"白色羊毛套衫,烟红色格子呢裙,高跟黑靴子",一定会比她更加光彩照人。但颇为讽刺的是,尽管对成功的桃子"嗤之以鼻",但是明惠还是毅然选择走上桃子的成功之路,没有半点犹豫地成为一名按摩女工,继而变成了一个出卖身体的小姐。

我们从小说中可以看到,当成功的标准被固定化和单一化之后,所谓尊严的标准也同样被固定化和单一化。无论是黄毛因为女儿桃子的成功而赢得的尊严,还是明惠模仿桃子的方式,试图重新建构自己的尊严,都在一定程度上与物质、金钱联系在了一起。相对于"圆圆"给人的"朦胧的距离感",《走夜的女人》中的李夏显得有些"清高",小说似乎丝毫未将她的"身体"与"金钱"联系起来,反倒是让读者感觉到李夏"到城里去"只是为了追寻"不一样的风景"并为之思考:"李夏已经走过了很多地方。李夏一直在寻找和县级市不同的感觉,结果她的确也走了很多的地方,却始终没有什么发现……渐渐地,她明白她要找的变化根本就不存在,关键是自己没有发现不同,没有发现那些细腻和柔软的东西。"① 但实际上,朱日亮叙述的高明之处在于,他通过另一个人物吴银弟之口道出了李夏真实的一面,作者对于吴银弟的职业毫无掩饰,是一个"走夜的女人"(即小姐),吴银弟的性格也是大大咧咧、毫无遮拦。"吴银弟心里还有个更隐秘的想法,那就是不想看到李夏一副水清水白的样子,她一看到李夏那副样子,心里就疼得要命。她早就猜到了事情的深处,就像她知道李夏晓得她做什么一样。"② 经由吴银弟这一人物的衬托,我们可以看出李夏虽然貌似有着比吴银弟更高的精神追求,对尊严的要求似乎也更高,但事实上,李夏同样不得不选择以出卖身体的方式去实现自我,因为无论是尊严还是自我,想要获得它们的途径早已变得单一。对于尊严

---

① 朱日亮:《一个人看电影:朱日亮小说精选》,时代文艺出版社2015年版,第6页。
② 朱日亮:《一个人看电影:朱日亮小说精选》,时代文艺出版社2015年版,第7页。

第五章 城市空间中的"边缘人":自我意识的觉醒、实践与困境

的类似表述,在同时期的其他小说中也不断出现,且更为直露。在李肇正的《女佣》①中,乡村女性杜秀兰起初是一个在城里照顾城里老太太的保姆,但是她却逐渐开始为老太太的两个儿子和他们的朋友提供固定的性服务,她的目的在于能够尽可能快地在城市里买上一套房,从而获得城市人的身份。更为重要的是,只有这样她和她的儿子才不会一直被城里人视为穷人、小偷等身份卑贱的人,才能够获得作为人的尊严。显然,女佣杜秀兰的尊严,同样根源于被重新确立且固定化的一套成功的标准,根源于 20 世纪 90 年代的新意识形态。

难道真的只有成为城里人、拥有经济实力,才不会被视为卑贱之人,才会让个体感觉到幸福吗?事实显然并不是如此,蔡翔曾在《底层》中回忆:"然而在那个时代,贫穷并未导致我的底层的愤怒,相反,他们对国家表示出一种极大的热情和忠诚。我不知道,这是不是一种美德。时至今日,我的父母在回忆过去的时候,仍然毫无怨言贫穷并未导致道德的沦丧,相反,我的底层牢牢恪守着它的道德信条。"②也就是说,贫穷在过去并不等同于耻辱,贫穷也不意味着道德的沦丧。当然,贫穷也未必意味着不幸福,幸福作为一种抽象的"感觉",对每个人来说都是不同的,因为每个人都有一套属于自己的参照系。比如在 80 年代早期关于"小生产者"的叙述中,"幸福"就是可以自给自足,冯幺爸的幸福是能够自己种地养活自己,从而获得尊严;李顺大的幸福就是能够造一座足够可以遮风挡雨的瓦房。可是从 80 年代中后期开始,一切逐渐发生了变化。在隐喻和昭示了城市现代性必然与乡村传统产生冲突的陈奂生的故事中,我们看到幸福的本质发生了改变,它与软床、弹簧沙发等现代物质勾连起来。而到 90 年代后的许多有关农民的叙述中,我们常常会看到类似于农民在城市赚钱之后必然要回家盖一座楼房的叙述。这一座楼房有别于李顺大的瓦房,它无疑是极为现代化的,比如在《奔跑的火光中》,乡村女孩英芝一定要在家中所建楼房的图纸中,加入洗手间。在现实生活中也莫不如

---

① 李肇正:《女佣》,《当代》2001 年第 5 期。
② 蔡翔:《神圣回忆》,东方出版社 2004 年版,第 31—44 页。

此，比如中国很多地方的农村——尤其是经济水平相对更加发达的江浙农村，常常流行一种说法，没有哪一位女性愿意嫁给一位没有房子的男性，并且她们与英芝一样，对于房子会有着一些极为具体和现代的要求。由此可见某种症候——所谓幸福生活的标准越来固定化，越来越和物质联系在一起。于是我们看到，在《哦，香雪》中，铁凝试图压抑的"香雪"对于"物欲"的追求，伴随着现代化的推进以及经济发展的加速，在20世纪90年代以后被极大程度地释放出来。正是在此意义上，我们才能够从一种历史性角度来看待和理解像明惠、李夏这样的农民形象，她们同样有着对成功、尊严、幸福的追求，或者说，相对于大多数城里人而言，她们对于成功、尊严、幸福的追求也许更加强烈和迫切。但是，面对一个日益世俗化和功利化的社会，她们自身所处的地位和境况决定了她们并没有太多选择的机会。

三 城市的双重空间与边缘人的身份焦虑

可是，圆圆通过出卖自己的身体，是否真的重新拥有了尊严和幸福？她的"自我"是否重新得以建构？在小说的叙述中，圆圆对于尊严的追求似乎得到了实现，因为她碰到了一个与她能够心灵相通的男人李羊群。她能看懂李羊群心底的悲伤，而且觉得李羊群的悲伤与自己的情感能够相通。正如圆圆第一次见到李羊群时，便感觉到了这个人的与众不同："他不是一个好色的男人……这个生得很体面的人的脸上是透着丝丝缕缕悲伤的，当然，这悲伤别人是看不出的。圆圆那一刻觉得那悲伤是从她自己的心底里涌出，却写在了这个男人的脸上。"[①] 而李羊群也同样能够体会到圆圆与自己之间的那种微妙的联系："李羊群觉得自己在这个女孩的手下变成了一个乖觉无比的婴孩……他活在这个世界上所有的不快，都被这个女孩子一把一把地抓起来，像在河里漂衣服一样拨来荡去……李羊群突然间流出来的泪水，而且是越想

[①] 邵丽：《明惠的圣诞》，《北京文学》（中篇小说月报）2007年第12期。

第五章　城市空间中的"边缘人":自我意识的觉醒、实践与困境

控制越流淌得汹涌澎湃。"① 如此一来，圆圆与李羊群似乎建立了某种情感上的默契，只有对于李羊群，圆圆不只是付出"身体"，也同样愿意投入感情。有那么一段时间，圆圆在李羊群这里重新拥有了被人尊重和疼爱的感觉。有一天圆圆生病了，虚弱不堪地躺在自己租住的小房间中，自觉地在此期间与李羊群保持了距离。但让她意想不到的是，李羊群竟然来到了自己简陋不堪的屋子里，还给他带来了一锅鸡汤，像一个兄长或父亲般把圆圆从床上拖起来，叮嘱她喝汤。在这一刻，圆圆第一次在城市中拥有了真正的快乐，而这种快乐并不只是来自金钱，更重要的是来自情感上的认同，尤其是被城市人认同和尊重。之后的故事顺理成章，圆圆告别了小姐的工作，搬入了李羊群的大房子里："圆圆每日都在家里养着，一日比一日地懒散起来……曾经是她伺候人家，现在是人家伺候她。姑娘们赶着嘘寒问暖，巴结着除去她的外套，称赞她又白了漂亮了，称赞她的衣服首饰好看。"②

我们会看到，圆圆某种意义上实现了自己"去往城市"的目的，她像桃子那样赚更多的钱，而不至于留在村中受人嘲讽。但是，圆圆又感觉到："这样的日子，也许正是圆圆梦寐以求的。但真过上这样的日子，她心里又空得像一座被废弃的仓库。其实圆圆并不曾遗憾她是不是少挣了多少钱。她要钱的目的又是为了什么呢?"③ 显然，在邵丽的叙述中，圆圆有了对"身份"的迫切需求，当她通过出卖自己的身体一定程度上获得了"物质成功"之后，却并没有得到"实现自我"的满足感。相反，当她从幽暗的按摩院和简陋不堪的出租屋成功进入了城市空间即李羊群的家之后，却发现自己仍然没有办法获得某种新的身份认同和主体感。李羊群在认识圆圆的第二个圣诞节，带圆圆出去吃饭——这成为《明惠的圣诞》中一个极为重要的情节。圣诞节的餐厅内，李羊群碰巧遇见了自己的朋友。当李羊群介绍圆圆时，

---

① 邵丽:《明惠的圣诞》,《北京文学》(中篇小说月报) 2007 年第 12 期。
② 邵丽:《明惠的圣诞》,《北京文学》(中篇小说月报) 2007 年第 12 期。
③ 邵丽:《明惠的圣诞》,《北京文学》(中篇小说月报) 2007 年第 12 期。

是这么表述的:"她叫圆圆,我的伙伴。"① 由此可见,在李羊群的心目中,圆圆并没有一个确定的"身份",正如圆圆自己所认知的:"伙伴是有多重涵义的,可以是生意伙伴,可以是工作伙伴,当然,也可以是性伙伴。"② 不仅如此,李羊群的朋友,在对于初次见到圆圆的好奇结束之后,立刻忘记了她的存在。而对于圆圆而言,他们聊的一切内容,她也没有办法与之产生共鸣。更为重要的是,当圆圆被李羊群称为伙伴并被他的朋友们遗忘时,她其实反而觉得轻松自在。但这种自在显然是因为自卑所致,正如李羊群的朋友们"无一例外地充满自信,而自信让她们漂亮和霸道。她们开心恣肆地说笑,她们是在自己的城市里啊",③ 如果说李羊群的朋友们对圆圆的忽视,对她而言并不意外,那么李羊群的态度则让她有些意想不到,她原本以为在和李羊群建立了稳定的关系并住进他的家中(一个真正的城市空间)时,她就重新拥有了身份和幸福,因为她是成功的,她的自我意识已然得到了依托和安放。可是当她发现李羊群与同为城里人的朋友在一起时完全忘记了她的存在,便幡然醒悟,她的身份从始至终也没有改变,甚至永远无法改变,她在城市中也永远只能当一个没有主体性的边缘人。至此,圆圆最后的自杀似乎也就有了某种必然性。

但无论是对于圆圆的绝望还是她在绝望之后的自杀,作者的描写都非常节制和平淡。当感受到与李羊群朋友们的格格不入,并遭遇李羊群不经意的忽视之后,圆圆的情绪仍然很平静。正如作者之后一大段一大段对于圆圆的描述一样,细碎而平常。她像往常一样,在家洗了一个热水澡,很快进入梦乡,一夜无梦。不仅如此,睡醒后的第二天,即使发现李羊群一夜未归,也并没有太多的情绪,像一个小资的主妇一样,开始了"美好"的一天——"先喝了一小瓶依云矿泉水……冲了一杯玉米片,在煮蛋器里放一个蛋,往烘烤机里放了两片

---

① 邵丽:《明惠的圣诞》,《北京文学》(中篇小说月报)2007年第12期。
② 邵丽:《明惠的圣诞》,《北京文学》(中篇小说月报)2007年第12期。
③ 邵丽:《明惠的圣诞》,《北京文学》(中篇小说月报)2007年第12期。

面包。"① 然后再次洗漱一遍,细细地化了妆,让钟点工在家中准备她和李羊群两个人的土鸡汤面,自己则去省城高档的品牌店买了一条漂亮的红色裙子。回家后发现李羊群并没有回来吃午饭,便独自一人胃口似乎不错地吃了一碗面,并接着喝了大半碗鸡汤。但正是这样细碎平常的叙述之下,实则暗流涌动——圆圆吃完饭后,回到卧室,然后选择"悄无声息"地永远离开了这个世界。作者这样一番叙述和情节安排颇费心思,她将一个城市中的乡村女孩的悲惨结局,讲述得含蓄而平淡,一方面让小说本身不至于陷入"苦难叙事"的泥淖,另一方面也凸显了乡村女孩圆圆对于"身份"的迫切追求,揭示了乡村女孩明惠的"微不足道"这一事实。的确,因为"圆圆"的"自杀",李羊群终于知道了圆圆的真名叫"肖明惠",并主动了解了一些关于肖明惠的往事。但不无讽刺意味的是,即便如此,李羊群对于圆圆的自杀仍然百思不得其解。正如《明惠的圣诞》中的最后一段所写:"李羊群在一段较长的时间里基本上把肖明惠的历史搞清楚了,现在只剩一个问题始终纠缠着他,那就是,这个叫肖明惠的姑娘为什么要寻死呢?"②

邵丽设置的小说结尾,可谓意味深长。我们可以更为清楚地看出,即使伴随着李羊群的出现,从离开按摩院到进入李羊群的家,明惠似乎一度到达了成功的彼岸,从而再次拥有了自我,身份也得到了改变和确认。但是,对于李羊群以及他所代表的城市而言,明惠永远只是一个按摩小姐圆圆。在城市中,她从来就不曾拥有过真正意义上的身份,哪怕曾经作为一个乡村女孩的肖明惠这一身份,也被隐藏和遮蔽起来。明惠其实从未真正进入城市空间,即使在她死去的那一刻,城市人李羊群知道了她真实的身份,但是他无论如何也没有办法理解一个乡村女孩肖明惠对于身份和尊严的渴求为何如此强烈。由此,我们必然需要面对另一个极为重要的问题:城市对于农民和农民工而言究竟意味着什么?显然,城市不仅是一种召唤结构,同时也是一种强势

---

① 邵丽:《明惠的圣诞》,《北京文学》(中篇小说月报)2007年第12期。
② 邵丽:《明惠的圣诞》,《北京文学》(中篇小说月报)2007年第12期。

文化，甚至还成为某种霸权话语的表征，它规定了什么是成功和尊严，也严格地区分了阶层。在这样一种城市价值伦理之下，城市中的农民工成为被言说的"他者"。他们被动地按照城市的标准行动和生活，因为只有这样他们才能获得一点作为人的尊严。而且事实往往更加残酷，无论农民通过怎样的努力，哪怕是出卖自己的身体，也同样无法进入城市的主流空间，只能存在于某些幽暗的秘密空间——比如按摩院、发廊、破败简陋的出租屋，等等。这些"秘密空间"更是一种隐喻，意味着农民在面对强势的城市和它背后的一整套价值伦理和生存法则时，只能沦为"边缘人"。

《走夜的女人》的结尾同样含蓄而深刻。在故事即将结束的时候，李夏终于向室友吴银弟吐露心扉，她讲述了自己的一次遭遇：在某一天"走夜"归来的晚上，李夏走在冷僻的街上，没有车可回家，更没有人可依靠的时候，遇到了一个友善而温柔的陌生男性，那位男性关心地过问她怎么了，是否需要帮助。李夏感觉："真是久违了这样的关心，现在她心里装满对他的感激，她甚至想时间就停在这里该多好。她听见那个人说：给你叫辆出租车吧。恰好就过来了一辆出租车。那个人扶着她站起来，替她打开了车门。"[①] 虽然这件事已经过去好几天，李夏却一直记得那双温和的眼睛，便越发觉得以前的一切虚无，且忍不住想落泪。吴银弟似乎忽然明白了李夏的内心世界，甚至与她有了心灵相通的感觉。在"城市空间"中，或者说在隐藏在城市中的"秘密空间"——她们合租的出租屋中，她们其实是一样的，哪怕李夏显得有些"清高"、拒绝与人交流，但是这其实只是李夏自我保护的一种方式。同样作为"走夜的女人"，她们都在以各自的方式试图为自己寻找一种尊严，或者说在她们为之出卖身体的城市中，希望能够获得一些认同，找寻属于自己的空间。但是这对于李夏和吴银弟来说都实在太难。正如李夏所想的那样："李夏都在寻找属于自己的那一部分，最后她发现，属于自己的竟然是那么小的一块，小小的一块，

---

① 朱日亮：《一个人看电影：朱日亮小说精选》，时代文艺出版社2015年版。

第五章 城市空间中的"边缘人":自我意识的觉醒、实践与困境

几乎看不见。更多的,大部分,都属于别人。"① 而这未尝不是吴银弟的内心世界?只是吴银弟的表达方式不同罢了。对于"边缘人"的处境,李夏与吴银弟有了同病相怜的默契,甚至有了心灵相通的姐妹情谊,且这种姐妹情谊仿佛包含了某种反抗性——对于这个自身所处的"边缘"处境的反抗,以及对于主流城市空间的反抗。所以在故事的结尾,李夏和吴银弟决定过一个正正经经的白天,她们从容地精心化妆、打扮好自己,在步行街的一家室外饮品店的遮阳棚下,选了两个能够看到很多人的位置坐了下来。李夏与吴银弟正是以这样的一种城市人的生活和方式在挑战强势的城市意识形态,"在斜斜的阳光中,她和她慢慢啜着咖啡,看着来来往往的人们",② 她们也要在光亮的白天,主动地看一次城市和城市里的人,并且主动地接受被城市以及城市人所看,而不只是永远行走在黑夜中不得见天日。主动地看与主动接受被看,未尝不可被视为李夏与吴银弟对于尊严、自我和身份的强烈诉求和呼喊。

于是,以小黄米的故事作为一种开端与预演,以圆圆、李夏的故事作为铺陈与代表,20世纪90年代以来文学中关于小姐的女性农民形象得到了充分的书写。某种程度上,"小姐"成为一种符号,寄托了写作者对于生活乃至世界的理解。正如米兰·昆德拉所说:"小说的精神是复杂的,每部小说都在告诉读者:事情比你想象的复杂。"③ 经由"小姐"这一符号系统,写作者一方面呈现了现代化、城市化进程中,投奔城市的农民在对更好的生活的追求,同时,也有着对于重构身份、尊严乃至自我意识的诉求和愿望。另一方面,从这些作品中我们看到,这一诉求和愿望在面对90年代新的意识形态时,常常走向了它的反面。换言之,"从'共同体'中'解放'出来的'个人',却只能孤零零地暴露在'市场'面前,成为'市场逻辑'所需要的'人力资源','个人'的'主体性'被高度地'零散化','解放'的

---

① 朱日亮:《一个人看电影:朱日亮小说精选》,时代文艺出版社2015年版。
② 朱日亮:《一个人看电影:朱日亮小说精选》,时代文艺出版社2015年版。
③ [捷]米兰·昆德拉:《小说的艺术》,董强译,上海译文出版社2004年版,第2页。

结果走向了它的对立面"。①

小　结

　　伴随现代化进程的加剧，自20世纪80年代中后期开始，农民在改革时期的黄金岁月宣告结束。而与之相关的文学叙述也发生了转变，这一转变在90年代以来关于"农民形象"的文学叙述中表现得特别明显。因为"民工潮"的出现，一种新的农民形象开始成为文学写作者争相叙述的对象——城市空间中的农民工。而有关"农民工形象"的文学叙述背后的复杂含义，是本章着意论述的重点。无论是在农民工的现实处境中，还是在文学对于农民工的叙述中，生活在城市空间中的农民工都可以被称为"边缘人"。但是相对于社会学对于农民工"边缘"地位的考察，文学因为其特殊的形式更能够敏感地记录与呈现农民工边缘处境中幽昧的复杂性。通过一系列相关作品展开分析与解读，我们可以窥探到作为"边缘人"的农民工身上，实则饱含着强烈的重构主体性的诉求以及日趋明确的自我意识，只是他们主体性重构与自我意识的实践遭遇了困境。正如本书一直强调的，90年代以来，农民形象的变化以及农民遭遇的问题的起源性可以从80年代的历史语境和思想文化中找寻。所以本章从80年代早期的文本出发，展开讨论。80年代早期的《哦，香雪》，因为建构"社会主义新人"的需要，铁凝以极为浪漫主义的方式描写了一个农村青年希望通过知识（个人奋斗）到城市去、从而改变命运的美好故事，但作者其实无法给予确定的结局。同样创作于80年代早期的《人生》，在"退出—进入—退出"城市的挫折过程中，主人公高加林的自我意识的实践虽遭遇了失败，但路遥以这样一种方式让我们看到作为农村青年的高加林，他的才能必然需要一个向上的空间，而这正是改革与现代性的合法性所在。于是，从香雪到高加林的故事，我们一方面可以看到依靠知识

---

① 罗岗、刘丽：《历史开裂处的个人叙述——城乡间的女性与当代文学中个人意识的悖论》，《文学评论》2008年第5期。

进入城市，从而实现自我的理想已不可能；另一方面可以从中窥探现代化所带来的问题，比如"市场与权力"的勾结、个人理想与成功定义的功利化等。在此意义之上，《残桥》《放声歌唱》《小黄米的故事》《明惠的圣诞》《走夜的女人》这几个文本进入本书讨论的视野中。无论是《残桥》《放声歌唱》还是《小黄米的故事》《明惠的圣诞》《走夜的女人》，它们建构的"农民工形象"和讲述的农民故事，都与"身体"有关——农民被现代性激起的自我意识，却只能依靠出卖身体（无论是体力劳动还是性）得以实现，而并非香雪所幻想的知识。他们的自我实践也变得更为极端，以至于走向了他们初衷的反面。但是不可否认，在写作者们对于农民工悖论而极端的叙述与想象背后，饱含着某种张力，它一方面呈现了农民工的艰难处境，另一方面使我们看到农民工这个群体的力量。虽然他们身处"边缘"，但是他们却仍然在最大限度地试图介入整个社会的变动，重新寻找自身的位置与身份。而在这一点上，另一种关于农民工形象的写作——打工作家的文学书写——有着更为微观和深入的表达。

第六章　作为"新工人"的农民工及其叙事：一种新的主体性想象

　　城市"边缘人"在某种意义上成为20世纪90年代以来关于农民形象的一种主要叙述与想象方式，其中反映了农民在现代化进程中所面临的困境——尤其是重建身份与主体性的艰难，也呈现了写作者对现代化工业文明的批判和对农民未来的担忧与思考。而同样是从90年代开始，尤其是21世纪以来，另一种关于农民的写作逐渐出现，这就是打工者对于农民工的叙述与想象。这是一种伴随农民工进城而得以产生的文学形态。这一文学形态对于农民的书写虽然与知识分子关于"边缘人"的叙述存在一定程度上的重合，但是前者的独特之处在于，作为打工者的写作者是基于自身的原创性经验对与自己拥有同样身份的农民工展开叙述。他们不仅对农民工这个群体的当代困境进行微观呈现，更为重要的是，这些打工作家通过讲述自己和与之相似的农民工的困境，召唤出一种新的主体性，体现了农民工对于自身在城市空间乃至整个中国社会中的位置与身份的呼喊。正是在这个意义上，这一文学形态提供了一种新的农民工形象——"新工人"。"新工人"一词最初来自社会学学者吕途，她对于"新工人"的定义是这样的："伴随着农村集体化的解体和城市产业的集中发展而产生的，他们从农村到城市谋生和生活。"① 这个定义貌似和"农民工"的定义并无太

---

① 吕途：《要重视新工人的文化生活》，《企业文明》2016年第8期。

第六章 作为"新工人"的农民工及其叙事：一种新的主体性想象

大区别。但实际上相比于"农民工"，"新工人"这一概念包含着某种对农民工的自我意识与主体性的强调，也意味着农民工对公平、尊严的诉求，以及对未来的憧憬与期待。正如有评论者在评价吕途的《中国新工人：文化与命运》时认为，吕途的研究者以及研究对象的同路人的双重身份，使她的写作任务变得非常特别："不仅仅分析性地呈现这个群体的文化实践与当代境遇，更是用知识生产的方式，参与到这个群体的命运之中，召唤一种新的主体性，呼唤劳动者在世界中的新的位置和新的身份政治。"[1] 打工作家对于农民工的叙述也同样如此。当然，"新工人"是一个未完成的、开放的概念，所以不少打工作家也参与其中。也正因为如此，在被称为"打工文学"之后，越来越多的研究者愿意将打工作家的写作命名为"新工人文学"，学者张慧瑜就曾提到："'新工人文学'这一表述方式更具有批判意识，新工人文学对工人的身份有某种自觉，认同'劳动创造世界'的理念，对现代、工业等文明有所反思和批判。"[2]

具体而言，在有关"新工人"形象及相关的文学叙述中，"新工人"形象通常表现为几种状态，或者说作为打工者的作家常常经由几个层面对"新工人"形象及其表征的主体性想象进行呈现。第一个层面，不卑不亢的苦难者形象，这指的是打工作家倾向于以"我"作为叙述视角，揭示农民工突出的自我意识，正是这种突出的"自我意识"使得作者笔下的农民工形象虽身处困境与苦难，却显得"不卑不亢"。换言之，不卑不亢的苦难者形象成为"新工人"形象及其内涵的表征之一，范雨素的《我是范雨素》就是一个颇具典型性的文本。第二个层面，作为"文化人"的新工人形象。这一部分主要指的是关于青年农民工的写作。打工者通过对作为"文化人"的青年农民工展开叙述，凸显了青年农民工的情感结构、强烈的主体性诉求以及身份诉求，从而在不卑不亢的苦难者形象之外，呈现了新工人形象另一种特质。郑小琼的《女工记》、小海的诗歌是反映这一类形象较为突出

---

[1] 吕途：《中国新工人：文化与命运》，法律出版社2015年版，第6页。
[2] 张慧瑜：《另一种文化书写：新工人文学的意义》，《文艺评论》2018年第6期。

的作品，甚至诗人小海本人的经历也是对"文化人"农民工的一种诠释。第三个层面，资本、机器所建构的权力关系中的新工人。一方面，打工作家们试图回答造成工人们的悲哀与伤痛的原因，即现代化转型、工业发展、技术升级与作为农民的工人之间的冲突，尤其是资本生产运作对个体的驯服与剥削；另一方面打工作家还通过对在"权力结构"中所遭遇的"身体疼痛"或"疼痛的身体"的叙述，使打工者的集体经验得以深度赋形。这一"疼痛的身体"具有了潘毅所说的"抗争次文本"的意味，即作为集体经验的"身体的疼痛"，可被视为一种新的抗争愿望，存在一种巨大的抗争可能性。如此一来，一种新兴的主体性形象慢慢成为可能。郑小琼、杨东、许立志、邬霞这四位诗人的诗歌可以作为这一层面的讨论文本。这三个层面并非独立的，而是缠绕在一起，共同呈现了新工人形象的内涵与意义，使得新工人的经验得以深度赋形，并使其自我得以表达，一种新的建构主体性的可能被凸显出来。因此，经由新工人形象及其叙述，可以看到一种社会革命的可能性，一种新型打工者主体的形成。由此可见，从20世纪80年代到90年代，乃至21世纪以来关于农民的文学叙述中，虽包含着一条较为完整的叙事逻辑——在这一叙事逻辑中，曾拥有明确主体感的农民，在现代化进程中逐渐沦为城市"边缘人"——但在经由打工者自身所书写的农民形象中，我们又可以看到这样的一个群体在努力介入到整个历史、社会的变动过程中，并试图用自己的方式重新发出声音，重新寻找自身的位置与尊严。

第一节 "知识分子写作"的限度与原创性经验的凸显：我手写我心

作家魏微在《个人经验和生命感受》中曾谈及创作小说的近和远的话题："我当初写小说时，非常刻意地去写那类离自己很远的小说……我后来总在想，我写这些人物跟我有什么关系呢……首先我不是男人，我也不了解男人，另外我对卑微无聊也缺乏太深的体会，

第六章　作为"新工人"的农民工及其叙事：一种新的主体性想象

我对他们或许有同情，但这同情是可疑的，因为不是感同身受。这就是说，在我当初的写作里，没有个人经验，只有所谓的文学经验。"[1]显然魏微意指知识分子写作者与自身塑造的人物形象及其故事之间的隔膜，而这种隔膜在关于农民工形象的文学叙述上表现得尤为突出。作为"边缘人"的农民工及其叙述，使我们看到，农民在现代化进程中所面临的个人意识实践以及主体性重建的困境，并在政治经济学意义上呈现了导致农民困境的原因，从而对现代化工业文明展开批判，同时对农民的未来展开思考。这显然是较为理想的关于"边缘人"农民的文学叙述，上一章论及的《残桥》《放声歌唱》《小黄米的故事》《明惠的圣诞》《走夜的女人》是几个较为典型的文本。与此同时，我们又不得不注意的是，大多数文本并没有真正在以文学的方式探究农民工与城市之间的权力关系，或是反映农民个人意识实践的悖论和农民工在城市的困境。他们只是凭借着文学经验在想象农民工的生活、心理状态以及未来。仅凭文学经验的农民工叙述，使得写作者陷入对农民工这一符号的消费之中，让叙述变得"奇观化"和"欲望化"，这在女性农民工的叙述上尤其明显。比如在对于小姐的文学叙述中，很多写作者表达的重心不在于女性农民工出卖身体的社会根源，而着重于欲望化的性与爱。这样很可能形成叙述上的奇观，抑或导致卢卡奇在《叙述与描写》中所说的"真实细节的肥大症"——这才是其叙述最核心最吸引人的地方。而对于农民的处境与未来，他们反而没有真正批判性地去呈现，更不用说回应现代化危机。阿宁的《米粒儿的城市》[2]便是如此。《米粒儿的城市》讲述了乡村女孩米粒儿在城市遭受权势的压迫，最后不得不借助法律奋起反抗的故事。虽然米粒儿最终并没有成功，但是不可否认，写作者对于米粒儿的叙述包含着对正义的诉求和对权力与资本相勾结的批判。可实际上，这显然只是小说建构的一个貌似具有合理性和正当性的叙述框架，在这一框架之下，作者意在对欲望与情色进行夸张与渲染。细读文本会发现，小说中存

---

[1]　魏微：《个人经验与生命感受》，《当代文坛》2007年第5期。
[2]　阿宁：《米粒儿的城市》，《北京文学》（精彩阅读）2005年第8期。

在着大量的关于米粒儿身体以及米粒儿与几位男性的"交往"的细节描写，这些描写占据了小说60%的篇幅，且语言极为烦琐和粗俗，这些细节对于文本的主旨表达并没有任何意义。小说其实是在假正义之名，企图为"欲望化的性与爱"披上正当性的外衣。在故事的结尾处，当米粒儿试图以法律的途径对付柴行长等人时，我们会发现，作者有着非常明显的对主流意识形态的迎合倾向，这里的迎合指的不是充当社会问题的润滑剂，而是指一种政治正确的叙事策略，具体到文本中，小说虽然在一定程度上呈现了社会问题——弱势群体不可避免地要遭受压迫并无处申诉，因此，米粒儿凭一己之力根本无法告倒柴行长，最后只能诉诸"暴力"。但是这并不是该小说的主要目的，作者也并没有对米粒儿遭遇的问题及其社会根源展开讨论和反思。不仅如此，米粒儿最后依靠暴力的方式带来怎样的结果，作者也并没有交代，开放式的结局在某种程度上是最安全也最讨巧的。因而，我们不得不说，这一政治正确的结尾，或者说这个貌似在讲述正义的故事其实只是为"欲望化的性与爱"披上合法性的外衣，它所带来的问题显然更加严重，很可能导致对农民工命运的遮蔽，形成对女性农民的刻板化印象。也就是说，《米粒儿的城市》并没有真正呈现米粒儿被利用的根本原因，而只是假借对米粒儿的不幸遭遇的讲述来满足市场的需求。所以，不仅在小说内部，米粒儿沦为商品，被男性消费，在小说外部，写作者和读者其实也正是在消费女性这一符号，尤其是"身体"和"性"这两个概念。正如学者刘复生所言："当下文学充斥着细节肥大症与破碎性的社会经验，无法提供卢卡奇所谓'总体性'的对社会的想象方式，只是以纯文学的形式高度不纯地传播着当代消费主义的意识形态或非政治的政治观念，从而成为现实秩序的粘合剂，主流意识形态的合谋者。"①

局限于文学经验出发的农民工叙事，还表现在对于"安全叙事"的追求上，即选择距离自己较远的群体、借助既有的文学经验展开对

---

① 刘复生：《纯文学的迷思与底层写作的陷阱》，《江汉大学学报》（人文科学版）2006年第5期。

第六章 作为"新工人"的农民工及其叙事:一种新的主体性想象

人物的想象。在20世纪90年代以来关于"农民工"的文学叙述中,"小姐""拾荒者""乞丐"等特殊人群成为被主要描写的对象,但在现实的农民工群体中,还存在着许多普通的打工者,比如流水线女工。可是知识分子作家与这一群体的生活世界相去甚远,所以难以把握,而对于如"小姐""拾荒者""乞丐"等一些特殊群体,在文化上早已形成一套较为固定的认知,写作者只需要对这套认知进行简单的加工和改造,便可以形成自己的叙事模式,从而可以避免因为与叙述对象的隔膜给自身带来叙事上的困难。"安全叙事"的另一个更为重要的层面在于,选择离自己较远的对象进行写作,可以避免与叙述对象产生过多的关联,从而更易于施加其人道主义式的同情或道德主义式的批判,不至于给自身带来困扰。相反,如果写作者的叙述对象是离自己较近,或较为普遍,则不便于简单做出价值判断。比如保姆、餐厅服务员相对"小姐"其实在现实生活中是更为普遍的农民工类型,但是小说常常倾向于将这两类人物置换成小姐,这在某种程度上也与"安全叙事"有关。这样的叙述,写作者并未能够真正进入自己所塑造的人物内心,极易导致一种"分裂的叙事",而这一"分裂的叙事"根源显然与写作者的"知识分子"身份有关。他们虽然认识到农民工的困难处境反映了现代化方案存在的问题,但他们对于现实秩序的批判与质疑只能是有限的,甚至除了"隔岸观火的旁观者的津津乐道与暗自庆幸,另外还有一种深恐自己坠入其中的担心与焦虑"[1]。因此他们更倾向于选择距离自己较远,且社会对其有着较多既定判断的写作对象,这种对于农民工的叙述,本质上是一种"处身于社会精英团体与广大下层之间,犹疑于两个边缘的中小知识分子的文学表述"[2]。这样写作的后果是,写作者在对于农民工形象的叙述时常常游移不定,因而缺乏真正富有思想、情感深度的现实批判激情。吴玄的《发廊》[3] 便是

---

[1] 刘复生:《纯文学的迷思与底层写作的陷阱》,《江汉大学学报》(人文科学版)2006年第5期。

[2] 刘复生:《纯文学的迷思与底层写作的陷阱》,《江汉大学学报》(人文科学版)2006年第5期。

[3] 吴玄:《发廊》,《花城》2002年第5期。

如此。《发廊》以大学教师的视角来讲述妹妹方圆开发廊、当小姐的故事。叙述者一开始对自己妹妹开发廊感到不安和不满，但最后依然顺从了妹妹，并且也默认了自己的故乡西地成为"发廊村"的事实。而这一顺从和默认某种程度上来自对自己无权无能的一种无奈。小说中有一个情节：方圆发廊的空调被警察拆走了，方圆要求当大学教师的哥哥去找关系要回来，可是叙述者"我"（哥哥）找了一天也没有找到熟人，只能自己硬着头皮去了派出所，却不料被误当成小偷关了一天。叙述者"我"彻底感觉到了自己的渺小，并认定了自己的无力与无奈，于是便默许了方圆的"工作"。这个小说看似具有对某些社会不良现象的批判，但充其量也只是隔靴搔痒，并且经由这种叙述，我们还可以看到叙述者其实某种程度上只是在试图理解在这个时代中的人的生存法则，而非从整体上把握现实并进行批判性的自我反思。

综上所述，20世纪90年代以来，知识分子写作者对于农民工的叙述与想象，因为只是从自身的文学经验出发，缺乏原创性经验，所以难免出现了"奇观化"写作，或者采取"安全叙事"策略。"奇观化写作"或"安全叙事"很可能导致文学中的农民工形象的刻板化，也会形成对农民工这一符号的"消费"，甚至遮蔽农民工群体的真实处境及其背后历史的复杂性，更不用提对现代化工业文明的批判，以及对农民工的尊严、主体性以及未来的思考。正是在这个语境之下，90年代以来，另一种对于农民工的写作方式进入我们的视线——作为打工者的作家，基于自身的原创性经验，对于农民工进行叙述与想象。与之相对应的是，出现了另一种比知识分子笔下作为"边缘人"的农民更具有政治意味的农民形象——"新工人"。对于自身的身份限制有着自觉的知识分子魏微，在进一步思考怎样的写作才是真正进入人物内心的写作时说："这个'近'我觉得可以这样理解，就是我的每篇小说，我都希望有自己的生命在里头，每部作品我都希望带有我的感情，我的气味，我说话的腔调……写这样的小说，我有时会非常难受，这有点像演员入戏，一个演员要是想演好一个角色，理想状态就是，

第六章 作为"新工人"的农民工及其叙事：一种新的主体性想象 ❖❖❖

她必须要让自己变成这个角色，她整个人，乃至生命和感情都要注入这个角色里，最终她与角色合二为一了。我现在是喜欢以这种方式演戏的演员，也是喜欢以这种方式写作的作家。"[①] 魏微的思考正是对于何为"原创性经验"的表述，在她看来，带有原创性经验的文学叙述，不只是一种文学经验的表达，而是一种融入了自己的生命情感和体验的写作。显然，这样的一种基于原创性经验的文学叙述，更为真实，同时也更容易赋予角色深刻的内涵与意义。作为打工者的写作者们，他们对于农民和农民工的叙述最为核心和最为重要的地方在于他们所塑造的农民和农民工形象，既是自己叙述的对象，同时也是他们自己，这是一种"我手写我心"的叙述方式。正如民间诗报《打工诗人》的创刊宣言——打工诗人——一个特殊时代的歌者；打工诗歌——与命运抗争的一面旗帜。打工者对于打工生活的叙述，极大地契合了农民工这个群体的处境与情感，写作们在用稚嫩却饱含情感的文字在记录自身和同胞的打工生活时，与千千万万的打工者产生了共鸣，使得作为边缘群体的农民工的声音以一种更为直接的方式呈现出来。

因此我们会看到，在关于打工作家的叙述中，现实中普遍存在的农民工群体往往成为他们的写作对象。被打工作家描写得最多的是流水线上的工人，比如安子的《青春驿站——深圳打工妹》、房忆萝的《我是一朵飘零的花》、郑小琼的《女工记》等，甚至还可以包括常凯在深圳致丽玩具厂大火的废墟中整理出的打工妹书信集《遇难打工妹书信一束（1991—1993）》。但是有意思的是，在知识分子关于农民工的写作中，流水线工人很少成为他们的写作对象，而实际上，这一群体占据着整个农民工群体的大多数。正如前文所述，这与原创性经验的缺乏，以及"安全叙事"的考量有关。而打工作家叙述的对象正是他们自己，他们与写作对象之间不存在任何的隔膜，所以让叙述显得更加真实和具体。因此，从原创性经验的意义上而言，打工者的农民

[①] 魏微：《个人经验与生命感受》，《当代文坛》2007年第5期。

工书写称得上是一种更为真实的文学——一种对底层原创性经验的真实呈现。正如邵燕君所说："文学的这一功用性，完全不同于政治、经济、法律各种社会制度，或是新闻、媒体等传媒手段，其实现不是通过制度、亦不是通过信息，而是通过包含人类经验的故事的讲述。"① 本雅明也曾提到，"他并不看重去传达纯粹的所发生时间本身（新闻报道就是这么做的），相反，它让叙说者将自己的生活嵌入事件中，以便把它作为经验一同传达给听者。"② 打工者出身的诗人郑小琼和她的写作态度，是对于"原创性经验"表达最好的诠释。

与许多农民一样，郑小琼2001年离开乡村共同体，进入南方城市，成为一名最普通的打工者，但是现实显然比她想象的残酷许多。初入城市的她是一名家具厂的女工，月薪仅284元，为了生存，她每一天需要工作12个小时，而且几乎没有休息日。所以她也不可能与外界有任何的接触与联系，这显然和她自己对于城市生活的想象相去甚远。郑小琼的个人经验与经历，再次证实了所谓香雪式的理想——通过个人的努力改变命运——只是一种幻觉。但是郑小琼终究还是幸运的。有着大专学历的郑小琼从2002年开始尝试写作，创作了自己的第一首诗歌《荷》，2003年因为获奖参加了《散文诗》杂志的笔会，她的名字逐渐被诗歌界熟知。2005年，郑小琼参加了被称为中国诗坛的"黄埔军校"的"青春诗会"，这使更多的人知道了她的名字，郑小琼的诗歌进入更多读者和打工者的视野。2007年郑小琼的《铁·塑料厂》获得人民文学奖散文奖，有评论者认为她此次的获奖"是打工文学受主流认可的最高荣誉"。有意思的是，成名后的郑小琼似乎又印证了20世纪80年代初期关于个人奋斗的浪漫想象，但是毫无疑问，无论是靠写作成名的郑小琼，还是其他打工作家（比如王十月、范雨素等人），他们只是幸运儿，在他们身后是整个农民工的边缘群体。

---

① 邵燕君等：《"乡土"/"底层"、"代言"/"立言"、"生活流"/"戏剧性"——有关贾平凹长篇新作〈高兴〉的讨论》，《海南师范大学学报》2008年第1期。
② [德]瓦尔特·本雅明：《发达资本主义时代的抒情诗人》，王才勇译，江苏人民出版社2005年版，第112页。

第六章 作为"新工人"的农民工及其叙事：一种新的主体性想象

事实上，郑小琼并没有表现出迫切的阶层跨越的诉求，反而有着明确的拒绝进入另一个阶层的姿态。2007年6月，郑小琼拒绝了东莞作家协会的驻会邀请，选择继续打工，而她拒绝的原因很简单：对于一个基于原创性经验写作的写作者而言，只有一直处于"打工"的现场，她才能够在真正意义上做到"我手写我心"，以此传达整个农民工群体的经验与声音。正如郑小琼自己所言："写这些东西，作为一个亲历者比作为一个旁观者的感受会更真实，机器砸在自己的手中与砸在别人的手中感觉是不一样的，自己在煤矿底层与作家们在井上想象是不一样的，前者会更疼痛一点，感觉会深刻很多。"[①]"像我一样，在东莞这几年，我进过塑料厂、五金厂、家具厂，干过流水线，当过仓库工……我一直想把这种想法写出来，所以我必须进不同的工厂，做不同的工种去亲历、感觉，而不是作为旁观者去想象。"[②] 人民文学奖评委李平曾回忆，在领奖那天："郑小琼很少说话，但很扎眼，若在平时，没人会注意她。这个穿着半旧碎花短袖衣，料子长裤，黑布鞋，素面朝天的瘦小女孩，总是低着头嘿嘿地笑，和北京家政市场上的小保姆没区别。"[③] 长期以来，郑小琼的工友们完全不知道自己身边有一个已经出名的女诗人，她们都会很习惯地称呼郑小琼为"245"号，或者"装边制"（一种零件的名字）。郑小琼的写作和她拒绝"收编"的姿态，深刻地诠释了原创性经验对于打工作家叙述与想象农民工群体的重要性和意义。

由于打工作家的写作是一种基于原创性经验的表达，所以他们往往通过对打工者的日常生活展开一种非常细致和琐碎的叙述，从而塑造相关的人物形象，技巧是其次的，内容本身才是重点。也正因为如此，相比于知识分子的写作，打工作家对于农民工的书写显得更为通俗易懂，常常能带给读者一种另类的"震撼"。比如在郑小琼的《女

[①]《"人民文学奖"得主郑小琼拒入作协执意打工》，http://www.ht88.com/article/article_10993_1.html，2021年3月2日。

[②]《"人民文学奖"得主郑小琼拒入作协执意打工》，http://www.ht88.com/article/article_10993_1.html，2021年3月2日。

[③] 杨宏海编：《打工文学备忘录》，社会科学文献出版社2007年版，第298页。

工记》中,她描写了二十几个女工的故事,有身为小姐的女工故事,也有身为罪犯的女工故事,还有作为讨薪者的女工故事。尽管她们的故事各不相同,但都是反映农民工的苦难与困境的故事。可这样一种重复叙事没有带给我们模式化或刻板化的感觉,反而因为"重复",使这群女工的故事产生了某种震撼效果。关键原因在于这二十几个女工的故事的核心经验都超出了人们的想象,而这种核心经验正是来自郑小琼的原创性经验,即郑小琼自己的女工经验。因为拥有身为女工的原创性经验,郑小琼才得以进入女工们的生活世界与内心世界,从而获得并理解一个个女工的核心经验。郑小琼在每一个女工的故事之后,都会附上相关的"手记"——包括促使作者创作某一个女工的具体事件,甚至人物原型,这其实也是一种对原创性经验的尊重。"人的想象力并不是无边的,而是建立在既有经验基础之上,而具有足够原创性的经验则是突破了人们的惯常经验,继而也超越了人们惯常想象的樊篱,达到'震惊性'。"[1] 这样的故事足以勾勒出一个时代,而这个时代显然不是中产阶级所熟悉的时代,反而是被中产阶级遮蔽的时代。也正因为作品中所包含的原创性经验——而且是一种集体经验——使农民工形象更为清晰地浮出历史地表,并拥有了"新工人"的内涵与意义,这些女工的故事为我们提供了一种新的主体性想象。

除了最具代表性的郑小琼之外,本章将要论及的其他打工作家(如范雨素、小海等)也同样以各自的方式通过自己的原创性经验进行书写。在这个意义上,打工作家基于原创性经验而对农民工形象的建构,恰好弥补了知识分子写作可能存在的问题。不过在另一方面,无论以何种方式叙述农民工,都可能只是一种话语的争逐,话语的争逐有可能构成一个沉默的螺旋,使农民群体的声音沉入越来越微弱的境地中去。因而如何让农民发声,如何想象农民或农民工的位置、身份和未来,也许才是更为重要的,无论是对于知识分子写作还是对打

---

[1] 邵燕君:《写什么和怎么写——谈"底层文学"的困境兼及对"纯文学"的反思》,《扬子江评论》2006年创刊号。

工文学而言，都是如此。因此，本章的主要任务在于以论述知识分子对于农民工的书写上存在的问题和局限性为基础，以20世纪90年代以来出现的打工作家对于农民工的叙述作为考察对象，并以范雨素、小海、郑小琼这三位打工作家的作品为例，讨论打工作家如何在知识分子作家塑造的"边缘人"农民工形象之外，凭借自身的"原创性经验"，建构并书写一种新的农民主体——"新工人"。正如有学者指出的那样："自我书写被认为更可能摒弃主流媒体中的偏见、肤浅、缺乏同情或缺乏尊重，从而展现底层民众的情感、渴望、视角和观点，并进行真正情境化的书写。在自我书写的过程中，底层可能真正孕育自己的阶级意识，发展主体并成为政治行动者。"[1] 其中的"主流媒体"同样可替换为"知识分子写作"。

第二节 不卑不亢的苦难者形象：一种想象新工人及其自我意识的方法

正如前文所述，知识分子对农民工的书写容易陷入一种苦难叙述的泥淖，甚至导致对农民工苦难的消费与遮蔽，这显然与作者缺乏原创性经验、与所述对象身份上的不对等有关。但不可否认的是，即使是打工作家，也同样会存在一种叙述上的滥情，为了渲染苦难而书写苦难，字里行间充满了悲情，甚至除了令人觉得"苦大仇深"之外，再无其他感觉。毫无疑问，现代化进程中的农民工确实常常处于苦难的境地，但是如果写作者只是执着于书写苦难本身，反而难以深刻地表现农民工的生活处境和他们的生命经验，因而也就无法做到让作为弱者的农民工群体发出声音。从这个角度来看，范雨素的《我是范雨素》是一篇较为成功的作品。《我是范雨素》2017年4月24日发表于界面旗下的非虚构栏目《正午故事》，与以往该栏目发表的纪实性长文不同的是："不知怎的，阅读量嗖嗖往上涨，很快就突破了几万的

---

[1] 李艳红、范英杰：《远处苦难的中介化：范雨素文本的跨阶层传播及其"承认政治"意涵》，《新闻与传播研究》2019年第11期。

日常平均值，径直飙到十万+。"① 为什么范雨素的《我是范雨素》受到如此多的关注？其原因显得极为关键。"范雨素及其文本很大程度上打破了大众传媒对农民工的刻板再现，展现了农民工更为丰富和崭新的面相。不仅范雨素本人'与众不同'，而且她笔下的人物也体现出诸多不同于主流社会常规认知的面相，他们不再是单薄的符号，不仅仅是一个白发的乡村农妇、傻里傻气的书呆子、被忽略名字的育儿嫂、失学的农民工子弟，他们有着波澜壮阔的人生图景，有着动人心弦的精神理想、沉甸甸的生命重量。"② 这段话一定程度上回答了《我是范雨素》走红的原因。我们也应该看到，范雨素在这篇作品中塑造了一个不卑不亢的苦难者形象。如她自己所言，"虽然身陷困境与苦难之中，却保持不卑不亢之姿态"，这个苦难者既是她自己，也代表着整个农民工群体。而这样的一种形象与特质，也是"新工人"及其内涵的重要组成部分。如此一来，讨论范雨素如何叙述和想象不卑不亢的苦难者形象，从而将农民工的苦难处境及其作为新工人的自我意识更为深刻地呈现出来，成为需要讨论的关键。事实上，范雨素和她的这篇《我是范雨素》，独特之处在于它提供了一种想象农民与农民工的新方式——以克制苦难的方式来叙述苦难，从而建构不卑不亢的苦难者形象。而这一克制苦难的叙述方式，经由这篇作品的文体、文笔、主题以及内在的主旨、思想得以立体化呈现。

《我是范雨素》以一种散文化的叙述方式，讲述了作者自己的故事。虽然写作时的范雨素是一名打工者，但是她并没有局限于自己的打工故事本身，而是试图从童年出发，讲述了自己过去几十年的人生经历与生命经验。童年的范雨素特别喜欢看书，但是她最佩服的不是书本中的名人，而是自己的母亲。因为母亲坚强、勇敢、善良，可以为孩子们遮风挡雨，还能够帮助其他人。因为读了一些书，范雨素从

---

① 《〈我是范雨素〉：别说话，先去找来原文好好读一读》，https：//www.sohu.com/a/136801900_570240，2021年3月5日。

② 封寿炎：《范雨素的价值》，上观新闻，2017年4月27日，https：//www.shobserver.com/staticsg/res/html/web/newsDetail.html？id=51477，2021年2月14日。

第六章 作为"新工人"的农民工及其叙事:一种新的主体性想象

小便很叛逆,自信而骄傲,十二岁曾离家出走看世界,看腻之后回来成了一名偏远地区的民办老师。她的婚姻很不幸,嫁给了一个有家暴倾向的、酗酒的男人,于是她毅然选择离开,独自带着两个女儿到北京,成为一名育儿嫂。不只是个人经历,范雨素还在文中呈现了自己的性格和心理状况,多年的打工生活积累的经验,让她已经很难轻易相信别人,甚至得了某种"社交恐惧症",而这种心理障碍在她看来只有通过爱心才能治疗,所以她在生活中反而乐于善待与她一样的底层和弱者。与此同时,范雨素以自己的人生经历为主线,串联起家庭的诸多人物,比如善良、勇敢、能够独当一面的母亲,梦想当文学家跳出农村却遭遇失败、成为村里人奚落的"文疯子"的大哥,从小得了脑膜炎的大姐姐以及患有小儿麻痹症的小姐姐,还有被称为"神童"、少年得志却中年因赌博而前途尽毁的小哥哥,以及她自己的两个女儿。除了讲述自己与家人的故事之外,范雨素还写到了一些社会现象。比如20世纪90年代后,大量农民奔赴城市打工之后,导致"无妈村"的怪异现象出现,正如在皮村这样的城中村里,没有妈妈的农民工孩子很多。她也曾记录老家村里的农民田地被征收,由于补偿不公平,于是村民连同自己八十多岁的老母亲一起前去维权,但是并没有得到妥善处理。范雨素还谈到了农民工子弟受教育的问题:"公立学校不让农民工的孩子上,上学只能到打工学校上,这样的学校一学期换好几个老师,教学质量差。"[①] 无论是农村女性自杀率、"无妈村"、农村征地维权,还是农民工子弟受教育的机会,这些都是与城市现代化转型,以及城乡差距息息相关的重要甚至敏感问题。通过范雨素和她家人的故事,以及她在《我是范雨素》中触及的对于农民或农民工而言重要而敏感的话题,或可窥见农民乃至整个中国乡村在现代化变迁中的整体状况。这一状况用苦难来形容丝毫不为过。但是,范雨素将这些苦难的经历,全部纳入第一人称我的叙述之中,不是倾诉,反而是以一种自传的方式呈现,借助一种强烈的自我意识让农民或农民工的状

---

① 范雨素:《我是范雨素》,《新工人文学》2019年第1期。

况得以显现。换言之,范雨素没有被苦难经验驾驭和捆绑,反倒是超越苦难,让我们看到她突出的自我与主体性。事实上,"自传"——为自己立传,本身就彰显了立传者与叙述者的自我意识与主体地位。或者说,作为底层的打工作家以"自传"的方式来讲述自己和同胞的故事与命运,本身就是一种对自我有着充分认知的体现。"我是范雨素"这一题目的表述方式,不同于大多数农民工叙述,某种程度上也是自我认知的突出表现。"我是范雨素"仿佛写作者在向所有人宣告,我是有名字的,我就是我自己。正如范雨素在接受记者采访时的表现,她敢于反问甚至质问记者,是否脑力劳动就一定比体力劳动高贵。这进一步体现出她对"人生而平等"的主张以及她不卑不亢的气质。事实上,范雨素虽与所有的农民工一样,历经苦难,但是她的性格里有着像她母亲一般乐观、坚强、善良的一面。就像她经常反思的,人活着总是要做一点什么,但是作为一个农民工,她能做什么呢?或许正是出于这样的困惑,她才选择以自传的方式来叙述自己的故事,呈现一个不一样的农民工/新工人形象。《我是范雨素》这本自传读来让人感觉到的不只是苦难,更多的反而是面对苦难的勇气与淡然。

这种面对苦难的勇气与淡然,也经由《我是范雨素》的文笔得以呈现,或者说,在范雨素的行文中,我们可以看到某种克制,这里所说的"克制"并非是某种写作技巧上所刻意为之的"克制"。实际上对于大多数打工作家而言,文学性与文学技巧都不是他们的强项,但是从原创性经验的意义上看,文学性与文学技巧对于打工作家的写作并不那么重要。范雨素文字中的"克制",具体表现为某种从容、淡定。她对于苦难经历只是平静地诉说,从不刻意渲染。"结婚短短五六年,生了两个女儿。孩子父亲的生意,越来越做不好,每天酗酒打人。我实在受不了家暴,便决定带着两个孩子回老家襄阳求助。那个男人没有找我们。后来听说他从满洲里去了俄罗斯,现在大概醉倒在莫斯科街头了。"[①] 这段关于自己家庭和婚姻的不顺,读来甚至有些幽默。当她猜测孩子父亲

---

① 范雨素:《我是范雨素》,《新工人文学》2019 年第 1 期。

第六章 作为"新工人"的农民工及其叙事:一种新的主体性想象

大概醉倒在莫斯科街头之后,她紧接着往下说:"我回到了老家,告诉母亲,以后我要独自带着两个女儿生活了。"① 这一句简短的文字,绝不是向母亲的单纯求助,更像是范雨素说给自己听的宣言,充满力量与决心。在讲述自己做育儿嫂的经历时,范雨素这么说道:"我运气真好,我做育儿嫂的家是上了胡润富豪排行榜的土豪。"② 语气看似很轻松甚至愉悦,但是显然范雨素也有痛苦,在哄三个月小女婴入睡时:"我就想起我在皮村的两个女儿。晚上,没有妈妈陪着睡觉,她俩会做噩梦吗?会哭?想着想着,潸然泪下。还好是半夜三更,没人看见。"③ 如此毫无修饰的对于痛苦的简洁而真实的呈现,令人读出了文字间几欲喷涌而出的感动。而对于与自己的故事勾连在一起的他人的遭遇,范雨素也是娓娓道来,不加任何修饰,不夹带任何过分的情绪,也毫不遮遮掩掩。在讲到城里的打工学校都是黑学校、农民工子弟不能接受平等的教育时,她写道:"我心想,这倒霉催的教育部,谁定的这摧残农民工娃子的政策呢?报纸上说,教育部这样做,是为了不让下面的学校虚报人数,冒领孩子的义务教学拨款。可教育部为什么不弹劾吏治,非要折磨农民工的娃子?"④ 朴素而大胆的语言,范雨素勇敢、真诚、直言不讳的样子跃然纸上。而对于哥哥姐姐的不幸遭遇,范雨素也都是采用了轻描淡写的处理方式,比如在谈及留在乡村教书的小姐姐被奔赴上海的男朋友抛弃时,范雨素有些幽默:"在学校教书时,小姐姐的才子男朋友去上海另觅前程了。脑子里有一万首古诗词内存卡的小姐姐恨恨地说:一字不识的人才有诗意。小姐姐找了一个没上过一天学的男文盲,草草地打发了自己。"⑤ 而对于并未能走出"农门"改变命运的大哥哥的叙述,笔调也并不沉重,甚至略带调侃:"大哥哥还在村里种地,锄头、镢头、铁锨,把大哥哥要当文学家的理想打碎了。大哥哥现在只种地了,过着苦巴巴的日子。再

---

① 范雨素:《我是范雨素》,《新工人文学》2019 年第 1 期。
② 范雨素:《我是范雨素》,《新工人文学》2019 年第 1 期。
③ 范雨素:《我是范雨素》,《新工人文学》2019 年第 1 期。
④ 范雨素:《我是范雨素》,《新工人文学》2019 年第 1 期。
⑤ 范雨素:《我是范雨素》,《新工人文学》2019 年第 1 期。

也不搔首问天,感叹命运多舛。"① 对于小哥哥最终的悲惨结局,范雨素也只是将其平淡地说出来:"少年得志的小哥哥,在40岁那年,迷上了赌博。可能因为官场运气太好,小哥哥在赌场上只一个字,输。输钱的小哥哥借了高利贷。很快,还不起债了……官也被撤了。"② 将自己和身边人的苦难遭遇、不平之事以一种稀松平常、轻描淡写的方式呈现出来,也许并非范雨素的刻意为之。一方面,是因为她本人性格使然,范雨素生性乐观、坚强;而更为重要的一方面,则在于范雨素所讲述的自己与他人的经历,都来自现实生活,虽琐碎而残酷,但是真实可感,不需要再加任何修饰也已饱含真情实感。范雨素克制的文风和她对于苦难轻描淡写的叙述,不仅经由具体的语言得以显现,还因为语言所指向的内容得以形成。在《我是范雨素》中,作者在对于"苦难农民工"形象展开叙述与想象时,并不局限于将他们放置在打工语境之下,正如在讲述"我"的遭遇与故事时,不仅谈及自己的打工经历,还将童年经验、不幸的婚姻、亲人的故事也纳入其中。即便是对于打工经历的讲述,范雨素也并没有刻意强调和突出其中的辛酸与不堪。正如有研究者所言:"范雨素笔下的苦难也同样迥异于传统农民工的苦难表达:它不大触及生产、工伤和剥削等在主流中产媒体的编辑们看来过于沉重的主题,而是更加轻盈,甚至富有'诗意'。"③

范雨素克制、轻盈的写作风格,并没有弱化农民的真实困境与苦难,反倒有了举重若轻的效果。诗人小海曾说:"很多人都感叹,一个普通的家政工怎么会写那么好。其实答案就是生活,一个饱含情感的人,在生活里是极容易受伤的。但也正是在这样的伤疤之上盛开了强大而有力的生命之花。"④ 小海的话在强调了生活/原创性经验对于打工作家意义的同时,也反映了范雨素作品在看似轻描淡写的文字之下埋藏的力量。范雨素克制的文风之下的力量,也经由《我是范雨

---

① 范雨素:《我是范雨素》,《新工人文学》2019年第1期。
② 范雨素:《我是范雨素》,《新工人文学》2019年第1期。
③ 李艳红、范英杰:《"远处苦难"的中介化:范雨素文本的跨阶层传播及其"承认政治"意涵》,《新闻与传播研究》2019年第11期。
④ 小海:《新工人口述史》,《新工人文学》2019年第1期。

第六章 作为"新工人"的农民工及其叙事：一种新的主体性想象

素》被刊发时的编辑推介语可以看出："她文笔轻盈，有种难以模仿的独特幽默感，有时也有种强烈的力量喷薄而出。她像位人类学家，写下村子里的、家族里的、北京城郊的、高档社区生活的故事，写下对命运和尊严的想法……"[①] 由此可见，《我是范雨素》之所以被编辑看中、在发表后受到诸多关注，也正是因为她对于苦难者的叙述和苦难命运的呈现，并没有过分地煽情与控诉，反倒是通过一种克制、轻盈、平淡甚至略带幽默的文笔，让叙述本身变得更富有张力，也更能让人感受到范雨素对于命运及其尊严的理解与追求。《我是范雨素》中，"我"/范雨素虽然身为一名底层、弱者，但她从来不向命运妥协。比如她绝不妥协于来自丈夫的家庭暴力，哪怕独自带着两个女儿生活、无依无靠，也毅然决然地选择了离开丈夫，摆脱家暴。她对于尊严也有着自觉的认识，在写到自己做育儿嫂时，女雇主总是深夜"画好了精致的妆容，坐在沙发上等她的老公回来……"，她觉得这是刻意地奉承男雇主，"不要尊严，伏地求食"。[②] 此外，她也有着对平等的追求，比如，她直言农民工的孩子与城市人的孩子在教育尤其是教育资源的分配上存在着严重的不平等。不少媒体评论均认为范雨素的价值和意义在于她对于平等和尊严的表达。例如"上观新闻"发表评论，认为范雨素的价值在于她即便在穷苦的生活环境下依然进行精神的求索，以此"确认人生尊严、价值和意义"（2017年4月27日）；搜狐网的评论认为，"范文不是跪着、趴着，而是站着写出来的作品"（2017年4月27日）；《中国新闻周刊》的评论则认为，"范文表达了她对尊严的捍卫和平等的渴求"（2017年4月29日）。[③] 当然，在对尊严、平等的追求之外，在《我是范雨素》中还可以看见作者对于爱和善良的追求。她在文中写道："在我成年后，我来到大城市求生，成为社会底层的弱者。作为农村强者的女儿，经常受到城里人的白眼和

[①] 转引自李艳红、范英杰《"远处苦难"的中介化：范雨素文本的跨阶层传播及其"承认政治"意涵》，《新闻与传播研究》2019年第11期。

[②] 范雨素：《我是范雨素》，《新工人文学》2019年第1期。

[③] 转引自李艳红、范英杰《"远处苦难"的中介化：范雨素文本的跨阶层传播及其"承认政治"意涵》，《新闻与传播研究》2019年第11期。

欺侮。这时,我想:是不是遇到比自己弱的人就欺负,能取得生理上的快感?或者是基因复制?从那时起,我有了一个念头,我碰到每一个和我一样的弱者,就向他们传递爱和尊严。"① "我在北京的街头,拥抱每一个身体有残疾的流浪者;拥抱每一个精神有问题的病患者。我用拥抱传递母亲的爱,回报母亲的爱。"② 而自己的女儿在她的影响之下,每天下班之后都会将公司发的汇源果汁双手送给在公司门口的垃圾桶里捡废品的流浪奶奶。范雨素的爱和善良的表达方式朴实而真诚,它不是自上而下的同情和施舍,而是一种纯粹的感同身受,是一种同理心。

在此意义上,通过这种自传体的写作方式、克制而轻盈的文风和不局限于传统农民工叙事主题的主题呈现,以及"我"对于尊严与平等、爱和善良等精神层面的追求,使得我们在《我是范雨素》中看到了一个不卑不亢的苦难者形象。而文中的其他人物也是如此,虽然历经苦难,甚至结局不幸,但是范雨素却同样让我们看到了他们身上饱含的精神力量。《我是范雨素》中不卑不亢的苦难者形象,并不仅仅指代"我"/范雨素,同样指向包括母亲、哥哥、姐姐等在内的文中的其他人物,乃至整个农民工群体。如果说比之充满苦难、悲情的文学叙述的问题在于"虽然这些情感当然也包含着批判的力量,但这种力量是软弱的,滥情化足以把它抵消殆尽"③,那么范雨素的以克制苦难的方式建构的不卑不亢的苦难者形象在某种程度上反而更有力量。正如有的评论者所说的:"范雨素及其文本很大程度上打破了大众传媒对农民工的刻板再现,展现了农民工更为丰富和崭新的面相。不仅范雨素本人'与众不同',而且她笔下的人物也体现出诸多不同于主流社会常规认知的面相。"④ 毫无疑问,范雨素在这篇作品中所塑造的不卑不亢的苦难农民形象,恰恰呈现出范雨素面对苦难的姿态,以及

---

① 范雨素:《我是范雨素》,《新工人文学》2019 年第 1 期。
② 范雨素:《我是范雨素》,《新工人文学》2019 年第 1 期。
③ 罗岗、田延:《旁边他人之痛——"新工人诗歌"、"底层文学"与当下中国的精神状况》,《文艺争鸣》2020 年第 9 期。
④ 李艳红、范英杰:《"远处苦难"的中介化:范雨素文本的跨阶层传播及其"承认政治"意涵》,《新闻与传播研究》2019 年第 11 期。

第六章 作为"新工人"的农民工及其叙事：一种新的主体性想象

她作为农民工的自我意识（比如对于尊严、平等的追求）。如此一来，范雨素笔下不卑不亢的苦难者形象可以看作她对于新工人形象的想象与呈现。如批评家张慧瑜所判断，范雨素"可能是更有自觉意识的创作者"。也如其他评论者所言："范雨素与众不同的叙述方式，恐怕也是让公众乐于认真阅读全文、情愿耐住性子倾听这位来自底层的女性所讲述的故事、与之同忧同愁、同悲同喜的重要原因之一。之前，一些所谓来自'底层'的文学声音并不曾间断。它们或者充满悲情、通篇苦大仇深；或者如所谓'穿越过大半个中国去睡你'那般直露、质胜于文……"[①] 如果说那种陷入苦难叙事难以自拔的农民工书写，只会加重社会对于农民工的"刻板印象"，将农民工视为总是苦大仇深的受难者或需要提高素质的群体的话，那么范雨素所呈现的"不卑不亢"的苦难者形象以及她这种克制苦难的叙述方式和自我书写，则极有可能更正了社会一直以来根深蒂固的对于农民工群体的偏见和对他们缺乏同情与尊重的实际状况，从而使这个群体被深埋和遮蔽的真实面貌与处境真正"浮出历史地表"，并在一定程度上进入"公共领域"。《我是范雨素》在网络上被热烈关注与讨论，就是最好的证明。如果说，"我国的市场化媒体正在成为一个以中产阶级为读者基础和中心的媒介领域。农民工群体自身的底层书写尽管具有重要的公共意义，但始终难以对中产阶级占据的公共领域产生影响"，[②] 那么，《我是范雨素》对此实现了一种突破。通过以克制苦难的叙述方式和她笔下不卑不亢的农民形象，《我是范雨素》进入了以城市中产阶级为主要受众的"界面新闻"的编辑视线，并受到中产阶级读者群体的关注，而并非只是范雨素的个人倾诉或小范围传播。如此一来，作为底层的范雨素以她自己的故事作为传播主体，传递农民工群体声音的实践得以在一定程度实现。"一个女性农民工对于自身苦难生活经验的写作得到了'远处'城市

[①] 李心峰、邓友女：《范雨素、新工人群体与文化权益》，《人民政协报》2017 年 5 月 8 日第 10 版。

[②] 李艳红、范英杰：《"远处苦难"的中介化：范雨素文本的跨阶层传播及其"承认政治"意涵》，《新闻与传播研究》2019 年第 11 期。

中产主流世界的拥抱，实现了跨越阶层的传播，这一文本及其所携带的意义，不仅实现了地理意义上的空间流通，更实现了社会文化意义上的空间流通……在主流公共空间获得了较为充分的可见性，并激发了大量公共讨论，从而拥有了对主流中产社会发生影响的可能。"[1] 范雨素笔下不卑不亢的苦难者形象的全部意义或者说最为本质的意义，得以完全凸显。

当然，当范雨素和她的《我是范雨素》成为一个被广泛热议的现象时，也同样会使其陷入一系列困境。随着关注度的火速上升，各媒体对范雨素争相报道，各路记者也对她四处拦截，范雨素曾希望通过皮村文学小组组长小付转告记者，由于媒体的围堵，她的社交恐惧症已经变成了"抑郁症"，只能躲到深山中的古庙中去。她也曾经不止一次向媒体表明，"我不愿意出名"，"我不用文字谋生"[2]，但范雨素受到困扰、陷入困境的根源在于她难以避免地成为媒体与记者争相抢夺的"奇观"："媒体充分体现出'奇观化'的角色，将她再现为一个不同寻常的'奇观'式的他者：她有着良好的睿智的语言，对阶层不平等的不屑一顾、酷爱阅读，有着梦想（《北京时间》2017年4月26日）；拥有文学天赋，是'高手在民间'（《凤凰网》2017年4月26日）"[3] 换言之，范雨素和她的《我是范雨素》虽然拒绝了"自我奇观化"，即通过用文字"兜售"苦难，从而赢得关注与同情，但事实上等待她的仍然是被"消费"，面临着被"奇观化"乃至被消费的风险。在这样的一种"被奇观化"的过程中，范雨素所试图表达的农民工群体的声音必然会遭到弱化。当范雨素文章的热度变得越来越高时，当关注她的人群越来越大时，媒体乃至大多数人都转而开始关注范雨

---

[1] 李艳红、范英杰：《"远处苦难"的中介化：范雨素文本的跨阶层传播及其"承认政治"意涵》，《新闻与传播研究》2019年第11期。

[2] 不仅范雨素本人"与众不同"，而且她笔下的人物也体现出诸多不同于主流社会常规认知的面相，他们"不再是单薄的符号，不仅仅是一个白发的乡村农妇、傻里傻气的书呆子，被忽略名字的育儿嫂、失学的农民工子弟，他们有着波澜壮阔的人生途径，有着动人心弦的精神力量、沉甸甸的生命重量"。上观新闻，2017年4月27日。

[3] 转引自李艳红、范英杰《"远处苦难"的中介化：范雨素文本的跨阶层传播及其"承认政治"意涵》，《新闻与传播研究》2019年第11期。

素"走红"这件事,而并非范雨素试图表达的故事与声音。如此一来,"底层的苦难则被彻底搁置,媒体不仅未能沿着'底层表达登上主流公共空间'所开辟的缝隙,将报道进一步深入到这个群体逼仄的生存处境中去,更没有进一步将这一群体的生产和生存处境历史化和现实化,追问导致其处境的历史和现实原因"。[①] 可是,这显然不是范雨素自己的问题,反而是整个社会——尤其是处于底层之上的城市中产阶级的问题,这其中包括媒体记者,也包括普通的读者。也就是说,从范雨素被"奇观化"的过程,我们更可以看到农民工群体的艰难处境,以及他们试图突破重围,发出自己声音的困难。

不过,即使范雨素不可避免遭遇"被奇观化"的危机,一定程度上削弱了她在其他阶层产生影响和发出的声音,却仍然不可否认范雨素所塑造的不卑不亢的苦难者形象的意义。通过对不卑不亢的苦难者形象的塑造与叙述,范雨素不仅呈现了自己的生命经验和心路历程,也让我们看到作为底层的农民工所面临的苦难与困境,对于尊严与平等的渴求和强烈的自我意识与主体性重建的愿望。更为重要的是,范雨素的这篇作品使得农民工对于尊严、平等、主体性的表达实现了"阶层跨越",在中产阶级读者群中引发了热烈的讨论,而不只是农民工的自我呻吟。"范雨素文本所代表的底层自主传播实践,尽管在经历跨阶层传播的过程中被中产阶级媒介中介化,但它仍然具有积极的承认政治意义……这一跨阶层的传播有助于纠正主流社会中'不承认'以及'错误承认'的非正义机制,并有助于表达一种对于尊严和平等的主张,在促进中产阶层对底层尊严和平等的认可方面具有积极意义。"[②] 因此,《我是范雨素》及其塑造的农民工形象具有了重要的文化政治意义。而另一方面,范雨素对于不卑不亢的苦难者形象的叙述,也是对以往为苦难而叙述苦难的农民工叙述的超越与克服,范雨

---

① 李艳红、范英杰:《"远处苦难"的中介化:范雨素文本的跨阶层传播及其"承认政治"意涵》,《新闻与传播研究》2019年第11期。
② 李艳红、范英杰:《"远处苦难"的中介化:范雨素文本的跨阶层传播及其"承认政治"意涵》,《新闻与传播研究》2019年第11期。

素本人和她笔下不卑不亢的农民工形象，代表着一种文学中新的农民工形象的出现，这一形象正是对"新工人"及其内涵的一种极佳诠释。与此同时，范雨素克制苦难的叙述方式，也为关于农民工的叙述提供了一种想象农民工/新工人的新路径。

第三节　新工人的"文化人"内涵：青年农民工的情感结构及主体感呈现

如果说范雨素笔下不卑不亢的苦难农民工形象——既是范雨素本人也代表着整个农民工阶层——是对于"新工人"及其内涵的体现，即呈现了"新工人"这一概念中所包含的对于尊严、平等、身份、主体性的诉求；那么，在打工作家的笔下，"新工人"还常常以"文化人"的形象出现，或者说作为"新工人"的农民工，还具有"文化人"的特质。正是这种文化人的特质，使"新工人"有着对于"自我"的强调——对尊严和身份的强烈愿望。范雨素在某种意义上也可被称为文化人，因为她受过一定的学校教育，热爱阅读，有强烈的自我意识，但是却与本节将要论及的"文化人"形象仍有所不同。此处谈到的"文化人"主要指的是青年农民工群体。随着现代化的加剧，农民工也逐渐发生了分化，青年农民工与老一辈农民工逐渐有了显著的区别。在社会学界，"青年农民工"往往被称为"新生代农民工"："他们的群体特征是——年龄普遍较小，多在25岁以下，出生于20世纪70年代末80年代初，成长和受教育于80年代，基本上于90年代外出务工经商。"[①] 不仅如此，新生代农民工"有更多的机会和条件接受学校教育，因此他们的受教育水平比其他农村流动人口高，他们参加务农的时间和机会自然就少些，有许多人甚至根本没有务农经历"[②]。吕途也

[①] 王春光：《新生代农村流动人口的社会认同与城乡融合的关系》，《社会学研究》2001年第3期。

[②] 王春光：《新生代农村流动人口的社会认同与城乡融合的关系》，《社会学研究》2001年第3期。

第六章 作为"新工人"的农民工及其叙事:一种新的主体性想象

曾对农民工的代际进行过划分,她将农民分为三代:第一代农民工是20世纪80年代进城打工,他们始终认同农村是归宿,终有一天会落叶归根返回农村;而第二代农民工大多出生于80年代,他们大部分并没有当过真正的农民(比如种地),从一开始便在城市务工,但是他们又无法在城市稳定,却不愿意回到农村,所以通常较为迷茫;而第三代农民工大多出生于90年代,与第二代农民一样,他们都没有真正的农民经验,不仅如此,他们中的大多数都是出生和生长于城市,对城市有着较强的认同感,希望落脚城市。经由吕途的表述与细分可知,新生代农民工指的是在80年代到90年代出生,没有农民/乡村经验,甚至在城市成长起来但是身份却仍然为"农民"的青年。而对于本章而言,新生代农民工这一群体更为重要的面向在于,由于接受了一定程度的现代教育,所以他们有着更为明显的自我意识,对于自身的处境更为在意与敏感;与此同时,因为在城市中成长和生活,所以新生代农民工对城市及其文化有着天然的认同,因而也总是将个人的自我意识、身份、未来与城市勾连在一起。与之相关的另一面是,他们对于乡村的情感和农民的身份没有自觉的认知,甚至是拒绝和排斥的。由此可见,青年农民工与老一辈农民工之所以有着根本性的差别,显然与两代人之间的生活经验有关,与前者接受了现代教育与城市文化有关。正是在此意义上,本章将青年农民工称为"文化人"。而相对应地,在文学的叙述中,青年农民工的"文化人"面向,主要表现为三个层面。第一,青年农民工的外形、生活方式、审美趣味和传统的农民有着天壤之别,已经十分接近于城市青年。第二,青年农民工的情感结构与城市青年有着趋同性,虽身处城市的"边缘",可是与原本被视为归途的乡村世界缺乏情感纽带。换言之,在情感结构层面,青年农民工已不再是农民。第三,因为接受了现代教育以及城市文化——尤其是互联网文化,青年农民工对于城市有着较高程度的认同,有时候甚至会产生一种"我是城里人"的幻觉。当然与之相伴随的是他们对于不平等的现实的反抗意识也更强,同时也因为情感结构中乡村的不在场,所以他们对于寻找新的身份和对自我的安放有着空前强烈的诉求。需要强调的是，在本节的论述中，"新工人"所具有的"文化人"特质既能够由文学叙述中的"青年农民工"形象呈现出来，也可以由叙述"青年农民工"故事的"青年农民工"作家显现出来。

对于作为"新工人"的农民形象的"文化人"层面，在知识分子关于农民工的写作中虽不多见，但也有比较突出的文本，比如杨争光的《少年张冲六章》中的少年张冲，就是一个相对典型的"文化人"形象。拥有高中文化程度的张冲，外形俨然是一个现代城市青年而非农民："张冲一只手插在裤兜，另一只手在头发上划了一下，也插进了裤兜，站成近似稍息的那种姿势。他的裤子上有许多裤兜，有明有暗，分布在前后左右，脚上的皮鞋是新擦过的。敞开的便装西服里是一件圆领T恤，有外文字母和图案。皮带好像没有系紧，大参扣扣在肚子那里随意倾斜着。最抢眼的当然是头发，蛋黄色，不长不短，不硬不软，该顺溜的都很顺溜，该散开的都合适地散着开着，在阳光下很具表现力。这就是张冲。"① 不仅是外表，就连生活方式也是如此。张冲喜欢玩游戏，而且有一位漂亮的女朋友："我骑着马三宝的本田，戴上减速眼镜，80码，有时100码也敢，听着摇滚，听孙丽雯在后边搂着我的腰哇哇叫，可刺激可刺激，我喊着问她：老婆咋样？她一遍哇哇叫一边说刺激死了老公刺激死了，把我搂得更紧了。"② 更为重要的是，少年张冲有着鲜明的自我意识以及对城市的认同——他不喜欢读书，认为在城市做一名保安是一件非常开心的事，并希望能够靠自己获得独立和自由，而不是依靠父亲。在自信的张冲看来，条条道路都能通往美好生活，并非只有知识。杨争光笔下的"文化人"张冲某种意义上是完美的，外表、生活方式俨然城市青年，更为重要的是，即使从事底层劳动，却仍然充满了自信，对于自我有着明确的认知，乐观、积极、愉快。而在知识分子作家的写作中，作为"文化人"的青年农民工之所以不多见，显然与写作者与写作对象之间的隔膜有关，因为隔膜产生了刻板化印象，知识分子作家热衷于对农民工使用苦难

---

① 杨争光：《少年张冲六章》，作家出版社2010年版，第29页。
② 杨争光：《少年张冲六章》，作家出版社2010年版，第249页。

第六章 作为"新工人"的农民工及其叙事：一种新的主体性想象

叙事，而很少将目光投向他们乐观积极的一面。但是事实上，尽管农民工的现实处境确实充满了苦难，但这与他们身上"文化人"的面向并不冲突，它们反倒常常融合在一起，使得作为"新工人"的青年农民工形象更为复杂与突出。以此作为参照，杨争光笔下的张冲似乎有些过于完美，这某种程度上与杨争光的知识分子身份所带来的想象上的限制有关。当然另一个较为重要的原因则在于，杨争光创作的"文化人"张冲这一形象，主要目的是抨击现代教育制度，而并非呈现青年农民工的特质。青年农民工的这种特质，在郑小琼的《女工记》和皮村诗人小海的诗歌《中国工人》中反而能够看得更加清楚。

郑小琼在《女工记》中描写了几十位女工的叙述，从各个面向呈现了青年农民工身上作为"文化人"的特质。《女工记》中的女工们，大多接受过良好的高中教育，甚至专科教育，正如郑小琼本人即毕业于卫校。她们的生活方式和审美趣味受到了城市文化的影响。所以在《女工记》中，我们随处可见看到在外表和生活方式上与城市青年类似的青年农民工形象。比如《曾雯》中的女工曾雯："她需要温暖与光明，哪怕这种暖意来自/幻觉，她把它们视为迷茫中青葱的/爱与梦想，她习惯魔兽，新款手机，流行歌手，QQ空间或者手机中的非主流……她热爱年轻人的生活，网络游戏，逛街。"[1] 又如《张艾》中的女工张艾："充满小资情调，你效忠于香水/酒吧街，日本漫画，爵士乐或摇滚/旅游，烟熏妆，年龄如同皮肤需要保水/唐装或鸡尾酒，为平淡的打工日子。"[2] 还有《蓉蓉》中的女工蓉蓉："你喜欢穿越小说，在QQ里用子墨与人聊天/《三体》刘慈欣有时你会在群里谈论/刘小枫与他的书籍。"[3] 无论是曾雯、张艾还是蓉蓉，即使作者明确告诉我们她们的身份是来自乡村在城市打工的女性农民工，但是在她们身上，我们完全见不到与乡村、农民相关的任何蛛丝马迹，她们的趣味像极了城市青年。之所以如此，更为根本的原因在于在这些青年农民工情感结

---

[1] 郑小琼：《女工记》，花城出版社2012年版，第183页。
[2] 郑小琼：《女工记》，花城出版社2012年版，第28页。
[3] 郑小琼：《女工记》，花城出版社2012年版，第124页。

构中，乡村是缺席的，相反她们在一定程度上对乡村甚至是厌恶的。她们和城市青年一样，在城市里成长和生活。比如《何玲》中的何玲，"她厌倦故乡黄土样的日子笨拙而/沉闷，也不习惯故乡的慵懒与肮脏/她觉得乡亲的面孔并非沉郁与厚重/更多的是僵化而潦倒"。①

但我们也应该看到，女工们所追求的城市趣味，很大一部分来自全球流行文化，即消费文化，或者是通过它们的影响而被生产出来的趣味。在中国社会拥抱现代化和市场经济的同时，全球流行文化或消费文化成为年轻人争相追逐的目标，占据了人们绝大多数的空闲时间，在城市中的"青年农民工"也不知不觉受到这一文化形态的影响，并为之着迷。正如鲍德里亚在《消费社会》中所言，"被消费的不是物质商品，而是符号即身份象征"。② 消费成为一种故作的姿态或自我炫耀的方式。显然，鲍德里亚的消费主义理论充满着对于资本家及其所营造的虚假想象的批判。但不可否认的是，无论是曾雯喜欢的魔兽、新款手机，还是张艾喜欢的香水和日本漫画，又或者蓉蓉喜欢的穿越小说，这些"消费文化"的魅力在作为日常娱乐之外，也能够使她们获得一种身为城市人的身份幻觉。这一幻觉尽管内含焦虑甚至自卑，但更为重要的是，女工们在审美趣味与生活方式上对城市人的模仿，哪怕是拙劣的模仿，其实是她在城市生存的一种自我保护方式。在《杨霓》一诗中，杨霓的故事道出了这一真相："你一直笨拙地模仿城市的时尚/遮住来自乡村的血缘你的口音/粗大的关节泄露你内心的秘密/我们因为贫穷而自卑的灵魂/这些年你和这个城市有/相同的品味。"③

如果说，青年农民工对于以消费文化为表征的城市文化的追逐，一方面是因为他们的"情感结构"的变化——接受过现代教育的他们对于乡村的情感缺失；另一方面，外表、生活方式与审美趣味与城市的趋同，得以使他们产生一种足够暂时性实现"自我保护"的身份幻觉，那么在契合城市的情感结构与身份幻觉背后，则是这些青年农民

---

① 郑小琼：《女工记》，花城出版社2012年版，第231页。
② 陆扬：《文化研究概论》，复旦大学出版社2008年版，第67页。
③ 郑小琼：《女工记》，花城出版社2012年版，第70—71页。

第六章 作为"新工人"的农民工及其叙事:一种新的主体性想象

工的诉求。换言之,作为"新工人"的青年农民工,其"文化人"内涵最为重要的层面在于对重构主体性的强烈愿望与自觉。郑小琼笔下的女工们,很多人也很热爱阅读、关心社会。比如在关于女工竹青的手记中,郑小琼这样写道:"我们都喜欢阅读,思考。她经常去时政网站,比如天益社区、文化先锋等网站……我们在QQ上聊天,一对十足的愤青,我们有共同的话题,对现实中不平的事情充满愤怒。"[①]毫无疑问,正是通过各种渠道获得的信息,促使他们对于现实中不平的事情更为敏感,也就更希望能够改变现状。而在这一过程中,他们的自我意识、主体性得以逐渐形成。对此,郑小琼在诗歌《何玲》中对女工"何玲"的描述极为形象:"她充满热爱与眺望/没有怨言,高中毕业,略有文化/对现实有着集体或个人的思考/她也愤怒却更沉湎于平衡之道/她厌倦故乡黄土样的日子笨拙而/沉闷也不习惯故乡的慵懒与肮脏……她不断假设/自己的命运,如果不出来肯定就是/让老天安排自己葬于黄土/她热爱打工,一天11小时的/劳作,在幽暗的五金厂,她将自己/打磨成铮亮铁片,微亮却冷/可照亮她模糊不清的人生,这微光/让她从拉线员工升到主管,对于失败/她不怨天尤人,她更需要/将幻想变成现实悲观但不绝……"[②] 显然,何玲因为拥有文化和知识,所以才会厌倦乡土、学会思考,进而对现实产生不满、愤怒、悲观、自信的复杂情绪,由此生长出想要改变自我命运的自我意识,并试图努力重新建构主体性。于是,何玲从一名拉线员变成了一名主管,不断地向前迈进。显然,何玲这一女工形象,诠释了"文化人"的复杂内涵并呈现了其自身内在的力量,也成为"新工人"的典型形象。

何玲是励志的,文化与知识的启蒙带给她痛苦,但也给了她思考的能力和前进的动力。然而,并不是所有青年农民工都如此,郑小琼笔下的竹青便恰好相反。竹青也曾热爱阅读和思考,对现实中的不平发表意见,有着强烈的自我意识。但是竹青自我意识的实现方式却走向了反面。正如竹青自己所说:"如果不读书,不思考,没有抱负,

---

① 郑小琼:《女工记》,花城出版社2012年版,第9页。
② 郑小琼:《女工记》,花城出版社2012年版,第231—232页。

像机器一样劳动,她就不会如此地绝望,知道得越多,想得越多,她就痛苦一点,抱负越大,挫折感就会不断地加深。"① 竹青所言,道出了"新工人"的"文化人"层面核心内涵,文化教人思考,并对社会和自我产生新的认知。可是竹青并没有像何玲那样幸运,她越来越深地感受到自身的匮乏与需要,与此同时,却又越来越深地感觉到自己对一切都无能为力时,她最后决定换一种活法:"她成为了一个台湾人的情妇,台湾人在台湾有妻室,她成为台湾人在这边的妻室。我们有过一次偶然的交谈,谈论的是汽车、发财、房子……我与她,相隔在两个世界里。"② 毫无疑问,竹青以一种极为吊诡的方式转换了自己的身份与命运。郑小琼对于竹青的变化与选择有一些不满:"当我得知我还在写着无用的诗歌,她很意外。而我同样意外她的改变。现实中,时间不断降解着我们的生活,我们曾经的愤怒与理想在现实面前是那样的虚弱,我们不断地失望,失望多了,成了一种绝望,在绝望中接受,或者嚎叫。"③ 但是,当郑小琼将"竹青"这一女工形象诉诸文字,竹青便与何玲或者任何一个她笔下的女工形象具有了同等的意义。无论是像何玲这样因思考而痛苦、因痛苦而奋进的形象,还是像竹青这样因思考而痛苦、因痛苦而绝望和妥协的形象,都表征着青年农民工对于身份重构的强烈需求。

由此看来,相比于知识分子作家杨争光笔下的乐观、自信的"文化人"张冲,具有原创性经验的郑小琼对"新工人"的"文化人"层面及其内涵表现得更为丰富与具体。她们与张冲一样,同样乐观、自信、积极,可她们同时又有着痛苦、自卑、迷茫的一面,而这一切都来自她们身上的文化背景(现代教育与城市文化)。郑小琼通过描写这些女工形象,不仅让我们看到她们作为"新工人"的一个重要层面:"文化人"及其内在指向的对于身份、主体性的强烈诉求,同时也让我们看到同样作为打工者的作家,她书写的农民工并不是刻板化、

---

① 郑小琼:《女工记》,花城出版社2012年版,第10页。
② 郑小琼:《女工记》,花城出版社2012年版,第10页。
③ 郑小琼:《女工记》,花城出版社2012年版,第11页。

脸谱化的，虽然人物形象有着共同之处，但是每个形象却都拥有独特的"个人经验"——这也是郑小琼写作的目的。正如郑小琼在《女工记》后记中所言："女工经常被媒体、报告、新闻等用一个集体的名字代替，用的是'们'字。我是这个'们'中的一员，对此我深有感受……我知道自己需要努力深入到女工中，把这个'们'换做她，一个有姓名的个体，只有深入到她们中，才会感受到在'们'后的个体命运和她们的个人经历。"①

因为打工文学或新工人文学的特殊性——"我手写我心"，所以在某种意义上，写作者本人也可被视为作者创造的"人物形象"。因此"文化人"这一内涵与特征，也同样在作为打工者的作家身上得以体现，胡小海便是一个很好的例证。胡小海并没有郑小琼这样的影响力，他只是将自己的打工经验提炼成文字的千千万万青年农民工之一。但这并不妨碍小海成为一个善于思考、自我意识突出的"文化人"典型。小海出生于1987年，技校毕业，2003年第一次到深圳打工，有着15年的打工经历，在工厂打工期间，他开始写作，现为皮村文学小组学员。从他给自己取的笔名便可知他身上"文化人"的特质："大家好，我叫胡子帅，因为喜欢海子的诗歌，前几年自己改名叫胡小海。"② 小海认为自己第一次的自我教育来自一本20块钱买的盗版大字典，他在工厂将这本字典逐字逐句反复看了好几遍；后来喜欢上了唐诗宋词：在工厂边踩着缝纫机做衣服边背诵诗歌和宋词；除了古代诗词之外，小海还深爱着海子的诗歌，《海子的诗》这本书被他翻了无数遍。与此同时，小海特别热爱音乐，尤其是摇滚，汪峰、许巍、张楚等都是他喜欢的歌手。他自己回忆道，当他第一次在电视机上听到汪峰的歌时，差点激动到将电视机打爆。后来他开始通过微博给一些摇滚歌曲写评论，并且给喜爱的歌手发私信，不过很少有回应，直到最后得到了歌手张楚的回复。而他也曾经有过一段时间，非常迷恋鲍勃·迪伦的歌，在工厂车间做货的同时，有时候会拿出手机看一眼鲍勃·迪伦的歌词

---

① 郑小琼：《女工记》，花城出版社2012年版，第253页。
② 小海：《新工人口述史》，《新工人文学》2019年第1期。

翻译。显然，这些都是小海所接受的"文化"。这些文化一方面让他更为深刻认识到自己的处境，正如他认为汪峰"唱的歌就像自己的生活一样，尤其副歌部分。然后突然关掉电视，在黑暗的房间里伤心地长歌当哭般的呢喃呜咽哭泣"①，另一方面，这些文化熏陶也教会他思考，而不是麻木地在工厂消耗青春，比如他认为海子的诗歌让他如获新生："在海子那里我学会了如何真诚面对自己的灵魂。就是做真实的自己。我们平时戴的面具太多了，以至于我们都迷失了自己的真心……有时候我真的一次次怀疑自己怀疑人生，我不知道我到底是在创造价值还是制造垃圾？"② 更为重要的是，这些文化上的自我教育让他有了更为强烈的自我意识和前进的动力与勇气，比如鲍勃·迪伦的歌曲，尤其是歌词里"那种超越的，挣脱的，众生平等的精神，一下击中了我的灵魂"③。他甚至模仿鲍勃·迪伦的歌词，写了一首《这很好，祖国》："是以一个普通的中国车间青年为出发点，说出我自己的人生观，价值观。"④ 换言之，他通过李白、海子、张楚、汪峰、鲍勃·迪伦等人及其所表征的文化价值观念的启蒙，自己的情感结构发生了天翻地覆的变化，他虽然身为"农民工"，但显然又区别于传统的农民工，他通过写诗来进行自我表达，并开始找寻自我意识的安放之所。

当然，小海是幸运的。他为自己的自我意识暂时找到了实践的方向：经过歌手张楚的介绍，小海进入了"皮村"。在这个破败不堪、看似与其他城中村没什么两样的地方，小海获得了归属感，他再次感受到了活着的平等与尊严。"意义，是包括小海在内的所有皮村工友一直在寻找、并终于在这里找到的东西。这给予他们自我认知和身份认同，也给予他们积极乐观的现实生活。"⑤ "我们这个群体非常庞大，不能被漠视掉。有时我们的自我意识不强，学历不高，不知道往哪走，但要让我们感到自己的工作和生活是有意义的，我们是能够发声的，

---

① 小海：《新工人口述史》，《新工人文学》2019 年第 1 期。
② 小海：《新工人口述史》，《新工人文学》2019 年第 1 期。
③ 小海：《新工人口述史》，《新工人文学》2019 年第 1 期。
④ 小海：《新工人口述史》，《新工人文学》2019 年第 1 期。
⑤ 张玉瑶：《新工人，在流水线上写诗》，《北京晚报》2017 年 5 月 12 日第 34 版。

第六章 作为"新工人"的农民工及其叙事:一种新的主体性想象

要有这样的精神文化建设。哪怕一点点,就很感激。"① 相比于大多数农民工,小海和他口中的"我们"已经是非常幸运的了,文化和"文化的共同体"皮村,给了他们归属感和力量,使得他们具有了"新工人"的自觉。所以,小海开始思考在通过文字表达自己的喜怒哀乐之外,他应该再往前迈进一步,他认为打工者的文字表达,"能让更多的人知道工人的存在是一件极其重要的事情。因为我们住的楼房,走的公路,所用的手机,穿的衣服,可以说生活的方方面面所需要的东西,都不是凭空出现的,而是工人用辛勤的双手创造出来的。劳动最光荣,不该只是口头说说,应当被大家重视"。② 虽然小海认为自己"学历不高",但小海对于意义的追寻,小海对于"打工者应该让更多人知道工人的存在"这一思考,显然与他身上"文化人"的特质有关,这一特质不仅源自学校教育,更多的来自进入社会后,他所接受的多元文化。

小海自身的特质和他自觉的思考,在小海的诗歌中表现为一种痛苦和自信融合而成的主体性,我们可将它称作"新工人"的自我意识。与郑小琼的《女工记》以"第三人称"的方式展开叙述不同,小海的诗歌中的叙事者或人物形象多半都是以"我"或者"我们"出现。比如在诗歌《让我睡个安稳觉》中,小海这么写道:"让我睡个安稳觉 在这温柔而绚烂的时代的晚上/左手边撒满了朝霞 右手边抚摸着夕阳/让我睡个安稳觉 就带着大地深处的芬芳。"③ 在《造梦时代2》中他写道:"可当你有一天走在这漂亮的城市 才发现这高楼里闪烁的只有霓虹繁华的倒影/我们背负着千年前披洒的辉煌那辉煌还敲打着灵魂的铁骨/我们怀抱着百年前凌受的屈辱 虽然我们也是两条腿走路的动物。"④ 但正如郑小琼试图给寂寂无名的女工们以"名字",小海实际上也通过对"我"和"我们"的叙述,不仅表达了自己的思

---

① 《皮村文学故事:新工人,在流水线上写诗》,新华网,2017年5月14日,http://www.xinhuanet.com/book/2017-05/13/c_129603791_3.htm,2021年2月20日。
② 小海:《新工人口述史》,《新工人文学》2019年第1期。
③ 转引自张慧瑜《另一种文化书写:新工人文学的意义》,《文艺评论》2018年第6期。
④ 转引自张慧瑜《另一种文化书写:新工人文学的意义》,《文艺评论》2018年第6期。

想与情感，还代表农民工这一群体发出了声音。或者更为准确地说，他并非只是简单的"代言"，而是"我手写我心"，让我们听见整个农民工群体的声音。小海的"发声"不仅仅是对农民工苦难的表达，虽然他在诗句中也曾呈现了自身所受的苦难与羞辱，但是他又能够将作为个体的农民工（比如自己）与整个时代联系在一起，使农民工以作为"中国工人"的形式出现在世人面前。2017年，皮村文学小组将小海的诗歌编印成了一本诗集，由诗集的名字便可见小海诗歌的意义——《工人的嚎叫》。"工人的嚎叫"这一名字来自美国后现代主义诗人金斯伯格代表作《嚎叫》。小海正是希望以"嚎叫"的方式，使得工人这一群体"浮出历史地表"。而今天作为打工者的"工人"已经不同于以往的工人，在现代经济与资本逻辑之下，今天身为打工者的"工人"已如螺丝钉般微不足道。但这也正是小海"嚎叫"的原因，小海在呼喊和强调工人的价值与他们应该获得的主体地位。因此，我们看到小海诗歌中的工人虽然也历经苦难，却总是充满着生命力。比如《让我睡个安稳觉》中"太平洋下爆裂着生长"的"我"和《造梦时代2》中"我们不能再继续沉默尽管心中已不再痛苦/我们要看看眼前的表情我们要听听远处的声音"中的"我们"。

诗歌《中国工人》[①]是小海对于充满生命力和抗争性的主体状态的集中表达。正如诗歌的题目"中国工人"和诗歌开头的那句"我是一名中国工人"，《中国工人》整首诗中的"我"充满自信，作为"新工人"的主体意识十分突出。但是，小海并非只是对"新工人"的自觉与自信进行一种空洞表达，而是通过重现农民工现实处境，确认并强调了他们本应该拥有的位置、重要性和身份："我是一名中国工人/在钢筋水泥的欲望大楼里圈养着我们的廉价青春/春夏秋冬的变迁不属于我们/粮食蔬菜也不再需要我们关心/我们能做的只是将 Made in China 的神秘字符疯狂流淌到四大洋和七大洲的每条河流与街道的中心。"[②] 这

[①] 小海：《中国工人》，《新工人文学》2019年第1期。
[②] 小海：《中国工人》，《新工人文学》2019年第1期。

第六章　作为"新工人"的农民工及其叙事：一种新的主体性想象

几句诗句表明，流水线上的工人只是资本家生产机器中的一颗廉价螺丝钉，他们的劳动没有任何特殊性可言，只是在进行着"Made in China"的机械性的重复动作。因此"我"有些无望与迷茫，正如在接下来的诗句中，他写道，"我是一名中国工人/任三点一线的日子在光阴的齿轮中爆裂翻滚/那飘扬过海的集装箱码头上装满了我们一无/所有的瞬间追寻"。[①] 但是，作为"文化人"的新生代农民工显然不愿意陷入无望与迷茫，小海想要更多人知道工人的存在，所以"我想要给那大洋彼岸金发碧眼的雅皮儿们写封信/一封无处投递的信……/告诉他们那地面上行走的人啊/穿的看似有多体面/嗨真让我们羞惭/我们在车间的温床上无地自容着恍然入眠/不知怎么就毫无征兆的从梦中惊醒/满怀的不解/钻心的疼痛"[②]，而且他试图追问，"为何黎明的太阳布满了乌云/为何雨后的天空没有了彩虹/为何城市的夜晚灯如白昼……"[③] 诗人以比喻的方式，实则追问的是为何不平等或不公平开始出现，尤其是为何流水线上的工人挥洒青春，却一无所有，只剩"钻心的疼痛"。而诗歌的结尾显然才是诗人想要表达的重点，在呈现了流水线工人的悖论处境——挥洒青春和汗水之后，却只是沦为资本家欲望机器中的一颗可有可无的螺丝钉，而后对此处境开展追问，用重复的句式呼喊着"中国工人"的存在："那里长满了垒如长城的中国工人/长满了漫山遍野的中国工人/长满了手握青铜的中国工人/长满了吞云吐雾的中国工人/长满了铁甲铮铮的中国工人/长满了沉默如谜的中国工人。"[④] 诗人以此告诉那些享受着劳动成果的人，是这群"工人们"创造了劳动成果，他们并非微不足道的螺丝钉，他们"垒如长城""漫山遍野"——数量巨大。他们"铁甲铮铮"，充满力量，他们创造的价值不容小觑，甚至世界没有他们便会停止运转。所以在这首《中国工人》中，"我"虽被困于资本家工厂

---

① 小海：《中国工人》，《新工人文学》2019 年第 1 期。
② 小海：《中国工人》，《新工人文学》2019 年第 1 期。
③ 小海：《中国工人》，《新工人文学》2019 年第 1 期。
④ 小海：《中国工人》，《新工人文学》2019 年第 1 期。

的流水线上，却又迸发出巨大的能量和不可忽视的"存在感"。在诗歌的结尾，小海特别注明这首诗是 2014 年 7 月 1 日写于苏州吴中区服装厂车间，赋予诗歌以原创性经验，于是我们看到，"现实生活中捆缚在服装厂车间里的中国工人在诗歌中化身为铮铮铁骨的英雄战士，这是一种有力量、有主体感的中国工人"，[①] 由此，小海不仅通过文字表达了自己的经验、情感以及作为"新工人"的自我意识，更为重要的是，他还结合自身的经验，向所有人、向整个世界宣告了"新工人"的存在，并确认了他们劳动的价值以及他们身上的力量和主体性。因此，小海的诗歌仿佛有了某种史诗的意味，事实上《中国工人》这首诗"挪用了海子的大尺度历史、空间想象写出了新工人的史诗感"。[②] 当然，正如前文所述，作为一个从农村走向城市的打工者，小海之所以能够有如此广大的胸怀和将自己与广大打工者视为"新工人"主体的自觉，都是因为小海所接受的多方面的文化启蒙。换言之，小海身上的"文化人"特质使他区别于老一辈的农民工，不妥协于备受屈辱"农民工"身份，也不愿意带着满身伤痕绝望返回乡村，而是要在自己所建设的城市中，找寻自己的价值并重新建构新的主体身份。

通过郑小琼《女工记》中的青年女工，以及作为青年农民工的诗人小海和他诗歌中的"我"与"我们"，我们能够看到青年农民工所具有的"文化人"特质。也正因为这种"文化人"特质，青年农民工的情感结构发生了变化，城市才是他们的生存之所。与此同时，他们对于现实也更为敏感，常常感到迷茫、悲观、痛苦甚至绝望。因为情感结构的变化，以及这种对现实的极度敏感，青年农民工的自我意识和对于主体性的追求也就更强烈。这些都促使打工作家笔下的青年农民工形象具有了"新工人"的自觉。或者说青年农民工身上的"文化人"特质，使得他们与"新工人"的内涵具有了一定的契合。当然，打工作家们对于"新工人"形象的叙述与想象，不只是通过不卑不亢的苦难者、作为"文化人"的青年农民工这两个面向呈现。在打工作

[①] 张慧瑜：《另一种文化书写：新工人文学的意义》，《文艺评论》2018 年第 6 期。
[②] 张慧瑜：《另一种文化书写：新工人文学的意义》，《文艺评论》2018 年第 6 期。

家的写作中，农民工还常常以工人的形象出现，此处的"工人"主要指的是非国有企业中，尤其是资本家工厂中的流水线工人。所以，这个"工人"的形象充满辛酸与苦难，却又饱含巨大的力量，比如对尊严、公平、主体性的强烈呼喊，而这正是"新工人"最为重要的内涵之一。换言之，接下来将要讨论的"工人"（主要指流水线工人）及其叙述，看似悲伤与沉重，与范雨素笔下的不卑不亢的苦难者相去甚远，但是他们实际上殊途同归：都有对新兴主体性进行表达之意。同时，流水线工人大多数也具有"文化人"的特质，正因为如此，他们才对于自身所处的权力结构更为敏感，才更迫切做出反抗，"新工人"的特质在他们身上才得以凸显。

第四节 机器、技术与疼痛：资本权力关系中的新工人及一种新兴主体性生成的可能

与知识分子作家倾向于将农民工想象成小姐、拾荒者等较为特殊的形象不同，打工作家更喜欢讲述"工人"的故事。在打工作家的笔下，作为工厂工人的农民工常常成为他们的写作对象，这显然与大多数打工作家本身即在工厂打工有关。因此，写"工人"是打工作家的原创性经验表达，更为自然和直接，避免了刻板化的想象与概念化的建构。张慧瑜在论述新工人之"新"时说道："新工人的'新'是相对于老工人而言，新工人是与老工人一样从事工业劳动的人，但区别在于，老工人是全民所有制企业里的雷锋式的螺丝钉，而新工人则是民营、外资企业里的'一颗掉在地上的螺丝钉'"。[①]"一颗掉在地上的螺丝钉"其实来自打工诗人许立志的诗歌《一颗螺丝掉在地上》："一颗螺丝掉地上/在这个加班的夜晚/垂直降落，轻轻一响/不会引起任何人的注意/就像在此之前/某个相同的夜晚。"这首诗无疑道出了农民工的处境：身处民营或外资企业中的，身为打工者的工人，在丧失了

[①] 张慧瑜：《另一种文化书写：新工人文学的意义》，《文艺评论》2018年第6期。

农民的主体地位之后，并没有获得原本的"工人"的主体地位，而是沦为微不足道的"螺丝钉"，甚至连生命也变得一文不值。① 这当然与工业时代的劳动形式和资本家的生产逻辑有关，正如许立志诗歌中的关键词"加班"透露出来的秘密。正因为如此，打工作家对于工人的文学叙述，塑造了一种被囚禁在某种权力结构之中的人物形象。这个权力结构经由写作者对于机器、技术、工人的身体疼痛等方面的叙述得以呈现。在由机器、技术、疼痛组成的权力结构中，农民工虽然看似边缘、苦痛，可是这并非只意味着消极与悲观。相比于知识分子作家，作为打工者的写作者们对于自身身处的权力关系更为敏感，他们用独特的语言与方式揭示了工人与机器、技术之间的复杂关系，呈现了劳动异化的过程，同时展现了工人们身体上的疼痛。由此，打工作家一方面再次凸显了进入城市成为工人的农民工所处的困境和遭遇的苦难；另一方面，打工者的写作一定程度上回答了工人们的悲哀与伤痛的原因，即现代化转型、工业发展、技术升级与作为农民的工人之间的冲突，尤其是资本生产运作对个体的规训与剥削。这使得打工作家的写作具有了朴素的政治经济学意义。进一步而言，打工作家还通过工人/农民工在权力结构中所遭遇的"身体疼痛"的叙述，使得打工者的集体经验得以深度赋形。对以"疼痛的身体"作为表现形式的集体经验的叙述，也正如评论者对于郑小琼的评价："郑小琼也是把打工者的身体和痛感当作信息和符号来阅读、来观看的，通过看到后工业时代之物与生命体之间的冲突，她写出了身体对这个时代的生产方式的承受过程。"② 因此，作为对冲突与承受之反应的"疼痛的身体"，就具有了潘毅所说的"抗争性次文本"的意味。正如潘毅认为存在一种另类的抗争文本，女工们的尖叫、梦魇和身体的痛楚这些边缘性的集体体验，可被视为一种新的抗争愿望，存在着一种巨大的抗

---

① 打工诗人许立志最后像螺丝钉垂直掉落在地上一样，从楼上纵身一跃，结束了自己的生命。

② 孟悦：《生态危机与"人类纪"的文化解读——影像、诗歌和生命不可承受之物》，《清华大学学报》（哲学社会科学版）2016年第3期。

第六章　作为"新工人"的农民工及其叙事：一种新的主体性想象

争的可能性。① 由此，通过被发现和被叙述的作为集体经验的"疼痛的身体"，一种新兴主体性得以出现——新工人。

通过阅读可知，打工作家们主要借助诗歌的形式呈现权力关系中的"新工人"形象，其实载体与形式的选择本身就颇具深意。一方面，选择诗歌作为文学形式，与诗歌这种文体形式上简短、不需要花费太多创作时间、且情感容纳度强有关。由于打工者只能在高强度的体力劳动间隙进行写作，所以诗歌是一种极为合适的形式。另一方面，诗歌对于打工作家而言，不只是一种写作形式，还是一种表意反抗的姿态与方式："工人诗歌从来都不是对于诗意体面的中产阶级生活的想象。实际上，诗歌和音乐类似，正是工人阶级能够掌握的少数几种反抗形式之一。诗歌打开想象的新空间，并且以显而易见的'无用性'公然对抗资本主义的功利逻辑。写作和吟诵诗歌，使得工人阶级的诗人们得以一次次暂时脱离工厂的规训和资本的控制，关照并反思自身的状态，从而短暂地恢复主体状态，对抗个体的'异化'——无论是美学意义上的，还是政治经济学意义上的。"② 在此意义上，郑小琼、杨东、邬霞、许立志这四位打工诗人和他们的作品成为本节讨论的重点。

在打工诗人有关"工人"的叙述中，存在着极为明显的"工业意象"，正如"当面对一首首具体的新工人诗篇，一个比较直观的阅读感受即是那些生猛地扑面而来的工业化意象"，③"工业意象"又源自和表现为作家笔下对于机器的细节铺陈，郑小琼是为代表。郑小琼在《产品叙事》中这样写道："一是从弯曲的铁片开始，从村庄、铁矿、汽车/轮船、海港出发，丢失姓名，重新编号，站在机台边/二是弦与流水线，悸动的嘶叫，疼痛在隔壁，铝合金/……线切割机……/齿轮、

---

① 潘毅：《中国女工——新兴打工者主体的生成》，任焰译，九州出版社2011年版，第167页。
② 郦菁：《情怀和感动之后，工人诗歌如何挑战资本的逻辑》，澎湃新闻，https://www.thepaper.cn/newsDetail_ forward_ 1342902，2021年3月1日。
③ 娄燕京：《作为风景的新工人诗歌》，乌有之乡网刊，http://www.wyzxwk.com/e/DoPrint/？classid=23&id=352404，2021年3月1日。

卡边、冲压的冷却剂、防锈油，沉寂的加班……。"①郑小琼的另一首诗歌则直接以金属名称命名——《铁》："时光之外，铁的锈质隐密生长/白炽灯下，我的青春看似萧萧落木/散落石铁屑，片片坠地，满地斑驳/抬头看见，铁，在肉体里生长/……"②而在她的《女工记》开篇《女工：被固定在卡座上的青春》中，她将女工的青春与机器结合在一起："时间张开巨大的喙 明月在机台/生锈 它疲倦 发暗 混浊 内心的凶险/……混乱的潮水不跟随季节涨落 她坐于卡座/……螺丝 一颗两颗 转动 向左 向右/……绿色荔枝树被砍伐 身边的机器/……"③在《谢庆芳》中，她讲述女工谢庆芳被机器拆解的人生："人生被拆成流水线 螺丝钉/她觉得自己像机台 转动 衰老 露出一截/……/眼神里有铁锈样的羞涩斑驳而灰暗/……像你被机器吃掉的三根手指/……/你的哭泣无法渗透工业的铁器与资本……"④铁、铝合金、切割机、机台……这些近乎扑面而来的工业意象，正是郑小琼以及像她一样的工人日常接触的事物。他们的生活、青春乃至生命与冰冷、毫无情感的机器并置、纠缠在一起，给人一种吊诡而沉重的阅读体验。诗歌中频繁出现的机器，诗人营造的工业意象，成为一种象征。一方面呈现了化身为工人的农民工之处境：机器取人而代之，甚至人也成为机器，而幕后的控制者和剥削者正是资本家。正如富士康工厂将人当成"机器"来管理，"工人深知他们所加工的是昂贵的名牌电子产品，不容出错。一名在杭州厂区的受访工人因为给生产的手机漏锁了一颗螺丝，被罚抄总裁语录（如'环境严苛是好事'）300遍"。⑤另一方面，机器也

---

① 载秦晓宇选编《我的诗篇》，作家出版社2015年版，第271页。
② 郑小琼：《郑小琼诗选》，花城出版社2008年版，第81页。
③ 郑小琼：《女工记》，花城出版社2012年版，第1页。
④ 郑小琼：《女工记》，花城出版社2012年版，第30页。
⑤ 潘毅、许怡：《垄断资本与中国工人——以富士康工厂体制为例》，《文化纵横》2012年第2期。不仅如此，潘毅在文中还说，在富士康最大的厂区龙华区，2010年9月的生产旺季，每天生产大约13700部iphone，每分钟生产超过90部。富士康的测速部门和生产管理部门以秒来计算工人完成每道工序的时间，并以此安排工人的生产量。如果工人可以完成一定的产量排配，那么第二天就会增加，当工人适应后，又再一次增加，一直达到工人能够承受的极限。由此可见工人和机器并没有什么两样。

第六章 作为"新工人"的农民工及其叙事:一种新的主体性想象

象征着工人的命运,一如机器没有生命,随时可能被抛弃,人也同样如此。杨东的《最后的工厂》便表现了机器与工人之间某种复杂的关系,尤其是在现代技术变革与产业不断升级过程之中息息相关的命运:"最后一抹夕阳,照在被拆散的工厂/像一副健壮的骨骼,被时间一点点肢解/零落,冷肃的光斑,记录着强权与暴力的影像/机器隐隐的哭泣,胜过了马达曾经的轰鸣/但你一定听不见,你不是这里的尘与土/……一枚螺钉,多么像我。"① 这首诗中的"机器"被拟人化,在现代化转型过程中,在资本家的控制之下,工人如同机器一般没有自主权,正如机器在被使用之后,只能任由强权与暴力摧残和肢解,变得一文不值。

除了机器这一符号之外,技术也是形成控制工人的"权力结构"之重要因素。此处言及的技术与工人无关,而是来自机器。打工诗人笔下的工人更为准确的表述应该是"流水线工人",绝大多数农民工进入工厂后便是在流水线上作业。如果说流水线是机器的一部分,那么工人顶多是这条作为机器的流水线上一个微不足道的小零件,且是一个可以被随时抛弃和取代的零件,因为他们的工作早已被程序设定好,没有任何独特性和技术含量。富士康工人的工作就是"将各式各样的电子零部件就在24小时不停运转的流水线上组装完成"②,每一个动作,每一道工序都被设定好,只需不断地重复即可。所以,郑小琼在诗歌《刘乐群》中这样写道:"日子简单如重复的梦,流水线的卡座/单调的动作,加班的疲惫,没有交谈/也没有表情,剩下弹弓,螺丝/胶片……被抽空的躯壳,像木头浮动。"③ 工人们的劳动失去了劳动本身的价值与意义。而原本生产劳动中的技术并非仅仅来自机器,也可以来自人本身,构成一种复杂的劳动。正如王晓明回忆自己曾经在上海一家地毯厂当钳工时他的师傅所说:"瞿师傅一个人就可以造

---

① 载秦晓宇选编《我的诗篇》,作家出版社2015年版,第117页。
② 潘毅、许怡:《垄断资本与中国工人——以富士康工厂体制为例》,《文化纵横》2012年第2期。
③ 郑小琼:《女工记》,花城出版社2012年版,第36页。

一台织毯机……这是一种复杂的劳动,从画张结构图,到戴上面罩焊接零件,你都要会;这因此是一种综合的劳动,从如何组装传动大轴,到怎么加工长不及2公分的特殊螺丝,你都要心中有数;这也是一种自主的劳动,大致确定了工作目标和完成时间,以后的整个过程,都是你说了算;这更是一种创造的劳动,看着又高又宽的织毯机在自己手里一点点地成形,那份满足和得意,足以压倒所有的疲惫和伤痛。"① 王晓明通过个人经验,对何为真正的劳动以及劳动的复杂性给了完整的诠释。只有在这个意义上的"工人",才是能够通过劳动获得满足、快乐乃至个人价值的工人。换言之,在现代技术之下,劳动变得更为简单和程序化,而劳动者/工人,从作为劳动的主导者变为了机器与技术的附庸。资本家的生产运作,不因作为人的"工人"而展开,而只要求人配合技术与机器。从潘毅对富士康工厂开展的田野调查可知:"虽然富士康为其工人提供了非常便利的生活设施诸如集体宿舍、食堂、洗衣机以及其他娱乐设施,然而这些配套齐全的生活设施,实质上是为了将工人的全部生活融入到工厂管理中,从而为服务于'即时生产'的全球生产策略。"② 如此一来,工人丝毫不会在劳动中收获满足与快乐,也是因为这样,打工诗人的诗歌读来多让人觉得悲伤和压抑。

　　当劳动者被迫劳动,甚至被迫进行持续的、高强度的劳动时,当他们受制于技术与机器,没有任何主观能动性时,他们自然感觉不到快乐和幸福。这样的劳动行为与劳动者之间其实已经产生了"异化"。不仅如此,这种异化更进一步表现为工人生产的劳动产品与作为劳动者的工人自身的分离。而经由工人"复杂的劳动"所生产出来的产品,饱含着工人的生命热情,它与劳动者之间有着紧密的关联与互动,因此这样的劳动产品是有温度的。但是在现代技术之下,通过流水线机器批量生产出来的产品毫无情感,甚至充满着对生产者的嘲讽。不

---

① 吕途:《中国新工人:文化与命运》,法律出版社2015年版,序言,第2页。
② 潘毅、许怡:《垄断资本与中国工人——以富士康工厂体制为例》,《文化纵横》2012年第2期。

第六章 作为"新工人"的农民工及其叙事:一种新的主体性想象

仅如此,产品的生产者,即劳动者与其自身创造的劳动产品之间还存在着一种不平等的关系,且劳动者与他创造的劳动产品之间存在着高度的分离。诗人邬霞的作品《吊带裙》[1]对此有着极为深刻的呈现。邬霞是一位"80后"打工诗人,少年时期便在深圳打工,每天的工作是低着头冒着大汗熨衣服。这个女孩有着一个关于吊带裙的梦:"她收藏着很多件五颜六色的吊带裙,廉价的、起毛、跳丝的,可它们就是能够衬出她的美丽的腰身,一个被直筒筒的厂服覆盖得严严实实的美丽腰身。"[2] 所以她写了一首关于"吊带裙"的诗歌,在这首诗中,我们似乎可以读出邬霞对于自己所生产吊带裙的爱:"我手握电熨斗/集聚我所有的手温/我要先把吊带熨平/挂在你肩上不会勒疼你/然后从腰身开始熨起/多么可爱的腰身/可以安放一只白净的手。"[3] 在充满温情的叙述中,吊带裙仿佛有了温度,像极了邬霞手中的一件"艺术品"。经由自己所生产的吊带裙,邬霞也不由自主展开了与吊带裙未来的主人的对话以及对自身爱情和未来的想象:"林荫道上/轻抚一种安静的爱情/最后把裙裾展开/我要把每个皱褶的宽度熨的都相等/让你在湖边,或者草坪上/等待风吹/你也可以奔跑,但/一定要让裙裾飘起来,带着弧度/像花儿一样。"[4] 读到此处,我们甚至为邬霞的诗句以及她美好的内心世界感动:"一种类似于心脏被一双温柔的手细细熨平的感动,一种就像吊带裙在风中飞扬的感动。"[5] 但邬霞创作这首诗仅仅只是为了传递感动与温情吗?显然并非如此。邬霞借用表面的温情,凸显了其背后残酷的剥削关系,而这正是《吊带裙》这首诗的特别之处。在女工邬霞温情脉脉地熨烫好漂亮的吊带裙之后,她说:"而我要下班了/我要洗一洗汗湿的厂服/我已把它折叠好,打了包装/吊带

---

[1] 载秦晓宇选编《我的诗篇》,作家出版社2015年版。
[2] 翟业军:《厂服,还是吊带裙——评纪录片我的诗篇》,乌有之乡,http://www.wyzxwk.com/e/mp/content.php?classid=23&id=426489,2021年2月14日。
[3] 载秦晓宇选编《我的诗篇》,作家出版社2015年版,第327页。
[4] 载秦晓宇选编《我的诗篇》,作家出版社2015年版,第327页。
[5] 翟业军:《厂服,还是吊带裙——评纪录片我的诗篇》,乌有之乡,http://www.wyzxwk.com/e/mp/content.php?classid=23&id=426489,2021年2月14日。

裙，它将被装箱运出车间/走向某个市场，某个时尚的店面……"①"汗湿的厂服"与平整漂亮的吊带裙之间形成强烈的反差。女工邬霞用汗水熨平的吊带裙，并不能为她自己所穿，而是最后通过市场流通到了某一位女性手中。正如诗歌这一形式可以打开丰富的想象空间，我们完全可以想象邬霞当时的失落与不舍，以及对那个最终穿上吊带裙的女孩子的羡慕。于是在诗歌的结尾处，她说："在某个下午或晚上/等待唯一的你/陌生的姑娘/我爱你。"② 至此，我们看到作为劳动产品的吊带裙与它的生产者逐渐分离，这便是马克思所说的劳动异化——尤其是劳动产品与劳动者之间的异化。作为劳动者的邬霞终日在工厂汗流浃背熨烫吊带裙，却仍然没有办法买得起一件自己梦寐以求的吊带裙。正如有的评论者所说："女工邬霞的《吊带裙》忠实记录了她的劳动产品（吊带裙）如何与她分离，通过复杂的流通链条，最终到达匿名的消费者手中。这一过程，正是马克思所言之劳动的'异化'。"③ 如此一来，邬霞亲手熨烫的美丽的吊带裙就像一个讽刺，确认了女工邬霞的底层身份。于是，邬霞通过温情的诗句，呈现了中国女工的残酷处境。当然更为重要的是，邬霞通过诗性的语言，展示了劳动产品（吊带裙）逐渐与作为生产者的自己的分离过程，揭示了资本主义的生产与运作方式：为了最大程度追求利润，资本家只能不断地剥削工人，工人产出越多，工人自身却得到越少。换言之，在资本主义的生产方式之下，当劳动者创造了越来越多的财富时，他们反而会变得越来越贫穷。劳动者与他们自己所生产的产品之间形成了一种"异己"的关系。由此，以郑小琼、杨东、邬霞为代表的打工诗人对工业意象的铺陈、对机器与工人之间复杂关系的呈现、对技术完全主导劳动以及劳动异化的揭示，使我们看到农民工在进入城市成为工人之时，并未获得工人的主体地位，反而深陷由资本所控制的权

---

① 载秦晓宇选编《我的诗篇》，作家出版社 2015 年版，第 327—328 页。
② 载秦晓宇选编《我的诗篇》，作家出版社 2015 年版，第 328 页。
③ 郦菁：《情怀和感动之后，工人诗歌如何挑战资本的逻辑》，澎湃新闻，https：//www.thepaper.cn/newsDetail_ forward_ 1342902，2021 年 3 月 1 日。

第六章 作为"新工人"的农民工及其叙事：一种新的主体性想象

力结构。

　　写作者对丧失主体地位，深陷权力结构的工人的叙述，更进一步通过"身体的疼痛"得以实现。当工人被当作机器时，他作为劳动者的重要性和能动性被机器代表的技术所取代，并在劳动的过程中不断遭受剥削和榨取，作为人的工人必然会做出反应，以身体的反应最为突出。在郑小琼的诗歌中，存在着大量的对于身体细节的描写，而且这些身体都是"疼痛"的。比如《三十七岁的女工》中她写道："有毒的残余物在纠缠肌肉与骨头/生活的血管与神经，剩下麻木的/疾病，像深秋的寒夜……上升着/上升，你听见年龄在风的舌尖打颤/身体在秋天外呼吸颤栗。"[1] 在《跪着的讨薪者》中："她们薄薄的身体，像刀片；像白纸/像发丝，像空气，她们用手指切过/铁，胶片，塑胶……她们疲倦而麻木/幽灵一样的神色，她们被装进机台……"[2] 而在《仇容》中，"受伤的指头 梦想 纱布 职业的疾病/泪（疼痛折磨着她的哭泣）花白的头发/生茧的手和蜷缩的肌肉，阴暗的出租房……苯味的车间，躯体里毒液侵蚀她/她越来越缓慢而麻木的肢体，像阴影……"[3] 诸如肌肉、骨头、血管、神经、手指这些关于身体极为具象的语词，在郑小琼的诗歌中随处可见，而无论诗人用怎样的词语比如麻木、疲倦、受伤来对它们进行修饰，我们都可以将它们统称为"疼痛的身体"。身体的疼痛既是对于权力结构的诠释，也是工人深陷权力结构之后的结果，更是对资本剥削的一种具体呈现与批判。工人被视为机器任意摆布、肆意榨取，直到榨干剩余价值，便被弃置不顾。而工人应得的回报、其血肉之躯和精神世界从来无人在意。所以遵从自然规律和应激本能的身体，不可能不做出反应："规训的时间是经过科学研究以及精心编排的，然而女工们的身体却有其自己的时钟，根本不可能完全被工业生产的节奏所管制和吸纳。"[4] 不仅郑

---

[1] 郑小琼：《女工记》，花城出版社2012年版，第98页。
[2] 郑小琼：《女工记》，花城出版社2012年版，第107页。
[3] 郑小琼：《女工记》，花城出版社2012年版，第109页。
[4] 潘毅：《中国女工——新兴打工者主体的形成》，九州出版社2010年版，第177页。

小琼的诗歌如此,对于"身体的疼痛"的叙述,某种程度上成为打工诗歌的重要主题。比如许立志在《最后的墓地》中写道:"产量压低了年龄,疼痛在日夜加班/还未老去的头晕潜伏生命/皮肤被治具强迫褪去,顺手镀上一层铝合金。"①

寥寥数语,直截了当地表达了对于资本剥削的控诉。许立志在《我谈到血》中这么写道:"我谈到血,也是出于无奈/……/在珠三角,在祖国的腹部/被介错刀一样的订单解剖着/……/纵然声音嘶哑,舌头断裂/也要撕开这时代的沉默。"② 这几句中血、解剖、声音嘶哑、舌头断裂与"疼痛的身体"有着密切的关联,从诗歌中,可以感觉到诗人拼尽全力也要撕开这时代的沉默,说出真相——作为底层的苦难和遭受的剥削。无论诗人以怎样的语词和诗句来诠释"身体的疼痛",他们最终让我们看到工人身体疼痛的原因在于持续接受超越身体承受范围的高强度的工业生产,而始作俑者显然是资本家所操控的权力结构。

但事实上,打工诗人们对于"身体的疼痛"的叙述,不只是为了凸显深陷资本所主导的权力结构中的工人形象,揭示现代化转型中农民工的命运及其背后政治经济层面的原因。社会学家潘毅对于女工"身体疼痛"的研究,为我们理解打工诗人关于"身体疼痛"的叙述提供了更进一步的思路。潘毅也曾在书中提到女工们的身体疼痛。她在流星厂做田野调查的时候,女工阿英提到自己存在背痛的问题:"我有背痛的毛病,经常痛得很厉害。我到这里工作才几个月,后背就开始痛……有时候是后背痛,有时候是脖子痛。"③ 而其他女工也存在各类慢性疾病和疼痛,"包括头痛、喉咙痛、感冒、咳嗽、胃病、背痛、恶心、眼部疲劳、眩晕、浑身无力以及痛经等"。④ 这些疼痛,显然都来自外部,来自异化的工业劳动。潘毅认为,流星厂的电子业

---

① 载秦晓宇选编《我的诗篇》,作家出版社2015年版,第356页。
② 载秦晓宇选编《我的诗篇》,作家出版社2015年版,第357页。
③ 潘毅:《中国女工——新兴打工者主体的形成》,九州出版社2010年版,第170页。
④ 潘毅:《中国女工——新兴打工者主体的形成》,九州出版社2010年版,第171页。

第六章 作为"新工人"的农民工及其叙事：一种新的主体性想象

因为会使用有毒化学物质，会损坏女工身体健康，工厂惯常采用的"浸洗法"需要用到很多化学品，导致工人出现头痛、眩晕等症状；而在焊接工序中，因为工人接触的都是极其微小的零件，会导致他们出现眼部不适，也会导致眩晕和头痛。[1] 面对女工们的"身体疼痛"，潘毅认为这一方面"为我们提供了一个测量工厂中国社会异化与支配程度的清晰指标"[2]，另一方面，她借用了 Arthur Kleinman 对于慢性疼痛的理解——慢性疼痛作为人类痛苦的具体呈现，也可将其视为个体抵抗真实日常经验的具体过程。因此她认为慢性疼痛是力量的源泉，"它通过坚定不屈地拒绝被治愈之可能，向社会关系中的微观政治发起了强有力的挑战"。[3] 疼痛不只是可以让工作的节奏变得缓慢，甚至还会导致生产进度的中断乃至完全瘫痪。[4] 因此，潘毅将女工们的疼痛、尖叫、梦魇等视为一种"抗争的次文本"，正如女工阿英的尖叫与疼痛，"并非个体性的经验，而是来自社会底层的集体性的经验。这些经验不单只与主导语言相对立，而且甚至抗拒所有语言。她们的尖叫和痛苦从本质上来说是政治性的，它的颠覆性力量来源于它拒绝进入这个象征世界的决然……抗争次文本将焦点集中在个体身上，它自身的边缘性权力并不在于将个体的叙述普遍化为集体的声音，而是直接展示出：没有任何个体的故事不是历史的叙述。在这个时代，所有的打工妹都要被迫活出她们的普遍存在，而阿英那声嘶力竭的尖叫声正是对这个时代所发出的高声反抗"。[5]

无论是郑小琼、许立志还是其他打工诗人，他们对深陷权力结构中工人的"疼痛"展开叙述，不只是试图通过有关"疼痛"的叙述凸显深陷资本主导的权力结构之下的苦难工人形象，以及身体对于这个时代所产生的新的生产方式的承受过程。郑小琼正是在打工时的一次

---

[1] 潘毅：《中国女工——新兴打工者主体的形成》，九州出版社2010年版，第171—173页。
[2] 潘毅：《中国女工——新兴打工者主体的形成》，九州出版社2010年版，第175页。
[3] 潘毅：《中国女工——新兴打工者主体的形成》，九州出版社2010年版，第177页。
[4] 转引自潘毅《中国女工——新兴打工者主体的形成》，九州出版社2010年版，第175页。
[5] 潘毅：《中国女工——新兴打工者主体的形成》，九州出版社2010年版，第175页。

受伤之后开始写作的,在她的笔下,伤痛成为后工业时代、资本的剥削所留下的象征着耻辱的印记,因此,作者经由因资本主导的权力结构所带来的"疼痛"的铺陈,还展现出工人的抗争以及重新寻找和建构主体性的努力与力量——这种努力与力量以最为本能的方式"身体的反抗"[1] 得以呈现。因此,如潘毅所言:"疼痛的身体并不是失败的身体,相反它可以为自我构建出一面抵挡微观权力直接攻击的盾牌。因此,可以将女工们集体性的慢性疼痛视为她们用自己的身体对工作、对充满异化与惩罚的工业劳动所进行的根本反抗。"[2] 换言之,打工诗人对于作为工人的农民工的叙述与想象,有着悲观而沉重的一面。因为在资本控制的权力结构之下,打工者的生活世界乃至整个生命网络被重新构建,打工者在这样的一个权力结构和生命网络中越陷越深,其自我和主体变得扭曲、分裂。他们似乎永远得不到幸福、快乐,更不用说身份的确认感和满足感,甚至连最起码的做人的愿望也难以实现。但是,"这些被扭曲的'主体'可以被证明原来正是实践的行动者,并正在开展着一个非主流的、多元的抗争之旅,从而形成'新兴打工者的主体'",[3] 也正如孟悦认为的:"37岁的女工那没有开始和结束的疼痛,乃是生命体和生态系统对工业资本的最初也是最后拒绝,是对之不合作、不认同的一贯表达。"[4] 通过郑小琼、许立志、杨东、邬霞等打工诗人所塑造的工人形象,我们可以看到,资本看似已经取得了主导权与胜利,但实际上,"与其说生命臣服于资本的逻辑,毋宁说它们以自身的逻辑拒绝着资本",[5] 而在身体与资本主导的权力结

---

[1] 打工诗人许立志甚至以一种极为极端的方式书写着"身体的反抗",2014年10月1日许立志选择跳楼结束自己的生命,生前最后的一首诗《我弥留之际》写道:"我来时很好,去时也很好。"可见许立志的死是早有准备,许立志的选择当然与诗人的敏感有一定关系,但他跳楼也可以被理解为以一种极端的"身体的疼痛"反抗和揭示着以他为代表的工人所遭遇的苦痛与不公。

[2] 潘毅:《中国女工——新兴打工者主体的形成》,九州出版社2010年版,第175页。

[3] 孟悦:《生态危机与"人类纪"的文化解读——影像、诗歌和生命不可承受之物》,《清华大学学报》(哲学社会科学版)2016年第3期。

[4] 孟悦:《生态危机与"人类纪"的文化解读——影像、诗歌和生命不可承受之物》,《清华大学学报》(哲学社会科学版)2016年第3期。

[5] 孟悦:《生态危机与"人类纪"的文化解读——影像、诗歌和生命不可承受之物》,《清华大学学报》(哲学社会科学版)2016年第3期。

构之间的冲突中，工人们找到了构成他们新的自我和主体性的可能。由此，一种新兴的主体性——新工人——得以形成。因此，关于工人形象的文学叙述，就具有了强烈的政治意味。一方面，关于工人形象的诗歌叙述形象地呈现了后工业时代工人的艰难处境，他们被资本主导的权力结构包围，他们经受着机器和技术的控制以及劳动的异化，他们的身体常常感觉到疼痛；另一方面，更以此为基础，通过对"身体的疼痛"的叙述，展现了一种弱者本能的反抗，这反倒让我们似乎看到中国新工人主体意识的觉醒，以及现代化进程中中国农民重新找寻新的发展道路和获得新的身份的必经之路。

如果说知识分子关于农民形象的叙述，似乎让我们看到一个现代化转型中农民的主体性逐渐丧失的过程，虽然在知识分子某些关于作为"边缘人"的农民工的书写中，也有关于农民工自我意识的觉醒及其困境的叙述，但大多显得有些"消极"。那么，到了打工作家关于作为"新工人"的农民工叙述与想象中，我们才能够更为深刻地看到农民或农民工这个群体何尝不是以另一种方式在重新进军城市，从以乡村为代表的旧中国向新的社会状态进军。虽然这个过程充满艰辛，甚至需要付出生命，但是他们努力在以自己的方式发出声音，并试图改变既有的状态，寻找新的位置，这对于现实的影响是深刻而史无前例的。当然，这段过程仍在进行中，正如"新工人"本身是一个开放性的、未完成的概念。但是，当同样处于这段历史进程之中的打工作家对其进行书写，至少在"话语实践"的意义上，"新工人"经验获得了深度赋形。

小　结

20世纪90年代以后，尤其是21世纪以来，对于农民的叙述与想象发生了新的变化，出现了打工者对于农民工的书写。相比于同时期出现的知识分子对农民工形象的叙述，打工作家的写作更侧重从原创性经验出发，以微观叙事的方式，对农民工展开书写。打工作家对农民工的书写，克服了知识分子写作存在的诸多问题。不仅如此，打工作家还提供了一种新的农民工形象，即"新工人"。或者更准确地说，打工作家与社会学研究者一起，参与到"新工人"这个未完成的、开放的概念的建构之中，从而为现代化进程中农民呼唤一种新的位置与身份。打工作家对于作为"新工人"的农民工形象及其内涵的叙述，主要从三个方面展开。第一，在打工作家的文学书写中，"新工人"可以表现为一种不卑不亢的苦难者形象。这种文学形象不仅凸显了"新工人"的自我意识，也为关于"新工人"的塑造提供了一种新的思路，范雨素所写的《我是范雨素》就是典型的代表。第二，在对于"新工人"的叙述中，青年农民工成为主要的叙述对象。青年农民工与老一辈农民工有着巨大的差异，前者具有明显的"文化人"特质，这种特质具体表现为情感结构、主体性诉求等方面。而这一"文化人"的特质与"新工人"的内涵有着某种共通性。第三，打工作家经由机器、技术、身体疼痛等各个方面呈现出深陷资本控制的权力结构之中的工人形象。事实上，很大一部分农民进入城市之后成为工人，但他们并未真正获得工人的尊严与地位。这样的书写有着强烈的政治意味，一方面，揭示了作为工人的农民工的悲惨处境及其背后的政治经济原因；另一方面，又使我们看到成为工人的农民工，在用身体做出的本能反抗之中蕴藏的巨大力量。在身体与由资本主导的权力结构的冲突中，工人具有了形成新的自我与主体性的可能。这三个层面同时存在于打工作家对农民工的文学叙述之中，使我们看到现代化转型过程中，沦为边缘群体的中国农民，在进军城市之时虽历经坎坷，却仍然以自己的方式努力寻找和建构新的身份可能性。

不可否认，打工作家对于农民工形象的塑造与想象，相较于同时期的知识分子写作尽管有所超越，但同样会产生一些新的局限。第一，本章论述的对象多为打工诗歌，打工诗歌因为文体的特殊性，使得"新工人"经验得以深度赋形的同时，也可能带来其他问题。在打工诗人的诗歌中，存在许多关于工业、疼痛、愤怒、自杀的语词和意象。正如本章所论述的，它们在呈现工人的困境之时，也揭示了资本主导

第六章 作为"新工人"的农民工及其叙事：一种新的主体性想象

的权力结构及其运作方式，而且更为重要的是，使我们得以看到一种新兴主体性——"新工人"的生成。但是，这些语词以及与之相关的表述的存在，也可能导致一种"自我风景化"："虽然有人就此高呼工人诗人通过揭露自身苦难而发现了工人的主体性，但是它所造成的文本效果，在读者眼里，或许不是什么主体性，而仅仅是一个'他者'，一个带给读者以安全感的远距离的受难者形象，并在同情心的泪水中溶解苦难的尘埃。"① 虽然，范雨素和她的《我是范雨素》显得与众不同，她以一种克制、轻盈的写作方式，塑造了不卑不亢的苦难者形象，并实现了"跨阶层传播"，影响和塑造中产阶级、主流社会对农民工的重新认识，但即便如此，这种写作仍存在着"被风景化""被奇观化"的可能，有学者认为《我是范雨素》："呼应了一个类似的内在文化逻辑，中产阶级对底层的拥抱，与底层无关，其本质是对中产阶级自身的表述。'底层的苦难表达'所行使的角色，不过是构成中产阶级的'他者'和镜像，得以通过它来反观自我。"② 第二，打工作家虽然"我手写我心"，但某些时候仍然难以摆脱"总是在那种由'左翼话语'所发明的整体想象的推动下，思考自身的命运。换句话说，作为一个背负政治、经济和文化各种压力的群体，'底层'的主体性仍然是缺席的"③。不过，郑小琼和她的写作有所突破，她的写作大多时候是自发的，而不仅仅依靠自觉，她将关于自我的书写与更广大的世界以及深远的关怀联系在一起。郑小琼善于表现机器、金属、化学原料等打工者日常接触的事物与打工者的身体之间的冲突，从而呈现打工者自我形塑的可能。正因为如此，本章将郑小琼作为重点讨论对象。最后，在此有必要提及的是，纪录片《我的诗篇》极为形象和具体地呈现了打工作家及其所代表的阶层可能面临的危机与问题。《我的诗

---

① 娄燕京：《作为风景的新工人诗歌》，原文刊登于保马公众号，http://www.wyzxwk.com/e/DoPrint/? classid=23&id=352404，2021 年 3 月 1 日。
② 李艳红、范英杰：《"远处苦难"的中介化：范雨素文本的跨阶层传播及其"承认政治"意涵》，《新闻与传播研究》2019 年第 11 期。
③ 罗岗、田延：《旁边他人之痛——"新工人诗歌"、"底层文学"与当下中国的精神状况》，《文艺争鸣》2020 年第 9 期。

篇》这部关于中国当代工人与诗歌的纪录片，具有极高的知名度，且获得了大量好评，但它同样也遭遇了诸多质疑，这种质疑大多指向《我的诗篇》中的"我"，这个"我"到底指向的是"谁"？可以明确的是，这个"我"不是工人阶级。正如许多研究者认为的，《我的诗篇》虽然集结了六位有着特殊经历的打工诗人及其诗歌，从而呈现这个时代的秘密，表现中国工人的主体性。但是实际上，"《我的诗篇》的整个创作过程、生产体制和营销模式完全是在现代社会文化工业的既定框架内完成的，而它的投资方恰恰是纪录片中的主人公们所代表的那个群体的对立面"。[①] 也就是说，《我的诗篇》"似乎是在强化人们这样一种感觉：ّ底层'的经验只有在那些掌握了政治、经济和文化多重权力的上层人士的慈善援助和温情关怀下，只有按照他们规定好的方式才能'发声'"。[②] 所以，经由《我的诗篇》我们再次看到作为底层的打工作家及其所代表的农民工阶层，仍然难以摆脱"被景观化"或"自我景观化"的可能。同时，打工作家和农民工阶层按照掌握话语权的阶层限定的方式来表达自我，形成的是被强者赋予的主体性，而不是一种"行动的主体性"，因而这种主体性难以落实到社会现实之中，从而变成真正具备改变现实处境的力量。不过，即便如此，我们仍然可以对打工作家和他们讲述的农民工故事，以及他们对"新工人"这一形象建构的参与充满期待，因为至少他们已经在努力，且已在幽暗深处向着更为广阔的空间发出了一些亮光。

[①] 罗岗、田延：《旁边他人之痛——"新工人诗歌"、"底层文学"与当下中国的精神状况》，《文艺争鸣》2020年第9期。
[②] 罗岗、田延：《旁边他人之痛——"新工人诗歌"、"底层文学"与当下中国的精神状况》，《文艺争鸣》2020年第9期。

结　语

　　在 20 世纪 50 年代中期，中国开始被完全纳入现代性潮流之中，现代化的卷入势必要求当时整个社会结构，包括意识形态结构做出重新调整。因此，当时曾提出在意识形态领域、在既定的独立自主的框架中完成现代化，并企图寻找一种另类的现代化道路，即反现代性的现代化，在保持国家主权的前提下追求现代化。但即便如此，我们也不可否认，50 年代的现代化其实包含着矛盾与分裂：一方面，现代化的西方提供了一个关于现代的成功典范，因此它获得了正面的现代含义；另一方面，西方在意识形态和政治的意义上又被解释为帝国主义，带有扩张性和殖民性。从 80 年代开始，这一矛盾与分裂性被重新整合，到 80 年代中后期，中国的现代化运动完全被纳入西方的现代化理论之中。某种意义上，正因为 50 年代的现代化所隐含的矛盾与分裂，才造就或者说形塑了 80 年代的时代特质。所以，当我们讨论 80 年代的时候，其实这个"年代"的概念不是纯粹的自然时间，它常常会转化成一个政治和文化时间。这个政治和文化时间，一方面包含着自身产生的问题，这些问题构成了这个时代的核心范畴；另一方面，这个时代一定是会面对或者试图回答上个时代所产生的问题。而下一个时代——90 年代——的问题又内在地隐含于 80 年代中，当然，90 年代自身又产生了新的问题。由于新时期的中国被完全纳入西方的现代化理论，所以 80 年代的中国社会，关于成功的标准被转移到"现代"之上，更准确地说是转移到现代经济的发展之上。换言之，如果说 20

世纪 80 年代初期的现代化改革，对经济发展以及正义的理念有着双重追求，那么从 80 年代中后期开始，正义的理念被悬置，经济发展成为核心目标，90 年代的现代化对这一目标进行了充分展开与实践。

90 年代开启了改革的新阶段，改革和经济的发展被赋予了最高的合法性，经济效益成为发展的核心甚至第一要务。毫无疑问，这极大地提高了中国的经济水平，使得 90 年代的现代化得到飞速发展。但与此同时，在这种经济快速发展的现象背后，也潜藏和萌发了许多新的问题。某些形而上的价值，比如平等、尊严等，则被人们搁置甚至是遗忘。而这些原本是毛泽东乃至马克思的政治理念中所追求和坚持的部分。有一种声音变得越来越清楚，就是对发展的呼声。这一"发展"与毛泽东的现代性方案中的"发展"相去甚远。换言之，90 年代的发展出现了一种现象：将对国内的平等理想——消除三大差别、解放全球、人类大同的根本性诉求——从中国的经济语境中剔除出去，只是为了发展而发展，发展成为发展的目的本身。在这样的一种发展的逻辑中，所有的人都为了一个目标，争先恐后离开自己的原住地，奔赴另一个目的地。这种离开和奔赴之间，包含着一种对于成功的意愿和想象。每个人都期待变成一个成功人士，每个人都会把竞争视为一种天经地义的事情，由此追求身份的转换和自我价值的实现。于是，人变得越来越功利化，个体自我价值的实践甚至走向了个人的利己主义，社会开始逐渐分层或者说被重新阶层化。尤其是 21 世纪以后，阶层流动变得越来越困难，阶层固化也变得越发明显。如此一来，强者越强，弱者越弱，且弱者的处境常常被强者的光环遮蔽和掩盖，从而难以发出自己的声音。

由此我们看到，在 80 年代、90 年代乃至 21 世纪的思想、文化、政治变迁中，在城镇化、现代化转型中，在对于经济发展的日益强烈的追求中，中国农民逐渐陷入困境，这一困境不仅存在于经济方面，也存在于身份、主体性等形而上层面。如果说 80 年代早期农民还经历过一段黄金岁月，那么随着 20 世纪 80 年代中后期现代化的加剧，国家重心向城市转移，农民逐渐陷入困境。于是，90 年代"民工潮"出现，大批农民被卷入城市的轨道之中，丧失原有的主体地位，农民工成为城市边缘人。与此同时，在空壳化的乡村世界中留守的农民也变得更加迷惘。正因为如此，"三农问题"成为国家、政府、学术领域关注的话题，而文学也参与到了对农民的生存与主体性想象和叙述之中。如蔡翔所言："在文学性的背后，总是存在着政治性，或者说，政治性本身就构成了文学性——我们愿意重新讨论这个世界，这一讨论本身就是政治的、政治的歧义化乃至多义化，也就此构成文学的复杂性。"[1] 因此，80年代以来关于农民形象的文学叙述，一定是经由不同时期的思想、文化和政治的变化得以生成的，而非只是作者的主观想象和虚构。正是在此意义上，本书力图呈现文学文本与相关的社会政治、思想、文化之间的紧密关系，即以不同时期的农民形象及其叙述作为研究对象，试图回应写作者为何要如此想象和塑造农民形象，并尝试对农民形象背后的复杂性进行分析。因此，本书的研究不仅关乎文学写作本身，比如人物形象、故事情节、叙事策略、修辞手法等，更关乎写作者对现代化、城市化进程中农民所遭遇的社会问题，比如生活处境、身份认同和主体性重建的讨论。本书归纳了六种农民形象：小生产者形象、进城的小生产者、现代农民、迷惘的农民、作为边缘人的农民工和作为"新工人"的农民工。通过对这六种农民形象及其相关叙述进行细致分析与讨论，尝试梳理出一条完整的叙事逻辑。在这一叙事逻辑中，我们可以见到现代化、城市化进程中乡村的传统秩序结构如何被破坏，原本自足的农民如何逐渐被纳入城市现代化的轨迹并日益丧失其尊严、地位乃至主体性。这一叙事逻辑也可以反映出农民又怎样在边缘与苦难的生存状态之下，生长出新的自我意识，甚至一种新兴主体性——"新工人"成为可能。

将关于农民形象以及相关的文学叙述与社会政治、文化、思想之间的关系进行对照分析，这可能不是一种最好的研究方式，却未必不是一种有意义的研究方式，尤其对于90年代以来关于农民乃至乡村书

---

[1] 蔡翔：《革命/叙述：中国社会主义文学——文化想象（1949—1966）》，北京大学出版社2010年版，第394页。

写的研究，更是如此。也许正是因为90年代的纷繁和复杂，没有一个概念或一种理论可以准确地描绘或者概括这个时代的文化、思想或者具体的生活实感，所以对于这个时期的农民叙事没有办法建立起一种固定的研究模式，文学研究更多地只是停留于梳理、归纳和分析农民形象。所以，将开端设置为以1978年农村改革为起点的80年代，经过90年代，从而延伸至21世纪的当下，或者更易于以一种历史性的视角探寻农民形象的特质，尤其是80年代以来农民形象得以形成的原因，借此呈现文学叙述的复杂性。换言之，本书的研究不仅试图为80年代的农民形象及其叙述找寻起点，更想为90年代乃至当下的农民形象，以及农民所遭遇的问题找到原点——其起源性无疑隐藏在80年代。除此之外，本书的研究还希望能够为文学写作者想象农民的未来——尤其农民的主体性重构——提供新的方向与路径。如此一来，关于农民形象的文学研究便得以参与到对中国农民乃至乡村问题的讨论中去，这使得本书的讨论不完全是只局限于作品本身的小文学，而是蕴含了使文本得以生产的历史语境、思想文化、意义结构的大文学。

　　最后，不得不提及的是，本书仍然存在着一些不足。一方面，因为谋篇布局、采用文本细读的缘故，本书在每一章节中只选择若干具有代表性的文本，这样做是避免对文本的泛泛而谈。但是值得讨论的文本其实还有很多，而值得批评对照的文本也同样不少，难免挂一漏万，这是本书略有遗憾之处。另一方面，除了本书所涉及的问题之外，有两个话题仍然值得做进一步讨论。第一，关于"青年农民工"的文学叙述与农民的主体性建构关系更为紧密，相关的文本也更为丰富，但是本书为了呈现农民形象变迁的历史性，只用了两章对这一话题进行讨论，将来如有机会，其实可以单独展开进行进一步的研究；第二，关于打工作家对作为"新工人"的农民形象的叙述，其实有着更复杂的层面，值得深入研究。比如，这一关于农民形象的想象方式和话语表达仍然存在着局限性：大多数打工作家对于农民工或底层的叙述仍然难以摆脱其他力量的支配，比如左翼话语所发明的整体想象,因此就会造成农民工或底层的主体性在某种层面上仍然处于缺席的状态。也就是说,打工作家及其所代表的农民工阶层,仍然难以摆脱"被叙述"、"被景观化"或"自我景观化"的可能性,仍然没有形成一种"行动的主体性",因而难以落入到社会现实之中,从而具备真正意义上的改变农民和农民工现实处境的力量。这一局限性事关文学对于农民主体性及未来的想象,值得以更多的篇幅进行独立而更为深入的研究。此外,限于篇幅和主题,一些在写作过程中生发出来的思考也未能完全展开放入本书中进行讨论。比如,20世纪80年代至今,文学叙述中农民形象的变化,是否与社会生产机制的转变有某种隐秘的联系?农民形象的转变其背后是否指向了经济生产模式的转变?因为今天一个流水线上的工人和一个格子间里的白领,他们与从前一亩三分地上的农民,也许本质上并无不同。此外,写作者群体是否在这三十多年中发生了某些变化?作家的个人经历和知识背景的差异,以及今天写作的精英化和小资化倾向是否在某种意义上改变了作家本身的文学观?(文学的社会教化功能的消退也许在某种意义上反而促使其回归娱乐功能和艺术性。)当然,读者群体和文学的传播机制在这三十年中又发生了怎样的变化?他们的改变是否也在一定程度上倒逼了作者在写作选择上的变化?(80年代对于文学在价值观上的教化功能,在今天完全可以分流到电影、电视等其他艺术形式中,那么依然执着于阅读的群体,他们需要的文学是什么,也许才是作者更关心的。)这些看似与本书主题并无直接联系的问题,如果有足够的时间和能力做进一步的探究,也许会得到一些更有意思的结论。

　　当然,在一部书稿的框架中无法解决所有问题,正如农民问题的解决、农民主体性的重构也不能一蹴而就,每个时代的有价值的文学写作,总是会持续关注农民乃至整个中国乡村的未来,文学研究也同样如此。至少从本书的尝试中不难发现,当代文学书写与社会生产之间的区隔已经逐渐被打破,这无论对于文学写作,还是文学研究而言,都极为重要,而对于中国农民乃至乡村问题的解决,也具有一定的参考意义。

主要参考文献

一 著作

［意］阿甘本：《例外状态》，薛熙平译，台北：麦田出版公司2010年版。

［英］安东尼·吉登斯：《现代性与自我认同：现代晚期的自我与社会》，赵旭东译，生活·读书·新知三联书店1998年版。

［美］本尼迪克特·安德森：《想象的共同体：民族主义的起源与散布》，吴叡人译，上海人民出版社2016年版。

［日］柄谷行人：《日本现代文学的起源》，赵京华译，生活·读书·新知三联书店2003年版。

蔡翔：《革命/叙述：中国社会主义文学/文化想象（1949—1966）》，北京大学出版社2010年版。

蔡翔：《何谓文学本身》，春风文艺出版社2006年版。

曹锦清：《黄河边的中国》，上海文艺出版社2004年版。

陈桂棣、春桃：《中国农民调查》，人民文学出版社2004年版。

陈继会等：《中国乡土小说史》，安徽教育出版社1999年版。

陈晓明主编：《现代性与中国当代文学转型》，云南人民出版社2003年版。

陈应松：《世纪末偷想》，武汉出版社2001年版。

陈应松：《在拇指上耕田》，武汉大学出版社2002年版。

戴锦华：《隐形书写——90年代中国文化研究》，江苏人民出版社1999年版。

丁帆：《中国乡土小说史论》，江苏文艺出版社1992年版。

读书杂志编：《改革：反思与推进》，生活·读书·新知三联书店2005年版。

［美］杜赞奇：《文化、权力与国家：1900—1942年的华北农村》，王福明译，江苏人民出版社2010年版。

费孝通：《江村经济——中国农民的生活》，商务印书馆2001年版。

费孝通：《乡土中国》，上海人民出版社2016年版。

费孝通、赵旭东、秦志杰译：《中国士绅——城乡关系论集》，外语教学与研究出版社2011年版。

高晓声：《高晓声文集·散文随笔卷》，作家出版社2001年版。

何清涟：《现代化的陷阱》，今日中国出版社1994年版。

贺桂梅：《人文学的想象力》，河南大学出版社2005年版。

洪子诚：《问题与方法》，生活·读书·新知三联书店2002年版。

洪子诚主编：《20世纪中国小说理论资料》，北京大学出版社1997年版。

洪子诚主编：《中国当代文学史·史料选》，长江文艺出版社2002年版。

黄传会：《中国新生代农民工》，人民文学出版社2011年版。

［美］黄宗智：《长江三角洲小农家庭与乡村发展》，中华书局2000年版。

［美］黄宗智：《华北的小农经济与社会变迁》，中华书局2000年版。

［法］吉尔·德勒兹、菲利克斯·伽塔利：《什么是哲学》，张祖建译，湖南文艺出版社2007年版。

［澳］杰华：《都市里的农家女：性别、流动与社会变迁》，吴小英译，江苏人民出版社2006年版。

［美］杰克·贝尔登：《中国震撼世界》，邱应觉等译，北京出版社1980年版。

［美］柯文：《在中国发现历史：中国中心观在美国的兴起》，林同奇译，社会科学文献出版社2017年版。

［美］孔飞力：《中国现代国家的起源》，陈兼、陈之宏译，生活·读书·新知三联书店 2013 年版。

［英］雷蒙·威廉斯：《乡村与城市》，韩子满译，商务印书馆 2013 年版。

李昌平：《我向总理说实话》，光明日报出版社 2002 年版。

李松睿：《书写"我乡我土"——地方性与 20 世纪 40 年代中国小说》，上海人民出版社 2016 年版。

刘复生：《历史的浮桥——"世纪之交"主旋律小说研究》，河南大学出版社 2005 年版。

刘俊彦主编：《新生代——当代中国青年农民工研究报告》，中国青年出版社 2007 年版。

刘旭：《底层叙述：现代性话语的裂隙》，上海古籍出版社 2006 年版。

陆学艺：《当代中国社会阶层研究报告》，社会科学文献出版社 2002 年版。

吕途：《中国新工人：迷失与崛起》，法律出版社 2013 年版。

吕途：《中国新工人：女工传记》，生活·读书·新知三联书店 2017 年版。

罗岗：《人民至上：从"人民当家作主"到"社会共同富裕"》，上海人民出版社 2012 年版。

罗岗：《想象城市的方式》，江苏人民出版社 2006 年版。

罗岗、倪文尖编：《90 年代思想文选（1—3）》，广西人民出版社 2000 年版。

［美］莫里斯·迈斯纳：《毛泽东的中国及其后：中华人民共和国史》，杜蒲译，香港中文大学出版社 2005 年版。

潘毅：《中国女工——新兴打工者主体的形成》，九州出版社 2010 年版。

［法］让·鲍德里亚：《消费社会》，刘成富、全志钢译，南京大学出版社 2000 年版。

邵燕君：《新世纪文学脉象》，安徽教育出版社 2011 年版。

［美］斯图尔特·霍尔：《表征》，徐亮译，商务印书馆 2003 年版。

孙立平：《断裂：20世纪90年代以来的中国社会》，社会科学文献出版社2003年版。

铁凝：《从梦想出发》，《护心之心——铁凝散文集》，新华出版社2005年版。

汪晖：《去政治化的政治——短20世纪的终结与90年代》，生活·读书·新知三联书店2008年版。

汪晖、陈燕谷主编：《文化与公共性》，生活·读书·新知三联书店2005年版。

王晓明主编：《二十世纪文学史论》（修订版上卷），东方出版中心2003年版。

王晓明主编：《在新意识形态的笼罩下：90年代的文化与文学分析》，江苏人民出版社2000年版。

温铁军：《八次危机：中国的真实经验1949—2009》，东方出版社2013年版。

乌廷玉、陈玉峰、张占斌编：《现代中国农村经济的演变》，吉林人民出版社1993年版。

谢春涛：《改革风云》，上海辞书出版社2005年版。

许宝强：《资本主义不是什么》，上海人民出版社2007年版。

薛毅主编：《乡土中国与文化研究》，上海书店出版社2008年版。

杨宏海编：《打工文学备忘录》，社会科学文献出版社2007年版。

杨宏海编：《打工文学纵横谈》，社会科学文献出版社2009年版。

［美］詹姆斯·C.斯科特：《弱者的武器：农民反抗的日常形式》，郑广怀译，译林出版社2011年版。

中共中央文献研究室编：《邓小平思想年谱（1975—1997）》，中央文献出版社1996年版。

二 论文

蔡翔：《〈创业史〉和"劳动"概念的变化——劳动或者劳动乌托邦的

叙述（之三）》，《文艺理论与批评》2010年第3期。

蔡翔：《离开、故乡或者无家可归——2004中国最佳短篇小说序》，《当代作家评论》2005年第1期。

蔡翔：《泉涸，相濡以沫——读陈应松中篇小说〈野猫湖〉》，《小说评论》2011年第1期。

陈晓明：《革命与抚慰：现代性激进化中的农村叙事——重论五六十年代小说中的农村题材》，《海南师范大学学报》2008年第2期。

陈晓明：《喊丧、幸存与"去—历史化"——刘震云的〈一句顶一万句〉的叙事分析》，《南方文坛》2009年第5期。

陈应松：《对城市的指责》，《杂文选刊（下旬版）》2009年第7期。

陈应松：《灵魂的守望与救赎》，《小说评论》2007年第5期。

陈应松：《真难写——中篇小说〈野猫湖〉创作谈》，《小说选刊》2011年第3期。

崔道怡：《春花秋月系相思——短篇小说评奖琐忆》，《小说家》1999年第4期。

傅金祥：《〈内当家之死〉并非人为设定——与燕子同志商榷》，《滨州师专学报》1993年第3期。

高晓声：《创作思想随谈》，《上海文学》1981年第1期。

高晓声：《且说陈奂生》，《人民文学》1980年第6期。

高晓声：《谈谈有关陈奂生的几个短篇》，《文艺理论与批评》1982年第6期。

高晓声：《中国农村里的事情——在密西根大学的讲演》，《当代作家评论》2006年第2期。

何士光：《感受·理解·表达——关于〈乡场上〉的写作》，《山花》1981年第1期。

贺绍俊：《底层文学的社会性与文学性》，《小说选刊》2007年第9期。

洪子诚：《文学史中的柳青和赵树理（1949—1970）》，《文艺争鸣》2018年第1期。

雷达：《〈鲁班的子孙〉的沉思》，《当代文坛》1984年第4期。

李艳红、范英杰:《"远处苦难"的中介化:范雨素文本的跨阶层传播及其"承认政治"意涵》,《新闻与传播研究》2019 年 11 月。

李云雷:《"底层叙事"前进的方向——纪念〈讲话〉65 周年》,中国作家网,http://www.chinawriter.com.cn/56/2009/0406/7155.html。

李云雷:《被逼而成的同性恋》,转自李云雷新浪博客,http://blog.sina.com.cn/s/blog_4be5e0cd0100pwjz.html。

林子力:《农村经济改革基本经验的普遍意义》,《新华文摘》1984 年第 8 期。

刘复生:《纯文学的迷思与底层写作的陷阱》,《江汉大学学报》(人文科学版)2006 年第 5 期。

刘旭:《高晓声的小说及其"国民性话语"——兼谈当代文学史写作》,《文学评论》2008 年第 3 期。

娄燕京:《"新工人诗歌"的意义、限度及可能性》,《现代中文学刊》2018 年第 3 期。

吕途:《要重视新工人的文化生活》,《企业文明》2016 年第 8 期。

吕新雨:《"民工潮"的问题意识》,《读书》2003 年第 10 期。

罗岗:《"文学":实践与反思——对一个论题的重新讨论》,《上海文学》2001 年第 7 期。

罗岗、刘丽:《历史开裂处的个人叙述——城乡间的女性与当代文学中个人意识的悖论》,《文学评论》2008 年第 5 期。

罗岗、田延:《旁边他人之痛——"新工人诗歌"、"底层文学"与当下中国的精神状况》,《文艺争鸣》2020 年第 9 期。

倪伟:《讲述"外地人"的尴尬》,载于薛毅编《乡土文学与文化研究》,上海书店出版社 2000 年版。

潘毅:《垄断资本与中国工人——以富士康工厂体制为例》,《文化纵横》2012 年第 2 期。

潘毅、邓韵雪:《富士康代工王国与当代农民工》,《中国工人》2011 年第 1 期。

饶先艳:《农民工工伤维权的路径选择》,《法制与社会》2007 年第

7期。

邵燕君:《写什么和怎么写——谈"底层文学"的困境兼及对"纯文学"的反思》,《扬子江评论》2006年创刊号。

石一宁、彭学明、李云雷:《面对空巢的乡村世界——〈野猫湖〉三人谈》,《小说选刊》2011年第3期。

孙健忠:《如何深刻反映农村生活?——在长沙召开的农村题材小说创作座谈会纪要》,《文艺报》1981年第21期。

孙犁:《读铁凝〈哦,香雪〉》,《小说选刊》1983年第2期。

王春光:《新生代农村流动人口的社会认同与城乡融合的关系》,《社会学研究》2001年第3期。

王润滋:《从〈鲁班的子孙〉谈起——在一次座谈会上的发言》,《山东文学》1984年第11期。

魏微:《个人经验与生命感受》,《当代文坛》2007年第5期。

温铁军:《告别百年激进》,《中国企业家》2011年第2期。

项静:《艰难的行走——漫谈陈应松的〈望粮山〉》,《当代作家评论》2004年第2期。

严海蓉:《虚空的农村和空虚的主体》,《读书》2005年第7期。

张达:《反映变革中的真实——有感于〈鲁班的子孙〉》,《山东文学》1984年第8期。

张慧瑜:《另一种文化书写:新工人文学的意义》,《文艺评论》2018年第6期。

张炜:《文学的兄长——悼王润滋》,《山东文学》2002年第3期。

张一弓:《听从时代的召唤——我在习作中的思考》,《文学评论》1983年第3期。

后　记

　　终于到了可以写"后记"的时候，这大概是最轻松的时刻，因为它意味着一项漫长而艰巨的工作即将结束。但是却也有了一些新的焦虑，因为这同时意味着我又将踏上新的征程。

　　这个课题于 2016 年立项，还记得那时我还是一个入职不到一年的"青椒"。因为一直以来对与农民或者说与底层有关的叙述感兴趣，并且有博士论文的研究作为基础，所以我便以"中国城镇化进程中的农民形象的文学叙述与想象（1978—2016）"为题，抱着试一试的心态申报了青年项目，谁知很幸运地获得了立项。此时此刻，想特别感谢那些与我素不相识的评委们，他们使我相信，无论是谁，他们在国家社科基金项目的竞争中都同样拥有平等的机会。但由于各种原因，立项后的一年多，我的身体出现了一些较为麻烦的状况，直到 2018 年，准确来说，2019 年初我才真正正式进入写作状态。所以，还要感谢我的家人们，如果不是他们的照顾与帮助，使我的身体逐渐恢复，我可能没有办法顺利完成这个课题。最后要感谢的是课题组成员的支持，并特别鸣谢不在课题组成员中的师弟和师妹们帮我进行逐字逐句的辛苦校对。

　　关于这本书的写作思路和基本理念，我都已经在书稿的导论中交代清楚，但是在此仍想再次强调的是我尝试将文学中农民形象的变化与中国现代化变革中的历史语境、思想文化、意义结构等层面特征进行关联，探寻农民形象以及农民处境变化背后的复杂性。我希望的是，能够给相关的文学写作提供一些新的思路与方向，同时使自己的研究参与到当下农民处境的改善和农民未来地位与主体性的重塑中去。当然，当书稿完成后，我发现书稿与自己的这一目标仍然存在一定差距，但是仍不可否认，本书稿所研究的话题是极为重要和值得持续研究的，所以，在接下来的学术工作中我将继续对它进行拓展研究。一方面，我将尝试专门对中国现代化转型过程中关于"村庄"的文学叙述进行考察，另一方面预计会将与乡村和农民相关的电影文本纳入我的研究范畴。电影作为一种表现力更为丰富的载体，某种程度上相比于当代小说，在对农民形象的建构和乡村故事的讲述上优势越来越明显，近些年也出现了很多优秀作品。

　　落笔之时，难免有许多遗憾。遗憾自己没有再抓紧一些时间，也遗憾自己有很多地方其实可以讨论得更充分一些，更加遗憾的是，伴随着漫长的研究工作的推进，我感觉到自己的学术水平似乎并没有获得预想的巨大进步。但是不管怎样，这份厚厚的书稿中，积累了我多年的努力、汗水甚至是心酸、眼泪，它弥足珍贵。

2021 年 3 月杭州金沙湖畔